S. FISCHER

John Ironmonger

Der
Eisbär
und die
Hoffnung auf
morgen

Roman

Aus dem Englischen
von Tobias Schnettler

S. Fischer

MIX
Papier aus verantwor-
tungsvollen Quellen
FSC® C014496

Erschienen bei S. FISCHER

Copyright © 2023 by John Ironmonger
Für die deutschsprachige Ausgabe:
© 2023 S. Fischer Verlag GmbH,
Hedderichstr. 114, D-60596 Frankfurt am Main
Der Abdruck des Gedichts »Feuer und Eis« von Robert Frost
(in deutscher Übersetzung von Lars Vollert) erfolgt mit
freundlicher Genehmigung des © Verlag C. H. Beck,
München, 2011.
Lektorat: Friederike Arnold, Berlin

Satz: Dörlemann Satz, Lemförde
Druck und Bindung: GGP Media GmbH, Pößneck
Printed in Germany
ISBN 978-3-10-397503-1

Manch einer sagt, in Feuer stirbt die Welt.
Ein anderer, in Eis.
Da vom Geschmack der Lust ich weiß,
halt ich's mit dem, der auf das Feuer zählt.
Doch wenn es zweimal untergehen heißt,
weiß ich vom Hass genug,
dass die Zerstörung Eis
genauso tut
und alles fällt.

ROBERT FROST, Feuer und Eis

Die Wette

I

Was für ein Tag,
um wieder da zu sein

Was war das für ein Tag, um nach St. Piran zurückzukehren. Dies war ein Sommer, wie Gott ihn entworfen hatte. Die Sonne stand hoch am klar blauen Himmel, nur am Horizont war es etwas dunstig. Die Boote in der Bucht schienen still dazuliegen wie kleine Inseln der Einsamkeit in einem flachen, versöhnlichen Ozean. Die Hecken, die den Klippenpfad säumten, summten vor Honigbienen und schillerten vor Schmetterlingen. Wildblumen blühten. Vögel gingen trällernd ihren Geschäften nach. Silbermöwen schwebten lauthals krächzend über allem, als bestimmten sie, was unter ihnen geschah. Wenn es eine Böe gab, dann nur eine sanfte, die die salzig frischen Gerüche des Ozeans mit sich trug. Solch ein Tag hätte gute Chancen, im Gedächtnis zu bleiben, abgespeichert als *ein perfekter Sommertag*.

Ein guter Tag, um wieder da zu sein. Tom Horsmith, neunzehn Jahre und elf Monate alt, in der letzten Phase seiner Teenagerzeit, in neuen Jeans, die am Knie aufgerissen waren, und einem T-Shirt so gelb wie der Sonnenschein, kam zu Fuß im Dorf an. Er trug eine Tasche über der Schulter und weiche Lederboots an den Füßen.

Er war den Klippenpfad entlanggewandert, vier Meilen von der Bushaltestelle im Städtchen Treadangel, und jeder Schritt fühlte sich magisch an, als könne die Erde ihre Fülle kaum für sich behalten und sei gezwungen, jeden neuen Geruch zu teilen, das Summen jedes einzelnen Insekts und den wohltönenden Ruf jedes einzelnen Vogels. Die Stadt raubt einem diese Freuden, überlegte Tom. Sie zwingt dich unter die Erde. Quetscht dich in unnatürliche Räume, rationiert deine Luft und wäscht die Farben der Natur fort. Auf dem Klippenpfad musst du bei jedem Schritt genau hinsehen. Der Pfad windet sich, und es gibt Felsen, Wurzeln und Stufen, die es zu überwinden, Zaunübertritte, die es zu erklettern gilt, steil abfallende Felswände und Ausblicke, die dir den Atem rauben. In der Stadt dagegen ist jeder Schritt gleich. Du wartest auf Grün. Du gehst rüber. Du windest dich zwischen Leuten hindurch, weichst dem Blick der Fremden aus. Du blickst in die Schaufenster von Läden. Du gehst weiter. Die Geräuschkulisse der Stadt besteht aus Motorendröhnen, Sirenen und Hupen. Und Stimmen. Aber hier, überlegte Tom, gibt es nur die Möwen.

Wie gut es war, wieder da zu sein.

Vom Tor zu Corin Magwiths Farm aus konnte Tom das Dorf sehen. Eine Ansammlung von grauen schiefergedeckten Dächern, manche in diese Richtung zeigend, andere in jene, als handelte es sich um die Bausteine eines Kindes nach einem Wutanfall oder um die Überreste eines Schiffbruchs, die nach einem großen Sturm am

Ende der Bucht verstreut liegen geblieben waren. Weiß getünchte Häuser. Graue Steinmauern. Bloß drei Boote im Hafen. Kleine Boote. Doch es war die Zeit zwischen Ebbe und Flut. Andere Schiffe würden draußen auf See sein, den Schwärmen folgend. Tom schirmte die Augen gegen die Sonne ab und blickte übers Wasser. Dort, jenseits der Landzunge, war Daniel Robins kleine Ketsch, leicht zu erkennen an ihrem vorne liegenden Steuerhaus und der roten Farbe. Und da, am Horizont, war das Peter Shaunessys neues Boot? Die *Piranesi*? »Bestes Boot auf dem Meer«, hatte Benny Shaunessy gesagt. Schwer einzuschätzen, auf diese Distanz. Vielleicht konnte Tom bei Peter und Benny Arbeit finden. Ein Sommer auf dem Schiff erschien ihm nicht allzu anstrengend. Nicht wenn das Wetter so war wie jetzt. Er könnte fischen, die Netze einholen und die Fische auf Eis legen. Er könnte beim Winden und Wickeln helfen und beim Tragen.

Vielleicht könnte er sich auch eine weniger anstrengende Arbeit im Dorf suchen. Es waren bloß drei Monate. Sein letztes Jahr an der Uni begann im Oktober. Er sog tief die warme Atlantikluft ein. Vielleicht brauchte er gar nicht zu arbeiten. Noch nicht. Eine Zeitlang. Er hatte ein wenig Geld gespart. Vielleicht konnte er den Sonnenschein genießen. Sparsam mit seinem Geld umgehen. Sich mit einem Buch auf die Kaimauer setzen. In der Sonne schlafen. Keine schlechte Art, den Sommer zu verbringen.

Er warf das Weidetor zu und machte sich auf den Weg nach St. Piran.

2

Viele Legenden werden erzählt

Über das Dörfchen St. Piran werden viele Legenden erzählt. So viele, dass es manchmal schwerfällt, zwischen Wahrheit und Fabel zu unterscheiden. Zum Beispiel gibt es in dem Dorf diejenigen, die sagen, bei den uralten Felsen, die die beiden Enden der Hafenmauer markieren, handele es sich um die sterblichen Überreste der Fischer John Brewster und Matthew Treverran, die (zu Recht) in Stein verwandelt wurden, weil sie an einem Sonntag geknobelt hatten. Andere erzählen, dass die Hafenmauern selbst nichts anderes sind als die offenen Arme eines *Knockers* – eines cornischen Dämonen, der im Gewässer der Piran Bay ertrank, als er nach einem gewalttätigen Disput beim Kartenspielen vor dem heiligen Michael floh. Solche Geschichten hört man, wenn man Zeit in diesem Dorf verbringt und die Geduld hat zuzuhören. Es gibt in der Dorfgemeinschaft sogar heute noch welche, die ein totes Hähnchen im Sarg ihrer lieben Angehörigen verstecken. Der Vogel soll in der nächsten Welt wiederbelebt werden und den heiligen Petrus an seine Leugnung Christi erinnern, denn beim Krähen des Hahnes beging Petrus seine Todsünde. Die Erinnerung daran und die

damit verbundene Scham sollen den Heiligen dazu ver-
leiten, ein mildes Urteil über den Verstorbenen zu fällen.
So die Logik. Es ist nicht ungewöhnlich, dass Dörfer in
Cornwall an Traditionen wie dieser festhalten, doch in
St. Piran, so könnte man meinen, scheint es mehr sol-
cher Bräuche zu geben als anderswo. Jedes Weihnachten
ziehen die Kinder des Dorfes mit Kerzen den Hang hinauf, über sich die gigantische Nachbildung eines Wals.
Das, so erzählen sie dann, geschieht in Erinnerung an
einen Mann, der das Dorf vor einer der großen Pande-
mien bewahrte, nachdem er auf dem Rücken eines Wals
zum Strand geritten war.

Es sind Märchen, diese Geschichten, die in St. Piran
erzählt werden. Manche mögen sie vielleicht glauben.
Andere ... eher nicht. Manche Geschichten, wie die von
den Fischern, die in Stein verwandelt wurden, beschreiben kurze Ereignisse. Sie hätten an diesem Tag in St. Piran sein und trotzdem nichts mitbekommen können.
Andere Geschichten spielen sich über Wochen hinweg
ab, über Monate sogar. Und dann gibt es da noch die Geschichte von der Wette und dem Eisbären. Es gab einmal
eine Zeit, da jeder Mensch auf der Welt diese Geschichte
kannte. Oder einen Teil davon. Doch das hier ist St. Piran. Hier fing die Geschichte an, und hier ging sie auch
zu Ende. Hier haben die Leute ihre eigene Art, über die
Dinge zu reden. Für sie ist es also vielleicht die merkwür-
digste Geschichte von allen. Sie erstreckt sich nicht über
Tage, nicht über Monate, sondern über Jahrzehnte. Es

ist eine Geschichte über menschliche Lebzeiten. Martha Fishburne hat den Kindern der Piran School Teile davon erzählt, und bald schrieben einige von ihnen die Episoden auf, an die sie sich erinnerten. Charity Limber, die im Marazion House putzte, erfuhr einen Großteil der Geschichte von Monty Causley, und sie gab alles an Jeremy Melon weiter, und Jeremy schrieb etwas davon auf, aber nur einen Teil, denn er lebte nicht lang genug, um es zu Ende zu bringen. Und andere Zeugen zeichneten hier einen Teil und dann da einen Teil auf, und es gibt Fotografien, wenn man sich die Mühe macht, danach zu suchen, und zahlreiche Berichte in alten Zeitungen und sogar ein oder zwei Dorfbewohner, die sich vielleicht noch daran erinnern. Einmal wurde sogar ein Film darüber gedreht und ein Theaterstück geschrieben, und in den meisten Schulgeschichtsbüchern aus der Zeit sowie den Online-Enzyklopädien ist irgendeine Version der Ereignisse enthalten. Doch in keinem von ihnen kann sich die Geschichte in Gänze entfalten. Und das ist vielleicht der Grund, warum sie in Cornwall immer noch davon reden. Seit über fünfzig Jahren hat es im Dorf nicht mehr geschneit, aber bis heute hängen manche im Juni einen Schneestern ins Fenster, um an die Sache mit der Wette und dem Eisbären zu erinnern.

Es ist schon lange her. So sagen die Leute. Mehr als achtzig Jahre sind vergangen, seit Tom Horsmith, ein Teenager noch, mit einer Tasche auf dem Rücken und einem Lächeln im Gesicht den Marktplatz betrat. Sein

Name ist es, an den sich die Leute vor Ort erinnern, wenn sie sich überhaupt an einen Namen erinnern. Doch in einem Dorf wie St. Piran hat jede Geschichte ihren Helden. Viele haben außerdem einen Schurken. Manchmal wird der eine mit dem anderen verwechselt. Wenn es einen Schurken in der Geschichte mit dem Eis gab, dann wäre jetzt ein guter Zeitpunkt, ihn kennenzulernen. Sein Name ist es schließlich, an den sich der Rest der Welt erinnert, und ein großer Teil der Welt hält *ihn* für den Helden. Er war in Wahrheit gar kein Schurke. Nicht wirklich. Auch war er kein echter Dorfbewohner, sondern einer von außerhalb. Sein Name lautete Monty Causley. Er kam aus Cornwall, aber nicht, so werden die Leute betonen, aus St. Piran. In St. Piran heißt es, er stamme aus Lostwithiel, wo seine Familie Cider produzierte, auch wenn manche glaubten, er komme eigentlich aus Bodmin und habe sein Vermögen mit Zinn gemacht. Wie auch immer. Ihm gehörte Marazion House, direkt am Meer, und Marazion House war von zentraler Bedeutung für das Spiel, das sich in der Geschichte von der Wette und dem Eisbären entwickelte. Das Haus war, da würden die meisten zustimmen, das eindrucksvollste Haus im Dorf. Es war aus Stein erbaut und schien Teil der Bucht zu sein, ein Gebäude, das aussah, als wäre es organisch aus den Felsklippen selbst erwachsen, als hätte sich der Felshang neu formiert, nicht ganz vertikal, nicht ganz horizontal, ein Gebäude, das nie den Bleistift eines Architekten oder ein Lot gesehen hatte, sondern sich entwickelt hatte, Stück für Stück, hier ein bisschen, dort ein bisschen, bis es, wie ein älterer Verwandter, zu einem zeitlosen Merkmal des Hafens wurde, weder alt noch jung, weder hässlich noch schön. Aber beeindruckend. Faszinierend. Vielleicht war es das erste Haus in St. Piran gewesen. Das wusste niemand genau. Vielleicht gab es dahinter Schmugglerhöhlen, tief in den Klippen verborgen, die verloren geglaubte Schatzkisten enthielten. Es war ein Haus mit Geheimnissen. Ein Haus, das keine Geschichten preisgab. Es schien an einer gefährlichen Stelle zu stehen, zwischen Meer und Land, unnatürlich tief gelegen für ein Haus am Meer, aus den Felsen gehauen, die womöglich die versteinerten Überreste würfelspielender Fischer gewesen waren. Wenn die Arme des Knocker-Dämonen den kleinen Hafen von St. Piran umfassten, dann saß Marazion House wie das letzte Wohnhaus der Welt vor dem endlosen Ozean am Ellbogen des rechten Armes. Und da St. Piran damals (und auch heute noch) fast das letzte Dorf am letzten Zipfel Großbritanniens war, fühlten sich die Bewohner von Marazion vielleicht wie verzweifelte Flüchtlinge, die sich an die Felsen klammerten und die letzte Bastion gegen die täglichen Angriffe des grausamen Atlantiks aufrechterhielten. Es stand in einer eigenen kleinen Bucht, das einzige Gebäude oberhalb eines Kiesstrandes, kaum breiter als das Haus selbst. Der Strand führte zu einer rutschigen Ansammlung von Felsen, die wiederum zu den Stufen des Hauses führten. Um vom Land aus zur

Eingangstür zu gelangen, musste man ein Dutzend Stufen zu einem gepflasterten Weg hinabsteigen, der oberhalb des Strandes verlief, und von dort sechs Stufen zur Veranda wieder hinauf. Heute würde niemand mehr ein solches Haus entwerfen, doch Marazion widersprach sämtlichen Grundsätzen guter Architektur. Die Steine der Mauern waren mit den Jahren schwarz geworden, grün vor Flechten, mit winzigen Rankenfußkrebsen übersät und niemals richtig trocken. Die feine Gischt der Wellen bei Flut, der Südwind und die Ozeanböen – all das verlieh den Mauern einen stetigen Schimmer.

Wer war auf die Idee gekommen, ein Haus so nah am Wasser zu errichten? Bei hohen Springfluten erreichte das Wasser beinahe die Eingangstür. Dann konnte man manchmal das Haus nicht ohne nasse Füße verlassen, um ins Dorf zu gehen. Nach jedem Sturm waren die Stufen rutschig, doch das Haus musste von meisterhaften Maurern erbaut worden sein, denn die Winterstürme kamen und gingen, die Sommersonne strahlte unerbittlich, und die Ozeanwellen schlugen gegen die Türschwelle, bevor sie sich wieder zurückzogen. Marazion stand unverändert da, ungerührt, unbewegt, und all seine Geheimnisse blieben weiterhin unerzählt. Möwen saßen auf den Schieferplatten, als wäre das Haus bloß eine weitere Klippe und als wäre dies der Ort, an den die Evolution sie geführt hatte. Von den Dächern stürzten sie sich bei Flut mit einem Satz in den Hafen hinab, um sich dort Sprotten und Shrimps und heruntergefallene Pommes zu schnappen. Die Regenrinnen und die Wände des Hauses waren von Möwenausscheidungen übersät, die an verschüttete Farbe erinnerten.

Monty Causley gehörte Marazion House in dritter Generation. Vor ihm hatte es seinem Vater gehört und davor seinem Großvater. Doch das machte Monty, seine Eltern oder Großeltern nicht zu echten Bewohnern von St. Piran. Keiner von ihnen hatte je wirklich im Marazion House *gelebt*. Sie waren abwesende Hausbesitzer, noch immer Fremde im Dorf. Monty vermietete das Haus an Urlauber. Zweitausend Pfund die Woche brachte es im Hochsommer ein. Eintausend Pfund die Woche in der Nebensaison. Vielleicht hätte es noch mehr einbringen können, wenn es sich an einem der beliebten Urlaubs-ziele befunden hätte wie St. Ives oder Porthcurno oder sogar Newquay, wo die Surfer die Hauptsaison ausdehn-ten. St. Piran dagegen lag ein wenig abseits der Touris-muskarte, war etwas zu schwierig zu erreichen. Das Dorf befand sich am Ende einer einspurigen Straße, dem ein-zigen Weg, der dort hin- und von dort wieder wegführte (abgesehen vom Klippenpfad und dem Meer), und man-chen Besuchern gefiel dieses Gefühl der Abgeschieden-heit. Marazion jedoch war ein Haus mit fünf Schlafzim-mern, ein Haus für Familien, eine Urlaubsunterkunft, die sich sogar zwei Familien teilen konnten, mit einer Schar Kindern und vielleicht noch zwei Hunden, und solche Besucher zog es eher in die größeren, leichter zu erreichenden Orte weiter östlich. Und so gab es Wochen im Kalender, in denen das Haus leer stand. In den Wintermonaten lag es zumeist dunkel und unbewohnt da, abgesperrt und verriegelt gegen die Stürme. Und von Zeit zu Zeit war es im Frühling oder Herbst nicht belegt, und dann kamen Monty Causley und seine Frau Carys manchmal aus London und stellten ihr Auto am Kai ab.

Er war ein fieser Typ. Das erzählte man sich im *Stormy Petrel Inn*, wo die Ortsansässigen sich am Ende des Tages trafen, um sich den ganzen Abend an einem großen Glas Cider festzuhalten. Er war geizig, und das reichte, um aus ihm einen Schurken zu machen. Denn er tauchte nur auf, wenn es nicht viele Buchungen gab, und das sagte alles. Er trank nur selten etwas im *Petrel*. Er gab nur selten der Versuchung einer kornischen Pastete nach oder gönnte sich Schellfisch und Pommes in Kenny Kennets Bistro. Er kaufte sehr wenig in Jessie Higgs Geschäft ein. Er und Carys brachten meist eine Kiste voll Lebensmittel aus irgendeinem schicken Londoner Geschäft mit, die sie dann die Steintreppe hinuntertrugen, über den kurzen Pfad und die Stufen zum Haus hinauf, und dort, im Marazion House, schlossen sie sich ein – außer an den Tagen, an denen Monty Wahlkampf betrieb. Für ein langes Wochenende (manchmal sogar für eine ganze Woche) verschwanden sie hinter der massiven Eingangstür.

»Er trägt nichts zur Wirtschaft des Dorfes bei«, erklärte Jeremy Melon, an niemand Speziellen gerichtet, in der Hummerfischer-Bar des *Petrel*.

»Darling, er vermietet sein Haus«, brachte Demelza Trevarrick zu seiner Verteidigung vor. »Seine Gäste geben hier ein Vermögen aus.«

»Aber die ganze Miete wandert nach London«, hielt Jeremy dagegen. »Nicht ein Penny bleibt in Cornwall.«

Charity Limber hatte Kontakt mit den Causleys. Sie war die Putzfrau von Marazion House. Sie ging morgens dorthin, um die Vorhänge aufzuziehen und die Betten zu machen. Siebenundzwanzig Jahre alt war sie, frisch verheiratet und voller Leben wie die junge Knospe einer Frühlingsblüte; doch Marazion House setzte ihr einen Dämpfer auf. »Kalt ist es da«, erzählte sie den trinkenden Gästen im *Petrel*. »Unfreundlich.«

»Aber was machen die den ganzen Tag?«, fragten die Leute dann.

»Er sitzt an seinem Schreibtisch und guckt nie aus dem Fenster«, berichtete sie. »Er hat seine Computer und Telefone und alle möglichen Geräte dabei. Um acht Uhr morgens klingelt sein Telefon, und von da an redet er den ganzen Tag oder ist in irgendeiner Videokonferenz oder brüllt irgendwen durchs Telefon an.«

»Und was ist mit ihr? Was ist mit Carys Causley?«

»Sie sitzt am Fenster, mit einem Kreuzworträtsel und einer Tasse Tee, aber sie beschäftigt sich gar nicht mit dem Kreuzworträtsel. Sie starrt nur aufs Meer.«

Wie alt waren Monty und Carys? Na ja, sie war jünger als er. Und er war in diesen undurchschaubaren Jahren zwischen dreißig und fünfzig. Sie ebenso. Und mehr war nicht bekannt. Bis das mit der Wette passierte. Sie schienen keine Kinder zu haben. Und es gab im Haus keine Fotos. Schließlich war es ein Haus, das an Urlauber vermietet wurde. Man hatte jede persönliche Note entfernt. In den Regalen standen keine Bücher zu speziellen Themen. Es gab keine Hinweise auf Hobbys. Keine Kunstwerke an den Wänden, außer Meeresbildern, die aus jeder Geschenkboutique Cornwalls hätten stammen können. Jeder einzelne Raum war so seelenlos wie ein Hotelflur.

»Man sollte meinen, der Mann besitzt wenigstens eine Angel«, sagte Jeremy Melon.

»Oder eine Yacht«, fügte Demelza hinzu.

Und das war vielleicht der Grund, warum Monty Causley in jeder sich neu entspinnenden Geschichte in St. Piran der Schurke sein musste. Nicht weil er sich irgendwelcher Schurkentaten schuldig gemacht hätte. Auch nicht weil er absurd reich war. Sondern weil er sich so wenig anderer Dinge schuldig gemacht zu haben schien. Wie kann ein Mann so anonym leben und so emsig arbeiten und so gezielt die Klippenpfade meiden, die schönsten Ecken und die Strände, und so wenig Zeit in örtlichen Geschäften verbringen, *ohne* sich eines Vergehens schuldig zu machen? Das schien unmöglich. Und in St. Piran wie in vielen kleinen Ortschaften herrscht ein natürliches Misstrauen gegenüber Ortsansässigen, die freiwillig woanders wohnen. Was hatten sie wohl für Motive?

»Kritisiert niemals gedankenlos oder einfach so die Überzeugungen eines anderen«, erklärte Martha Fishburne, die Lehrerin, den Kindern ihrer Klasse in der Grundschule von St. Piran. »Seid vorsichtig, sehr vorsichtig, bevor ihr euch von jemandem aufgrund seiner politischen oder religiösen Ansichten ein Urteil bildet.«

Doch diese Lektion Martha Fishburnes hatten die trinkenden Gäste im *Petrel* vielleicht verpasst oder schon wieder vergessen. Denn es gab in ihren Augen ein Vergehen, dessen sich Monty Causley eindeutig schuldig gemacht hatte. Er war ein Tory. Das war sein Verbrechen.

Oder war er vielleicht Sozialist? Es war sehr lange her, und obwohl diese Dinge damals wichtig zu sein schienen, kann die Geschichte verwirrend sein, und Regierungen und Parteien schienen in jenen Jahren sehr häufig zu wechseln, und die Politik beider Seiten änderte sich ständig. Was immer es auch war, Labour oder konservativ, die Leute schienen sich über die Maßen über solche Dinge aufzuregen, und die Hälfte der Gäste in der Bar des *Petrel* lehnte Monty Causley aufgrund seiner Politik ab, und die andere Hälfte stimmte ihnen zu, denn Politikern war nicht zu trauen, egal ob Labour oder konservativ. »Wenn ein Politiker zwei Möglichkeiten hat«, sagte Jeremy Melon gern, »und die eine ist, das Richtige zu tun, und die andere, das Falsche zu tun, dann kann man sich darauf verlassen, dass er sich für das Falsche entscheidet.«

Natürlich ist die Wahrheit immer facettenreicher als

jedes Gerücht. Wie sollen wir wissen, was die Politiker aus den Fernsehnachrichten wirklich denken, wie klug oder dumm sie wirklich sind, welche Werte sie wirklich vertreten? Wir treffen unser Urteil auf Grundlage von Parteizugehörigkeiten, von nur vage in Erinnerung gebliebenen Aussagen in übereilten Fernsehinterviews, von sorgsam inszenierten Zeitungsfotos. Wir machen uns ein Bild einer Person, die wir nie getroffen haben. »Ihr solltet euch von einer anderen Person niemals ein Urteil bilden, solange ihr nicht einen Tag mit ihr verbracht habt«, erklärte Martha Fishburne den Kindern ihrer Grundschule. »Wenn ihr euch von einer Person eine Meinung bildet«, sagte sie, »sagt das nichts darüber aus, wer diese Person ist. Aber sehr viel darüber, wer *ihr* seid.«

So ist nun mal die menschliche Natur. Für die Dorfbewohner von St. Piran würde es immer nur einen Schurken in der Geschichte von der Wette und dem Eisbären geben. Und das war der Ehrenwerte Montague Causley. Parlamentsabgeordneter für den Bezirk Cornwall Süd. Schuldig im Sinne der Anklage.

3

Es begann mit einem Streit

Wir wissen recht genau, wann die Geschichte von der Wette und dem Eisbären begann. Sie begann mit einem Streit im *Stormy Petrel Inn*. Es war Sommer in Cornwall. Die Strände waren voll, und die Restaurants brummten. Das ehemalige Bed&Breakfast in St. Piran, das von Moses und Hedra Penhallow betrieben wurde, war als Hotel wiedereröffnet worden, *The Fin Whale Hotel*, mit einem Restaurant, das einige Gäste im Garten und andere draußen auf der Hafenanlage bewirtete. Ein Bistro, *The Beachcomber*, hatte auf dem Gelände der alten Fischverpackstation aufgemacht, und sein Besitzer Kenny Kennet hatte, weil die Sitzplätze innen knapp waren, Raum für Tische und Stühle am Kai gefunden. Auch hier draußen war häufig alles voll besetzt. Das *Petrel* war dieser neuen Mode der Outdoorbewirtung mit eigenen Tischen begegnet, und noch hatte man sich nicht darüber geeinigt, wo die Grenze zwischen den Tischen des Pubs und denen des Bistros verlief. Und so rangen Hotel, Pub und Bistro um den vorhandenen Platz, und nur wenige Gäste konnten erkennen, welche Tische zu welchem Lokal gehörten. Der Hafen war im Sommer

nun so belebt wie eine italienische Piazza, mit Kaffee-
trinkern, Biertrinkern und hungrigen Familien, die bei
schönem Wetter auf einen freien Tisch lauerten und
sich, wenn denn einer frei wurde, darauf stürzten wie
die Möwen auf eine Tüte Pommes. Die alte Arztpraxis
in der Fish Street war jetzt eine Eisdiele. In einem der
Fischerhäuschen am Kai wurden Pasteten verkauft. Am
Kopfende des Piran Walk gab es einen Fish-and-Chips-
Laden. Das kleine St. Piran, so viele Jahrhunderte lang
ein verschlafenes, vergessenes Nest am äußersten Zipfel
Cornwalls, war im Sommer zu einem angesagten Aus-
flugsziel geworden. Ernst dreinblickende Besucher mit
unnötig komplizierten Fotokameras suchten nach den
besten Spots, um den Hafen zu fotografieren. Kinder in
leuchtend bunten Sommerkleidern kletterten vorsichtig
die glitschigen Steinstufen in den Schlick hinab, in den
sich das Hafenbecken bei Ebbe verwandelte, und dort
tauchten sie ihre Zehen in den gefährlichen Schlamm,
während ihre Mütter ihnen von den Cafétischen aus
Warnungen zuriefen. Die einspurige Straße, die sich
die vier Meilen von Treadangel bis zur Penzance Road
herabschlängelte, war von Verkehr in beide Richtungen
verstopft. Neue Ausweichstellen waren in die Hecken
geschnitten worden, und meist herrschte heitere Jovialität, wenn sich die Autokonvois begegneten und es zu
ungelenken Rückwärtsfahrmanövern kam. Schließlich
war man hier in Cornwall. Da erwartet man so etwas.
Ein neuer kostenpflichtiger Parkplatz mit Raum für ein-

hundertachtundvierzig Autos war auf einem von Corin Magwiths Feldern geschaffen worden; das bedeutete, dass die Leute nicht länger am Kai parkten, und das wiederum bedeutete mehr Platz für Tische am Hafen. Alle schienen zufrieden zu sein. Alle waren beschäftigt. Der Milchbauer verkaufte seine Milch an die Eisdiele. Der Kunsthandwerksladen verkaufte Kunst aus der Gegend. Das winzige Nest hatte den Kommerz für sich entdeckt, und jetzt, zwischen Ostern und den ersten roten Blättern im Herbst, brummte der Ort vor emsigen Besuchern.

An Sommerabenden war es sogar in der Hummerfischer-Bar des *Petrel* schwer, einen Tisch zu ergattern. Etwa einen Tag nach Toms Rückkehr ins Dorf standen er und Benny Shaunessy mit ihren Getränken da und konnten nicht einmal einen Tisch für zwei finden.

»Wir sollten uns nicht beklagen«, sagte Benny. »Das ist gut für die Wirtschaft.«

Ein Mann mittleren Alters in einem ausgeblichenen Boating Blazer winkte ihnen vom Ende der Bar aus zu. Er war in Begleitung einer Frau mit einem grauen Lockenkopf, der von einer roten Baskenmütze im Zaum gehalten wurde. Der Mann sah aus wie ein etwas zu fein gekleideter Kommentator eines Ruderduells zwischen Cambridge und Oxford. Die Frau wie eine in die Jahre gekommene Doyenne des Pariser Catwalks.

»Das ist doch Jeremy Melon«, sagte Tom.

»Und Demelza. Ich glaube, sie haben einen Tisch für

26

uns gefunden«, sagte Benny. Er schnappte sich sein Getränk und steuerte durch das Gedränge.

»Da werden gleich vier Plätze frei«, sagte Jeremy, in Richtung einer Gruppe junger Männer nickend, die sich im Aufbruch zu befinden schienen.

»Darling, es ist so wunderbar, dich zu sehen«, sagte Demelza. Sie küsste Tom ausgiebig auf die Wange und hielt ihn dann auf Armeslänge vor sich, um ihn zu betrachten. »Du bist ja riesig geworden. Und siehst absolut umwerfend aus.« Sie ließ sich auf den Platz eines der aufbrechenden Gäste fallen, noch bevor dessen Hintern ganz die Bank verlassen hatte. Dann klopfte sie auf den Platz an ihrer Seite, und Tom quetschte sich neben sie. »Wie lange bist du weg gewesen?«, fragte sie.

»Zwei Jahre. Abgesehen von ein paar Besuchen bei Nan.«

»Zwei Jahre, du lieber Gott!«, seufzte Demelza. »Und du hast dich von einem Entlein in einen Schwan verwandelt. Das ist einfach nicht gerecht, oder, Jeremy? Die jungen Männer kommen einfach so ins Dorf und erinnern uns alle an unseren verzweifelten Absturz in die Klapprigkeit, von unserer schwindenden Libido ganz zu schweigen.«

»Stimmt«, sagte Jeremy.

»Du hast dich überhaupt nicht verändert, Demelza«, sagte Tom lachend.

»Jetzt hat er auch noch das Schmeicheln gelernt«, rief Demelza. »Welche Hoffnung bleibt da den armen

Frauen von St. Piran, mit einem solchen Wesen in unserer Mitte? Jeremy! Würdest du uns allen was zu trinken holen?«

Jeremy nahm Toms Glas.

Das war gegen sieben. Oder nicht viel später. Um halb acht holten sie die nächste Runde. Um acht sorgte Demelza für Nachschub. Alle vier suchten in ihren Taschen nach Geld und legten zusammen, und es war genug für eine weitere Runde und dann, erstaunlicherweise, für noch eine. Es schien das Richtige zu sein. Demelza trank Gin mit Tonic aus kleinen Fläschchen, dazu Gurkenscheiben. Jeremy hatte mit Ale angefangen, doch eine Blase mittleren Alters verträgt nur eine gewisse Anzahl Pints, also war er inzwischen auf Scotch mit Wasser umgestiegen. Die jungen Männer tranken Cider.

Es war ein warmer Abend. Manche Gäste verließen die Bar und verteilten sich auf die Tische am Hafen, sobald die Restaurantbesucher gegangen waren. Drei junge Männer aus Porthcurnow, die in einer Ecke gequetscht saßen, fingen an, Shantys zu singen. Eine Frau ihnen gegenüber spielte dazu die Geige.

Wie spät war es jetzt?

Spät. Doch es war Sommer. Es war noch nicht dunkel. In ihrer Ecke der Hummerfischer-Bar waren Tom Horsmith und seine Begleiter bei der sechsten, vielleicht siebten Runde Getränke angelangt, und dieser Zeitpunkt am Abend ist, wie jeder Barmann bestätigen wird, der vielleicht gefährlichste für Gesellschaftstrinker. Sie sind noch nicht bis zur Benommenheit betrunken. Doch die Hemmungen sind nur noch so dünn wie Papier. Zu dieser Zeit werden Meinungen lauter verkündet als sonst. Trinkende (junge Männer ganz besonders) halten sich zu dieser Abendstunde für unverwundbar. Und genau zu dieser gefährlichen Zeit, als die Geigerin gerade eine Pause einlegte, kam ein Mann allein in die Bar und versuchte, Blickkontakt mit dem Barmann aufzunehmen.

»Na, jetzt bin ich erstaunt«, erklärte Tom, dem Neuankömmling zuwinkend, und vielleicht ein wenig zu laut, weil es ihn nicht störte, dass seine Worte an der Bar zu hören waren. »Guckt mal, wer da ist.«

»Wer ist das denn?«

»Niemand Geringeres als der unehrenwerte Versorger der ungewaschenen Massen mit Unwahrheiten und Täuschungen«, sagte Tom. »Mr. Marazion House persönlich. Der Unehrenwerte Montague Causley MP.«

An diesem Punkt unserer Erzählung haben wir eine recht große Schar von Figuren in der Hinterzimmerbar des *Petrel* versammelt, und es wäre vielleicht hilfreich, sie einmal vorzustellen, bevor es mit dem Rest der Geschichte weitergeht.

Ganz oben auf unserer Liste steht Thomas Horsmith. Tom. Ihn haben wir bereits getroffen. In St. Piran geboren und von seiner Großmutter großgezogen. Nan Horsmith. Bruder von Morwenna und Connor. Ein freundlicher junger Mann. Nicht besonders groß. Nicht besonders gut aussehend. Nicht reich. Nicht weltgewandt. Ein ganz gewöhnlicher junger Mann also. Doch ein Mann mit Feuer. Ein Mann mit Leidenschaft, mit Zuversicht, mit Tatendrang und Selbstvertrauen. Seine Mutter, Kelly, war an Depressionen gestorben, als Tom gerade sechs, Morwenna sieben und Connor vier Jahre alt war. So erzählte Tom es. *Sie ist an Depressionen gestorben.* Das ist eine Krankheit. Menschen sterben daran. Tatsächlich hatte sie sich eines Abends ins Bett gelegt und eine Handvoll Ecstasy-Pillen und wer weiß wie viele rezeptfrei erhältliche Tabletten geschluckt. Morwenna fand ihren Leichnam. Das war lange her. Keines der Kinder war davon sonderlich gezeichnet. Nicht einmal Morwenna. Tom erinnerte sich kaum noch an seine Mutter. Er erinnerte sich nicht an jenen Morgen. Er erinnerte sich nur an die Trauerfeier in der Kirche von St. Piran, auf dem Hügel oberhalb des Dorfes, an einem Wintermorgen, und an die Möwen, die über dem Grab kreisten.

Toms Vater war offenbar ein Fischer aus Newlyn gewesen und von der Bildfläche verschwunden. Alle drei Kinder nahmen den Namen ihrer Mutter an – Horsmith. Keines von ihnen schien genau zu wissen, wer ihr Vater war oder ob sie überhaupt denselben Vater hatten, und Nan konnte bei den Details nicht weiterhelfen. Vielleicht wusste sie es selbst nicht. Jedenfalls verschwendete keines der Kinder, weder Tom noch Morwenna noch Connor, einen Gedanken daran.

Tom Horsmith also. Ein Jugendlicher an der Schwelle zum Erwachsenenalter. An diesem Punkt der Geschichte studierte er am University College London. Zwei Jahre Studium lagen hinter ihm. Eines noch vor ihm. *Geowissenschaften.* Ein anspruchsvolles Fach. Doch Tom war laut den Berichten, die uns vorliegen, ein aufgeweckter junger Mann. Vielversprechend. Erfolgreich. London, könnten Sie jetzt denken, ist nicht weit von St. Piran entfernt. Fünf oder sechs Stunden mit der Bahn bis Penzance, eine Stunde mit dem Bus bis Treadangel und dann noch einmal eine Stunde und zwanzig Minuten über den Fußpfad an der Küste bis ins Dorf. Eine langsame Reise, aber keine anstrengende. Warum war Tom nicht zu Hause geblieben und verbrachte seine Semesterferien in St. Piran? Nun, solche Dinge sind oft kompliziert, und das waren sie auch in Toms Fall. Die schlichte Wahrheit lautete, dass er in London gut bezahlte Gelegenheitsjobs fand. In St. Piran weniger. Selbst im Sommer. Sogar während des Semesters verdiente er als Kellner in Covent Garden das Doppelte von dem, was ihm der Job in Kenny Kennets Bistro *Beachcomber* am Kai eingebracht hätte. Und jedes Pfund, das er in London verdiente, ging direkt an seine Großmutter und seine Geschwister, denn Nan Horsmith konnte aus gesundheitlichen Gründen so gut wie nicht arbeiten. Und so war Tom Student am Tag, Kellner am Mittag und am Abend, Pizza-Bote am Wochenende und gelegentlich Barmann und Gläserspüler, wenn sein Zeitplan es erlaubte. Sein Wecker klingelte um sechs, und jede Minute seines Tages war genauestens eingetaktet und verplant. Um neun stand zum Beispiel eine Vorlesung auf dem Programm, über Deformationsmechanismen in magmatischem Gestein, und eine weitere um zehn zum Thema Ablagerungsmilieus und die Aufnahme von Schichtstrukturen; dann war Zeit für einen sehr schnellen Kaffee mit Freunden, und um halb zwölf rannte er die Charing Cross Road entlang, damit er rechtzeitig für die ersten Mittagsgäste in der Brasserie St. George war. »Für Sie, Madam – die Leicestershire-Blaukäsetarte, geröstete Pastinake, Apfel und Walnuss-Salat, und für Sie, Sir, die geschmorte Haxe vom irischen Lamm mit Portobello-Champignons, Käsetoast und welkem Rucola. Zwei Gläser Medoc und Mineralwasser. Darf's auch eine Vorspeise sein?« Das brachte ihm bloß acht Pfund Lohn ein, doch in einer Mittagsschicht konnte er problemlos dreißig Pfund Trinkgeld einstreichen und oft mehr, wenn er gut gelaunt und vorzeigbar war und sich von den Gästen wegen seines Cornwall-Akzents aufziehen ließ. Dann zurück zum Campus wegen eines Praxisseminars um halb drei zum Thema Lagerstättenkunde, das den ganzen Nachmittag dauerte, weshalb er nicht mal eine Stunde Zeit hatte, um sich in der Küche seiner Wohnung etwas Essbares zu besorgen, wobei er fast über die Studenten jeder Ethnie und jeden Geschlechts (und ohne) gestolpert wäre, die dort einfach nur abzuhängen schienen. Fünfzehn Minuten für Smalltalk, fünf, um sich ein sauberes Hemd anzuziehen und sich das Lied einer neuen skandinavischen Band anzuhören, das er sich nicht entgehen lassen durfte, dann die Tür seines Zimmers schließen und den Laptop aufklappen. Zwanzig Minuten für E-Mail und Social Media, vierzig Minuten, um sechshundert Worte eines Essays zum Thema Vulkane und ihre Auswirkungen auf das Klima zu tippen, bevor ein Wecker ihm sagte, dass er sofort losmüsse. Los! Sofort! Es war ein Marsch von vierunddreißig Minuten von seiner Wohnung nach Covent Garden. Unterwegs konnte er auf dem Telefon Textnachrichten lesen. Besser sechsunddreißig Minuten einrechnen, falls alle Ampeln rot waren. »Tom! Du bist zu spät!« »Nein, Sir, ich bin genau pünktlich.« Und sieh an. Da kommen die Vor-Theater-Gäste. »Guten Abend. Ich heiße Tom. Ich bin heute Abend Ihr Kellner. Darf ich Ihnen die Speisekarte bringen?«

Tom Horsmith also. Jung. Intelligent. Willensstark. Hart arbeitend. Alles gute Eigenschaften. Gelegentlich intolerant, ein wenig vorschnell in seinem Urteil, mit oftmals kurzer Lunte. Vielleicht weniger gute Eigenschaften. Doch wer von uns kann schon von sich behaupten, mit neunzehn perfekt gewesen zu sein? Am Tag seines zwanzigsten Geburtstags glich Tom einem ungeschliffenen Diamanten, einem noch nicht abgeschlossenen Projekt, voller Potenzial, und wer konnte schon vorhersagen, welche Tugenden oder Fehler sich noch herausbilden würden?

Die Nummer zwei auf unserer Vorstellungsliste des Streits im *Petrel* sollte vielleicht der örtliche Naturforscher sein, Dr. Jeremy Melon. Jeremy war zu dem Zeitpunkt neunundvierzig. Er war kein Mann, der die Konfrontation suchte, und so war seine Anwesenheit bei dieser Auseinandersetzung ungewöhnlich. Man könnte sagen, es lag am Alkohol. In aller Regel entschied Jeremy sich für den einfachen Weg. Dreiundzwanzig Jahre zuvor war er davongelaufen und in St. Piran gelandet. Er hatte sich St. Piran nicht ausgesucht. Eines Abends war er einfach in sein Auto gestiegen und gefahren, bis die Straße zu Ende war. Er war Lehrer gewesen – Dozent an einer Universität in Leeds, und, na ja, da hatte es einen Studenten gegeben, einen ziemlich gut aussehenden Kerl, und Jeremy hatte sich ihm etwas zu sehr verbunden gefühlt, und dann kam eines zum anderen und endete damit, dass Jeremy unter Tränen in seinem Auto saß und Richtung Süden fuhr. Im Lauf der Jahre waren die Einzelheiten des Vorfalls glücklicherweise voll und ganz in Vergessenheit geraten, und die Gründe, die ihn hierher ins Dorf geführt hatten, wurden kaum einmal erwähnt. »Niemals zurückblicken«, sagte Jeremy gern. Und das hatte er nie getan. Er hatte eine Art Nische für sich gefunden, schrieb Bücher über Naturgeschichte sowie Beiträge für Enzyklopädien und korrigierte Studentenaufsätze für amerikanische Colleges. Seine Einnahmen waren überschaubar, doch seine Ausgaben ebenso. Er malte Aquarelle von Krabben, Hummern und den Bewohnern der Gezeitentümpel, und Kenny Kennet verkaufte die Bilder in seinem Kunsthandwerksladen am Kai. Er kam also zurecht. Wusste alles, was es zu wissen gab, über Rankenfußkrebse und Napfschnecken, und für Jeremy wäre das Leben vielleicht sehr viel einfacher gewesen, wenn er sich nur Gedanken über diese Meeresbewohner gemacht hätte.

Doch weil das Leben für kaum jemanden von uns eine komplett sorgenfreie Existenz bereithält, hatte der Lauf der Dinge Jeremy Melon mit einem nie versiegenden Quell von Sorgen ausgestattet, und zwar in Form von Demelza Trevarrik. Die beiden gaben ein ulkiges Pärchen ab. Falls sie überhaupt ein Paar waren. Jeremys Vorlieben in Sachen Bettgenossen waren immer recht fließend gewesen, und Demelzas Vorlieben in diesen Dingen waren ähnlich variabel, beeinflusst durch den Hippie-Lifestyle, den sie anstrebte, und ihre Tätigkeit als Autorin von Liebesromanen. »Du musst wissen, ich mache das aus Recherchegründen«, säuselte sie jedem zu, der sich zu so etwas wie einer innigen Umarmung hatte überreden lassen. Demelza war in St. Piran geboren und aufgewachsen, obwohl niemand so genau wusste, wo sie ihre prägenden Jahre verbracht hatte. Von Anfang zwanzig bis fast Ende dreißig war sie von der Bildfläche verschwunden gewesen und manchmal auch später, für ein oder zwei Monate oder sogar die ganze Saison. Doch sie kehrte jedes Mal zurück. »Dieses Städtchen«, sagte sie dann, »das lässt dich einfach nicht los.« Fragen zu ihrer Vergangenheit tat sie mit einem Lachen ab, »viel zu schmutzig, um sich darüber auszulassen«, genauso Fragen wie die, wo sie gelebt habe, »überall, Darling, außer in Truro«, oder ob sie je verheiratet gewesen sei, »du kannst unmöglich erwarten, dass ich mich an jedes Blatt Papier erinnere, auf das ich vielleicht mal meinen Namen gesetzt habe.« Sie lebten nicht zusammen – Jeremy und Demelza –, obwohl ihre Cottages nur einen kurzen Spaziergang voneinander entfernt lagen. Doch man sah kaum einmal einen von ihnen ohne die Begleitung des anderen. Vielleicht hatte Demelza sich dafür entschieden, allein zu leben, vielleicht auch nicht. Und wer wusste schon, was in den Schlafzimmern der beiden Cottages in der Fish Street vor sich ging? Bei solchen Dingen forscht man besser nicht genauer nach.

Eine Figur noch, dann sind wir fertig mit unserer Vorstellungsrunde. Benny Shaunessy. Toms Freund. Ungefähr gleich alt. Aber so anders als Tom, wie es unterschiedlicher in diesem Dorf nicht hätte sein können. Während Tom inzwischen beinahe zum Londoner geworden war, fast schon ein *city boy*, der sich auf den Straßen von Soho genauso wohlfühlte wie in den Gassen von St. Piran, hatte Benny nur selten einen Grund gehabt, weiter als bis nach Treadangel zu reisen. Er war der Sohn eines Fischers und der Enkel von Fischern, und das Meer war in seine DNA einprogrammiert. Würde man die Geschichte seiner Familie zurückverfolgen, dann würde man schon zu Noahs Zeiten auf Shaunessys in Booten stoßen, die ihre Netze einholten. Während Tom schlaksig war, war Benny untersetzt und stämmig. Während Tom rastlos war, war Benny entspannt. Er strahlte Gelassenheit aus. Den ganzen Tag konnte er am Steuer stehen und langweilte sich nicht eine Sekunde. Tom dagegen würde es schon nach zehn Minuten nicht mehr aushalten. Seit ihrem fünften Lebensjahr waren sie in die gleiche Klasse gegangen, erst in der Grundschule und dann auf der Gesamtschule in Treadangel, aber da, als die Schule sich zum ersten Mal wie etwas Ernstes anfühlte, hatte sich eine Lücke zwischen ihnen aufgetan. Doch zwischen Freunden, zwischen *besten* Freunden, sind solche Dinge kaum von Belang. Tom verbrachte mehr Zeit mit seinen Büchern als Benny. Das war der simple Unterschied. Benny betrachtete durch das Fenster des Klassenraums die Welt. Er sah Amseln, die in den hohen Ästen der Hainbuche nisteten. Er folgte dem Flug der Möwen, bis sie über Piran Head aus seinem Sichtfeld verschwanden. »Benjamin Shaunessy, wärst du so nett und würdest uns mit deiner Anwesenheit beehren?«, sagte die Lehrerin dann. Doch das war anstrengend. In seinem Kopf konnte Benny immerzu das Meer hören. Er konnte die Bewegungen der Wellen unter dem harten Schulstuhl spüren. Das Heben und Senken des Ozeans. Er konnte die Gischt riechen. Und so fiel Benny nach und nach zurück, in kleinen, kaum wahrnehmbaren Schritten, während Tom immer weiter davonzog. Doch es spielte keine Rolle. Überhaupt keine Rolle. Bildung ist nur eine Möglichkeit, um seinen Lebensunterhalt zu verdienen. Es gibt viele andere. Und wer hat je vom Bücherlesen auf See gehört? Und die Bruderschaft, die man erlebt, wenn man einen Freund seit Kindertagen hat, übersteht jede Kluft. Einen treueren und loyaleren Freund als Benny Shaunessy hätte Tom in der Stadt nicht finden können. Manchmal vergingen Monate, ohne dass sie sich sahen, doch fünf Minuten mit einem Glas Cider in Jacob Anderssens Pub reichten aus, um alle Entfremdung zu beseitigen, die wegen der räumlichen Trennung manchmal entsteht. Sie waren Freunde. Das reichte vollkommen. Benny würde auf dem Boot seines Vaters arbeiten. Jeder wusste das. Tom Horsmith würde an die Universität gehen und andere Möglichkeiten finden, um Geld zu verdienen, bis er eines Tages vielleicht, unzufrieden und enttäuscht, nach St. Piran zurückkehrte. Vielleicht auch nicht. Doch so oder so, ihre Freundschaft würde bestehen, und wenn man neunzehn ist, wen stören solche Dinge überhaupt? Wenn es ein warmer Abend ist, die Runde fröhlich und der Cider stark? Na also.

Hier sind wir nun. In der Hummerfischer-Bar des *Stormy Petrel Inn*, und es war ungefähr zehn oder elf oder irgendwas dazwischen. Es hing dort keine Uhr. Die Geigerin hatte eine Pause eingelegt und war irgendwohin verschwunden. Der Abend näherte sich seinem Ende.

Benny hatte ein neues Telefon und zeigte es Tom. »Ich mach mal ein Foto«, sagte er gerade.

Und in diesem Augenblick kam ein Mann von draußen in die Bar.

»Na, jetzt bin ich erstaunt«, sagte Tom. »Guckt mal, wer da ist.«

Der Neuankömmling blickte sich um, um herauszufinden, wer über ihn gesprochen hatte.

»Wer ist das denn?«, fragte Jeremy.

»Niemand Geringeres als der unehrenwerte Versorger der ungewaschenen Massen mit Unwahrheiten und Täuschungen«, sagte Tom. »Mr. Marazion House persönlich. Der Unehrenwerte Montague Causley MP.«

So fing es an. Wenn es doch nur nicht halb elf gewesen wäre. Wenn sie doch nur nicht genug Geld für eine weitere Runde gehabt hätten. Wenn Tom doch nur auf der anderen Seite des Tisches gesessen hätte.

Wenn, wenn. Hätte, hätte.

Monty Causley schien aufgrund der Beleidigung zu wachsen, er reckte den Hals wie eine verärgerte Gans. Einen Moment lang erstarrte er in dieser Position, die Lippen geschürzt, das Kinn vorgestreckt, die Augen funkelnd. Vielleicht wägte er seine Optionen ab. Sollte er die Bemerkung ignorieren? Oder sollte er reagieren?

Die Zeit verging jetzt langsamer. Eine merkwürdige Stille breitete sich vom Epizentrum der Bar aus, so dass auch die anderen Feiernden, die die Beleidigung gar nicht gehört hatten, plötzlich verstummten. Das Lachen einer Frau in einer hinteren Ecke klang nun seltsamerweise wie eine Störung. Causley fixierte Tom mit seinem Blick. Jetzt gab es keinen Weg zurück. Alle Augen waren auf sie gerichtet. Man kann von einem Kneipenstreit nicht in Würde zurücktreten. Nicht so kurz vor dem Ende des Abends.

»Das ist eine sehr ernste Anschuldigung«, sagte Causley kühl. »Einen Mann einen Lügner zu nennen. Ins Gesicht. Haben Sie irgendwelche Beweise, um Ihren Vorwurf zu konkretisieren? Oder ist das Ganze einfach bloß üble Nachrede?«

»Das Wort *Lügner* hat er eigentlich nicht benutzt«, sagte Demelza.

»Nun, ich denke, Sie werden mir zustimmen, dass der Ausdruck *Versorger mit Unwahrheiten und Täuschungen* ein Synonym des Wortes *Lügner* ist«, sagte Causley. »Also läuft es auf dasselbe hinaus. Entweder muss er es beweisen oder seine Behauptung zurücknehmen, sonst sehen wir uns vor Gericht wieder.«

Drohungen, die schwüle Luft, Selbstgerechtigkeit und Cider. Eine tödliche Kombination. Tom erhob sich von seinem Platz.

»Tom, nicht ...«, sagte Benny.

»Ja, ich muss mich dafür entschuldigen, weil ich ein Synonym benutzt habe«, sagte Tom, »wenn ich eigentlich ein viel direkteres Wort hätte verwenden sollen.« Er zeigte mit dem Finger auf den Politiker, drehte sich halb um und wandte sich an die anderen Gäste der Bar. »Das ist der Abgeordnete, der uns eine tägliche Busverbindung nach Treadangel versprochen hat. Hat schon mal jemand einen Bus in St. Piran gesehen?« Er hob die Augenbrauen. »Eine Lüge also. Das ist der Abgeordnete, der uns gesagt hat, er werde die Ausfuhrzölle für Fisch aufheben, der von Cornwall nach Europa verkauft wird. Hat er das getan?« Er wandte sich wieder Causley zu. »Haben Sie? Nein. Eine Lüge. Und Mr. Causley, war es nicht so, dass Sie uns versprochen haben, wenn Ihre Partei gewählt wird, wird das Krankenhaus in Treadangel *nicht* geschlossen? Sie sind jetzt seit drei Jahren an der Macht. Das Krankenhaus wurde im Februar dichtgemacht. L. Ü. G. E. Sie haben uns Steuererleichterungen für landwirtschaftliche Betriebe versprochen. Sie haben uns Küstenbefestigungen an den Klippenpfaden versprochen. Sie haben einen großen Investitionszuschuss für Cornwall Süd versprochen. Höre ich ein L?«

»L«, erwiderten einige Stimmen in der Bar.

»Höre ich ein Ü?«

»Ü!« Diesmal lauter, weil die Gäste des *Petrel* verstanden hatten.

»Höre ich ein G?«

»G!«

»N?«

»N!«

»E?«

»E!«

»R?«

»R!«

»Und was ergibt das?«

»LÜGNER!«, brüllten die Gäste.

»Da habt ihr euer Synonym für Mr. Montague Causley«, sagte Tom und deutete mit einer schwungvollen Handbewegung auf die versammelte Menge. »Wollen Sie jetzt die gesamte Bar verklagen?«

Causley wirkte verdattert. »Keine dieser Anschuldigungen ist fair«, protestierte er. »Das waren keine Lügen.«

»Ach nein?« Tom genoss die Unterstützung der Menge sichtlich. »Was denn dann?«

»Das waren Ziele«, sagte der Abgeordnete. »Es waren Themen, für die ich zu kämpfen versprochen habe. Themen, für die ich gekämpft *habe*. Das ist die Sprache der Politik. Man verspricht, für Anliegen zu kämpfen, die man unterstützt. Man gewinnt nicht jeden Kampf. Das wissen Sie. Ich weiß es. Die Wähler wissen es.«

Tom sah nicht überzeugt aus. »Also haben Sie versprochen, für all diese Dinge zu kämpfen, aber Sie haben *jeden einzelnen* Kampf verloren. Wollen Sie das damit sagen? Dann sind Sie entweder ein Lügner oder ein richtig schlechter Politiker.« Er blickte in die Menge.

»LÜGNER!«, schallte es zurück. »LÜGNER.«

Causley war sichtlich gereizt. »Und was für eine spezielle Beziehung zur Wahrheit haben Sie, die Ihnen das Recht gibt, mit dem Finger auf andere zu zeigen?«, wollte er wissen. »Ich arbeite hart für diesen Wahlbezirk.«

»Sie verdienen durch die Beteiligung Ihrer Familie am Nordseeöl ein Vermögen«, sagte Tom, ohne auf Causleys Konter einzugehen. »Sie haben hier ein Haus und in London ein Apartment am Fluss und eine Villa in Italien ... Drei Wohnorte also ... Und wie viel Zeit im Jahr verbringen Sie hier? Eine Woche? Zwei?«

»Ich arbeite in London.«

»Und Ihre Wähler sind in Cornwall. Wie unpraktisch für Sie. Aber Sie haben recht. Gebrochene Versprechen machen Sie nicht zum Lügner. Die machen Sie bloß unglaubwürdig. Und wissen Sie, was? Das ist mir alles völlig egal. Ihre gebrochenen Versprechen interessieren mich nicht. Mich interessiert bloß die *eine große Lüge*, die Sie den Leuten erzählen. Die größte Lüge von allen.«

Das *Stormy Petrel* hielt den Atem an. Alle hatten das Gefühl, dass dieser kleine Kneipenstreit die nächste Stufe erreichte.

»Sie sind ein Klimaleugner, Mr. Causley!« Tom stieß den Finger in seine Richtung. »Sie verbreiten eine sehr gefährliche Lüge. Sie leugnen den Klimawandel.«

Causleys finsterer Gesichtsausdruck machte einem breiten Grinsen Platz. Diese Anschuldigung gefiel ihm. Er gab ein lautes und recht unbeholfenes Lachen von sich und trat zwei Schritte auf Tom zu, so dass die beiden Männer sich Auge in Auge gegenüberstanden. »Darum geht's hier also? Diese ganze selbstgerechte Lügengeschichte? Das ganze Gefasel über Buswege und Fisch? Ich habe Sie gekränkt, weil ich die Wahrheit über den Klimawandel sage?«

»Sie sagen nicht die Wahrheit. Sie verbreiten Lügen.«

»Oooooh ... das tut mir aber leid.« Jetzt war Causleys Tonfall sarkastisch. »Habe ich die arme, zarte Schneeflocke an einem empfindlichen Tag erwischt? Ertragen Sie es nicht, wenn man Ihren so sorgfältig gehegten Überzeugungen mit ein wenig intellektueller Schärfe begegnet, ohne dass Sie gleich zu Ad-hominem-Beleidigungen greifen müssen? Oder müssen wir jetzt alle den Woke-Göttern der globalen Erwärmung und des Artensterbens kritiklos huldigen?«

Die Wucht dieser Antwort schien Tom Horsmith einen Teil seiner Energie zu nehmen. Es sah aus, als schluckte er auf der Suche nach einem vergleichbar massiven Gegenschlag, und Causley nutzte die Pause zu seinem Vorteil.

»Ich lehne nicht die Wissenschaft ab, junger Mann. Aber wissen Sie, was ich ablehne? Den Mangel an Nuancen. Die Vereinfachung komplexer Themen. Das lehne ich ab.«

Hätte Monty Causley es dabei belassen, hätten sich vielleicht beide wieder an ihren Platz begeben, verärgert und ein wenig verletzt, aber dennoch erhobenen Hauptes. Die Gäste des *Petrel* hätten sich aufs Neue der ernsten Beschäftigung hingegeben, so viel wie möglich zu trinken, bevor die letzte Runde eingeläutet wurde, und der Vorfall wäre schnell wieder vergessen worden. Doch Causley war der Parlamentsabgeordnete für den Bezirk Cornwall Süd, und vielleicht geht mit diesem Titel ein gewisses Anspruchsdenken bei Auseinandersetzungen in Kneipen einher. Causley hatte sich schon mit ganz anderen gestritten. Er könnte diesen jungen Emporkömmling zu Hackfleisch verarbeiten und wollte der versammelten Wählerschaft seine vernichtende Durchschlagskraft beweisen. Und vielleicht sollte man sich daran erinnern, dass die Leugnung des Klimawandels – heutzutage eine sehr seltene Position – in den Kneipen und Debattierclubs jener Zeit nichts Ungewöhnliches darstellte. Es gab sogar amerikanische Präsidenten, die solche Meinungen vertraten. »Ich glaube das nicht«, sagte ein Präsident, als man ihn zu einem Klimabericht befragte. Ein russischer Anführer überlegte öffentlich, dass der Klimawandel für sein Land gar nicht schlecht sein könnte. »Zwei bis drei Grad würden nicht schaden«, sagte er. »Dann geben wir weniger für Pelzmäntel aus, und die Getreideernte bringt mehr Einnahmen.« Mit der Unterstützung von so hoher Stelle war sich Monty Causley seiner Position sehr sicher. »Sie sollten sich nicht auf eine Diskussion einlassen, wenn Sie die Wissenschaft dahinter nicht verstehen«, fuhr er Tom mit scharfer und herablassender Stimme an. »Hier hab ich einen kleinen Hinweis für Sie, über den Sie mal in Ruhe nachdenken können. Vulkane. Was Vulkane sind, wissen Sie doch bestimmt. Spitze Dinger, aus denen oben Rauch rauskommt.« Er lachte über seinen eigenen Witz. »Nun, wissen Sie, wie viele aktive Vulkane es auf der Welt gibt?« Er legte eine Pause ein, um seinem Argument Nachdruck zu verleihen. »Zehntausende«, sagte er. »Zehntausende aktive Vulkane, die Kohlendioxid ausspucken. Jeden einzelnen Tag. Zehnmal so viel CO_2 wie die gesamte

Menschheit in einem Jahr produziert. Also, kehren Sie in Ihre kleine Blase zurück und konzentrieren Sie sich aufs Fischefangen, oder was auch immer Sie machen, und lassen Sie mich in Ruhe mein Getränk genießen.« Mit diesen Worten trat Causley einen Schritt zurück. Für ihn war die Auseinandersetzung vorbei. Ein Lächeln kräuselte seine Lippen. Vielleicht stellte er sich vor, wie die Trinkenden in der Bar die Geschichte zu Hause ihren Familien erzählten.»Causley hat ihn fertiggemacht«, würden sie sagen.»Der war sprachlos.«

Zu Monty Causleys Leidwesen jedoch war Tom Horsmith, nach sieben Pints von Jacob Anderssens Cider, alles andere als sprachlos. Als Causley zurücktrat, machte Tom einen Schritt auf ihn zu und drängte den Abgeordneten gegen den Tresen.»Ich habe in meinem ganzen Leben noch nie so einen idiotischen Schwachsinn gehört«, sagte Tom. Seine Stimme war laut.»Zufällig weiß ich, was Vulkane sind, Mr. Causley. In einem Punkt haben Sie recht. Es sind tatsächlich spitze Dinger, aus denen Rauch rauskommt. Aber es gibt keine zehntausend aktiven Vulkane. Jetzt gerade sind es sechsundvierzig. Sechsundvierzig. Im letzten Jahr sind dreiundfünfzig ausgebrochen. In der gesamten Menschheitsgeschichte wissen wir von fünfhundertundsechzig Vulkanen, und wir haben Namen für jeden einzelnen von ihnen. Und im Holozän, das etwa elftausendsiebenhundert Jahre zurückliegt, gab es eintausendvierhundertunddreizehn Vulkane. Also nicht Zehntausend, Mr. Causley. Sechsundvierzig. Und wissen Sie, wie viel Kohlendioxid sie in der Atmosphäre freisetzen? Irgendetwas zwischen zweihundert und dreihundert Millionen Tonnen pro Jahr. Das ist eine ziemlich große Menge. Das stimmt. Aber die Menschheit produziert jeden Tag fünfundsechzig Millionen Tonnen. Pro Tag! Wir überholen die Vulkane in nur drei Tagen.« Tom zeigte angriffslustig mit dem Finger auf Causley. »SIE sollten sich nicht auf eine Diskussion einlassen, wenn Sie die Wissenschaft nicht verstehen«, sagte er.

Einige der Trinkenden johlten. Und Tom hätte die Sache auf sich beruhen lassen sollen. Doch er war noch nicht fertig. »Die Welt erwärmt sich. Die Polkappen schmelzen. In fünfzig Jahren«, sagte er, »wird Ihr schönes Marazion House unter Wasser liegen.«

Causley, der von Tom Horsmiths Faktenlitanei arg in die Defensive gedrängt worden war, nutzte diese Prophezeiung, um wieder etwas Boden gutzumachen. »Niemals«, spuckte er aus. »Das sagen sie meiner Familie schon seit Jahren, und es gab kaum einmal einen Wassertropfen jenseits der Türschwelle. Nur bei hohen Fluten.«

»Na dann, wie wär's mit einer Wette?«, fragte Tom theatralisch. Er drehte sich, um zu prüfen, ob er noch immer die Unterstützung der Menge genoss. »Ich wette mit Ihnen, dass Sie in fünfzig Jahren, von heute an, nicht bei Flut in Ihrem Wohnzimmer sitzen können, sondern ertrinken würden.«

47

Causley lachte. »Was ist denn das für eine Wette? Bei einer Wette muss der eine etwas gewinnen, und die andere Seite muss etwas verlieren. Sonst ist es keine richtige Wette.« Er beugte sich zu dem jüngeren Mann vor. »Aber ich mache Ihnen einen Vorschlag. Wir könnten eine richtige Wette daraus machen, wenn Sie wollen. Heute ist Mittsommer. Zufällig ist heute auch mein vierzigster Geburtstag. In fünfzig Jahren, wenn ich so lange lebe, bin ich neunzig. Ich werde mich an meinem neunzigsten Geburtstag eine Stunde lang in mein Wohnzimmer im Marazion House setzen. Wenn es unter Wasser steht, ertrinke ich. Aber für Sie, junger Mann, muss genauso viel auf dem Spiel stehen. Also, wenn ich den von Ihnen vorhergesagten Anstieg des Meeresspiegels überlebe, müssen Sie das gleiche Risiko eingehen. Wäre das nicht fair? Sie müssen ins Meer gehen und ertrinken.«

»Tu das nicht, Tom!« Das war Jeremy. Er trat neben den jungen Mann und legte ihm eine Hand auf die Schulter. »Lass ihn.«

»Nein!« Tom schüttelte Jeremys Hand ab. »Ich nehme seine Wette an.« Er grinste. »Das ist ein lustiger Zufall. Wir haben am gleichen Tag Geburtstag, Mr. Causley. Ich bin zwanzig. Seit heute. Am Mittsommertag. In fünfzig Jahren werde ich also siebzig sein. Und Sie neunzig. Und wenn Sie nicht ertrinken, dann ich.«

Darauf folgte eine kurze Pause. Es war beinahe still in der Bar.

Ein lautes Läuten kam aus einer Ecke des Raumes. »Letzte Runde, bitte!« Das war Jacob Anderssen.

Monty Causley streckte die Hand aus. »Herzlichen Glückwunsch zum Geburtstag«, sagte er.

Tom hob seine Hand und schlug ein. »Und auch Ihnen herzlichen Glückwunsch, Mr. Causley«, sagte er. »Ich bin Tom Horsmith.«

»Nennen Sie mich Monty«, sagte der ältere Mann. Einen Moment lang sahen die beiden einander in die Augen. »Ich besorge Ihnen ein Getränk«, sagte Causley.

»Ich nehme einen Gin Tonic«, rief Demelza.

Irgendjemand applaudierte, dann klatschte die gesamte Bar. »Bestellen Sie, was Sie wollen«, sagte Causley. »Ich gebe allen einen aus.«

Und dieser Augenblick der Versöhnung und der Jovialität hätte das Ende dieses Vorfalls sein sollen, dann hätte man das alles vergessen, und die Einzelheiten der Wette wären bloß noch eine vage Erinnerung aus einer durchzechten Nacht gewesen. Hätte nicht Benny Shaunessy wenige Sekunden zuvor einen Knopf an seinem Telefon gedrückt. »Ich hab alles gefilmt«, sagte er. »Und ich nehme noch einen Cider.«

Und während die Menge an den Tresen drängte, tippte Benny Shaunessy noch einige Male auf das Display seines Telefons. »Ich hab's veröffentlicht«, sagte er.

Doch niemand schien ihn gehört zu haben. In dieser Nacht verschwendete niemand der im *Stormy Petrel* Versammelten einen weiteren Gedanken an die Wette.

Um Mitternacht jedoch war Bennys Beitrag einunddreißigmal kopiert und wieder gepostet worden.

Am nächsten Morgen war daraus ein Phänomen geworden.

Zwei Jahre
nach
der Wette

4

Lykke

Um zwanzig nach vier in der Nacht öffnete Nan Horsmith die Eingangstür ihres Häuschens in der Cliff Street. Das Dorf war so still wie ein Grab, und die Sonne zeigte sich noch lange nicht. Sie trug ein Baumwollnachthemd. Keine Hausschuhe. Sie stand da, leicht schwankend, und suchte mit aufgerissenen Augen die Türschwelle ab. Besorgnis breitete sich auf ihrem Gesicht aus, und ihre Hand begann zu zittern. »Keine Milch da!«, rief sie ins Haus, und ihre Stimme hallte durch die stille Morgenluft. »Keine Milch. Der Milchmann war nicht da.«

Tom Horsmith stolperte die Treppe herab und zog sich ein T-Shirt über. »Nan? Was ist denn los?«

»Keine Milch da«, erklärte Nan und zeigte zum Beweis auf die Türschwelle. »Guck. War nicht da.«

Tom legte seiner Großmutter eine Hand auf die Schulter und führte sie sanft ins Wohnzimmer. »Nan, wie spät ist es? Es ist noch nicht mal halb fünf. Alle schlafen noch. Das ganze Dorf schläft. Du solltest im Bett liegen.«

»Aber es ist keine Milch da«, protestierte sie.

»Der Milchmann kommt nie vor sieben. Das weißt du. Und er kommt eh nur dienstags und freitags.«

»Und wie soll'n wir dann Frühstück machen?«

»Das machen wir um acht, Nan.«

Nan Horsmith dachte darüber nach. Irgendetwas war hier eindeutig nicht richtig. Sie schüttelte den Kopf. »Er kommt immer um zwanzig nach vier«, sagte sie. »George Garrow. Jeden Tag. Pünktlich wie ein Uhrwerk.«

Tom führte sie vorsichtig zur Treppe. »George ist seit dreißig Jahren tot, Nana«, sagte er. Er atmete langsam aus, es hörte sich an wie ein Seufzer. »Geh jetzt schlafen, Nan.«

»Aber was ist mit dem Frühstück?«

»Ich kaufe Milch bei Jessie. Sie macht um sechs auf.«

»Um sechs?«

»Um sieben gibt's dann Frühstück.«

Eine Gestalt erschien oben an der Treppe, ein schlaksiger Teenager in Schlafshorts und ohne T-Shirt. »Was ist denn?«

»Alles okay, Connor«, sagte Tom. »Nana legt sich wieder hin. Irgendwas hat sie geweckt.« Er stieg die Treppe hinauf, wobei er Nan wie eine Schaufensterpuppe hinaufbugsierte: mit beiden Füßen auf eine Stufe, dann mit beiden auf die nächste. »Sie hatte einen ihrer Anfälle.«

»Sie glaubt, der junge Mr. Garrow lebt noch«, sagte Connor. Er ging die Treppe hinunter, um zu helfen. »Das passiert manchmal.«

»Ich weiß.«

»Wir können bei Jessie Milch kaufen. Sie macht um sechs auf.«

»Außer an den Tagen, an denen sie verschläft«, sagte Tom.

»Ich geh gleich«, sagte Connor.

»Kein Problem. Ich übernehm das schon.«

Kurze Zeit später saßen die beiden Brüder auf der untersten Stufe und teilten sich einen Tee aus einem abgestoßenen Becher. Das Haus war still. Sie sprachen leise.

»Leg dich wieder hin, du kannst noch drei Stunden schlafen«, sagte Tom. »Sonst bist du zu müde fürs College.«

»Das stimmt.« Connor Horsmith war so dünn wie ein Besenstiel. Unter seinen Augen schienen Schatten zu liegen, so übernächtigt war er.

»Ich fahr dich zum College, wenn du willst«, sagte Tom. »Dann musst du nicht den ganzen Weg zum Bus laufen.«

»Danke.«

Noch ein wenig später, gegen zwanzig vor fünf, marschierte Tom, inzwischen wach und bereit für den Tag, allein den Kai entlang und lehnte sich gegen die Ufermauer. Er hielt Ausschau nach den ersten Zeichen des Sonnenaufgangs weit draußen im Osten im morgendlichen Nebel, ein himbeerroter Fleck, der an einen Aquarellklecks auf der Palette eines Künstlers erinnerte. Das Meer lag noch dunkel da. Wie ein samtener Umhang. Kaum etwas regte sich. Selbst die Möwen schliefen noch. Es herrschte Ebbe. Die Fischer lagen bestimmt noch im Bett.

Aber wie magisch St. Piran zu dieser Stunde ist, dachte Tom. Wie rohe, unbehauene Formen in grauem Nebel musste das Dorf sich erst noch im strahlenden Licht des Tages herausschälen. Vereinzelte Laternen beleuchteten den Kai. Sie tauchten die weiß getünchten Fassaden der Gebäude in ein orangenes Licht. Die Schatten waren weich und lang. Hier und da war in einem der dunklen Häuser, die sich vom Hafen bis zur Landzunge hinaufzogen, ein Fenster erleuchtet. Doch in diesem Dorf stand man nicht früher auf als nötig, und wenn Ebbe herrschte und ein arbeitsreicher Tag vor einem lag, musste man jede Minute Schlaf nutzen. Die meisten Fenster waren dunkel. In dem Städtchen herrschte Stille.

Er stand am Ende des Kais. Allein. Den Salzwassergeruch in der Nase. Kein Geräusch außer dem leisen Plätschern der Wellen gegen die Wellenbrecher. Es fühlte sich an wie ein verzauberter Ort, als wäre die Gestalt der Landzunge und ihrer engen Gassen, des Strandes und des Hafens in seinen Genen eingeschrieben, und wenn er einatmete, gelangte ein winziger Teil des Städtchens mit der Morgenluft in seine Blutbahn, und atmete er aus, kehrte ein kleines bisschen von ihm ins Dorf zurück. Eine Art Austausch. Eine Art Vertrag. Ein Übereinkommen, dass ein Teil von ihm für immer hierhergehören würde, zwischen diese uralten Steine. Ein Teil von ihm konnte nie von hier weg.

Er drehte sich und blickte wieder aufs Meer hinaus. Der Fleck der aufgehenden Sonne war größer geworden.

Er beobachtete lange Zeit, wie sich die Farben in den Nebel mischten.

Und dann, hinter ihm, ein Tapp-Tapp-Tapp. Das Geräusch von Schritten auf Steinplatten. Er drehte sich nicht um. Nicht sofort. Er fühlte sich in seiner Träumerei gestört. Es geschah herzlich selten, dass er St. Piran ganz allein für sich genießen konnte, und jetzt, so schien es, war einer dieser Augenblicke vorbei. War ihm geraubt worden.

Tapp. Tapp. Tapp.

Die Schritte einer Frau. Harte Sohlen auf dem steinernen Kai.

Er wandte sich um. Vielleicht war es eine Freundin. Oder eine Bekannte. Er sah sie an – die Frau mit den harten Sohlen und den Tapp-Tapp-Schritten. Aber nein. Sie war eine Fremde. Eine Touristin. Das erkannte er sofort. Eine schmale schwarze Gestalt. Groß. Mit Kapuze. Morgendliche Wölkchen in die Luft ausstoßend. Sie schwankte beim Gehen hin und her, als lauschte sie irgendeinem geheimen Rhythmus. Tapp, tapp. Ungewollt hatte er sie direkt angesehen. Sie hatten sich in die Augen gesehen, und jetzt mussten sie etwas zueinander sagen. Im hellen Tageslicht und inmitten des sommerlichen Treibens hätten sie ohne ein Wort aneinander vorbeigehen können, vielleicht sogar ohne sich eines Blickes zu würdigen. Doch jetzt war die Morgendämmerung angebrochen. Eine verzauberte Zeit. Und sie, zwei Gestalten, allein, am Hafen, dunkle Schemen vor dem anschwellenden Rot am östlichen Himmel. Zu schweigen wäre unangenehm gewesen.

»Hi.«

Das kürzeste aller Wörter. Der minimale Aufwand. Er nickte, als sei diese Silbe alles, was er zu sagen habe. Sie konnte nun ihrerseits mit einem »Hi« antworten, und dann wäre ihre Unterhaltung zu Ende. Vorbei. Mehr war nicht nötig. Der ansteigende Atlantik würde das Reden für sie übernehmen. Und dann würde sie vielleicht davongehen, zurück in das Grau, aus dem sie gekommen war.

»Das ist der Sonnenaufgang am Tag der Sommersonnenwende«, sagte sie, als sei das etwas Bedeutsames.

Er nickte. »Ja«, sagte er. »Sieht so aus.«

»Bist du extra deswegen hier rausgekommen?«

»Nein«, sagte er. Und dann, weil ihm das als Antwort zu knapp erschien, »Und du?«

»Wo ich herkomme, gibt es keine Sommersonnenwende«, lautete ihre Antwort.

Sie wirkte irgendwie orientalisch. Oder auch nicht. Ihm wurde bewusst, dass er sie anstarrte. Ihre Bemerkung hatte seine Neugier geweckt. Keine Sommersonnenwende? Kam sie also aus den Tropen? Sie hatte mandelförmige Augen, ihr langes geflochtenes Haar war allerdings erdfarben, nicht schwarz. Hatte die Farbe von kalkhaltiger Erde. Ungewöhnlich, dachte er. Sie war jung. Schlank. Eine ganz bestimmte Energie schien in ihr zu stecken.

Wieder atmete sie aus, erneut eine Lunge voll Nebel. Dann weiteten sich ihre Augen, weil sie ihn erkannte. »Bist du das?«, fragte sie überrascht. Sie zog sich die Kapuze vom Kopf, legte ihre Tarnung ab.

Er zuckte mit den Schultern, wie um zu sagen, *und wer, denkst du, bin ich?*

»Du bist Tom. Aus dem Video, das viral gegangen ist.« Das war eine Feststellung. Keine Frage. Ihr Akzent klang irgendwie nordisch. Nicht wirklich schottisch. Auch nicht so richtig norwegisch.

Keine Sommersonnenwende. Woher also dann?

»Das ist lange her«, sagte er.

»Zwei Jahre.«

Sie strahlte Ruhe aus. Sie neigte den Kopf nach vorne. Ein ganz leichtes Nicken. Im weichen Leuchten des Sonnenaufgangs war sie so schön wie eine Alabasterstatue. Ihre Zunge berührte ihre Lippe und zog sich zurück. Das stille Licht der Morgendämmerung in St. Piran verwandelte sie in das Abbild einer Göttin.

»Wer bist du?«, hörte er sich fragen. Eine blöde Frage. Welche Antwort erwartete er denn?

»Ich heiße Lykke«, sagte sie. »Darf ich mich zu dir stellen und den Sonnenaufgang ansehen?«

Und schon hatte er alles andere vergessen. Die Milch, die er noch kaufen musste. Das Frühstück, das er zu machen versprochen hatte. Die Fahrt zum College, die er seinem Bruder angeboten hatte. Sein eigenes Leben. Seine Tätigkeit. Das Universum. So schnell und unangekündigt kommt die Liebe manchmal in unser Leben. Nicht immer tritt sie als Eindringling auf. Nicht immer liefert sie sich einen Kampf mit unserem Verstand und unseren Gefühlen. Nicht immer stellt sie unangemessene Forderungen an uns. Manchmal kommt die Liebe einfach und stellt sich neben uns, um sich einen Sonnenaufgang anzusehen.

Zwei Fremde. In diesem Augenblick wussten sie noch nicht, dass sie verliebt waren. Sie wussten nur, dass das Leben Überraschungen bereithielt. Sie konnten ihren erhöhten Puls nicht hören und ihren eigenen Moschusduft nicht riechen. Sie erkannten die Zeichen nicht. Noch nicht. Und so sagten sie nichts. Eine ganze Minute lang und dann noch eine standen sie schweigend da und sahen der Sonnenkugel zu, die bedeutungsschwer über dem Ozean schwebte. Und als die zweite Minute verstrich, kämpfte Tom gegen das fast unkontrollierbare Verlangen an, ihre Hand zu greifen. Lykke. Das Mädchen, das aus der Dunkelheit gekommen war.

Dann schließlich sagte sie etwas. »Du warst nicht ganz ehrlich, was die Vulkane angeht«, sagte sie. Sie sah ihn nicht an. Ihr Blick war noch immer in die Ferne, auf den Horizont, gerichtet.

Die Bemerkung überraschte ihn, holte seine Gedanken unsanft auf den Boden zurück. Wollten sie wirklich hier stehen und über Vulkane reden?

»Warum?«

»Du hast die Unterwasservulkane unterschlagen.«

Ah. Das also. Auch er hielt seinen Blick auf den Sonnenaufgang gerichtet. »Du hast recht. Ich wollte das Ganze nicht verkomplizieren.«

»Es gibt Tausende davon.«

»Vielleicht Millionen. Fast alle erloschen. Aber das ändert nichts an der Rechnung. Wir gehen immer noch davon aus, dass Menschen etwa sechzigmal so viel CO_2 ausstoßen wie sämtliche Vulkane der Welt – die unter Wasser eingeschlossen.«

»Trotzdem«, sagte sie, »hättest du dem armen Kerl ein wenig Demütigung erspart, wenn du es damals erwähnt hättest.«

Tom öffnete den Mund, um sein Handeln zu verteidigen, doch dann machte er ihn wieder zu. Er hätte zum Beispiel sagen können, dass er keine Rücksicht auf die Gefühle eines Klimaleugners nehmen müsse. Oder etwas in diese Richtung. Doch irgendetwas an dieser sonderbaren Unterhaltung ließ ihn innehalten. Die junge Frau kritisierte nicht seine Schlussfolgerungen. Nur seinen Mangel an Empathie. Also sagte er stattdessen: »Vielleicht hast du recht.« Diese Worte fühlten sich richtig an.

Vielleicht war es sogar die Wahrheit.

»Warum hasst du ihn?«, fragte sie.

»Wen?«

»Den Politiker.«

»Ich hasse ihn?«

»Ich glaube schon«, sagte sie.

Und wieder standen sie da und schwiegen. Diesmal fühlte sich das Schweigen anders an. Tom fand ihre Unterhaltung ein wenig verletzend. Lykke war nicht die erste Fremde, die auf ihn zugekommen war, um über das Video zu reden, doch bisher hatte ihm niemand nahegelegt, dass er freundlicher hätte sein können.

»Darf ich seine Politik nicht hassen?«, fragte er nach einer Weile, ohne ihr in die Augen zu sehen, und darum bemüht, nicht zu defensiv zu klingen.

Sie zuckte mit den Schultern. »Du darfst hassen, was und wen immer du willst«, sagte sie. »Das ist deine Entscheidung. Wundere dich nur nicht, wenn die Leute dich fragen, wieso.«

Es wurde zunehmend heller.

»Pass auf, dass der Hass dich nicht auffrisst, Tom«, sagte sie. »Ich denke, dafür bist du eigentlich ein zu guter Mensch.«

»Und ich denke, du bist vielleicht ... ein besserer Mensch als ich«, sagte er.

»Das werden wir vermutlich nie herausfinden«, lautete ihre Antwort.

Die Sonne war eine riesige gelbe Scheibe, die ihre Lichtfinger über das Meer streckte. Die beiden betrachteten die leuchtenden Farben, die zwischen den Wellen reflektiert wurden.

»Warst du schon mal fischen?«, fragte er. Sein Herz fühlte sich wie ein in seiner Brust freigelassenes Tier an.

Sie musste fast lachen. »Ich komme aus einer Familie von Fischern.«

»Wirklich?« War das gut oder eher nicht? »Ich wollte dich fragen, ob du vielleicht fischen gehen willst. Vielleicht gegen Mittag. Wenn Flut ist. Mein Freund Benny hat ein Boot. Er nennt es das *Beste Boot auf dem Meer.*« Er plapperte jetzt nur noch. Er zeigte auf einen kleinen Trawler im Hafen, der im Schlamm auf der Seite lag. »Da. Die *Piranesi.*« Er zuckte mit den Schultern. »Aber wenn du aus einer Familie von Fischern kommst ...«

Als sie ihn ansah, sprach aus ihrer Miene eine unerwartete Wärme. »Ich würde gerne auf dem Boot mitfahren«, sagte sie. »Ich glaube, das würde mir sehr gefallen. Aber du musst wissen, ich esse keinen Fisch.«

»Du kommst aus einer Familie von Fischern und isst keinen Fisch!« Tom konnte es nicht glauben.

»Ich weiß.« Sie lächelte ihn an. »Ich stecke voller Widersprüche.«

»Dann könnten wir vielleicht was anderes essen«, sagte er.

»Darf ich einen Vorschlag machen?«

»Natürlich.«

»Wenn Zeit dafür ist, würde ich vor unserer Bootsfahrt gerne eine Wildblumenwiese besuchen. Kennst du eine in der Nähe von St. Piran? Die gibt es in meiner Heimatstadt nicht.«

»Ich kann dir meine Lieblingsstelle zeigen«, sagte er. Er dachte daran, wie sich der Klippenpfad aus dem Wald von Treadangel herauswand und zu den Sommerwiesen führte. Dort gab es Ranunkeln, Glockenblumen und Margeriten. Nan pflückte dort im Juni immer Lavendel. Es müsste Wilden Mohn, Wicken und Leimkraut geben. Und die Schmetterlinge. Und das Gras stand hoch. »Das ist die beste Jahreszeit dafür.«

»Das würde mir sehr gefallen«, sagte sie.

Einen langen Moment lang sahen sie sich an.

»Eine Sache sollte ich vermutlich noch sagen«, fügte sie hinzu.

Er hielt den Atem an.

»Schließlich«, sagte sie, »weiß ich nur das über dich, was in dem Video vorkommt.«

»Ja?«

»Herzlichen Glückwunsch«, sagte sie.

5

Klatschmohn

Sie lagen im hohen Gras auf dem Rücken, nah beieinander, aber nicht zu nah, die Köpfe sich nur berührend, und blickten in den wolkenlosen Sommerhimmel hinauf.

»Das ist das Wunderbarste, das ich mir vorstellen kann«, erklärte Lykke.

Wunderbar? Der Erdboden unter dem Gras war steinig und unbequem. Grasbüschel bohrten sich piksend in ihre Rücken. Ameisen erforschten ihre nackten Körperstellen auf der Suche nach Nahrung. Wunderbar?

Kurz hing eine fette Hummel laut summend über ihnen in der Luft, dann war sie verschwunden. Schmetterlinge und Marienkäfer flogen umher, und die Rufe von Singvögeln und Möwen waren zu hören. Am Hang wuchs wilder Klatschmohn. Alles roch nach Sommer. Nach Pollen und Heu und mysteriösen Blumen.

»Ich könnte den ganzen Tag hier liegen«, sagte Lykke.

»Wir können bleiben, solange du willst«, sagte Tom, und im selben Augenblick wusste er, dass es stimmte.

»Ich fände es toll, in der Nähe einer solchen Wiese zu leben«, sagte Lykke. »Ich würde jeden Tag herkommen und mich hierhin legen. Stell dir mal vor, wie viele Lebewesen hier leben.« Sie setzte sich auf und überblickte die Wiese, auf der sie lagen, diese kleine Oase aus Gras und Wildblumen, auf der einen Seite die hohen Bäume von Treadangel Woods und auf der anderen die Klippen des Ozeans. »Ich glaube, genau so muss der Garten Eden ausgesehen haben.«

»Ich sage immer, es gibt keinen schöneren Ort auf Gottes Erde als Piran Head«, sagte Tom.

»Dann hast du Glück, dass du hier lebst.« Sie legte sich wieder hin.

»Ich weiß.«

Es gibt in unserem Leben perfekte Momente. Momente, in denen jeder einzelne Würfel zu unseren Gunsten an seinen Platz fällt und sämtliche Ereignisse, die uns hinterrücks auflauern, sämtliches Glück und das Schicksal der Welt auf mysteriöse Weise ganz plötzlich zusammenpassen. Diese Momente mögen selten sein. Oft sind sie nur kurz. Aber wir erkennen sie, wenn sie eintreten. Wir erkennen sie, weil sie so schön sind, so einfach und so wahr. Das sind die Momente, die unser Leben verändern können. Diese Momente vergessen wir nicht.

Dies war für Tom ein perfekter Moment. Der Sonnenschein eines idealen Sommers. Die Ruhe der Klippen. Das Schlagen seines eigenen Herzens. Lykke.

Er stützte sich auf die Ellbogen und betrachtete sie. »Darf ich dich küssen?«, fragte er.

Sie schloss die Augen. Ganz langsam. »Sind Engländer immer so höflich?«

»Die aus Cornwall schon.«

»Du darfst.«

Anschließend stiegen sie, ganz unbefangen Händchen haltend, den Weg ins Dorf hinab. Polly Hocking sah sie vom Pfarrhaus aus und winkte ihnen zu. Demelza Trevarrick kam gerade den Hügel hinauf, als sie hinuntergingen. Sie begegneten sich auf dem Kopfsteinpflasterweg, und Lykke hatte den Kopf auf Toms Schulter gelegt.

»Thomas Horsmith«, säuselte Demelza anerkennend, »du hast *so* einen guten Geschmack. Wer ist diese junge Göttin?«

»Das ist Lykke Norgaard«, sagte Tom, außerstande, das Grinsen zu verbergen, das sich auf seinem Gesicht ausgebreitet hatte.

»Norgaard?«, sagte Demelza, während sie Lykkes Hand ergriff und ihr einen Kuss auf die Fingerknöchel drückte. »Ist das ein dänischer Name?«

»Ja«, sagte Lykke.

»In St. Piran haben wir die Dänen besonders ins Herz geschlossen«, sagte Demelza.

»Danke sehr.«

»Demelza ist unser örtlicher Promi«, sagte Tom. »Sie ist eine berühmte Autorin.«

»Pah!« Demelza wischte das Kompliment beiseite.

»Tom ist jetzt schon viel berühmter, als ich es je sein werde. Gefällt Ihnen St. Piran?«

»Ich liebe es.«

»Ich hoffe, du hast nicht vor, dieses wunderbare Wesen mit zurück nach London zu nehmen, Tom«, sagte Demelza. »Jedenfalls nicht gleich. Ich möchte, dass wir uns erst besser kennenlernen.«

»Ich muss heute Abend fahren«, sagte Lykke. Sie wirkte auf einmal niedergeschlagen.

»Na, ich würde euch beiden dringend dazu raten, das noch mal zu überdenken«, sagte Demelza. »Es gibt Situationen«, fügte sie hinzu, »in denen es eindeutig besser ist zu bleiben.«

Es war ein perfekter Nachmittag. Die Sonne schien den ganzen Tag. Wie versprochen fuhren sie auf der *Piranesi* in die Bucht hinaus, mit Benny am Steuer. Tom zeigte Lykke die Schmugglerhöhlen und den Strand, an dem einmal ein Wal angeschwemmt worden war, und in der Ferne sahen sie Delfine, die in der Gischt spielten.

Sie kauften sich ein Eis, spazierten zum äußersten Ende von Piran Head und sahen den kreisenden Möwen zu. Dann setzten sie sich auf die Landspitze und schlangen ihre Arme umeinander. Sturmtaucher flogen dicht über den Wellen, und Klippenmöwen standen fast regungslos in der Atlantikbrise. Es könnte jedoch sein, dass Tom und Lykke diese Dinge gar nicht bemerkten. Höchstwahrscheinlich nicht, könnte man sagen.

Was für ein Opportunist die menschliche Natur doch sein kann. Manchmal sind wir Marionetten, wir schwachen Menschen, die tanzen, wenn an unseren Fäden gezogen wird. Wir können zwanzig Jahre oder länger auf dieser Erde leben, unzählige Menschen treffen, während unsere Hormone in all dieser Zeit bloß abwarten, sich aus unserem Leben heraushalten, bis schließlich unangekündigt und unerwartet der Moment eintritt, in dem sie unser fragiles Gerüst mit ihren uns unvertrauten Signalen fluten. Lykke Norgaard hatte in Tom einen Schaltkreis in Gang gesetzt, von dessen Existenz er nichts gewusst hatte. Die Konturen ihres Gesichts. Die Musik ihrer Stimme. Sie fühlten sich an wie die fehlenden Teile im Puzzle seines Lebens, als hätte diese freie Stelle immer existiert, und nur dieses eine Gesicht konnte sie ausfüllen, nur diese eine Stimme, nur dieses eine Wesen. »Ich will alles über dich erfahren«, sagte er zu ihr.

»Und ich über dich«, erwiderte sie.

Und die menschliche Natur wollte mehr und konnte damit nicht zufrieden sein. Jetzt war es Zeit für Hände, für Lippen, für Körper. Für Berührungen.

Und all das unter dem Junihimmel in Piran Head, im Hintergrund das leise Rufen der Seemöwen, das weiche Gras und überall der Geruch des Meeres.

Doch jeder Tag muss einmal zu Ende gehen. Die Zeit kann eine unbarmherzige Gebieterin sein. Ein Taxi rollte, vorbestellt und unausweichlich, um Viertel nach sechs auf den Kai und hielt vor dem *Fin Whale Hotel*.

Tom stand aufrecht da wie eine Statue, wie ein Zuschauer, während Lykke und ihr Koffer verstaut und Türen zugeschlagen wurden. Als das Taxi davonfuhr, warf er Lykke eine Kusshand zu. Vielleicht hat sie es nicht bemerkt.

Gegen acht Uhr abends hätte man die einsame Gestalt von Thomas Horsmith in der Hummerfischer-Bar des *Stormy Petrel* sehen können, ein Glas Cider vor sich.

»Ertränken wir unsere Sorgen, Tom?«, merkte Jacob Anderssen, der Wirt, an. »War's ein harter Tag?«

»Es war ein perfekter Tag«, sagte Tom. Doch seine Stimme klang, als käme sie von sehr weit weg.

Jacob wischte mit einem Lappen den Tresen ab. Dann noch einmal. Er beherrschte die Kunst, die komplexe Sprache der wortlosen Seufzer einsamer Trinker am Tresen zu entziffern. Das ist eine Fertigkeit, die allen Wirten gemein ist. »Ist es ein Mädchen?«, fragte er.

»Ein Mädchen?«

»Ich hab dich mit einem Mädchen gesehen.«

»Es ist kein Mädchen«, sagte Tom. »Es ist gar nichts.«

»Wo ist Benny heute?«

»Fischen. Auf der *Piranesi*. Die sind den ganzen Abend draußen.«

»Ah.« Jacob wischte die Zapfhähne ab. »Willst du einen Rat?«, bot er an.

»Ich brauche keinen Rat, Jacob«, sagte Tom. »Ich muss einfach in Ruhe was trinken.«

»Heute ist dein Geburtstag, oder?«, fragte Jacob.

»Jeder scheint zu wissen, wann ich Geburtstag habe.« Tom blickte tief in sein Glas.

»Na dann«, sagte Jacob. »Wenn ein Gast Geburtstag hat, darf ich ihm einen Rat geben. Und du musst es als Geschenk betrachten und dankbar dafür sein. So funktioniert das.«

Tom seufzte kapitulierend. »Ich weiß schon, wie dein Rat lauten wird, Jacob.«

»Echt?«

»*Rede mit Demelza.*« Er fixierte den Wirt. »Das wolltest du mir gerade sagen, oder?«

Jacob hängte den Wischlappen über einen Zapfhahn und grinste. »Könnte schon sein.«

»Na«, sagte Tom, »ich brauche Demelzas Ratschläge nicht und deine auch nicht. Was ich brauche«, sagte er, sein Glas hochhaltend, »ist Nachschub und ein bisschen Zeit zum Nachdenken.«

In der Bar war es still. Doch es wurde allmählich voller, weil die frühen Abendessensgäste aus dem *Beachcomber Bistro* und dem *Fin Whale Hotel* ins *Petrel* kamen, um nach dem Essen etwas zu trinken, und auch die Ortsansässigen ließen nicht lange auf sich warten. Gegen neun, als die Hummerfischer-Bar beinahe voll zu sein schien, wurde ein Barhocker neben Tom an den Tresen geschoben, und eine Frau setzte sich darauf. »Ein Gin Tonic und ein Whisky mit Eis«, rief sie Jacob zu.

»Hallo, Demelza«, sagte Tom.

»Und noch ein Cider für das Geburtstagskind!«

Es gab kein Entkommen. Demelza saß neben ihm, Jeremy stand direkt hinter ihm.

»Herzlichen Glückwunsch, alter Junge«, sagte Jeremy, begleitet von einem verzagten Grinsen.

»Und wo, bitte schön, ist die dänische Göttin?«, fragte Demelza. »Miss Norgaard?«

Tom machte, beinahe lässig, eine Handbewegung. »Ich denke mal«, sagte er, »sie sitzt im Nachtzug nach London.«

»Im Nachtzug nach London«, wiederholte Demelza.

»Soweit ich weiß.«

»Und wohin dann?«

»Wer weiß?«, sagte Tom. Er schüttelte den Kopf. »Da, wo sie eben hinmuss, denke ich.«

»Wo sie hinmuss?«, wiederholte Demelza, wodurch die Worte zugleich unwahrscheinlich und ungeheuerlich klangen.

»Ja.« Tom wich ihrem Blick aus. »Demelza, ich weiß, du willst aus jeder Begegnung im Dorf eine deiner romantischen Geschichten machen, aber bei mir und Lykke brauchst du das nicht zu machen. Bitte nicht. Wir kennen uns erst seit heute Morgen. Wir haben einen schönen Nachmittag miteinander verbracht. Ich habe ihr das Dorf gezeigt. Und dann musste sie los. Das war's. Bisschen wenig Material für einen Roman, oder?« Tom nahm einen Schluck Cider und stellte sein Glas recht lautstark auf den Tresen.

»Verstehe«, sagte Demelza. Sie wandte sich Jeremy zu. »Darling«, sagte sie, »würde es dir was ausmachen, dich an den Tisch dahinten zu setzen?« Sie nickte in Richtung eines Zweiertisches in der hinteren Ecke des Raumes. Es war der vielleicht letzte freie Platz. »Ich bin in fünf Minuten bei dir. Zehn Minuten höchstens.«

»Wenn du meinst, meine Liebe«, sagte Jeremy. Es störte ihn nicht, dass er weggeschickt wurde. Er legte Tom die Hand auf die Schulter. »Viel Glück«, sagte er.

»Das brauche ich nicht«, sagte Tom.

»Doch, das glaube ich schon.«

Sobald Jeremy gegangen war, stellte Demelza ihren Barhocker so hin, dass sich ihre Schultern berührten. »Wie lange kennst du mich schon, Tom?«, fragte sie.

»So beginnt dein Ratschlag?«

»Wie lange kennst du mich schon?« Demelza würde sich nicht abwimmeln lassen. »Sag's mir.«

Tom seufzte. »Schon mein ganzes Leben, denke ich.«

»Kannst du mir vertrauen?«

»Natürlich.«

»Gut. Also hör mir zu, Tom. Du kennst dich mit Vulkanen aus. Ich kenne mich mit Menschen aus. Man könnte sagen, Menschen sind mein Fachgebiet. *Verliebte* Menschen sind mein Fachgebiet.«

»Ich bin nicht verliebt«, sagte Tom. Es klang fast wie ein Ächzen. »Wie gesagt, wir haben uns erst heute Morgen kennengelernt.«

»Warum war sie hier? In St. Piran? Macht sie Urlaub?«

»Nein«, sagte Tom. »Sie war auf einer Konferenz in Cornwall. Gestern. In St. Ives. Die kämpfen für einen großen Meerespark. Sie wollen, dass die gesamte Küste von Cornwall und Devon geschützt wird. Wie ein riesiger Nationalpark, aber eben das Meer. Lykke war eine der Rednerinnen, glaube ich.«

»Glaubst du?«

»Sie war eine der Rednerinnen«, korrigierte Tom sich. »Sie ist eine der Hauptverfechterinnen der Idee.«

»Verstehe«, sagte Demelza. Sie schien diese Informationen zu verarbeiten. »Also ist sie eine Aktivistin, diese Lykke Norgaard? Begeisterungsfähig? Leidenschaftlich?«

»Ich denke schon. Sie schreibt gerade ein Buch.«

»Ein Buch?« Demelza zog die Augenbrauen hoch. »Das macht sie interessant, oder?«

»Sie ist so oder so interessant«, sagte Tom.

»Sag mir, warum«, erwiderte Demelza und sah ihm in die Augen. »Sag mir, was Miss Norgaard so interessant macht. Ich will es wissen.«

Tom blies die Backen auf und ließ die Luft entweichen. »Sie ist Umweltschützerin ...«

»So wie du?«

»Nein«, sagte Tom. »Nicht so wie ich. Ich bin ein Umweltschützer, der sich in seinem Zimmer einschließt und Aufsätze über Gletscher schreibt und sich im Pub auf dämliche Streitigkeiten einlässt. Sie ist eine Umweltschützerin, die wirklich was verändert. Die es schafft, dass Gesetze geändert werden. Die Forschungsstiftungen gründet. Die Länder dazu bringt, Meeresparks anzulegen. Sie hat die dänische Regierung überredet, dreitausend Quadratkilometer landwirtschaftliche Flächen bereitzustellen, um dort Bäume für Biomasseheizwerke zu pflanzen. Sie schreibt ein Buch über das schmelzende Schelfeis in Grönland und hat eine Organisation, die die Welt retten will. Wortwörtlich. Überall in Europa füllt sie Vortragssäle, und wenn sie spricht, weint das Publikum. Sie hat Millionen Follower. Sie ist etwas ganz Besonderes, Demelza. Also nein, sie ist überhaupt nicht wie ich. Sie gehört hier oben hin.« Er streckte die Hand weit über seinen Kopf. »Und ich nach da unten.« Er hielt die Hand auf Kniehöhe. »Ich gehöre nicht in ihr Universum, Demelza. Deshalb brauche ich deinen Rat nicht. Ich weiß, du meinst es gut. Aber ich hatte einen wirklich schönen Tag mit ihr, und ich möchte diesen Tag in Erinnerung behalten und mich nicht darüber streiten müssen. Nicht mal mit dir.«

Demelza legte Tom eine Hand auf die Schulter. »Ich erklär dir jetzt was, Tom. Bitte hör mir zu. Das ist mein Fachgebiet. Erst mal sollst du wissen, dass das so ungefähr das Berührendste ist, was ich je gehört habe. Und ich habe schon viele berührende Geschichten gehört. Aber lassen wir das. Das ist nicht das, was ich dir sagen will. Sieh mal, Tom, ich gehe jeden Tag die Fish Street hinauf, vom Dorf zu meinem Häuschen, vielleicht zwei-, dreimal am Tag, jeden Tag, und meistens treffe ich Leute auf dem Weg nach unten – meist Fremde –, und ich sehe mir ihre Gesichter an und grüße sie. Es sind viele Pärchen. Dich hab ich auch schon mit Mädchen gesehen. Einmal mit Penny Thoroughgood. Daran erinnere ich mich. Und das Mädchen mit den Locken ...«

»Alice Trevithick.«

»Genau die. Wahnsinnsbeine. Egal. Du verstehst, was ich meine. Ich sehe viele Pärchen. Es ist die Hauptroute vom Klippenpfad ins Dorf, und jedes Pärchen will zu den Klippen, während es turtelt. Du wärst überrascht, wie viel ich über sie sagen kann. Ich habe einen Blick dafür. Wie eng sie nebeneinanderher gehen. Wie sehr im Gleichschritt. Ob sie irgendetwas oder irgendjemanden wahrnehmen außer sich selbst. Wie weit sie über dem Boden schweben.«

Jacob brachte ihre Getränke. Demelza schickte ihn zu Jeremy.

»Du sagst, du vertraust mir, Tom. Ich habe schon Hunderte Paare vom Klippenpfad herunterkommen sehen. Und ich habe noch nie ein Pärchen erlebt, das so offensichtlich verliebt war wie du und Lykke Norgaard.«

»Demelza ...«

»Jetzt erzähl mir nicht, dass ihr euch erst seit heute kennt. Das weiß ich schon. Gott weiß, dass ich nicht viel von Liebe auf den ersten Blick halte, aber manchmal passiert es doch, dem Himmel sei Dank, und ihr beide seid der Beweis dafür. Du glaubst, du gehörst nicht in ihr Universum. Na, ich denke doch. Glaubst du, ihr hat der Tag genauso gefallen wie dir?«

Tom senkte den Blick. »Ich hoffe schon.«

»Gut, und ich bin hier, um dir zu sagen, dass es so ist. Ich konnte es an ihrem Gesicht sehen. Ist sie in einer Beziehung?«

»Nein.«

»Und du?«

»Auch nicht.«

»Und habt ihr vor, in Kontakt zu bleiben?«

Tom schüttelte den Kopf. »Wir dachten uns, das wäre zu kompliziert«, sagte er mit brüchiger Stimme.

»Zu kompliziert!«, sagte Demelza. Sie klang verzweifelt.

»Wir hatten einen schönen Tag und dachten uns, wir könnten ihn uns als besondere Erinnerung bewahren.«

»Warum sind junge Liebende so dumm?«, seufzte Demelza. »Eine besondere Erinnerung? Du meine Güte.«

»Sie lebt wahnsinnig weit weg«, sagte Tom.

»Der Mars ist wahnsinnig weit weg«, sagte Demelza. »Dänemark nicht.«

»Sie ist fast fünf Jahre älter als ich ...«

»Ach nein! Fünf Jahre!« Demelza blaffte ihn voller Sarkasmus an. »Fünf Jahre! Na, dann lässt du das Ganze besser bleiben.« Sie packte Tom an beiden Armen, so dass ihre Gesichter sich beinahe berührten. »Im Ernst? Wann hat das je eine Rolle gespielt? Anne Hathaway war acht Jahre älter als Shakespeare. Emmanuel Macron war ...«

»Ich glaube, du machst eine zu große Sache daraus«, unterbrach Tom sie. Er schüttelte noch immer den Kopf.

»Tom Horsmith, hältst du mich für blöd? Du sitzt hier allein im *Stormy Petrel* und trinkst, was du sonst nie machst und was man auch nicht tun sollte, und außerdem ist heute dein Geburtstag. Tut es weh?«

Tom blinzelte. »Tut was weh?«

Demelza sah ihn an wie eine Lehrerin einen Schuljungen, der selbst das einfachste Wort nicht buchstabieren konnte. »Tut es *dir* weh?«, sagte sie. »Schmerzt es?«

»Demelza, ich ...«

»Tut es weh?«

Er senkte den Blick. »Ein bisschen«, sagte er.

»Ein bisschen?«

»Sehr.«

Demelza gab ein Geräusch von sich, das wie *Hrrmph* klang. »Da sind wir ja schon mal ein Stück weiter. Was machst du gerade?«, wollte sie wissen. »Arbeitest du?«

»Ich habe gerade meinen Master of Science gemacht.«

»Also bist du nicht vollzeitbeschäftigt?«

»Nicht wirklich. Ich helfe Benny und Peter auf dem Boot.«

»Das zählt nicht.« Demelza schnalzte mit der Zunge. »Wie lange bleibt sie in London? Lykke Norgaard? Bevor sie dahin geht, *wo auch immer sie hingehen muss*?«

Tom seufzte schwer. »Sie bleibt nicht in London«, sagte er. »Sie fliegt morgen. Von Heathrow nach Kopenhagen. Und dann von da aus weiter.«

Demelza schnaubte verärgert. »Darling, du machst es uns nicht einfach, was?«, sagte sie, rutschte von ihrem

Barhocker und nahm seinen Arm. »Lass das stehen«, sagte sie und zeigte auf das unangerührte Glas Cider. »Komm mit.«

»Wirklich, Demelza, das ist wirklich nicht nötig.«

»Ich kann mich nicht erinnern, wann es schon mal nötiger gewesen wäre.«

Sie schlängelten sich durch die volle Bar bis zu Jeremys Tisch. »Trink das nicht, Darling.« Demelza nahm Jeremy das Whiskyglas aus der Hand. »Du brauchst einen klaren Kopf.«

»Einen klaren Kopf?«

»Du fährst.«

»Ich fahre?« Jeremy sah sie entgeistert an.

»Dieser Esel hat zu viel Cider getrunken, um selbst zu fahren«, sagte Demelza.

»Und wo fahren wir hin?« Jeremy erhob sich von seinem Platz.

»Exeter Airport«, sagte Demelza. »Wir müssen Tom in den Sechs-Uhr-Flug nach Heathrow setzen.« Sie wandte sich Tom zu. »Geh und pack deine Sachen. Wir treffen uns in zehn Minuten hier«, sagte sie. Dann verpasste sie ihm einen Schubser.

»Demelza, wirklich, ich ...«

»Keine Diskussion. Los!«

Kurz geschah gar nichts. Dann verließ Tom hastig die Bar. Beinahe mit federnden Schritten.

»Gott sei Dank war Jacob so schlau, mich anzurufen«, sagte Demelza. Sie nahm Jeremys Arm. »Hol das Auto«, sagte sie. »Wenn wir den frühen Flug nicht erwischen, müssen wir ihn selbst nach London bringen. Ich erklär's dir auf der Fahrt.«

Zehn Jahre
nach
der Wette

6

Dieses verdammte Video

Das Ministerium seiner Majestät für Umwelt und Klima – ein wenig sperrig DEAC genannt – war in einem Gebäude in der Londoner Marsham Street untergebracht, zehn Minuten Fußweg südöstlich des House of Parliament. Jeder Abgeordnete, der dorthin lief, war symbolisch in die entgegengesetzte Richtung unterwegs als jene auf dem Weg nach Whitehall, zur Downing Street und den meisten anderen wichtigen Ministerien. Und das sagte etwas über den Status aus, den das Umweltministerium genoss. Man könnte behaupten, dass es sich ein wenig am Rande der Aufmerksamkeit befand. Und dennoch legte Monty Causley den Weg mit energischen Schritten zurück. Was machte es schon, wenn DEAC als Abstellgleis betrachtet wurde? Er war ein Minister. Ein vollwertiges Mitglied des Kabinetts. Für jemanden, dessen Karriere so viele Jahre lang als zerstört gegolten hatte, reichte das vollkommen aus.

Entschlossen durchquerte er den Parliament Square in Richtung Westminster Abbey. Dies war der beste Teil. Dort, auf dem Platz, standen Statuen verschiedener Berühmtheiten. Benjamin Disraeli, recht streng aussehend in seiner viktorianischen Robe. Abraham Lincoln und Nelson Mandela in einem schicken Hemd. Eine Statue von Millicent Garrett Fawcett erinnerte Monty jedes Mal auf unangenehme Weise daran, wie sehr männliche Figuren den Platz dominierten. Die große Frauenrechtlerin trug ein Banner, auf dem stand, MUT RUFT ÜBERALL MUT HERVOR, ein inspirierender, wenn auch ein wenig abstruser Schlachtruf. »*Audaces fortuna iuvat*«, flüsterte Monty, wenn er an ihr vorbeiging. Das Motto seiner Familie. *Das Glück ist mit dem Mutigen.* Mahatma Gandhi, mit ernster Miene. Wie Disraeli war auch er in eine Robe gekleidet – bloß in eine einfachere. Er war in Anerkennung seines Kampfes für die Unabhängigkeit Indiens auf dem Parliament Square vertreten. Winston Churchill, in Plauderlaune und sich auf seinem Stock abstützend, hatte einen prominenten Platz inne, obwohl er *gegen* die Unabhängigkeit Indiens gekämpft hatte. Wie jedes Mal dachte Monty Causley darüber nach, wie unterschiedlich die Leistungen und das Erlittene waren, die hier gewürdigt wurden. Wie jeder Politiker, der je diesen Platz überquerte, spielte er mit dem unfassbaren Gedanken, dass eines Tages vielleicht auch er, Montague Causley, hier verewigt sein könnte. Doch das war nur ein Gedanke. Er musste sich mit dem Ministerium für Umwelt und Klima herumschlagen. Ein spannendes neues Mandat. Eine Herausforderung.

»Du weißt schon, warum du diesen Job bekommen hast, oder?«, zogen seine Kollegen ihn immer wieder auf, sich amüsierend über die köstliche Ironie des Ganzen. »Wegen des verdammten Videos.«

Das verdammte Video. Nach all den Jahren verfolgte es ihn noch immer. Erst letzte Woche war ein Politiker der Opposition im House während einer Umweltdebatte aufgestanden und hatte gerufen: »Der neue Minister sollte sich nicht auf eine Diskussion einlassen, wenn er die Wissenschaft dahinter nicht versteht.« Für diesen Einwurf hatte er das traditionelle bellende Gelächter geerntet – nicht nur von den Bänken der Opposition. In der Politik blieb manches sehr lange in Erinnerung. Er hatte gelernt, solchen Situationen mit müder Miene zu begegnen, wie ein Lehrer gegenüber einem ungezogenen Kind.

»Der ehrenwerte Abgeordnete sollte sich ein paar neue Witze ausdenken«, hatte er säuerlich geantwortet, doch auch das hatte zu Gelächter aus denselben Ecken der Kammer geführt.

Dieses verdammte Video.

»Das hat meine Karriere kaputt gemacht«, hatte er oft zu Carys gesagt. »Ich bin vom Unglück verfolgt. Ich schaffe es nie nach ganz vorne.«

Doch er hatte es geschafft. Zehn Jahre später saß er im Kabinett. Also war nicht alles schlecht gelaufen. Und merkwürdigerweise hatte das verdammte Video – genau wie seine Kritiker es sagten – eine Rolle dabei gespielt, dass er diese Stelle bekam. Er war im Februar zur Premierministerin gegangen, einige Wochen vor der letzten Neuordnung des Kabinetts. Eigentlich war er nicht gekommen, um nach einem Job zu fragen. Es ging um eine Parteiangelegenheit. Doch die Vorzeichen waren günstig. Die neue Premierministerin und er waren befreundet, seit sie gemeinsam mit Anfang dreißig ins Parlament eingezogen waren und sich damals ein Büro geteilt hatten. *Ihre* Karriere hatte sich prächtig entwickelt, seine jedoch ... nun ja, nicht so sehr. (*Das verdammte Video*, hätten die Leute gesagt.) Doch Monty war bei ihrer Wahl zur Parteivorsitzenden einer ihrer lautesten Unterstützer gewesen. Und das Glück ist mit dem Mutigen. *Audaces fortuna iuvat.* Also fragte er sie. »Die Zeitungen schreiben, dass du eine Umbildung planst«, sagte er am Ende ihres Meetings. Er sagte es so, dass es eher wie eine Frage als eine Feststellung klang. Er sah sie an und wartete auf ihre Reaktion.

»Das ist kein großes Geheimnis«, erwiderte sie und lächelte ihn an. »Es gibt da ein, zwei Veränderungen, die ich vornehmen möchte. Aber es ist eine Gratwanderung. Ich will nichts überstürzen. Und ich habe nicht vor, zu tun, was jeder andere Premierminister vor mir getan hat, und Leute von heute auf morgen in neue Positionen zu bringen, wenn sie noch gar keine Ahnung von ihrem Mandat haben.«

»Nein?« Monty klang neugierig.

»Nein«, sagte sie entschieden. »Ich will den neuen Ministern ein paar Monate Zeit geben, um sich in ihr neues Ressort einzuarbeiten, bevor es verkündet wird. Dann können sie gleich voll loslegen.«

»Also hast du vor, ein neues Kabinett aufzustellen, und ... dann?«

Wieder lächelte die Premierministerin. »Ich werde die Umbildung im Sommer verkünden«, sagte sie. »Aber ich werde es die Kandidaten vorab wissen lassen, informell und absolut vertraulich. Diese oder nächste Woche. So haben sie ein paar Monate Zeit, um sich so viel anzueignen wie möglich.« Sie blickte ihn an. »Und bis dahin kann ich mich immer noch jederzeit umentscheiden«, fügte sie hinzu.

»Ist auch was für mich dabei?«, fragte er.

Auf diese Frage schien die Premierministerin nicht vorbereitet zu sein. »Monty, mein Lieber, hattest du mit etwas gerechnet?«

»Gehofft, vielleicht«, sagte er, darum bemüht, nicht zu verzweifelt zu klingen.

»Ich fände es toll«, sagte sie. »Wirklich. Du bist ein kluger Kerl, Monty. Und loyal. Und ich mag dich. Aber ich habe nichts Passendes für dich. Nichts, womit du glücklich sein würdest. Ich habe eine ziemlich lange Liste mit Namen und eine ziemlich kurze Liste mit freien Stellen. Tut mir leid.«

»Trotzdem danke, Frau Premierministerin«, sagte er. Doch als er sich umdrehte und gehen wollte, füllte sie die peinliche Stille, die folgte, mit einer unerwarteten Aussage.

»Das einzige Ressort, das ich hätte, ist das Umweltressort«, sagte sie und musste lachen, vielleicht weil sie erwartete, dass auch er lachen würde. »Und das können wir ja nicht machen, oder?«

Das verdammte Video!

»Warum nicht?« Er wandte sich zu ihr um, spürte, dass er errötete. »Warum ist das Umweltressort nichts für mich?«

»Du *weißt* doch, warum, Monty.« Sie sah ihn mit ihrem abschätzigen Blick an. »Die Leute sehen dich immer noch als Klimaleugner. Daran kann ich nichts ändern.«

»Aber das ist ganz genau der Grund, warum ich für das Umweltressort *perfekt* wäre! Siehst du das nicht? Früher hieß es: *Nur Nixon kann China besuchen.* Denn wenn Richard Nixon, ein harter Kritiker Chinas, dorthin fuhr, dann wussten die Wähler, dass es ernst war. Wenn irgendjemand anderes gefahren wäre, hätte das als Einknicken gegolten. Ist es hier nicht genauso? Wenn Monty Causley, der große Skeptiker, davon überzeugt werden kann, sich für ...«, er machte eine unbestimmte Handbewegung, »... die Schließung eines Kohlebergwerks einzusetzen, dann werden die Leute hellhörig. Weil sie wissen, dass ich nicht einfach nur irgendeiner trendigen grünen Agenda hinterherlaufe.«

Die Premierministerin lächelte ihn müde an. »Gibt es überhaupt noch Kohlebergwerke?«, fragte sie. »Ich dachte, wir hätten alle dichtgemacht.« Sie holte tief Luft. »Du hast immer eine clevere Antwort parat, Monty. Das muss ich dir lassen.« Dann wandte sie sich den Unterlagen auf ihrem Schreibtisch zu.

Doch er ließ nicht locker. »Also, warum nicht? Warum solltest du mir DEAC nicht anbieten? Ich wäre der perfekte Mann.«

»Du weißt genau«, sagte sie, »dass jedes Interview, das du den Medien je geben würdest, egal zu welchem Thema, immer nur von diesem leidigen viralen Beitrag beherrscht werden würde.«

»Ich weiß, Frau Premierministerin ... aber ...«

»Sie würden den Clip immer wieder bringen. Sie würden dich zu dieser lächerlichen Wette befragen. Jedes Mal.« Sie blickte ihn an. Ihre Miene war unergründlich.

Monty hüstelte nervös. »Ich könnte mir vorstellen, dass der junge Mann sich jetzt überreden ließe, die Wette abzublasen«, sagte er. »Schließlich ist es fast zehn Jahre her, wir waren beide jung. Und er hatte getrunken, und ...«

»Und wenn er das nicht tut? Wenn er nicht von der Wette zurücktritt? Du könntest nie ein ernst zu nehmendes Interview geben, ohne daran erinnert zu werden.«

»Na ja, wenn er nicht davon ablässt, hilft es uns trotzdem«, antwortete Monty. »Sieh es mal so: Wenn ich nicht will, dass ich die Wette verliere und in meinem eigenen Haus ertrinke, muss ich mich dafür einsetzen, die globale Erderwärmung möglichst *niedrig* zu halten. Das wäre doch offensichtlich. Wenn ich meinen Job nicht erledige, sterbe ich. Ein starker Anreiz, um gute Arbeit zu leisten, findest du nicht?«

»Ach, ich würde mir keine Sorgen darüber machen,

die Wette zu verlieren«, sagte die Premierministerin ein wenig herablassend. »Das ist nicht das Problem. Neunzig wirst du eh nicht. Das Problem ist, dass es dich immer verfolgen wird. Manche Geschichten verschwinden nie.«

»Verstehe. Danke für die Offenheit, Frau Premierministerin.«

»Falls ich je in der Position sein sollte, dir eine Beförderung anzubieten, Monty, werde ich darauf bestehen, dass du von dieser Wette zurücktrittst. Das ist die einzige Möglichkeit, sie jemals loszuwerden.«

»Ja, Frau Premierministerin.«

»Wenn es im Einvernehmen mit dem jungen Mann geschehen würde, umso besser. Und wenn er nicht einwilligt, musst du trotzdem von der Wette zurücktreten. Öffentlich. Alle müssen sehen, dass es vorbei ist.«

»Wirke ich dann nicht schwach, Frau Premierministerin?«

Sie sah ihn mit einem Blick an, der seinem Selbstvertrauen nicht sonderlich zuträglich war. »Mein Gott, Monty. Hier geht's doch nicht darum, wie du nach außen wirkst. Und außerdem wäre ein Zurücktreten von der Wette eher ein Zeichen von Größe.«

Causley schluckte. »Wenn du mir das Umweltressort gibst«, sagte er, »werde ich im Livefernsehen von der Wette zurücktreten.«

Die Premierministerin schien darüber nachzudenken. Sie nickte langsam. »Okay. Rede mit Esperanza«, sagte sie nach einer Weile. »Denkt euch einen Plan aus, wie du in Würde da rauskommst, und dann sehen wir weiter.«

Esperanza Mulligan war die wichtigste Beraterin und politische Strategin der Premierministerin. Causley musste an sich halten, um nicht die Augen zu verdrehen, als er ihren Namen hörte.

»Also rede ich mit Esperanza?«, wiederholte er skeptisch.

»Ja. Sie berät mich bei der Umbildung. Rede mit ihr. Arbeitet einen Plan aus.«

»Das mache ich. Vielen Dank. Vielen Dank.« Zweimal *Vielen Dank*. War das ein Fehler? Wirkte er verzweifelt? Vielleicht spielte das jetzt keine Rolle mehr.

»Du kannst jetzt gehen, Monty«, lautete ihre Antwort. Die Andeutung eines Lächelns lag auf ihren Lippen. Und als er hinausging, hörte er sie sagen, »Ich denke darüber nach«.

Das Beraterteam der Premierministerin belegte zwei Büros im hinteren Teil des Erdgeschosses der 10 Downing Street, direkt neben dem Versammlungsraum der Premierministerin. Esperanza Mulligan ließ Causley zwanzig Minuten lang im Vorraum warten, während sie ein anderes Meeting zu Ende brachte. Es war ein kleiner, spärlich eingerichteter Raum mit vier harten Stühlen. Ein Poster an der Wand zeigte einen zerzaust aussehenden Albert Einstein und darunter ein Zitat. *Inmitten der Schwierigkeiten liegt die Möglichkeit.*

Steckte er in Schwierigkeiten?, überlegte Monty. Nach einer Möglichkeit sah es ganz sicher aus.

Als er schließlich eingelassen wurde, saß Esperanza an einem ovalen Konferenztisch und tippte auf einem Laptop herum. Sie war eine kluge junge Frau, vielleicht Ende dreißig, mit dunklem, lockigem Haar, das zu einem Pferdeschwanz gebunden war. Sie blickte kaum auf, als er eintrat. »Causley«, sagte sie mit so leiser Stimme, dass er es leicht hätte überhören können, und dann deutete sie auf einen Stuhl. »Setzen Sie sich.« Es gab weder Einleitung noch Vorrede.

»Sollen wir es uns zusammen ansehen?«, fragte sie, als er sich setzte. Sie drehte ihren Computer so, dass er auf den Monitor blicken konnte.

Das Video.

»Muss das sein?«

»Ich muss mich an alles erinnern, was gesagt wurde«, erklärte sie. »Ist eine Weile her, dass ich es gesehen habe.«

Und dann musste Monty, viele qualvolle Minuten lang, die zehn Jahre alte Wiederholung seiner Konfrontation mit Tom Horsmith im *Stormy Petrel* ertragen. Um ihr Meeting noch unangenehmer zu machen, bestand Esperanza darauf, den Film von Zeit zu Zeit anzuhalten und sogar zurückzuspulen, wenn sie etwas verpasst hatte, um sich eine Notiz zu machen oder ihm eine Frage zu stellen.

Ihr persönlicher Referent, der Monty in Empfang genommen hatte, saß am Ende des Tisches und führte Protokoll.

Als es vorbei war, tippte sich Esperanza gedankenverloren mit dem Kugelschreiber gegen die Zähne. »Schlimmer, als ich es in Erinnerung hatte«, sagte sie.

»Wirklich?«

»Sie wirken arrogant, dogmatisch, aufgeblasen, wie ein Idiot.«

Monty wand sich. »Ist das alles?«

»Überprivilegiert, selbstbezogen und in wissenschaftlichen Dingen ungebildet.« Esperanza senkte den Blick. »Andererseits ...«

»Ja?«

»Andererseits ist auch der andere Kerl nicht ohne Fehler.«

»Horsmith?« Diese Beobachtung hob Causleys Stimmung für einen Augenblick.

»Ja. Er wirkt betrunken. Das sieht nicht gut aus. Sein Haar ist ziemlich lang. Damit sieht er aus wie ein Linker. Die englische Mittelschicht mag so etwas nicht. Und er ist vorlaut.«

»Das ist er.«

»Aber sympathisch«, sagte sie. »Und darauf kommt es an. Er kommt sympathisch rüber. Sie nicht.«

»Das ist ein wenig hart«, protestierte Monty.

»Monty, ich bin nicht hier, um Rücksicht auf Ihre Gefühle zu nehmen. Ich bin hier, um herauszufinden, ob wir diesen Makel Ihrer Karriere neutralisieren können.«

»Stimmt.«

»Also, wir müssen Folgendes machen«, sagte Esperanza. Sie wandte sich an ihren Referenten. »Schreibst du das bitte auf, Martin«, wies sie ihn an.

»Ja, Madam.«

»Wenn die Premierministerin Mr. Causley das Umweltressort anbietet ... *falls* sie es tut ... brauchen wir ein Video, das genauso stark und wirkungsvoll ist wie dieses. Eine Fortsetzung, wenn man so will. Dieselben Protagonisten. Eine deutlich unaufdringlichere Umgebung. Das Video muss fröhlich, witzig und zurückgenommen sein. Unser Mann muss bescheiden rüberkommen ... und doch brillant, reuevoll, mit Sinn für Humor. Er muss wie jemand aussehen, mit dem jede Frau ein Date haben möchte. Oder jeder Mann.« Sie stand auf, drehte ihnen beiden den Rücken zu und trat ans Fenster. Einen Moment lang schien sie den Garten zu bewundern.

Der Referent hörte auf zu schreiben und blickte auf.

»Wir werden unseren Mann sorgfältig coachen müssen«, sagte Esperanza, als wäre Causley nicht mehr im Raum. Sie drehte sich um und sah Causley in die Augen. »Viele Monate harte Arbeit.« Sie zog eine Augenbraue hoch. »Wenn man Ihnen den Umweltjob anbietet, will ich, dass Sie auf dem allerneuesten Stand sind, jeden Fakt, jede Statistik und jede kleine Studie zur Klimawissenschaft kennen. Kriegen Sie das hin, Monty?«

Causley zögerte. Auf diese Frage gab es nur eine mögliche Antwort. »Äh, ja. Absolut. Ja.«

»Das reicht nicht. Die Premierministerin hat mir die Verantwortung für die Präsentation übertragen. Sie will, dass die Message der Regierung in den Medien und im Parlament effektiv und professionell transportiert wird. Wir können keine Amateure gebrauchen. Das heißt, dass jeder, der für das Umweltressort ernannt wird, ein Experte sein muss. Wenn Sie diesen Job bekommen, müssen Sie es draufhaben, Monty ... Ich will, dass Sie jedes noch so kleine Detail kennen. *Jedes einzelne.*« Esperanza boxte mit der Faust in die Luft. »Wenn Horsmith weiß, dass es fünfhundert Vulkane gibt, müssen Sie ihre Namen kennen und wissen, wann sie ausgebrochen sind, und die exakte Menge Kohlendioxid, die jeder von ihnen in die Atmosphäre abgibt, die Autoren der wissenschaftlichen Artikel, in denen diese Zahlen genannt wurden, und die Namen und Geburtstage von deren Kindern. Sie müssen das Ausmaß und die genaue Lage jedes größeren Gletschers wissen und wie schnell sie schmelzen, die Tiefe der Ozeane, und wenn Sie diese Fakten vor der Kamera anführen, dürfen Sie dabei auf keinen Fall das Gesicht verziehen oder die Augen verdrehen, als ob Sie Mühe hätten, sich an nicht vertraute Dinge zu erinnern. Sie müssen sie sofort parat haben, als wenn Sie die Hauptstadt von Frankreich, den Namen des russischen Präsidenten oder Ihren eigenen Hochzeitstag nennen würden.« Sie kniff die Augen zusammen. »Wann ist Ihr Hochzeitstag, Monty?«

»Äh ... am neunten August.«

Esperanza war nicht beeindruckt. »Das muss deutlich schneller kommen. Wenn die Premierministerin Ihnen diesen Job gibt, dann werden die nächsten paar Monate sich so anfühlen, als würden Sie wieder die Schulbank drücken. Nur wird es viel härter sein.«

»Klar«, sagte Monty, darum bemüht, positiv zu klingen.

»Sie und Horsmith werden sich wieder in diesem Pub treffen, aber diesmal übernehmen wir das Filmen, nicht irgendein betrunkener Fischer mit seinem Handy. Und wir brauchen ein Skript. Etwas, das Sie auswendig lernen und überzeugend vortragen können, egal, wie die Unterhaltung verläuft. Schaffen Sie das?«

»Natürlich. Ja«, sagte Causley, wobei er versuchte, sich seine Zweifel nicht anmerken zu lassen.

»Sie haben als Minister nur eine Aufgabe«, sagte Esperanza. »Nur eine einzige. Und zwar, sich mit Ihrem Ressort sehr gut auszukennen, damit Sie in Interviews nicht wie ein Idiot rüberkommen.«

»Wirklich?« Monty wirkte überrascht. »Das kann doch nicht alles sein.«

Esperanza schnaubte. »Willkommen in der Regierung, Mr. Causley. Ich will es ganz deutlich sagen. Es gibt im DEAC Hunderte sehr kluge, sehr gebildete, sehr engagierte Menschen. Beamte, die ihre gesamte Karriere in diesem Ressort verbracht haben. Menschen, die jedes Buch gelesen haben, das zu dem Thema erschienen ist, die an jeder größeren Konferenz der letzten zwanzig

Jahre teilgenommen haben und sogar selbst ein, zwei Bücher geschrieben haben.« Sie hob den Zeigefinger. »Sie wären bloß ein Teil eines sehr erfahrenen Teams. Noch dazu wären Sie der Neue. In jedem anderen Unternehmen würden Sie nur den Tee kochen. Aber das hier ist die Regierung, und da läuft alles verkehrt herum. Also ja, Ihre einzige Aufgabe wird sein, in den Medien gut auszusehen und die Premierministerin gut aussehen zu lassen. Sie brauchen weder interessante Ideen noch Gesetzentwürfe beizusteuern, die nicht schon durch Dutzende Thinktanks gegangen wären. Gewöhnen Sie sich dran. Wenn Sie Anfang Juli immer noch das Vertrauen der Premierministerin genießen, müssen wir uns mit Ihnen begnügen. Und wenn Sie Ihre Sache gut machen, wer weiß ... dann könnten Sie nächstes Jahr Außenminister werden. Oder Schatzkanzler. Versauen Sie es, sitzen Sie auf den hinteren Bänken, bis Sie alt und grau sind.«

Causley schluckte. »Verstehe.«

»Wie sieht's mit Work-out aus?«

»Work-out?«

»Im Fitnessstudio?«

»Äh ... nein.« Er schüttelte den Kopf. »Nicht so oft.«

»Das sieht man. Ich will, dass Sie ins Fitnessstudio gehen. Eine Stunde täglich. Mit Gewichten. Ihr Oberkörper muss ein bisschen trainiert werden. Und sehen Sie zu, dass Sie ein bisschen Farbe bekommen. Nicht zu viel. Aber Sie müssen gut aussehen. Fit. Durchtrainiert.

Sie werden sich mit einem Dreißigjährigen streiten. Da müssen Sie gut aussehen.«

»Okay.«

»Und jemand aus meinem Team wird sich bei Ihnen wegen Ihrer Kleidung melden.«

»Meiner Kleidung?«

»Das Treffen wird im Pub stattfinden. Da können Sie keinen Nadelstreifenanzug tragen. Jemand wird Sie anrufen und Sie nach Ihren Maßen fragen. Wenn irgend möglich, müssen Sie cooler aussehen als Horsmith.« Sie betrachtete ihn, als wäre er bloß eine Materialprobe in einem Schraubglas. »Vielleicht eine Jacke ohne Kragen«, schlug sie vor. »Ein grauer Rolli. Warten wir mal ab, wie fit Sie bis zum Sommer sind. Vielleicht müssen wir Ihre Arme zeigen.«

»Ja, Ma'am«, sagte Monty.

»Gut.« Esperanza wandte sich wieder zum Fenster um. »Die Premierministerin würde mit Ihnen ein großes Risiko eingehen, Monty. Gegen meinen Rat, sollte ich hinzufügen. Sie hält Sie wirklich für klug. Enttäuschen Sie sie nicht.«

»Das werde ich nicht.«

Es folgten einige Sekunden Stille.

»Sind Sie zufrieden mit dem Plan?«

Monty überlegte. »Ich denke, ja ...« Er klang unsicher.

»Ja?«

Eine Art Leuchten trat in Montys Augen. Zehn Jahre verletzter Stolz regten sich in ihm, schwollen an wie ein

Fluss, der sich hinter einem berstenden Staudamm an-sammelte. »Es ist nur ... Ich denke halt ...«

»Was denn?«

Sollte er es tun? Irgendwo in seinem Kopf schwirrte noch immer das Familienmotto herum. In der Familie Causley hatte die Welt schon immer dem Mutigen ge-hört. Er holte tief Luft. »Ich denke ganz einfach ... dass das nicht reicht.«

Esperanza drehte sich um und sah ihn an, ein neu-gieriges Lächeln auf den Lippen. »Schreib das nicht auf, Martin«, wies sie ihren Referenten an. Sie setzte sich wieder an den Tisch und dehnte ihre Handgelenke. Dann sagte sie zu Monty: »Erklären Sie mir das.«

Causleys Kinn schien sich ruckartig nach vorne zu schieben. »Einfach so. *Es reicht nicht*«, sagte er noch ein-mal. »Die Wette abzusagen. Das ist nicht genug.«

»Warum nicht?«

Monty ballte die Hand zu einer Faust und schlug auf den Tisch. »Weil der kleine Scheißer meine Karriere zehn Jahre lang ausgebremst hat mit seinem frechen kleinen viralen Video. Und was machen wir? Geben ihm wieder die Gelegenheit, sich wie ein arroganter Arsch zu präsentieren. Ich sage: nein. Ich will es ihm mit gleicher Münze heimzahlen. Ich will ihn erniedrigen. Ich will, dass die Leute ihn auslachen, wenn sie ihn sehen. Ich will, dass sie sagen, *in dem Video bist du das blöde Arsch-loch.* Ich will, dass er sich vor Scham windet, jedes Mal wenn er daran denkt.« Seine Faust landete ein zweites

Mal auf dem Tisch. »Ich will ihn vernichten. Ich will ihn *verdammt nochmal* vernichten.«

Das gefiel Esperanza. Ihr Lächeln wurde breiter. »Mögen Sie ihn nicht, Monty?«, fragte sie voller Sarkasmus.

»Ich will ihn *fertigmachen*«, sagte Monty.

»Nicht mitschreiben, Martin«, sagte Esperanza mit erhobenem Zeigefinger. Dann wandte sie sich wieder an Monty. »Ich verstehe, wie Sie sich fühlen, Monty. Sie hegen eine persönliche Abneigung gegen diesen jungen Mann. Diese Leidenschaft können wir uns zunutze machen. Aber Sie werden verstehen, dass es ganz und gar unprofessionell von mir wäre, Ihnen Ratschläge zu geben, wie Sie Horsmith blöd dastehen lassen könnten.«

»Ich weiß«, sagte Monty. »Es ist nur ...«

»Das Beste, was Sie tun können, ist, sich auf Ihre eigene Leistung zu konzentrieren.«

»Ja.«

Sie senkte die Stimme. »Aber eines kann ich Ihnen sagen, Mr. Causley. Es wird von entscheidender Bedeutung sein, dass *Sie* bei dieser Begegnung einen klaren Kopf behalten. Können Sie mir folgen?«

Martin, der persönliche Referent, sah von seinem Notizblock auf und hüstelte. »Die letzten Bemerkungen habe ich nicht mitbekommen«, sagte er. »Darf ich mit dem Protokoll fortfahren?«

»Du darfst.«

Monty Causley und die Kommunikationschefin wechselten einen Blick.

»Wie wollen wir Horsmith dazu bringen, einem zweiten Video zuzustimmen?«, fragte der Referent.

Einige Sekunden lang schien Esperanza in einen Tagtraum entschwunden zu sein. Dann wandte sie sich wieder Causley zu. »Das müssen Sie übernehmen, Monty«, sagte sie. »Er wird zustimmen. Da bin ich mir sicher. Er wird sich über den Ruhm freuen. Und wenn er sich nicht entscheiden kann, haben wir verschiedenste Hebel, die wir einsetzen können.« Sie tippte mit dem Fingernagel auf den Schreibtisch. »Aber er soll es nicht zu früh erfahren, damit er nicht so viel Zeit zur Vorbereitung hat wie Sie. Wir werden das Treffen erst zur Sommerwende aufnehmen. Da ist Ihr Geburtstag, und das passt zum Originalvideo. So haben wir vier Monate Zeit, um Sie text- und faktensicher zu machen. Ich schlage vor, Sie kontaktieren ihn eine gute Woche vorher.«

»Klar«, sagte Causley. Es klang wenig überzeugt.

»Und zwar persönlich. Von Angesicht zu Angesicht. Nicht per Telefon.«

Er zögerte. »Okay.«

»Bemühen Sie sich, ihn nicht merken zu lassen, wie sehr Sie ihn hassen. Kriegen Sie das hin?«

»Ich will es versuchen.«

Das schien Esperanza zufriedenzustellen. »Sie können es mit einem Besuch in Ihrem Wahlkreis verbinden.«

Causley hustete nervös. »Ich glaube, Horsmith ist nicht in Cornwall. Jetzt gerade jedenfalls nicht.«

»Wo ist er dann?«

»Ich bin mir nicht ganz sicher.«

»Keine Sorge«, sagte Esperanza und schenkte ihm ein einigermaßen bezauberndes Lächeln. »Wo auch immer er ist, Martin wird ihn finden.«

»Wunderbar.«

»Hoffen wir mal, dass er nicht am Ende der Welt ist.«

7

Ultima Thule

Es schneite. Aber nur leicht. Ein Gestöber aus weichen
weißen Flocken, wie bei der Apfelblüte, blies von Osten
nach Westen über die Straße. Nur ein kleiner Vorge-
schmack auf etwas deutlich Heftigeres. Oder vielleicht
der Ausläufer eines Sturms, der sich bereits ausgetobt
hatte, und dies war sein letztes Aufbäumen.

Das Erste, was Tom Horsmith von seinem Besucher
sah, war der gelbe Arktisüberlebensanzug, der schwankend neben einem großen Mitsubishi-Geländefahr-
zeug stand. Der Besucher war hinter einem Vorhang
aus Schneeflocken fast nicht zu sehen und erinnerte
an eine pummelige Plastikpuppe, eingepackt von oben
bis unten, der breite schwarze Reißverschluss verlief
von den Oberschenkeln bis zum Kinn. Er trug schwarze
Gummihandschuhe, die ihm bis zu den Ellbogen reichten, und eine verspiegelte Brille, der einzige Teil seines
Körpers, der nicht gelb verpackt war. Ungelenk und
wie ein Teddybär setzte er einen Schritt vor den anderen, als könnte er seine Glieder unter all den Schichten
nicht richtig bewegen. Wer wusste schon, was für eine
menschliche Gestalt unter all der Wärmedämmung zum

Vorschein kommen würde? Groß oder klein? Dick oder dünn? Jung oder alt?

Es war sechs Grad unter null. »Zu kalt für Schnee«, hätte Toms Großmutter gesagt. Und doch schneite es. Der Himmel hing tief, und die Sonne, die gefährlich niedrig am Horizont stand, schimmerte nur schwach.

Toms eigenes Outfit war nicht viel schicker als das des Besuchers. Vielleicht etwas weniger grell, weniger ausladend und deutlich abgenutzter. Blassrot wie eine Rose im Spätsommer. Irgendwie fehl am Platz in dieser Winterlandschaft. Er hob den Arm und winkte. Er spürte das vertraute Beißen der kalten Luft im Gesicht.

Eine der Gliedmaßen der gelben Plastikpuppe hob sich für einen Moment. Winkte sie zurück?

Mit schwerfälligen Schritten trat die Gestalt auf das Packeis. Tom drehte sich um und sah hinter sich. Ein azurblaues Schneemobil kam im Zickzack über das unebene Eisfeld auf sie zu, der Fahrer in Orange gekleidet. Die Arktis war heute das reinste Fest der Farben.

Er ging auf die Gestalt in Gelb zu. »Mr. Causley, nehme ich an«, sagte er und zog sich dabei den Schal vom Gesicht.

»Schön, Sie wiederzusehen, Tom«, erwiderte die Gestalt.

»Bitte sagen Sie mir, dass Sie Kaffee im Auto haben.«

»Keine Ahnung. Das ist ja nicht mein Auto.«

Tom ging um den Wagen herum, öffnete die Beifahrertür und klappte das Handschuhfach auf. »Kaffee«, sagte er und hielt eine Dose hoch. »Daavi hat immer ein bisschen dabei. Wasser haben Sie auch, nehme ich an?«

»Ich weiß nicht«, antwortete Monty. »Ihr Daavi hat mir einfach die Richtung gezeigt und gesagt, ich soll hier nach Ihnen suchen. Mir war nicht klar, dass ich mich für eine komplette Arktisexpedition ausrüsten sollte.«

»Na, das war Ihr erster Fehler«, sagte Tom. »Hier ist jede Fahrt eine Arktisexpedition.« Er hielt ihm die im Handschuh steckende Hand hin. »Willkommen in Qaanaaq.«

»Danke«, sagte Monty, und seine Stimme wurde fast von der Dampfwolke seines eigenen Atems verschluckt. Seine Hände waren genauso dick verpackt wie Toms. Als sie einander die Hand schüttelten, fühlten sie sich an wie Wäschesäcke.

Tom öffnete die Heckklappe. »Wasserkocher«, sagte er und hielt ihn hoch. »Und Wasser.« Er zog ein Stromkabel aus dem Kocher und steckte es in eine Steckdose im Kofferraum. »Also. Vor drei Tagen kam eine sehr rätselhafte E-Mail. Ein Mr. Causley aus dem Parlament. Guck an! Niemand, von dem ich noch einmal etwas zu hören erwartet hätte. Und dann? Sie wollen mal eben nach Qaanaaq kommen, um mich zu sehen. Ohne Erklärung. Das ist eine schrecklich weite Reise für ein kurzes Treffen.«

»Na ja ...«, sagte Monty, als wüsste er nicht genau, wie er darauf reagieren sollte. Die Ankunft des Schneemobils rettete ihn.

»Gibt's Kaffee?«, fragte der Schneemobilfahrer, als er sich vom Sattel seines Fahrzeugs hievte.

»Wir haben nur genug für zwei«, sagte Tom. »Und streng genommen ist Mr. Causley hier, um *mich* zu sehen, also platzt du gerade in ein privates Treffen rein.«

»Streng genommen bin ich auch einer seiner Wähler, und das heißt, dass ich auch ein Recht auf Kaffee habe«, protestierte der Mann in dem orangefarbenen Schneeanzug.

»Ich bin mir sicher, dass genug Kaffee für uns alle da ist«, sagte Monty.

»Benny«, sagte der Mann in Orange und nahm den Schal vom Gesicht. Er zog den Handschuh aus, um Monty die Hand zu geben.

»Sie sind aber nicht *der* Benny?«

»*Der* Benny!«, wiederholte der Mann in Orange. »Hast du das gehört, Tom? *DER* Benny! Von jetzt an reagiere ich nur noch auf *Der Benny*.« Er verbeugte sich spöttisch vor Monty. »Der Benny, zu Ihren Diensten.«

Die winzige arktische Ortschaft Qaanaaq, manchmal auch Thule oder Neu-Thule genannt (Einwohnerzahl etwa sechshundertfünfzig mit einer vergleichbaren Zahl Inuit Dogs), war eine überraschend geordnete Kommune mit rund zweihundert öffentlichen und privaten Holzhäusern, in unterschiedlichen Stadien des Verfalls und in einem recht weitläufigen Netz nach amerikanischem Vorbild wie ein leicht unebenes Schachbrett aus Erde und Schotterpisten angelegt. Das Städtchen lag direkt an der Küste, an einem sanften Hang, der von einem langen steinigen Strand zu einer niedrigen Gebirgskette hinaufführte. Es bewachte den breiten Eingang zu einem Fjord, an der nordwestlichen Küste von Kaalaallit Nunaat (der Insel, die gemeinhin als Grönland bekannt ist), und nach Westen war der Blick frei auf hundertsechzig Kilometer eisigen Ozean in Richtung der Baffininsel. Die meisten Häuser in Qaanaaq waren in *faluröd*, Skandinavischrot, gestrichen – die traditionelle eisenhaltige Farbe schützte die Holzhäuser in diesem Teil der Welt. Einige jedoch waren in auffälligen Farben gestrichen – Blau, Grün und viele andere Töne, manche leuchtend und neu, andere verwittert und verblasst. Das heitere Farbenspektrum wirkte wie eine trotzige fröhliche Geste an diesem Ort, der ansonsten unvorstellbar trüb gewesen wäre. Etwa vier Kilometer nördlich der Stadt lag der Flughafen, auf einer der wenigen ebenen Flächen, die als Landebahn dienten. Doch es existierte kein richtiger Hafen für die paar Dutzend kleinen Boote. Sie wurden einfach an Land gezogen, wenn sie nicht gerade auf dem Meer waren und Fischen oder Robben hinterherjagten. Es gab eine Kirche, eine Schule, einen Spielplatz, ein Krankenhaus, ein Hotel, einen Supermarkt ... all die wesentlichen und unwesentlichen Teile der sozialen Infrastruktur einer modernen Stadt. Und doch fühlte es sich auf merkwürdige Weise künstlich an, was man von einem Küstenort eigentlich nicht erwarten würde. Die

Art und Weise, wie das Dorf gewachsen war, hatte nichts Natürliches. Beinahe jedes Gebäude stellte ein Rechteck dar, als wären es bloß *mobile homes* oder provisorische Farmgebäude, und der ganze Ort wirkte in etwa so reizvoll wie ein Armeestützpunkt.

Die meisten Gebäude waren nicht gekennzeichnet. Wer braucht schon ein Schild in einem Städtchen mit sechshundertfünfzig Menschen, in dem sich jeder bestens auskennt? Die Skyline wurde von einer Ansammlung riesiger weißer Öl- und Wassertanks beherrscht – überlebenswichtig während der langen, dunklen Winter. Und hier und da, zwischen den Häusern verteilt, befanden sich die Forschungsgebäude. Zu den auffälligsten gehörte eine dänische Abhörstation, die die Erschütterungen des Planeten aufzeichnete, ausgelöst durch weit entfernte unterirdische Nukleartests. Wenn Nordkorea eine Bombe zündete, wusste man das in Qaanaaq als Erstes. Es gab das Zentrum für Permafrostforschung – CENPERM –, das Veränderungen im Grundeis untersuchte, das Geophysikalische Observatorium des Dänischen Meteorologischen Instituts, das das Wetter erforschte, sowie das Grönland-Klima-Forschungszentrum, dessen Team sich mit Veränderungen des Windes und der Gezeiten befasste. Außerdem eine Station des British Antarctic Survey zur Erforschung des Meereises. Und auch der Glacier Trust war vertreten und behielt die Gletscher des Grönländischen Eisschildes im Auge. Zusammengenommen sorgten diese Organisationen, und noch verschiedene andere, die kamen und gingen, für eine interessante und sich stets verändernde Einwohnerschaft. Die Mehrheit der Einwohner bestand noch immer aus Inughuit, von denen die meisten Jäger und Fischer waren, dazu kam eine kleinere Anzahl von Wissenschaftlern und Technikern der verschiedenen Forschungseinrichtungen sowie eine wechselnde Gruppe von Verwaltungsangestellten, Sanitätern, Lehrern, Fluglotsen und so weiter, die nur eine gewisse Zeit in der zweitnördlichsten Stadt der Welt verbrachten.

Es herrschte eine unangenehme Atmosphäre von Misstrauen, als Monty Causley, Tom Horsmith und Benny Shaunessy sich in die Bar des Qaanaaq Hotels setzten, um ein spätes Mittagessen einzunehmen. Causley auf der einen Seite und die beiden jüngeren Männer auf der anderen. Sie hatten ihre Schneeanzüge ausgezogen und trugen alle weite Pullover und Jeans.

»Na, das ist doch gemütlich«, scherzte Benny.

»Ich hätte gedacht, ich wäre der letzte Mensch auf der Welt, für den Sie so einen Aufwand betreiben, um ihn zu treffen«, sagte Tom zu Monty.

»Ha, ha.« Das Lachen des Abgeordneten klang gekünstelt. »Wie heißt es so schön?«, sagte er. »Vergeben und vergessen, was?«

»Trotzdem«, sagte Tom. »Ich kann mir nicht vorstellen, dass ich Ihr Lieblingsmensch bin.«

»Oder ich«, sagte Benny.

Die zehn Jahre seit ihrem Treffen im *Stormy Petrel*

schienen nicht spurlos an Monty Causley vorüberge-
gangen zu sein. Sein Gesicht hatte eine Art Hundeblick
angenommen, als hätten seine Gesichtsmuskeln den
Kampf aufgegeben und die Schwerkraft die Macht über
seine Wangen übernommen. Auch sein Hals war faltig
geworden. Statt des spitzen Haaransatzes war sein Haar
nun zu einem schmalen grauen Streifen ausgedünnt,
wie eine karge Savanne, die sich von seiner Stirn bis
zum Scheitel zog. Er war jedoch leicht gebräunt, mehr
oder weniger schlank, bewegte sich recht elanvoll und
schien sich dem Alter nicht voll und ganz ergeben zu
haben. Zumindest noch nicht.

»Sollen wir Ihnen ein bisschen über Qaanaaq erzählen?«, schlug Tom vor, und dabei sah er Benny an, als sei
dies eine Zweiernummer, die sie einstudiert hatten.

»Das wäre hilfreich«, sagte Causley und entspannte
sich ein wenig.

»Wo wollen wir anfangen?«, fragte Benny.

»Manche Dänen nennen es noch immer Thule«, sagte
Tom. »Auf manchen Karten wird es auch noch als Thule
bezeichnet. *Ultima Thule* bedeutet nach alter Überliefe-
rung *Das Ende der Welt*. Der weiteste Punkt, an den man
reisen kann.«

»Ein passender Name.«

»Aber echt«, sagte Benny.

»Also, Benny und ich arbeiten für den Glacier Trust«,
sagte Tom. »Das ist eine gemeinnützige Forschungsor-
ganisation – ein Teil der globalen 1820 Foundation. Wir

messen das Abschmelzen der grönländischen Gletscher. Das führt uns mehr oder weniger jeden Tag raus aufs Eis.«

»Klar«, sagte Monty. »Das klingt ... interessant.«

»Das ist es auch.«

Sie versuchten angestrengt, die Unterhaltung in Gang zu bringen.

»Ich kann mir vorstellen, dass es in dieser Bar abends heiß hergeht«, vermutete Monty.

Die beiden jüngeren Männer zuckten mit den Schultern. »Nicht wirklich. Hier muss man sich mit einem einzigen Getränk den Abend vertreiben«, erklärte Benny. »Alkohol ist hier richtig teuer. Und keiner hat viel Geld.«

Sie tranken Cola, während sie auf das Essen warteten.

»Die ganze Stadt sinkt«, sagte Benny.

»Weil der Permafrost taut«, erklärte Tom.

Es war ein merkwürdiger Dialog. Ein Gespräch, das zwischen verschiedenen Themen hin und her sprang, teils Briefing und teils Geplauder. Und zum Teil vielleicht frei erfunden. Wer konnte das schon sagen? Tom und Benny warfen sich die Bälle zu, als hätten sie dieses Spiel schon mit vielen verschiedenen Zuhörern gespielt.

»Zweimal im Jahr kommt ein Versorgungsschiff«, sagte Benny.

»In guten Jahren dreimal.«

»Wie oft gibt es ein gutes Jahr?«

»Wir haben noch keines erlebt.«

»Aber wir haben die Hoffnung noch nicht aufgegeben.«

»Die Hunde kommen nur im Winter zum Einsatz. Den Sommer verschlafen sie.«

»Und suchen überall nach Fressen.«

»Und belästigen alle.«

»Alles taut.«

»Sechs Monate Dunkelheit.«

»Schweinekalt. Ich meine, heute ist ein schöner Tag. Aber es ist Juni. Wenn man im Winter ohne Schutzausrüstung nach draußen geht, ist man nach fünf Minuten tot.«

»Es sei denn, man ist Inuit. Die schaffen zehn Minuten.«

»Es wird immer schwieriger, Robben zu fangen.«

»Warum?«

»Weil das Packeis zerbricht.«

Das Essen kam. Es war Dorsch mit Reis. »Ach, guck mal«, sagte Benny. »Der Fisch des Tages.« Das war eindeutig ein Insiderwitz.

»Es gibt immer Dorsch«, erklärte Tom.

Sie lachten viel – Benny und Tom. Zwischen den beiden stimmte die Chemie, witzige Bemerkungen flogen hin und her. Dabei waren sie freundlich zueinander, aber es glich fast schon einem Wettkampf, einer Art Tennismatch. Benny schlug mit einem Kommentar auf, Tom retournierte per Rückhandvolley, und Benny schlug mit einem Überkopfschmetterball zurück. Love – Fifteen. Sie waren wie Brüder und schienen die Gedanken des anderen lesen zu können.

»Wie kamen Sie beide zur Klimaforschung?«, fragte Monty.

»Ich bin kein Klimaforscher«, sagte Benny, »sondern Fischer. Ich bin bloß hier, weil Tom jemanden als Handlanger braucht.«

»Jemanden, der billig ist«, fügte Tom hinzu.

»Jemanden, der sich nicht beschwert.«

»Es gibt keinen besseren Handlanger als Benny«, sagte Tom. »Er ist der Meister des Handlangens.«

»Das bin ich«, bestätigte Benny.

»Was hat Sie dazu gebracht, Politiker zu werden?«, fragte Tom.

»Ich habe Geschichte studiert.«

»Das beantwortet aber nicht meine Frage.«

»Welche Antwort wollen Sie denn hören? Wollen Sie, dass ich sage, ich bin in die Politik gegangen, um den Menschen zu helfen?«

»Nur, wenn es so war«, sagte Tom.

»Vielleicht war es so. Ich weiß es nicht genau. Ich wollte einen Job, in dem ich mich entwickeln kann. So wie jeder andere auch.«

»Na«, sagte Tom, »das ist wenigstens ehrlich.«

Der Wind draußen schien stärker zu werden. Die Tür der Bar wurde geöffnet, und eine Gruppe Fischer in Rentiermänteln trat ein, begleitet von einer Schneeböe. Ihre Schnurrbärte waren vereist.

»Und warum sind *Sie* hier?«, fragte Benny.

Endlich. Eine ernste Stille breitete sich aus. Die drei blickten einander an. Sie hatten bereits aufgegessen. Monty schob seinen Teller zur Seite. »Okay. Ich bin hergekommen, weil ich Sie beide um einen Gefallen bitten möchte«, sagte er. »In erster Linie Sie, Tom. Sie denken vermutlich, ich bin verrückt, dass ich eine so weite Reise unternehme, nur damit ich Sie um einen Gefallen bitten kann. Vielleicht bin ich das auch. Aber ich bin gekommen, damit Sie sehen, wie wichtig es für mich ist. Und für die Welt. Ich hoffe, das klingt nicht zu hochtrabend.«

»Nur ein bisschen«, sagte Tom.

»Wenn ich jemanden um einen Gefallen bitte, will ich ihm gegenübersitzen, anstatt mich am anderen Ende einer Telefonleitung zu verstecken.« Er sah Tom in die Augen. »Und außerdem«, er machte eine theatralische Handbewegung, »bin ich neugierig. Wollte diesen Ort sehen und etwas über Ihre Arbeit erfahren. Wer möchte nicht mal das Ende der Welt besuchen?«

»Jetzt werde ich nervös«, sagte Tom. »Um welchen Gefallen geht es denn?«

»Zunächst sollte ich sagen, dass ich Ihnen nichts anzubieten habe. Nicht direkt. Ich kann ein paar befreundete Journalisten fragen, ob jemand ein Porträt über Sie für eine Sonntagszeitung machen könnte, wenn Sie wollen. Vielleicht sogar eine Coverstory. Nur über Sie. Über Ihre Arbeit. Über all das.« Seine Geste umfasste die Bar, das Dorf und die gesamte nördliche Hemisphäre. »Das könnte von Vorteil sein für den Glacier Trust.« Causley holte tief Luft und schien zu überlegen, wie er es am besten angehen sollte. »Wie Sie wissen, liegt der Premierministerin die Umwelt sehr am Herzen. Sie verfolgt eine sehr starke, sehr klare grüne Agenda.«

»Na, das wäre ja mal was Neues«, sagte Benny.

»Verfolgen Sie die Nachrichten aus Großbritannien?«

»Nicht sonderlich.«

»Darf ich Ihnen etwas Vertrauliches erzählen?«

Tom zuckte mit den Schultern und deutete auf den Raum. »Hier ist niemand, dem wir irgendwelche Geheimnisse verraten könnten«, sagte er.

»Ich meine es ernst, Tom. Wenn Sie das weitererzählen, zerstören Sie im Grunde meine Karriere.«

»Habe ich das nicht schon getan?« Tom hob die Augenbrauen.

»Mir wär's lieber, wenn Sie es nicht noch mal täten«, sagte Causley.

Jetzt herrschte für einen Augenblick Schweigen am Tisch.

Benny beugte sich vor, um die unangenehme Stille zu durchbrechen. »Natürlich können wir Ihr Geheimnis bewahren, Mr. Causley. Stimmt doch, Tom, oder?«

»Natürlich.«

Monty Causley schien darüber nachzudenken. »Also gut«, sagte er schließlich, »wenn Sie die Nachrichten nicht verfolgen, wissen Sie vielleicht noch nicht, dass die

Premierministerin das Kabinett Anfang Juli umzubilden plant.«

»Und ...?«

»Und ... sie hat mir einen Posten im Kabinett angeboten: Minister für Umwelt und Klima«, sagte Monty.

Wieder herrschte Stille am Tisch. Dann lachten Tom und Benny gleichzeitig los.

»Na, dann herzlichen Glückwunsch«, sagte Tom. »Aber Sie sind doch Klimaleugner.«

»Eigentlich nicht«, sagte Monty. »Aber hören Sie, wir hatten diese Diskussion schon vor zehn Jahren. Wir müssen es nicht wiederholen.«

»Das ist eine wichtige Diskussion.«

»Ich weiß.« Monty legte beide Hände auf den Tisch. »Ich bin jetzt auf Ihrer Seite. Versprochen.«

»Aber können wir Ihnen das glauben?«, fragte Tom.

»Hören Sie«, sagte Monty. Er holte tief Luft. »Nächste Woche«, sagte er an Tom gewandt, »haben wir beide Geburtstag. Sie werden dreißig. Ich fünfzig. Zehn Jahre sind vergangen seit ... dem Video.«

»*Dem Video*«, wiederholten Tom und Benny unisono und wechselten einen vielsagenden Blick.

»Ja«, bestätigte Monty. Er zögerte nur einen Moment, registrierte ihre übertriebenen Grimassen. »Ich möchte Sie bitten zurückzukommen.«

Wieder schwang die Tür auf, und weitere Fischer kamen herein, Dampfwölkchen ausstoßend. Es wurde langsam laut in der Bar.

»Zurück?«

»Nach St. Piran. Sie beide.«

Tom lehnte sich auf seinem Stuhl zurück und lachte. »Schöne Idee.« Er schüttelte den Kopf. »Aber das wird nicht passieren.«

»Sie und ich. Wiedervereint. Zurück im Pub. Wie auch immer der Pub hieß.«

»*Stormy Petrel*. Das ist Ihr Stammlokal.« Toms Antwort klang ein wenig bissig.

»Sie und ich, zurück im *Stormy Petrel*. Von Angesicht zu Angesicht. Bei einem Bier. Nur wir beide und Benny natürlich und ... eine Fernsehkamera. Sehen Sie's als Fortsetzung.« Er senkte die Stimme. »Das werden die Leute lieben«, sagte er. »Aber da spricht der Politiker.« Er beugte sich vor und berührte Toms Arm. »All Ihre Unkosten werden getragen. Hin- und Rückreise.«

Die beiden Männer wechselten einen Blick. Tom wirkte misstrauisch. »Wer trägt unsere Unkosten?«, fragte er. »Sie? Oder der arme Steuerzahler?«

»Ich werde zahlen«, sagte Monty. Er machte ein Gesicht, das zu sagen schien, *darüber möchte ich eigentlich nicht reden*. »Vielleicht könnte ich eine Spende an den Glacier Trust daraus machen, um die Reisekosten der Mitarbeiter zu übernehmen.«

Tom neigte den Kopf, als mache er ein wichtiges Zugeständnis. »Okay. Benny fährt nächste Woche zurück nach St. Piran«, sagte er. »Der macht das. Stimmt's, Benny?«

»Klar«, sagte Benny. »Und ich bin auch viel höflicher als Tom.«

»Sie fahren zurück nach Cornwall?« Monty war überrascht. »Machen Sie Urlaub?«

Benny schüttelte den Kopf. »Zum Glück nein«, sagte er. »Meine Tage als Handlanger sind vorbei. Jedenfalls für dieses Jahr. Ich muss zurück zu meinem Boot.« Er grinste. »Ich komme jeden Sommer für einen Monat oder so her, um Tom zu treffen. Er schafft es immer, dass ich für ihn arbeite. Unentgeltlich.«

»Unentgeltlich?«

»Eigentlich ist das Sklaverei.«

»Wie bitte?«, sagte Tom und tat so, als hätte Bennys Bemerkung ihn verletzt. »Unentgeltlich – abgesehen von den Flugtickets, sehr teurem Bier, jeder Menge feinstem Dorsch und einem Monat Urlaub in einem spektakulären, unverdorbenen Ferienort.«

»Unentgeltlich«, wiederholte Benny. »Aber das ist es wert, denn wenn ich nach St. Piran zurückkehre, wird mir klar, dass es dort fast wie im Paradies ist.«

Monty hob die Hand. »Benny, toll, dass Sie dabei sind.« Sein Tonfall war ein wenig herablassend. »Sie sind ein sehr wichtiger Teil der Geschichte. Aber wir brauchen Tom.«

»Wir könnten es hier machen«, sagte Tom mit einem Mal. »Hier in Qaanaaq.« Er schlug mit der Hand auf den Tisch, um seinem Vorschlag Nachdruck zu verleihen. »Machen wir es hier. Jetzt sofort. Ben hat sein Telefon dabei. Er kann uns filmen. Diskutieren wir über den Klimawandel, hier auf Grönland, wo er direkt um uns herum geschieht.«

Monty wirkte unsicher. »Die Sache ist die ...«, setzte er an, »so einfach ist das nicht ...«

»Natürlich ist es das! Einen besseren Ort für diese Debatte gibt es nicht.«

»Tom!« Monty hob die Hand. »Hören Sie, ich muss Ihnen die Wahrheit sagen.«

»Aha! Ein seltenes Gut. *Das* solltest du filmen, Ben. Der neue Umweltminister will uns die Wahrheit sagen. Das sollten wir für die Nachwelt auf Film festhalten.«

»Ich finde, du solltest ihn mal ausreden lassen, Tom«, meinte Benny.

Tom ließ sich von der Ermahnung nur ein klein wenig besänftigen. »Na gut. Schießen Sie los.«

»Okay.« Causley biss sich auf die Lippe und sah sie nervös an. »Ich bin noch nicht bereit«, sagte er. »Ich will nicht, dass Sie mich schon wieder auf dem falschen Fuß erwischen. Ich hatte nur ein paar Tage Zeit, um mich an den Gedanken zu gewöhnen, ein Fürsprecher für die Umwelt zu sein. Das muss richtig gut werden. Kein mal eben spontan gedrehtes Video. Ich brauche noch eine Woche, um mich einzuarbeiten.«

»Sie meinen, eine Woche reicht?«, sagte Tom.

»Ich muss die Wissenschaft dahinter verstehen«, sagte Causley.

Diese Formulierung, die an ihren Streit zehn Jahre zuvor erinnerte, schien Toms Tirade ein wenig den Wind aus den Segeln zu nehmen. »Dann kommen Sie in zwei Wochen wieder her«, schlug er vor. »Warten Sie, bis Sie befördert wurden. Dann können wir es machen.«

»Nein, Tom.« Monty schüttelte den Kopf. »Niemand bekommt mit, welche Reisen ich jetzt gerade unternehme. Weil ich ein unbekannter Abgeordneter bin. Aber in zehn Tagen, hoffe ich, bin ich Minister. Dann werde ich einen vollen Terminkalender haben. Jeder weiß dann, wohin ich fahre und wieso. Von London braucht man zwei Tage hierher. Ein Flug nach Kopenhagen. Dann einer nach Nuuk und dann hierher. Und das gleiche Theater zurück. Es sieht nicht gut aus, wenn ich rund um meinen fünfzigsten Geburtstag ans Ende der Welt fliege und zurück. Nein. Das darf nicht geplant aussehen. Nicht inszeniert. Nur wir beide. Zurück in derselben Bar, in dem Dorf, aus dem wir beide stammen. Zufällig sind Sie dreißig und ich fünfzig. Es ist eine Geburtstagsparty. Jemand filmt. Wacklige Kameraaufnahmen.«

»Aber diesmal mit anderem Ausgang«, merkte Tom an.

Causley nickte. »Ich will Sie nicht anlügen, Tom. Das ist der Gefallen, um den ich Sie bitten will.«

»Und wie endet es diesmal?«

»Wir beide reden über all das.« Causley machte eine weit ausholende Handbewegung. »Eisberge. Klima. Solche Sachen. Wir nennen ein paar Zahlen zu Gletschern und dem Anstieg des Meeresspiegels und der Vulkane und so weiter. Wir stellen fest, dass wir derselben Meinung sind. Dann geben wir uns die Hand ...«, er blinzelte und zögerte, »und erklären unsere Wette für beendet.«

Es folgte ein Moment unangenehmen Schweigens. Tom senkte den Blick. »Darum geht es also?«, fragte er, beinahe im Flüsterton. »Sie sind den ganzen Weg hergekommen, um mich zu bitten, eine bescheuerte Wette abzublasen?«

»Ich habe nicht gesagt, dass es eine bescheuerte Wette war.«

»Das brauchen Sie auch nicht.« Tom blickte wieder auf. »Es *war* eine bescheuerte Wette. Eine idiotische Wette. Und wissen Sie, warum?«

Monty schüttelte den Kopf.

»Weil ich sie verlieren werde«, sagte Tom. Er lächelte über die Reaktion des Abgeordneten und zuckte mit den Schultern. »Die Welt wird wärmer. Der Meeresspiegel steigt. Das ist eine Folge des Klimawandels. Es ist beinahe unumkehrbar. Wenn sich die Welt erwärmt, steigt der Pegel der Ozeane. Das Wasser kann nirgendwo anders hin. Aber es ist ein langsamer Prozess. Kennen Sie die aktuelle Schätzung für den Anstieg des Meeresspiegels? Die liegt bei viereinhalb Millimetern pro Jahr. Das macht gut einen Zentimeter alle zwei Jahre.« Er hielt Daumen und Zeigefinger ein kleines Stück auseinander. »So viel«, sagte er. »So viel wird der Ozean in zwei Jahren ansteigen. Wahrscheinlich beschleunigt es sich. Aber es wird immer langsam vor sich gehen. Vielleicht erreicht es mal einen Zentimeter pro Jahr. Aber selbst dann: Wissen Sie, wie weit der Meeresspiegel in vierzig Jahren gestiegen sein wird, wenn unsere Wette beendet ist?« Er hielt seine Hände ein Stück weit voneinander entfernt. »Ungefähr so viel. Etwa dreißig bis vierzig Zentimeter. Wenn es richtig schlecht läuft, könnte es um einen Meter steigen. So oder so wird es nicht reichen, damit Sie in Ihrem Wohnzimmer ertrinken. Das Wasser wird nicht mal weit über ihre Türschwelle schwappen.«

»Na dann ...«, sagte Monty. Er atmete tief durch, und die Andeutung eines Lächelns zeigte sich auf seinem Gesicht. »Dann sollten Sie doch froh sein, wenn wir das Ganze abblasen.«

»Bin ich das?« Tom schüttelte den Kopf. »Ich weiß es nicht. Hier geht's ja nicht um mich, oder? Wen interessiert es, ob ich mit siebzig sterbe? Das ist hier gar nicht das Thema.«

»Und was ist das Thema?«

»Dass die Polkappen schmelzen und die verdammten Meere ansteigen!« Tom schlug in einem plötzlichen Wutanfall mit der Hand auf den Tisch. »Die steigen an, verdammte Scheiße. Und sie hören nicht auf anzusteigen, nur weil ich siebzig bin oder weil Sie neunzig sind. Das geht weiter. Die interessiert es nicht, wer unsere Wette gewinnt. Die sagen nicht: ›Ach guck, Tom Horsmith ist tot. Drehen wir mal besser um und sinken wieder.‹ Die Meere steigen immer weiter an, einen halben Zentimeter pro Jahr. So langsam, dass es niemanden wirklich kümmert. Bis der letzte Rest Eis auf den höchsten Bergen und den kältesten Kontinenten schmilzt. Das ist unsere Zukunft, Mr. Causley. Es passiert nicht in fünfzig Jahren. Deshalb war unsere Wette bescheuert. Vielleicht dauert es fünfhundert Jahre. Vielleicht fünftausend. Aber es passiert. Warum sehen wir das nicht? Warum sehen *Sie* das nicht? Wir sind dabei, den Planeten in den nächsten hundert Jahren um drei Grad zu erwärmen, vielleicht vier Grad bis Anfang des nächsten Jahrhunderts, möglicherweise fünf. Und es steigt immer weiter.« Er wedelte mit den Händen. »Irgendwann wird das Ganze zur unaufhaltsamen Lawine und weiß Gott, was dann passiert. Wir sind am Arsch. Das ist wie ein Autounfall in Zeitlupe – so langsam, dass der Fahrer glaubt, er braucht nicht auf die Bremse zu treten. Er glaubt, er hat noch mehr als genug Zeit. Aber es könnte schon längst zu spät sein.« Tom sah erhitzt aus. »Als der Planet das letzte Mal vier Grad wärmer war, war der Meeresspiegel achtzig Meter höher als heute. Achtzig Meter! Wenn es wieder so kommt, liegt London unter Wasser. New York. Tokio. Vielleicht drei Viertel aller Städte der Welt. Ich werde das nicht mehr erleben, selbst wenn ich die Wette gewinnen würde. Sie auch nicht. Aber unsere Ururur-wie-auch-immer-Enkel vielleicht schon. Oder spielen die keine Rolle?«

Monty rutschte auf seinem Stuhl nach vorne, streckte

die Hand aus und legte sie auf Toms Arm. Als Tom fertig war, wartete er einen Augenblick, um ganz sicherzugehen, dass nicht noch etwas kam. »Deshalb müssen Sie das Video machen«, sagte er und sah Tom in die Augen. »Sie müssen diese Dinge erzählen.«

»Aber das ist nicht der Grund, warum Sie wollen, dass ich es mache, Mr. Causley, stimmt's? Sie wollen, dass ich Ihnen die Haut rette.«

»Ja«, räumte Monty ein und seufzte entschuldigend. »Das müssen Sie verstehen, Tom. Dieses Video verfolgt mich, egal, wo ich bin. Sogar nach all dieser Zeit. Ich kann kein Fernsehinterview geben, ohne danach gefragt zu werden. Und ich weiß. Ich verstehe schon. Ich war ein Idiot. Ich wusste nicht, dass ich gefilmt wurde. Ich hatte einen anstrengenden Tag hinter mir. Ich habe acht Stunden von London nach Cornwall gebraucht. Alles, was ich wollte, war, in Ruhe einen Drink zu nehmen, und stattdessen nennt mich jemand lauthals Lügner, in meinem Stammlokal. Ich habe mich zum Affen gemacht. Aber so bin ich nicht, Tom. Ich verdiene eine Chance.«

»Und ich bin an allem schuld?«, fragte Tom.

»Nicht ganz. Aber teilweise. Ich war ein Idiot, aber Sie waren auch nicht gerade ein Heiliger.«

Irgendwo klingelte ein Mobiltelefon. Köpfe drehten sich danach um. »Das ist meins«, sagte Tom und klopfte seine Taschen ab. Schließlich zog er es aus einer Seitentasche seines Mantels und sah auf das Display.

»Bitte ... gehen Sie ran«, sagte Monty. »Wir haben genug Zeit zum Reden.«

»Kein Problem«, sagte Tom und drückte das Gespräch weg. »Das ist bloß mein Bruder, Connor. Wenn es wichtig ist, ruft er noch mal an.«

»Ist er in St. Piran?«, fragte Monty.

Tom nickte. »Ganz in der Nähe. Er wohnt in Treadangel.«

»Kommen Sie nächste Woche nach St. Piran, dann können Sie ihn sehen«, schlug Monty vor. Fragend hob er eine Augenbraue. »Haben Sie noch mehr Verwandtschaft in Cornwall?«

»Meine Oma«, sagte Tom. »Und eine Schwester in Falmouth.«

»Dann kommen Sie und besuchen Sie sie. Ich zahle die Reise.«

»Das wird nicht passieren«, sagte Tom. Er schob seinen leeren Teller von sich und stand auf. »Obwohl es so wichtig für Ihre Karriere ist, können Sie nicht mal eine Woche Ihrer Zeit erübrigen und wieder herkommen? Und wissen Sie, was? Ich kann keine Woche meiner Zeit erübrigen, um Sie zu besuchen. War's das?«

Causley wirkte verblüfft. »Bleiben Sie nicht wenigstens noch auf einen Kaffee?«, fragte er. »Lassen Sie mich versuchen, Sie zu überzeugen.« Er versuchte, nach dem rettenden Strohhalm zu greifen.

»Sie können bei mir einen Kaffee bekommen«, sagte Tom.

»Bei Ihnen?« Monty klang verunsichert. »Wohnen Sie nicht in der Forschungsstation?«

»Nein«, sagte Tom. »Ich habe ein Haus hier.«

»Ah. Wenn das so ist, vielen Dank. Kaffee wäre toll.«

»Außerdem, vielleicht verstehen Sie dann, warum ich es nicht so eilig habe, nach St. Piran zurückzukehren, denn es gibt da drei Menschen, die Sie unbedingt kennenlernen müssen.«

Causley blickte ihn erstaunt an.

»Eine von ihnen ist mein Boss«, sagte Tom. »Die Gründerin der 1820 Foundation und Direktorin des Glacier Trust.«

Monty nickte eifrig. »Ich glaube, ich weiß, wen Sie meinen«, sagte er. »Ich habe ein paar Recherchen angestellt, bevor ich hergekommen bin. Reden wir von Dr. Nordberg?«

»Dr. Norgaard«, korrigierte Benny ihn. »Lykke Norgaard. Auch wenn sie heute meist den Namen verwendet, den sie seit der Hochzeit trägt.«

»Ich habe über sie gelesen«, sagte Monty wissend. »Eine ziemliche Berühmtheit, soweit ich es verstanden habe. Millionen von Followern. Ich habe mir sogar eins von ihren Videos angesehen. Als Backgroundinfo. Eine ziemliche Naturgewalt, was?«

»Das stimmt«, bestätigte Tom.

»Ihr Foto war im *Time Magazine* – als eine der Anführerinnen der Nächsten Generation. Da hatte sie ihre Inuit-Felle an.«

»Sie haben *wirklich* recherchiert.«

»Und sie hat die Grundsatzrede bei der Internationalen Klimakonferenz gehalten, richtig?«

»Stimmt.«

»Das hat die Amerikaner ein bisschen geärgert, soweit ich mich erinnere. Und die Chinesen. Sie ist Regierungstypen wie uns wohl eher ein Dorn im Auge, was? Will, dass wir die Uhr zurückdrehen und in eine Art feudale, ländliche Vergangenheit zurückkehren.«

»So was in der Art«, sagte Tom leise.

»Und sie lebt hier in Qaanaaq?«

»Ja.«

»Und Sie brauchen ihre Erlaubnis, um zu reisen?«

»Absolut.« Tom warf Benny einen Blick zu. »Sie ist meine Chefin. Ich brauche ihre Erlaubnis.«

»Nun. Vielleicht könnte ich etwas anbieten, um ihr die Entscheidung zu erleichtern. Vielleicht ein offizielles Treffen mit mir in London. Sobald ich Umweltminister bin, meine ich. Das könnte ihr helfen. Gute PR und so weiter.«

»Sie können es ja versuchen.«

»Nicht vergessen, sie ist eine Inuit«, meinte Benny. »Das sind starke Leute. Sie könnte schwerer zu überzeugen sein, als Sie erwarten.«

Tom lächelte. »Außerdem sollten Sie wissen, dass ich nie alleine reise.«

Causley schien zu merken, dass ihm gerade ein Rätsel vorgesetzt wurde. Er hielt inne, um seine Gedanken zu sortieren. »Also ... abgesehen von Ihrer Chefin, wer sind die anderen Leute, die ich unbedingt kennenlernen muss?«, fragte er.

Tom hielt drei Finger hoch. »Lykke, Ilse und Noah«, sagte er.

»Ahh«, erwiderte Causley, und seinem Gesicht war anzusehen, dass ihm ein Licht aufging. »Ihre Familie?«

Tom grinste. »Ja.«

»Sie sind mit Dr. Norgaard verheiratet?«

»Das bin ich«, sagte Tom. »Und wir haben Zwillinge. Und wir reisen zusammen. Jetzt wissen Sie, dass Sie möglicherweise ein teures Angebot gemacht haben.«

»Das Angebot steht trotzdem.«

»Und wir fliegen nie, ohne das CO_2 auszugleichen.«

»Etwas anderes hätte ich nicht erwartet.«

»Dann sollten wir jetzt los«, sagte Tom. Er steckte sein Telefon zurück in seine Manteltasche, und in dem Augenblick fing es wieder an zu klingeln.

8

*Manche einer sagt,
im Feuer stirbt die Welt*

Dieses kleine Zeitfenster, diese flüchtigen Jahrzehnte, in denen sich unsere Geschichte abspielte, würde mit der Zeit einen Namen erhalten und von manchen das *Zeitalter des Feuers und der Flut* genannt werden. Und auch wenn die Historiker ihre Geschichtsbücher verfassten, die Analysten ihre Erklärungen abgaben, die Apologeten sich ihre Ausreden ausdachten und die Aktivisten beschuldigend mit dem Finger zeigten, so waren doch alle mit diesem Namen einverstanden. Das Jahr des Feuers war zum Jahrzehnt des Feuers geworden. Der Winter der Fluten war zum Zeitalter der Fluten geworden. Die Archäologen der Zukunft, falls es dann noch welche gibt, werden diese Zeit an der Ascheschicht erkennen. Heiße, trockene Sommer und lang anhaltende Dürren ließen die Bäume karg und ohne Blätter zurück – wie Knochen in der Wüstensonne. Milliarden Tonnen Brennholz, das nur auf einen Funken wartete. Und Funken gab es genug. Überall auf der Welt brannten die Feuer. Waldbrände. Buschbrände. Grasbrände. Dschungelbrände. Plantagen brannten. Felder brannten. Häuser brannten. Der Planet brannte. Es war wirklich ein Jahrzehnt des

Feuers, des beißenden Rauchs und der aufsteigenden Flammen und der Glut; der roten Sonnenuntergänge und der aschfahlen Himmel.

Und während die Welt brannte und ganze Kontinente unter Trockenheit litten, fiel anderswo Regen. Oft schien es, als fiele er nur dort, wo gar kein Regen gebraucht wurde. Flüsse schwollen an, und Ernten soffen ab. Die Flutwellen rauschten durch Täler und rissen Häuser ein. Wahnsinnsfluten und Wahnsinnsfeuer. Es gab auch Wahnsinnsstürme, sagte man in St. Piran, denn wenn Stürme vom wütenden Atlantik herankamen, war St. Piran, am Zipfel Englands, der erste Ort, den sie erreichten.

Und es war heiß. Fast überall war es heiß.

In St. Piran war es der heißeste Juni seit ... na ja, seit dem vorherigen Juni. Vielleicht war es auch noch heißer. Niemand hatte mehr die Energie nachzumessen. Eines Nachmittags brannte Treadangel Woods. Im Vergleich zu den globalen Feuern nur ein kleiner Brand, doch eine fürchterliche Rauchwolke stieg über der Landzunge auf wie ein düsterer Fingerzeig zum Himmel, und vielen im Dorf kam es wie ein Omen vor.

Demelza Trevarrick, ganz in Schwarz gekleidet, saß an einem immer kleiner werdenden kühlen Fleck unter einem Sonnenschirm des *Beachcomber Bistro* und trank Tonic-Water auf Eis. »Darling, das ist unerträglich«, erklärte sie Jeremy (nicht zum ersten Mal). »Wie soll ein Mensch in dieser Hitze überleben?«

»Wir sollen gar nicht überleben«, erwiderte Jeremy

wenig hilfreich. »Wir sind nicht für extreme Hitze gemacht. Tatsächlich hat unsere Spezies einen ziemlich schmalen ...«

»Ich will nichts über unsere *Spezies* hören, Darling. Ich will wissen, was wir machen sollen«, jammerte Demelza.

»Wir sollen sterben«, sagte Jeremy. »In Kairo sind während der letzten Hitzewelle Tausende gestorben. Und in Mauretanien in einer Stadt die Hälfte der Bevölkerung. Was hätten die machen sollen? Und Spanien hat eine Viertelmillion Hektar Weinberge durch die Hitze verloren. Und in Tripolis ...«

»Darling, du bist keine große Hilfe.«

»Dann schlage ich vor, du bittest Kenny um noch ein bisschen mehr Eis.«

Es war zu heiß, um sich zu unterhalten. Zu heiß, um sich im Freien aufzuhalten. Drinnen zu schwül. Die Sonne war ein Schmelzofen. Martha Fishburne, die pensionierte Lehrerin, kam vorbei, ihr Gesicht rosa wie eine Krabbe unter einer schwarzen Spitzenhaube, die für ihren Kopf zu klein war. »Ich fühle mich wie eins dieser Grillhähnchen, die es im Supermarkt gibt«, bemerkte sie an Demelza gewandt.

Demelza fächerte sich mit der Getränkekarte Luft zu. »Ich weiß, was du meinst, Darling. Ich spüre, wie das Fett aus mir heraustropft.«

»Sollen wir zusammen zur Kirche laufen?«, schlug Martha vor.

»Oh, Darling – ist noch Zeit für ein Getränk?«

»Ich glaube, wir sollten los«, sagte Martha. »Es könnte ein bisschen dauern, in dieser Hitze den Hang hinaufzukommen.«

Um die Ecke vom Hafen, am Marktplatz, wo das Kopfsteinpflaster der Fish Street sich den Hang hinaufwand, hatte sich eine kleine Schar von Dorfbewohnern versammelt, um gemeinsam loszugehen. Jeremy, Martha und Demelza gesellten sich zu ihnen. Alle schienen zu schwitzen. Romer Anderssen hatte einen batteriebetriebenen Ventilator dabei, einen kleinen Plastikpropeller, den sie sich etwas zu nah vors Gesicht hielt. Jacob und noch einige andere Männer trugen schwarze Anzüge und Krawatten, und es war deutlich zu erkennen, wie unwohl sie sich fühlten.

»Los geht's«, sagte Jeremy. Es klang wie ein Schlachtruf. Die Gruppe von Dorfbewohnern setzte sich wie ein undiszipliniertes Krokodil in Bewegung, eine unwillige Kette von Menschen, die für das Wetter unpassend gekleidet waren, und vor ihnen ein steiler Anstieg.

»Wer hatte eigentlich die Idee, die Kirche oben am Hang zu bauen, wenn das Dorf doch ganz unten liegt?«, beschwerte sich Demelza.

»Muss ein Mann gewesen sein«, sagte Jessie Higgs.

Vor der Kirche reichte Polly Hocking, die Frau des Pastors, den eintreffenden Gästen Plastikbecher voll Wasser und die Liedblätter für den Gottesdienst. »Damit wir nicht dehydrieren«, sagte sie.

»Es ist zu heiß für so was«, sagte jemand. Alle waren dankbar für das Wasser.

In der Kirche jedoch war es eher kühl. Martha atmete tief durch, wie eine Lok, die Dampf abließ. »Ah, das ist herrlich.«

Sie quetschten sich in die engen Reihen. Die Orgel spielte Pachelbel.

»Das ist die junge Rosie Moot«, flüsterte Martha Demelza zu, in Richtung Orgel nickend. »Sie war schon immer musikalisch. Schon im ersten Schuljahr. Spielt wie ein Engel, stimmt's?«

»Stimmt.«

Weitere Gäste trafen ein. Die Kirche schien beinahe voll zu werden. Und dann setzte die Musik aus. Nur für einen Augenblick. Rosie musste irgendein Signal vernommen haben. Ein Luftholen, und dann drangen die ersten bewegenden Töne von Bachs *Komm, Süßer Tod* aus der Orgel, und durch den Mittelgang schritt der Pastor, Reverend Alvin Hocking, weißhaarig und Furcht einflößend in seinem Priestergewand. Hinter ihm folgte der Leichenzug – die Bestatter mit ihren grotesken Hüten und die Träger, die sich in ihren geliehenen Anzügen nicht wohlzufühlen schienen, und die Familie, ungeprobt und unvorbereitet, die Arme umeinandergelegt. Connor Horsmith mit seiner Verlobten Hannah und ihrer kleinen Tochter; Morwenna Horsmith mit ihrer italienischen Freundin Lucia; Tom mit seiner Frau Lykke und ihren fünfjährigen Zwillingen.

»Also hat er's geschafft«, raunte Jeremy.

»Sieht so aus.«

»Herr, du bist unsere Zuflucht für und für«, intonierte Pastor Hocking. »Ehe denn die Berge wurden und die Erde und die Welt geschaffen wurden, bist du, Gott, von Ewigkeit zu Ewigkeit.«

Anschließend, nachdem Nan in ihr Grab herabgelassen, Erde auf den Sarg geworfen und geweint worden war, machte die Gesellschaft sich auf den Weg den Hang hinunter zum *Stormy Petrel*, denn soweit sich alle erinnern konnten, liefen Beerdigungen in St. Piran schon immer so ab. Die Anderssens wussten, wie ein ordentlicher Leichenschmaus auszusehen hatte. In der Hummerfischer-Bar standen Tische voller Erfrischungen. An der Bar wurden zusätzliche Kräfte eingesetzt. Alle strömten herein.

Nur wenige Anlässe sind so ausgelassen wie die Feier nach einem Begräbnis, und das wissen die Menschen in Cornwall genau. Es wird nicht sofort gelacht. Zuerst gilt es, ernste Dinge zu sagen, Hände zu schütteln, Tränen von Wangen zu tupfen. Aber eine Feier ist eine Feier, und nach einer Weile vergisst einer der Trauernden, was der Anlass gewesen war, und durchbricht die traurige Stimmung mit einem lauten Lachen, und schon bald tun andere es ihm nach. Die Anderssens stellten Krüge mit kaltem Cider auf die Tische, um die Stimmung weiter zu heben, und schon bald wurde der Leichenschmaus zu einem fröhlichen Fest.

»Es tut uns allen so leid«, erklärte Polly Hocking und legte Tom tröstend den Arm um die Schulter. »Sie war was ganz Besonderes, deine Nan.«

»Das war sie wirklich.«

Lykke Horsmith saß, einen Zwilling auf der Hüfte balancierend, während der andere sich an ihrer Hand festhielt, mit Toms Schwester Morwenna und Morwennas Partnerin Lucia in einer Ecke.

»Es ist so schön, dich endlich kennenzulernen«, sagte Lucia.

»Finde ich auch.«

»Bist du Dänin?«

»Ich bin halb Inuit und halb Dänin«, erklärte Lykke. »Ich bin Grönländerin. Mein Vater ist ein Inuit-Fischer und meine Mutter eine dänische Biologin. Aber ich habe in Dänemark gelebt, in Vancouver studiert und eine Zeitlang in London gearbeitet. Deshalb fühle ich mich wie eine Weltbürgerin.«

Connor Horsmith stieg auf einen Stuhl und versuchte, für Ruhe zu sorgen, indem er mit einer Gabel gegen sein Glas schlug. »Ich möchte was sagen«, verkündete er. Ping, ping, ping. »ICH MÖCHTE ETWAS SAGEN …« PING, PING. PING!

Und als die Feiernden endlich verstummten, holte er tief Luft, um den Moment zu würdigen. »Ich wollte nur sagen, unsere Nan war etwas Besonderes. Etwas sehr Besonderes. Ja, klar, sie war nicht unkompliziert. Und am Ende … na ja … Die meisten von euch wissen, dass sie vermutlich bereit war zu gehen. Aber das macht es nicht einfacher. Nicht für uns, die sie geliebt haben. Aber die Sache ist die. Nan wurde in der Cliff Street Nr. 12 geboren. Da ist sie im Wohnzimmer auf die Welt gekommen. Da ist sie aufgewachsen. Da hat sie ihr gesamtes Leben lang gewohnt. Hat kaum mal eine Nacht unter einem anderen Dach verbracht. Und da ist sie verstorben. Sie ist nie in irgendeine Einrichtung gekommen. Das hätte sie gehasst. Sie wurde nie in irgendeinem seelenlosen Pflegeheim in Truro weggesperrt, wo sie den ganzen Tag im Gemeinschaftsraum vor dem Fernseher gehockt und Hacksteak mit Sauce gegessen hätte. Und wisst ihr, wieso?« Connor legte sich die Hand aufs Herz. »Weil diese Dorfgemeinschaft sich um sie gekümmert hat. Wir alle. Ihr alle.« Er nickte der in der Bar versammelten Menge zu. »Jessie, du warst jeden Morgen da, um zu sehen, ob sie was braucht. Martha, du hast nachmittags vorbeigeguckt. Megan, du warst nach deiner Schicht im Krankenhaus dort. Kenny, du hast ihr zwei-, dreimal die Woche Gebäck gebracht, Benny ein Stück Makrele. Demelza, du hast sie zum Arzt nach Treadangel gefahren und ihre Tabletten in der Apotheke geholt. Alle haben sich um Nan gekümmert, weil wir das in St. Piran so machen, hab ich recht? Wir machen es immer so und werden es immer so machen. Ich weiß, man darf bei einer Beerdigung nicht um Applaus bitten, aber verdammt, ich tu's trotzdem. Applaus für euch, die besten Unterstützer aller Zeiten.«

Die Trauergemeinde johlte. Schultern wurden geklopft. Augen abgetupft.

»Das hier ist keine Trauerrede«, sagte Connor. »Die hatten wir in der Kirche. Das hier ist ein Dankeschön. Also, danke, Jacob und Romer, dass wir das *Petrel* nutzen dürfen. Danke, Alvin, für den schönen Gottesdienst. Danke, Polly, für Wasser und Blumen. Dank an meine Schwester Morwenna für die Hilfe bei den Vorbereitungen. Und an meinen Bruder Tom ... und seine tolle Familie ... Na ja, danke, dass ihr gekommen seid. Wir sind hier ziemlich weit weg vom Polarkreis.«

Wieder brandete Applaus auf.

»Und jetzt noch ein Dankeschön, das ihr vielleicht nicht erwartet. Dank an Mr. Montague Causley, unseren erlauchten Abgeordneten. Er ist nicht hier, aber ihr solltet wissen, dass er tief in die eigene Tasche gegriffen hat, damit Tom und Lykke und die Zwillinge zur Beerdigung herfliegen konnten.«

Diese Nachricht sorgte für erstaunte Blicke, und wieder wurde geklatscht.

»Ich weiß nicht, ob du das erzählen solltest«, rief Tom.

»Oje!« Connor hielt sich mit gespieltem Bedauern die Hand vor den Mund. »Na, jetzt ist das Geheimnis raus. Also, danke, Monty. Und falls irgendwer von euch Mr. Causley einen ausgeben will, wenn er das nächste Mal im *Petrel* ist, dann macht das gerne.«

»Er war seit dem Video nicht mehr hier«, rief jemand, und einige lachten.

»Na, ich denke mal, es ist keine Verpflichtung, im *Petrel* was zu trinken«, sagte Connor, »auch wenn Jacob das vielleicht anders sieht.«

Weiteres Gelächter.

Connor sah sich verschwörerisch um und hielt den Finger an die Lippen, als sei das, was jetzt folgen würde, streng vertraulich. »Und außerdem, wenn ihr mitkriegen wollt, warum Mr. Causley so großzügig war, solltet ihr vielleicht morgen Abend hier was trinken, wenn er und Tom ihren berühmten viralen Schlagabtausch noch mal nachstellen ... auch wenn es diesmal, so hab ich's verstanden, sehr viel höflicher ablaufen wird.«

»Also das«, sagte Tom, »hättest du definitiv nicht erzählen sollen.«

Es war noch immer unangenehm heiß im Hinterzimmer des *Petrel*. Nachdem jeder mit jedem gesprochen hatte und sämtliche Sandwiches aufgegessen waren, zogen die meisten Trauergäste nach draußen, wo sie am Kai weitertranken.

»Ich glaube, heute haben wir die achtunddreißig Grad erreicht«, sagte Jeremy zu Benny, Tom und Connor. »Achtunddreißig!« Die vier Männer standen zusammen, mit Cider-Gläsern in den Händen, und betrachteten die in der herannahenden Flut ankernden Fischerboote. »Das wäre ein Rekord für St. Piran.«

»Wirklich?«

»Wusstet ihr, dass sie einen Namen hat?«

»Wer denn?«

»Die Hitzewelle. Sie geben ihnen jetzt Namen. Wie den Wirbelstürmen. Das hier ist die Hitzewelle Danny.«

»Die bald in den Sturm Raheeba übergehen wird«, sagte Benny, der solche Dinge genauestens verfolgte. »Der kommt vom Golf von Biskaya zu uns.«

»Fühlt sich nicht so an, als würde ein Sturm aufziehen«, sagte Tom, auch wenn er sich plötzlich nicht mehr ganz sicher war. Es lag eine gewisse Schwere in der Luft.

»Es ist schon schwül«, sagte Jeremy nickend.

»Das könnte was Großes werden«, sagte Benny.

Vier Engländer, die sich am Hafen über das Wetter unterhielten. Nicht gerade der Stoff, aus dem große Erzählungen gemacht sind. »Bitte sag mir, dass du nicht vorhast, mit dem Boot in den Sturm rauszufahren«, meinte Tom.

»Dad will raus«, sagte Benny. »Ich hab mich einen Monat in Grönland vergnügt. Da war Dad ganz allein. Und der Fang war zuletzt schlecht. Heute ist er auch ausgefallen. Wir können es uns nicht leisten, noch einen Tag nicht rauszufahren.« Er grinste und schlug Tom auf die Schulter. »Ich hab's ihm versprochen. Wir sind zurück, bevor es richtig losgeht. Für deinen großen Augenblick. Keine Angst.«

»Ich würde mir fast wünschen, du wärst nicht da«, sagte Tom. »Das halbe Dorf wird kommen, weil Connor das Geheimnis verraten hat.«

Aus dem *Petrel* drang Musik. Irgendwer spielte Geige,

leise begleitet vom Klang einer Gitarre. »Sieht so aus, als sei die Beerdigung zu Ende«, sagte Tom und trank sein Bier aus.

»Soll ich ihnen sagen, dass sie aufhören sollen?«, fragte Jeremy.

Tom und Connor wechselten einen Blick. »Nein«, sagte Connor. »Das müssen Tim und Ruth Truscott sein. Ich habe ihnen gesagt, dass sie spielen dürfen.«

»Wenn das so ist«, sagte Tom, »sollten wir reingehen und zuhören.«

Die Cliff Street Nr. 12 fühlte sich ohne Nan sehr still an. Die Treppen knarzten. Türen quietschten. Schritte dröhnten auf den Dielen. Tom und Lykke lagen in dem Bett, das so viele Jahre lang Nans gewesen war. Die Zwillinge schliefen in Toms und Connors Kinderzimmer. Morwenna und Lucia teilten sich ein Einzelbett in Morwennas altem Zimmer. Im Haus hatten sich selten so viele Leute aufgehalten, und selten hatte es sich so leer angefühlt.

Tom und Lykke sprachen im Flüsterton. Sie lagen im Bett und taten das, was Eltern so tun. Sie unterhielten sich über ihre Kinder.

»Hast du gesehen, wie erwachsen Noah aussah, als er hinter dem Sarg hergelaufen ist?«

»Ich war so stolz auf Ilse. Sie hat sich den ganzen Tag so gut benommen.«

»Sie haben sich in dieser Woche nicht so viel gestritten. Ich glaube, das viele Reisen hat sie ermüdet.«

»Morgen mache ich Ilse einen Zopf. Die Haare fallen ihr immer in die Augen.« Elternthemen. Überall auf der Welt sind es die gleichen. Und mit Zwillingen gab es doppelt so viel zu besprechen, und noch dazu musste man darauf achten, sich mit beiden gleichermaßen zu befassen. Man kann nicht zu lange über das eine Kind reden, ohne irgendwann auf das andere zu sprechen zu kommen.

»Noah wächst gerade so schnell. Wir müssen ihm neue Schuhe besorgen, wenn wir in London sind.«

»Weißt du, was Ilse heute zu mir gesagt hat?«

»Hab ich dir erzählt, was Noah gesagt hat?«

»Ich glaube, allmählich mag Ilse englisches Essen. Endlich.«

»Noah hat die Pastete ganz aufgegessen. Und die war ziemlich scharf.«

»Ich will mit ihnen schwimmen gehen«, sagte Tom. »Bevor wir nach London zurückfahren.«

»Grönländer gehen nicht schwimmen«, sagte Lykke. »Das Meer ist zu kalt.«

»Aber wir in Cornwall schon. Und jetzt sind sie fünf und müssen es lernen.«

»Dann müssen wir ihnen Schwimmsachen kaufen. Und die werden sie dann nur ein einziges Mal tragen.«

»Ich kaufe morgen welche, im Souvenirladen.«

Sie schliefen nicht viel, lagen im Bett und lauschten den Geräuschen des Hauses. Dann, später, als es noch dunkel war, schlichen sie sich nach unten.

»Bist du immer noch sicher, dass du das machen willst?«, flüsterte Lykke. »Du könntest noch ein paar Stunden liegen bleiben.«

»Versuch doch, mich aufzuhalten.«

Hand in Hand spazierten sie an der Hafenmauer entlang durch die Dunkelheit, um den Sonnenaufgang am Tag der Sommersonnenwende zu erleben. »Herzlichen Glückwunsch zum Geburtstag«, sagte Lykke. Sie standen an der Stelle, wo sie sich zum ersten Mal getroffen hatten, und betrachteten das blasse Leuchten am Horizont, das die Sonne war. Doch diesmal war der Himmel grau, und ein starker Wind kam von Westen. An diesem Morgen würde es keinen klaren Sonnenaufgang geben.

»Das ist der Sturm Raheeba«, erklärte Tom ihr.

Trotzdem blieben sie und beobachteten, wie es langsam hell wurde. Es war beinahe so magisch wie acht Jahre zuvor. Das Licht wuchs am östlichen Himmel wie ein Organismus, die Schatten an der Hafenmauer wurden schärfer, und das Dorf streckte sich wie ein aus seinem Schlummer erwachender Riese, mit seinen Morgengeräuschen, den erleuchteten Fenstern und den frühen Schreien der Möwen. Gegen fünf, als es hell war, rief eine Stimme: »Hey, Tom! Lykke!« Sie drehten sich um und sahen Benny und Peter Shaunessy, Vater und Sohn, die ihnen vom Deck der langsam tuckernden *Piranesi* aus zuwinkten.

»Bis heute Abend«, rief Tom. »Kommt vor dem Sturm zurück!«

»Herzlichen Glückwunsch zum Dreißigsten!«

Ah, dreißig. Ein magisches Alter. Noch immer jung. Schmerzhaft jung. Noch immer beweglich. Noch immer in der Lage, über ein Tor zu springen, auf der Wiese Handstand und Klimmzüge an einem Ast zu machen. Die ganze Nacht aufzubleiben, um zu feiern, zu arbeiten oder sich zu lieben. Doch dreißig kann auch ein verlorenes Alter sein. Ein leicht vernachlässigtes Alter. Zu jung, um ein Anführer zu sein, zu alt, um sein Debüt zu geben. Tom Horsmith befand sich mit dreißig in jenem schmalen Lebensabschnitt, in dem das Versprechen der Jugend der Errungenschaft des Erwachsenenalters weicht. Er war nun kein talentierter, aufstrebender junger Klimawissenschaftler mehr, sondern einfach nur ein weiterer arbeitender Forscher in einer Welt der arbeitenden Forscher. Die Welt ist größer, wenn man dreißig ist. Doch oft fühlt sie sich kleiner an. Tom sah jetzt besser aus als der schlaksige Zwanzigjährige, der einen Politiker in einem Pub herausgefordert hatte, war jetzt nicht mehr so dünn. Hatte ein wenig zugelegt. Ein paar Muskeln bekommen. Sich einen Bart wachsen lassen. In seinen Augen, in der Intensität seines Blickes war eine gewisse Ernsthaftigkeit zu erkennen. Die Ehe und das Vatersein. Beides sah man ihm an. Man bemerkte es an der Art, wie er dastand, wie er sich kleidete, wie er sich gab und sich bewegte. Er war jetzt weniger impulsiv. Das Leidenschaftliche existierte immer noch, doch vielleicht würde er jetzt erst nachdenken, bevor er handelte.

Überleg dir, welche Kämpfe du kämpfst, sagte Lykke immer. *Und wähle genau aus.* Das Leben hatte jetzt Konsequenzen. Familie. Rechnungen, die es zu zahlen galt. Dreißig. Drei kurze Jahrzehnte. War das genug Erfahrung? Konnte man mit dreißig wirklich die Hand aufs Herz legen und sagen, man habe verstanden, was richtig und was falsch war auf der Welt? Konnte man mit voller Berechtigung über Religion, Politik, privaten Waffenbesitz, über Abtreibungen, Einwanderung, Krieg, Zensur, Mindestlohn oder Klimawandel sprechen? Und doch hat jeder mit dreißig eine deutliche Meinung zu all diesen Dingen und noch unzähligen weiteren, und bei Tom Horsmith war es genauso, denn er war noch immer ein Mensch mit einem ausgeprägten Sinn für Gerechtigkeit, der die Welt als Schauplatz für den Kampf um Werte zwischen den Guten und den Bösen betrachtete. »Du kannst nicht alles Unrecht der Welt wiedergutmachen«, sagte Lykke manchmal zu ihm. Doch auch Lykke begriff, dass Tom es trotzdem versuchen musste. So war er ganz einfach.

Dreißig ist auch ein beunruhigendes Alter. Tom war mit dreißig weniger zuversichtlich als mit zwanzig. Seine Perspektive hatte sich erweitert. Er hatte mehr Rückschläge erlebt. Und jeder Rückschlag im Leben ist eine Lektion. *Überleg dir gut, welche Kämpfe du kämpfst. Du kannst nicht jeden Kampf gewinnen.* Während die Mittsommersonne ungesehen hinter einem dichten grauen Vorhang aus Gewitterwolken aufging, entschied

Tom ein für alle Mal, auf den Kampf mit Monty Causley zu verzichten. »Ich lass es gut sein«, sagte er zu Lykke.

»Gut.«

Es fing an zu regnen. Nur ein paar Tropfen. Doch es waren schwere Tropfen. Bald würden es mehr werden.

»Ich habe darüber nachgedacht. Viel nachgedacht. Und ich seh keinen Grund, warum die Wette weiterlaufen sollte.«

»Das freut mich«, sagte Lykke.

»Wenn wir uns darauf einigen können, dass uns eine wirklich gewaltige Herausforderung bevorsteht ...«

»... dann wäre das gut.«

»Ja.«

»Dann lass uns zur Cliff Street zurückgehen, bevor die Zwillinge aufwachen.«

9

St. Piran war Stürme gewohnt

St. Piran war Stürme gewohnt. Ein gewaltiger Sturm hatte damals, so wurde erzählt, den Spalt in die Landzunge gerissen und auf diese Weise die Bucht geschaffen, an der das Dorf errichtet wurde. Ein Sturm hatte einmal das Wellblechdach von der Rettungsstation gerissen und es zehn Meter weiter auf den Kai geworfen, so dass überall am Hafen Trümmer und Balken herumlagen. *Schmugglerstürme* nannten sie das im Dorf. Diese mächtigen Stürme, diese Unwetter schleuderten einst Boote gegen die Felsen und spülten Schätze aus fremden Ländern an Land. Marazion House, so sagte man, war mit dem Erlös eines ebensolchen Schiffswracks erbaut worden.

Jetzt würde sich ein großer Sturm entwickeln. Ein Schmugglersturm. Es roch danach. Die Luft schmeckte nach Elektrizität. Das Meer war schwarz. Es schwoll an und brodelte bedrohlich, vibrierte wie eine Trommel, die von einem Riesen geschlagen wurde. Tom, der allein war, zog seine Kapuze enger um sein Gesicht. Es regnete heftig. Der Regen fegte in Schüben über die Bucht, als würde ein wütender Dämon mit Gischt um sich werfen. Er stach im Gesicht. Tom tippte auf sein Telefon und hielt es sich ans Ohr. Keine Antwort. Beim Büro des Hafenmeisters ging er die Stufen hinauf und klingelte.

Casey Limber öffnete die Tür. »Tom, was gibt's?«, begrüßte er ihn. Er ließ Tom eintreten, und die Tür knallte im Wind hinter ihnen zu, so dass das gesamte Gebäude erbebte. Sie standen im engen Flur, und draußen wütete der Sturm. »Lange nicht gesehen«, sagte Casey. »Tut mir leid mit deiner Nan.« Er führte Tom durch den Flur in sein Büro, einen kleinen Raum mit nur einem Tisch und Fenstern zum Meer hinaus. Der Regen peitschte gegen die Scheiben. »Bist du hier, um mir zu sagen, dass ein ziemlicher Wind bläst?«, fragte er. »Hab ich zufällig mitbekommen.«

»Ich mache mir Sorgen um die *Piranesi*«, sagte Tom. »Die sollten nicht da draußen sein.«

Der Hafenmeister legte die Stirn in Falten. »Benny und Peter?«

»Sie sind heute Morgen rausgefahren. Gegen fünf.«

»Die werden acht oder neun Meilen hinter Botallack Head sein, auf der Suche nach Hering«, sagte Casey. »Hast du sie angerufen?«

»Kein Netz.«

Casey nickte. »Da draußen gibt es so gut wie kein Netz. Das stimmt. Trotzdem. Um fünf Uhr war das Wetter nicht schlecht. Kann ihnen keinen Vorwurf machen. Flut war um 6.12 Uhr. Aber dieser Sturm kam viel schneller, als sie vorhergesagt haben. Ich hätte erwartet, dass Peter umdreht, vielleicht so gegen sieben ... nicht viel später, wenn sie es noch in den Hafen hätten schaffen wollen, solange das Wasser hoch genug war.« Er tippte mit einem Bleistift auf den Tisch. »Peter kennt sich aus. Er hat etwa zwei Stunden vor und nach der Flut, um wieder reinzukommen.« Er blickte auf seine Wanduhr. Neun Minuten nach zwölf. »Mal sehen.« Er setzte sich an den Schreibtisch, auf dem Zettel und Karten verstreut lagen. »Hier geht es nicht«, sagte er. »Jedenfalls momentan nicht. Das Wasser ist zu niedrig, um in den Hafen hineinzufahren. In Mousehole ist es genauso. Bis nach Penzance werden sie nicht wollen. Sie könnten mit dem Wind nach Norden fahren und versuchen, Portreath zu erreichen. Aber ich denke, sie fahren die Küste nach Norden rauf, suchen sich einen Unterschlupf und hoffen, dass das Ganze vorbeizieht. Vielleicht finden sie Schutz in Zennor Bay.«

»Danke«, sagte Tom. »Ich habe mir bloß ein bisschen Sorgen gemacht.«

»Peter Shaunessy kann auf sich selbst aufpassen«, sagte Casey. »Die haben eine Funkbake an Bord. Wenn ihnen was passiert und die Bake nass wird, sendet sie ein Signal nach Falmouth, und Falmouth ruft uns und die Rettungsstation an.«

Tom atmete durch. »Danke, Casey.«

»Bei diesem Wind ist es da draußen die Hölle, ganz klar. Ich wollte nicht da draußen sein. Aber die *Piranesi* ist ein zäher kleiner Trawler. Sag Bescheid, wenn du sie erreichst.«

»Wann könnte sie frühestens wieder einlaufen?«

»Man muss von zwölf Stunden und fünfundzwanzig Minuten zwischen den Gezeiten ausgehen. Ich denke, sie könnte frühestens gegen fünf oder halb sechs am frühen Abend festmachen. Flut ist um 18.37 Uhr. Wahrscheinlich ist sie irgendwann zwischen fünf und halb acht wieder da.«

Was ein einziger Tag doch ausmachte! Vierundzwanzig Stunden zuvor hatte St. Piran bei achtunddreißig Grad Hitze geschmort. Heute war von der Sonne nichts zu sehen. Der Wind war so stark, dass man kaum den Kai entlanggehen konnte. Das Regenwasser spritzte zur Seite, als Tom vom Haus des Hafenmeisters in Richtung Dorf rannte.

Er hatte noch etwas zu erledigen.

Ein altes Eisengeländer, das in der Klippe verankert war, führte Fußgänger die Treppen zum Marazion House hinab. Zum zweiten Mal an diesem Tag stand Tom von Wind und Gischt umtost vor einer Tür. Diesmal öffnete ein Mann in seinem Alter, der wie ein Polizist oder Wachmann gekleidet war. »Kommen Sie besser rein«, sagte er.

Es war das erste Mal, dass Tom einen Fuß in Marazion House setzte. Er war erleichtert, dem peitschenden Sturm Raheeba entkommen zu sein, doch sofort hatte er das Gefühl, eine andere Welt betreten zu haben. Ihm schien, als wäre er in fast jedem Haus in St. Piran irgendwann einmal gewesen, weil er einer Einladung gefolgt war oder etwas zu erledigen gehabt hatte. Als Teenager hatte er für Jessie Higgs Lebensmittel ausgeliefert. Drei Sommer lang und an vielen Wochenenden hatte er Einkäufe zu den großen Häusern oben auf den Klippen gebracht, zu den schmalen Häuschen in der Fish Street und den Apartments am Trevarrow Hill. Er hatte sich mit schweren Tüten zu den leeren, hallenden Ferienhäusern beim Strand gekämpft und den Klippenpfad hinauf zum Pfarrhaus und den steinernen Fischerhäuschen neben der Kirche. Das alles war ihm vertraut. Er erkannte sie an ihrem Geruch und ihren Schatten, an der Einrichtung und an ihrer Baufälligkeit. In manchen Häusern herrschte eine solche Unordnung, dass man an Kisten und Tüten vorbeimusste, um zur Küche zu gelangen. Andere Häuser waren wie aus dem Ei gepellt. In manchen Häusern roch es nach Essen oder Kaffee. Nach Katzen, Fisch oder Babys. Oder nach Alter und Verfall.

Doch Marazion House war ganz anders. Es roch nach ... Wonach? Nach sauberen Böden? Leeren Räumen? Es roch, als hätten hier nie Menschen gemeinsam eine Mahlzeit zu sich genommen, eine Scheibe Toast anbrennen oder einen fahren lassen, nasse Klamotten gewechselt. Der Geruch hier drinnen hatte nichts Menschliches, sondern es roch nach der Welt da draußen. Dem Meer. Den Klippen. Nach Regen.

Und die Einrichtung? Na ja, was hatte er erwartet? Vielleicht dass es düster sein würde wie in einem Schloss, mit dunklen olivfarbenen Wänden und schweren, bestickten Vorhängen. Mit arabischen Teppichen, Statuen von Göttinnen und Gemälden der Vorfahren, in vergoldeten Rahmen. Hohe Decken, mit einer großen Freitreppe, mit einem Kronleuchter und einer Balustrade aus geschnitzter Eiche. Doch all das gab es nicht. Der Eingangsbereich hätte genauso gut das Foyer eines Steuerbüros in der Provinz sein können. Magnolienfarbene Wände und Teppichfliesen. Gediegenes braun gebeiztes Holz. Funktionale Möbel.

Der junge Mann, der ihn begrüßt hatte, stemmte sich gegen die Tür, um sie zu schließen. »Kein Wetter, um sich draußen lange aufzuhalten«, sagte er.

»Ich bin Tom Horsmith«, sagte Tom.

»Ich weiß, wer Sie sind.«

Er wurde in einen Raum im hinteren Teil des Hauses geführt. Schlicht. Möbel von IKEA. Stapelbare Plastikstühle um einen länglichen Tisch. Das einzige Bild an der Wand war ein billiger Nachdruck eines Gemäldes von einem Hafen in Cornwall. Es sah nach Mevagissey aus. Weder Monty noch Carys waren zu sehen, doch dann öffnete sich schwungvoll die Tür, und eine Frau mit einer Dokumentenmappe aus schwarzem Leder kam herein, gefolgt von einem Mann mit Kaffeebecher. Die Frau trug einen schmal geschnittenen Rock mit blassen grauen Streifen. Ihr schwarzes Haar hatte sie zu einem Knoten hochgesteckt. Sie sah aus wie eine Staatsbeamtin und ging auch so. Sie hielt ihm die Hand hin. »Schön, Sie kennenzulernen, Tom«, sagte sie. »Ich bin Esperanza Mulligan und arbeite für die Premierministerin.«

»Tolle Begrüßung«, sagte Tom. »Ich wette, damit bekommen Sie bei Blakes einen guten Tisch. Vielleicht sollte ich mal an meiner was ändern. Ich bin Tom Horsmith und arbeite für den Planeten.«

Sie lächelte nicht. »Ich glaube nicht, dass das gut funktionieren würde«, meinte sie.

»Esperanza?«, sagte er, den Namen ausprobierend.

»Ja.«

»Das bedeutet *Hoffnung*«, sagte er. »Ich denke, die könnten wir alle gebrauchen.«

»Ganz bestimmt.« Ihr Ton ließ erkennen, dass dieser Teil der Unterhaltung hiermit beendet war. »Danke, dass Sie gekommen sind«, sagte sie.

»Kein Problem«, sagte Tom. »Monty hat die Reise ja bezahlt.«

»Vielleicht«, erwiderte Esperanza, »wäre es nicht sehr klug, das irgendjemandem gegenüber zu erwähnen. Nicht jeder will, dass seine Großzügigkeit an die große Glocke gehängt wird.« Sie wandte sich dem Mann zu, der sie begleitet hatte. »Das ist Kemal. Unser *AV-Genie*.«

»AV?«, fragte Tom, als er dem Mann die Hand schüttelte.

»Audiovisuelles«, sagte Kemal. »Kamera, Ton, Licht. Solche Sachen.«

Kemal sah tatsächlich eher wie ein AV-Nerd aus als ein Regierungsangestellter. Er trug einen sehr kurzen Bart und ein T-Shirt mit dem Gesicht Einsteins und einer Formel darauf. »Ich bin hier, um Sie gut aussehen zu lassen«, erklärte er.

»Klar«, sagte Tom, der sich nicht ganz sicher war, ob er dafür dankbar sein sollte.

»Mr. Causley ist noch nicht da«, sagte Esperanza, »aber auf dem Weg hierher.«

»Soll ich später wiederkommen?«

»Nein«, antwortete Esperanza bestimmt. Sie deutete auf den Tisch und zog einen Stuhl hervor. »Nur eine kurze Unterhaltung.«

Die drei setzten sich auf die deplatziert wirkenden Stühle.

»Ich muss ganz sicher sein, dass Sie verstehen, warum Sie hier sind, Tom«, sagte Esperanza. Sie hörte sich wie eine herrische Tante an. »Ich weiß, Sie haben mit Monty darüber gesprochen, aber wenn Sie nichts dagegen haben, würde ich das Ganze noch einmal mit Ihnen durchgehen. Nur um sicherzugehen, dass wir alle an einem Strang ziehen.«

»Von mir aus, gern«, sagte Tom. Doch er spürte, wie seine Gedanken schon jetzt abschweiften. Es war, als reichte es bereits, sich an einen Konferenztisch zu setzen und einen fokussierten Eindruck zu machen, um die Konzentration zu verlieren. Er hatte nicht viel geschlafen. Seit vier Tagen schon. Durch das Fenster hörte er etwas im Wind gegen eine Mauer schlagen. Was war das? *Bamm. Bamm. Bamm.* Vielleicht eine Tür. Oder ein offenes Fenster?

»Der Ablauf wird folgendermaßen sein«, sagte Esperanza. »Wir haben die hintere Bar im Pub gemietet und lassen niemanden rein oder raus, wenn wir nicht wissen, wer es ist. Ich denke nicht, dass allzu viele Ortsansässige da sein werden. Das Wetter ist schrecklich heute, und niemand weiß, dass Sie und Monty dort sind. Also sind wir wahrscheinlich einigermaßen ungestört.«

»Was das angeht ...«, begann Tom.

»Wir werden vier Kameras im Einsatz haben«, fuhr Esperanza fort. »Eine wird auf Sie gerichtet sein, eine auf Monty. Die dritte liefert eine Totale auf Sie beide, und die vierte ist ganz allgemein für Zuschauerreaktionen vorgesehen.«

Zuschauerreaktionen? »Ich dachte, wir produzieren wieder einen Film mit wackligen Bildern, wie letztes Mal mit der Handykamera.«

»Wir können es wie eine wackelige Handkamera aussehen lassen, wenn wir wollen«, sagte Esperanza. »Das würden wir in der Postproduktion machen.«

Tom zuckte mit den Schultern. Er fühlte sich zunehmend unwohl. *Bamm. Bamm. Bamm.* Draußen schleuderte der Wind noch immer etwas gegen das Haus. »Okay«, sagte er. »Wenn Sie das so wollen.«

»Ja, will ich. Im hinteren Teil des Raumes stehen Strahler. Nicht zu hell. Es sollte ein warmes, weiches Licht sein. Nicht so viel Schatten wie beim letzten Mal. Alles sehr subtil. Keine Sorge. Und Sie sind verkabelt. Aber wir verstecken die Mikros, damit es natürlicher aussieht.«

»Natürlicher«, wiederholte Tom. Nichts davon kam ihm sonderlich natürlich vor.

»Gut.« Esperanza schien zufrieden. »Also, es geht los mit Ihnen und Monty an der Theke. Ein fröhliches Hallo. Sie freuen sich, ihn zu sehen. Er bietet an, Ihnen ein Getränk zu bestellen. Sie nehmen an. Und wenn die Getränke kommen, fragt er sie nach Ihrer Arbeit mit den Gletschern, und Sie antworten ihm kurz, und so geht es dann weiter. Er ist einen Tick kleiner als Sie, also haben wir einen der Barhocker angepasst, damit Sie beide ungefähr gleich groß wirken.«

»Sie haben den Barhocker angepasst?«, fragte Tom.

»Wir haben die Beine um ein paar Zentimeter gekürzt«, antwortete Kemal.

»Verstehe.« Das alles war sehr viel größer, als Tom es sich ausgemalt hatte. Irgendwie hatte er sich einen lustigen Abend im *Petrel* vorgestellt, mit reichlich Cider und lockeren Gesprächen, und Benny würde alles mit seinem Telefon filmen.

»Werden Sie dieses Shirt tragen?«, fragte Kemal.

Tom blickte an sich herab. Er trug ein schwarzes Polohemd, das an manchen Stellen ziemlich ausgewaschen war. »Ich denke schon.«

»Bitte nicht«, sagte Kemal. »Schwarz ist nicht gut fürs Fernsehen. Es schluckt das ganze Licht, und man hat keinen Kontrast.«

»Weiß?«, schlug Tom vor. Weiß ließ ihn an Qaanaaq denken. Den Gletscher. Das reine, perfekte Weiß der Landschaft. Schneeflocken vor weißem Himmel.

Kemal und Esperanza stöhnten im Chor auf. »Noch

schlimmer«, sagte Esperanza. »Viel zu hell. Die Zuschauer würden nichts anderes mehr sehen. Tragen Sie bitte etwas Pastellfarbenes. Blau, wenn Sie haben.«

Tom versuchte, sich zu erinnern, was er eingepackt hatte. Er dachte an den perfekt blauen arktischen Sommerhimmel über dem Meer in Richtung Baffin Bay.

»Bitte seien Sie um fünf da. Nicht später. So haben Sie eine Stunde Zeit, sich zu entspannen. Sich an alles zu gewöhnen. Wir werden das gesamte Treffen aufzeichnen, von Ihrer Ankunft in der Bar, bis Sie wieder gehen, aber kümmern Sie sich nicht darum, was Sie sagen oder tun. Sie müssen sich bloß mit Monty unterhalten, wenn er kommt, der kurz nach Ihnen eintrifft. Eine freundliche Unterhaltung. Egal wie lange. Eine Stunde, zwei Stunden, ganz egal. Keine Sorge. Wir können es auf drei oder vier Minuten zusammenschneiden. Aber es ist wichtig, dass Sie Monty reden lassen«, sagte Esperanza. »Unterbrechen Sie ihn nicht, und bitte lassen Sie ihn nicht schlecht aussehen. Wenn er etwas Falsches sagt, korrigieren Sie ihn sanft. Diesmal geht es nicht darum, besser zu sein als der andere.«

Überleg dir, welche Kämpfe du kämpfst. »Okay.«

»Und das Wichtigste überhaupt ist, dass die Wette eingestellt wird. Das ist Ihnen klar? Wir brauchen einen Handschlag. Einen kräftigen Handschlag, bitte. *Lassen Sie uns diese blöde Wette vergessen. Ja, unbedingt.* Und dann schütteln Sie sich die Hand.«

Doch jetzt schweiften Toms Gedanken ab. Es gab zu

viele andere Dinge, an die er denken musste. Benny und Peter, draußen auf dem Meer. Nan, kalt und unter der Erde. Der Gletscher. Es fühlte sich an, als habe er einen Freund zurückgelassen; er sah ihn in Gedanken vor sich, einen Berg aus Eis. So gewaltig. So unerschütterlich. Und doch so zerbrechlich. Lykke. Plötzlich machte er sich Sorgen, weil er sie in dem Sturm da draußen in der Cliff Street allein gelassen hatte. Und die Zwillinge. Immer die Zwillinge. Es gab nicht einen Moment, in dem er sich nicht um sie sorgte. »Ich muss los«, sagte er.

»Noch nicht jetzt, bitte«, versuchte Esperanza, ihn aufzuhalten. »Sie sind gerade erst gekommen. Es gibt noch so vieles durchzugehen ...«

Doch seine Nervosität nahm immer weiter zu, und es fühlte sich falsch an, hier zu sein. Mitten in St. Piran in einer Besprechung zu sitzen, als sei dies ein Konferenzraum in Westminster. Er stand auf. »Ich muss gehen.«

»Tom!«

Was war es? War es der Wind, der so heftig wütete, nur durch das Fenster getrennt? Oder fühlten sich die vier Wände und die niedrige Decke plötzlich wie ein Gefängnis an? Er sah Esperanza an und dann Kemal. »Ich werde da sein«, sagte er.

Bamm, bamm, bamm.

»Haben wir etwas gesagt, das Sie verärgert hat?«

»Nein.« Und doch war er verärgert. Er wusste nur nicht genau, wieso.

»Fünf Uhr also?«

Darauf erhielt er keine Antwort. Er schob seinen Stuhl zurück und ging. Zurück durch den Flur. Zurück in den leeren Eingangsbereich. Und durch die Eingangstür direkt in die Arme von Sturm Raheeba. Der Schmugglersturm. Der Schiffzerstörer. Er musste sich mit beiden Händen am Geländer festhalten, damit er die Stufen zum Kai hinaufkam. St. Piran wurde von einem Sturm durchgeschüttelt, so stark wie derjenige, der die Landzunge entzweigerissen hatte. Und doch hatte sich alles im Marazion House fremd angefühlt. Und alles hier draußen fühlte sich normal an.

»Tom. Du musst dich entspannen.«

Lykke Horsmith hatte kräftige Hände. Die Hände einer Fischerstochter. Sie umfasste die Schultern ihres Mannes und lenkte ihn mit Nachdruck zu einem Sessel. Nans Sessel. Den Sessel am Fenster.

»Mir geht's gut.«

»Dir geht's nicht gut.« Sie hockte sich neben ihn und hielt ihr Gesicht nah an seines. »Du hast eine harte Woche hinter dir. Bist drei Tage gereist. Gestern hast du deine Nan beerdigt. Du bist heute seit halb fünf wach. Da draußen bläst ein Sturm. Und die Politiker machen dich verrückt, zerren dich hierhin und dorthin.«

»Und Benny ist irgendwo da draußen, im Sturm«, sagte Tom.

»Das auch.«

Lykke Horsmith. Groß für eine Grönländerin. »Däni-

158

sche Gene«, so erklärte sie es. Doch die Größe konnte ein Vorteil sein. Sie konnte High Heels tragen und phantastisch damit aussehen. Auch wenn sie es nur selten tat. Wenn sie einen Raum mit einer Gruppe von Männern betrat, wusste jeder sofort, wer das Sagen hatte. Das lag womöglich an ihrer Größe. Doch genauso gut konnte es ihre Haltung sein. Lykke war eine Frau mit einer Gelassenheit und einem Selbstvertrauen, das Seltenheitswert hatte, und bei ihrem Anblick gewann man den Eindruck, dass sie alles zu meistern in der Lage war. Auf Skiern einen Gletscher hinunterfahren. Mit einem Eisbären kämpfen. Sich auf Chinesisch unterhalten. Eine Quadratgleichung lösen. Vielleicht konnte sie das alles gar nicht. Doch sie war ein seltenes und ziemlich ungewöhnliches Wesen. *Eine Göttin,* nannte Tom sie. Dinge, um die man gewöhnliche Sterbliche bitten würde, würde man von Lykke nicht verlangen. *Kannst du einen Kuchen backen? Kannst du ein Flugzeug fliegen? Hast du schon einmal ein Buch geschrieben? Warst du mal in Moskau? Kennst du Greta Thunberg persönlich? Aber selbstverständlich,* würde man denken. Das ist Lykke. Sie existierte auf einer Ebene, wo sich Sterbliche nur in ihrem Schatten bewegten. Und doch, wer war sie? Eine hochgewachsene Grönländerin. Die Tochter eines Inuit-Fischers, die Fische ausnehmen und eine Robbe häuten und gleichzeitig eine Unterhaltung führen konnte. Eine Frau, deren Foto einmal im *Time Magazine* abgedruckt worden war, die inzwischen eine große Halle mit Menschen füllen konnte, die sie unbedingt reden hören wollten. Eine Frau, die ein Publikum so sehr fesselte, dass ihm die Tränen kamen, und das in einer Sprache, die nicht ihre Muttersprache war. »Sie ist mir immer noch ein Rätsel«, sagte Tom manchmal zu seinen Freunden. »Sogar nach acht Jahren und der Geburt der Zwillinge.«

»Mein Lieber, du weißt gar nicht, was für ein Glück du hast«, hatte Demelza auf Nans Trauerfeier erwidert, als Tom genau das zu ihr gesagt hatte. »Das Letzte, was du willst, ist, alles über deine Liebe zu wissen. Das Rätselhafte ist die Würze, deretwegen wir immer wiederkommen und mehr haben wollen.« Und gerade als sie das sagte, trat Lykke zu ihnen, die Augenbrauen hochgezogen, als kenne sie ein aufregendes Geheimnis, das sie jedoch niemals verraten würde.

Lykke, bereits so etwas wie eine Berühmtheit unter den Klimaaktivistinnen, war, wie gesagt, die Gründerin und Präsidentin der 1820 Foundation und ihres Forschungsablegers – des Glacier Trust. Das machte sie zu Toms Arbeitgeberin. Außerdem war sie, mit gerade einmal vierunddreißig, wissenschaftliche Mitarbeiterin der Universität Kopenhagen, Co-Autorin eines Lehrbuchs zum Thema Gletscherbildung und Autorin eines ungemein populären Sachbuchs, *Wie man die Welt ins Jahr 1820 zurückversetzt.* Darin präsentierte sie einen phantasievollen, wenn auch nur fiktiven Vorschlag, den Planeten zu renaturieren, Wälder wiederaufzuforsten und die Zahl an Wildtieren auf den Stand von etwa 1820 zu bringen – das Jahr, das Lykke für das vielleicht letzte unberührte Jahr des Planeten Erde hielt. »Ein unverdorbener Planet«, argumentierte sie in ihrem Buch, »ist das wertvollste Geschenk, das wir zukünftigen Generationen machen können«. Die 1820 Foundation war eine Organisation, die sich diesem Ziel verschrieben hatte. Als Teil des Projekts war sie auch Miteigentümerin, wie Tom (an dem Tag, an dem sie sich kennengelernt hatten) erfahren hatte, einer nicht mehr betriebenen Kohlemine in Polen. »Warum um Himmels willen sollte man eine leere Mine besitzen wollen?«, hatte Tom sie gefragt. »Weil sie nicht immer leer sein wird«, hatte sie geantwortet. »Wir nennen sie die *Umgedrehte Mine*. Anstatt dort Kohle abzubauen, füllen wir sie wieder an.« Sie erklärte Tom diese Idee, gleich am ersten Tag, als sie auf der Wiese bei Treadangel Woods lagen und in die Wolken hinaufblickten, die wie wollene Lämmer am Sommerhimmel vorbeizogen. Bei diesem Projekt, sagte sie, würden nachhaltig angebaute Bäume und heimische Biomasse mit Hilfe von Mikrowellen zu Kohle umgewandelt, dann werde die Kohle verdichtet und damit die Mine ganz langsam aufgefüllt. »Deshalb nennen wir sie die *Umgekehrte Mine*«, sagte sie. »Wir sind wie Bergleute, nur andersherum. Wir machen die Zerstörung der Atmosphäre rückgängig, Kohlestückchen für Kohlestückchen. Jedes Gramm Kohlendioxid, das ich in meinem Leben verbrauche, zahle ich zurück, in die Mine. Genau wie Hunderttausende andere. Die einzige Möglichkeit, wirklich sicher zu sein, dass wir Kohlendioxid aus dem Zyklus herausnehmen, ist, es unter der Erde zu vergraben. Ich wünsche mir, dass irgendwann jede stillgelegte Kohlemine wiederaufgefüllt wird. Auf der ganzen Welt.«

»Dauert das nicht ewig?«, hatte Tom sie gefragt, nicht ohne Sorge, dass sie seine Frage als Ablehnung ihrer Idee verstehen könnte.

Lykke hatte bloß gelächelt. »Es hat zweihundert Jahre gedauert, die ganze Kohle abzubauen. Es könnte tausend Jahre dauern, sie wieder zu vergraben.«

Eintausend Jahre! Doch genau so eine Frau war Lykke. Das wurde Tom schon an diesem Tag in Treadangel Woods klar. Lykke dachte in großen Zusammenhängen. Ihre Ideen mochten zu Beginn klein wie ein Samenkorn sein, doch dann wurden sie so groß wie ein Wald. Ideen, die vielleicht ein Jahrhundert Zeit bräuchten. Vielleicht tausend Jahre. Ideen, die sie niemals vollenden konnte, geschweige denn ihre Vollendung miterleben. Doch ihre Ideen besaßen eine Art Eigenleben, eine Widerstandskraft gegenüber jeglicher Ablehnung und die Fähigkeit, sich durchzusetzen und an Kraft zu gewinnen, was auf die Zuhörer so ansteckend wirkte, dass sich daraus ein Schneeballsystem entwickelte und auch alle anderen mitriss. Lykke hatte eine spezielle Art, und ihre Sprechweise, ihr unerschütterlicher Glaube an sich selbst brachte die Leute dazu zuzuhören.

Lykkes Terminkalender schien sich dem anzupassen, wo sie gerade war, und nicht umgekehrt. Sie war nie übermäßig gestresst von den Erfordernissen ihrer verschiedenen Rollen und jonglierte mit ihren Verantwortlichkeiten wie eine geübte Artistin, der nie etwas aus der Hand fiel. Wissenschaft. Muttersein. Schreiben. Forschung. Nichts machte sie nervös. Sie lebte in ihrer Heimatstadt Qaanaaq am nördlichen Ende Grönlands, dem so ziemlich unpraktischsten Ort der Welt, als Geschäftsfrau und Wissenschaftlerin, und doch schien ihr Tag mehr Stunden zu haben als der gewöhnlicher Sterblicher. Sie stand früh auf, ging spät schlafen, und die Stunden dazwischen nutzte sie mit einer gut geölten, erstaunlichen Effizienz. Sie konnte einen Telefonanruf annehmen, während sie den Zwillingen Frühstück machte und am Computer einen Bericht schrieb – und währenddessen löste sie im Hinterkopf vielleicht gerade irgendein größeres Problem oder plante etwas. Vom ersten Tag an, als sie sich am Kai von St. Piran begegnet waren, war Tom ihr voll und ganz ergeben.

»Ich muss morgen Abend in London sein«, erklärte sie Tom. »Ich soll einen Vortrag am ozeanographischen Institut halten. Wir müssen den Zug um Viertel nach zehn in Penzance nehmen. Ich fürchte, zum Schwimmen bleibt keine Zeit, und ich glaube nicht, dass es heute geht.« Sie nickte zum Fenster, wo der Regen gegen die Scheibe peitschte. »Ich bereite den Vortrag im Zug vor. Ich habe uns Plätze mit Tisch reserviert. Vielleicht kannst du dich auf der Fahrt um die beiden kümmern.

Ach, und Jeremy hat angeboten, uns um halb zehn zum Bahnhof zu bringen.«

»Erst mal müssen wir heute Abend hinter uns bringen«, sagte Tom. Er hatte sein Telefon in der Hand und tippte auf den Anrufbutton. »Benny!«, sagte er, als jemand das Gespräch annahm. »Ben?«

Ein schwaches Geräusch war zu hören, das die Stimme eines Mannes hätte sein können, doch es wurde vom Lärm des Sturms verschluckt.

»Wenigstens geht er ran«, sagte Tom zu Lykke.

»Du musst ihm vertrauen«, meinte Lykke.

»Ich würde Benny mein Leben anvertrauen«, sagte Tom. »Aber das heißt nicht, dass ich mir keine Sorgen um ihn mache.«

Es war fünf Uhr, und kurioserweise war das *Petrel* voller Gäste. Esperanza war bereits da. Genauso wie Kemal, der AV-Mann, und einige neue Gesichter – Kamera- und Tonleute und ein Mann mit gelbem Südwester und kurzer Hose, der ein Lichtstativ trug. Tom und Lykke wurden mit Jubel begrüßt, als sie durch die Tür traten.

»Was um Himmels willen geht hier vor?«, wollte Esperanza wissen. »Ich dachte nicht, dass der Laden so voll ist.«

Tom warf Jacob Anderssen einen Blick zu, der gerade die Tische abwischte.

»Sie haben bloß die Hummerfischer-Bar gebucht«, erklärte der.

Doch auch die Hummerfischer-Bar war voller Gäste.

»Das muss sich rumgesprochen haben.« Esperanza konnte ihre Verärgerung nicht verbergen.

»Das ist eine Dorfkneipe«, sagte Tom. »Was haben Sie erwartet?«

Vor dem Pub wütete noch immer der Sturm. Gischtschleier fegten über den Kai. »Mit dem Ton wird es schwierig«, sagte ein Techniker zu Kemal. Er deutete auf einen Monitor. »Wir werden Felle für die Mikros brauchen. Zu viel Wind. Zu viel Hintergrundgeräusche.«

Connor und Hannah waren bereits da. »Ich mache mir Sorgen um Ben«, sagte Tom zu seinem Bruder.

»Der kommt schon klar.«

Plötzlich stand ein Pint Cider vor Tom auf der Theke. »Für Sie. Zur Entspannung«, sagte Esperanza. Sie blieb stehen und sah zu, wie er einen ersten Schluck nahm. »Und was auch immer Connor und Lykke trinken.«

»Noch mal zwei Pints davon, bitte.«

»Schon unterwegs«, sagte Jacob.

Ach, St. Piran. Hier hielten Sorgen nie lang an. Schon bald lächelte Tom wieder, vielleicht zum ersten Mal, seit er und Lykke sich in der Morgendämmerung am Kai geküsst hatten. »Jacob«, sagte er und nahm einen großen Schluck Cider. »Du kannst Wunder vollbringen.« Er hob das Glas, als wolle er einen Toast aussprechen. »Auf dich. Und meinen Bruder. Und diese ganze Stadt.«

Und in der nun folgenden Stunde werkelten Esperanza und ihr Team hektisch herum, stellten Möbel um, testeten den Ton, bauten Strahler auf und verjagten die Leute von ihren Tischen. Tom hingegen entdeckte von neuem, welch beruhigende Wirkung das *Stormy Petrel Inn* hatte. Jessie und Jordy Higgs erschienen, nachdem sie den Dorfladen geschlossen hatten. Sie umarmten Tom so fest, dass er kaum noch Luft bekam. »Er hat früher Kisten für uns getragen«, erzählte Jessie einem amüsierten Kameramann. »Der beste Helfer, den wir je hatten.«

Jeremy und Demelza tauchten auf und belegten einen Tisch in der Hummerfischer-Bar. »Darling, das ist genau der Tisch, an dem wir saßen, als sie das erste Video gedreht haben«, erklärte Demelza Esperanza. Sie legte einen Roman auf den Tisch, das Cover nach oben. »Versuch mal, dass das Buch im Bild zu sehen ist«, bat sie Tom. »Das ist mein neuestes.«

Und dann trafen Modesty und Ardour Cloke ein, Alvin und Polly Hocking, die Magwiths, die Bartles, die Penhallows und die Penroths, die Truscotts, Lacey und Elin Shaunessy, die Moots und beide Robins-Brüder und ihre Ehefrauen mit ihren fünf hochgewachsenen Teenagersöhnen. »Gut, aus dem Wind raus zu sein«, sagten sie, während sie die Tür hinter sich zuschmissen. Dann blickten sie sich um und suchten den Raum ab, bis sie Tom fanden. »Schöner Gottesdienst gestern«, sagten diejenigen, die sich von Nan verabschiedet hatten. »Nan wäre stolz gewesen.« Und die, die die Beerdigung verpasst hatten, sagten, »Thomas Horsmith, wie er leibt und lebt«, als wäre es eine riesige Überraschung, ihn hier anzutreffen. »Das tut gut, dich zu sehen. Tut mir leid das mit Nan. Kann ich dir einen ausgeben?«

»Ich bin schon gut versorgt«, erwiderte Tom dann. Doch er begrüßte sie trotzdem, und sie klopften ihm auf den Rücken. »Schönen Abschied gehabt gestern?«, fragten manche. »Von Nan?«

»Danke. Ja.« Ein ungewohntes Schwindelgefühl erfasste ihn, als hätte sich sein Gehirn aus seiner Verankerung gelöst.

»Du siehst müde aus«, sagte Lykke zu ihm.

»Ich bin auch müde«, entgegnete er. Seine Arme und Beine waren bleischwer. Er saß zusammengesunken auf seinem Stuhl und versuchte, die Augen offen zu halten.

»Du musst mir was versprechen«, sagte Lykke und küsste ihn sanft auf die Stirn.

»Alles.«

»Mach nichts Dummes«, sagte sie.

Mach nichts Dummes. Er versuchte, sich auf die Worte zu konzentrieren. Was bedeutete das überhaupt? Alles fühlte sich verwirrend an, als würden Worte, Gedanken und Menschen im Nebel verschwinden.

Um sechs Uhr öffnete sich die Pubtür, und der Personenschützer trat ein, den Tom im Marazion House getroffen hatte, jetzt in schlichtem grauen Hemd und schwarzer Cargohose. Er überprüfte, ob alles sicher war, und hielt dann die Tür auf. Wie in einem Fußballstadion fegte der Wind herein, gefolgt von Monty und Carys Causley unter einem tropfenden Golfregenschirm.

167

Montys Outfit – gebügelte Chinos, ein weiches grünes Leinenhemd und eine dunkelolivefarbene Weste mit reichlich Platz für Notverpflegung – ließ ihn aussehen, als wolle er zu einer Tropenexpedition aufbrechen. Der Effekt wurde durch den braunen Lederkoffer, den er bei sich trug, ein wenig gemindert. Trotzdem schienen alle Anwesenden durch die Ankunft der Causleys munter zu werden, vor allem Esperanza. »Großartig, großartig«, rief sie. »Können wir jetzt bitte alle unsere Plätze einnehmen. Keine Handykameras, bitte.«

Der junge Danny Robins filmte bereits.

»Bitte. Keine Kameras.«

»Wer sagt das?«, hielt Danny mit dem Selbstbewusstsein eines unbekümmerten Teenagers dagegen. »Die Polizei?«

»Das ist eine Privatveranstaltung.«

»Das ist mein Pub.«

Der Personenschützer mischte sich ein. »Ich bin von der Polizei«, sagte er, »und Sie haben keine Genehmigung, hier drin zu filmen.« Mit einer schnellen Bewegung hatte er Danny das Telefon abgenommen und löschte, was der junge Mann gefilmt hatte.

»Das dürfen Sie nicht.«

»Ich nehme das an mich, bis wir fertig sind«, sagte der Beamte und steckte das Telefon in seine Tasche. »Noch jemand?«

Niemand meldete sich. Der Beamte nickte Esperanza zu, und sie rief: »Auf die Plätze, bitte.«

»Viel Glück«, flüsterte Lykke Tom zu.

»Danke.« Doch der Raum schien zu verschwimmen.

»Ich liebe dich«, sagte Lykke.

»Ich. Liebe. Dich. Auch.« Was geschah hier?

»Schön, dass wir uns wiedersehen«, sagte Monty mit leicht zittriger Stimme. Er hielt ihm die Hand hin. Er sah genauso nervös aus wie Tom. »Wollen wir uns hier hinsetzen?«

Tom wählte den niedrigeren Barhocker. Er erinnerte sich, etwas von abgesägten Beinen gehört zu haben. Ein Make-up-Assistent puderte sein Gesicht. »Damit Sie nicht so glänzen.«

Er fühlte sich bereits, als würde er glänzen. »Und was, wenn ich glänzen will?«

»Dann wird das hier es verhindern.«

All das ging quälend langsam vor sich. Der Raum bewegte sich, als ereignete sich gerade ein Erdbeben in Zeitlupe.

»Okay«, rief Esperanza schließlich. Sie betrachtete Tom prüfend und sah dann Causley an. »Kamera ab.«

Irgendetwas stimmte nicht. Aber was?

»Moment!« Tom hob die Hand und kam sich dabei vor wie ein Schuljunge, der sich im Unterricht meldete. »Ich muss ... Ich brauche nur ... Ich glaube ... Ein Glas Wasser. Bitte.« Sein Mund war so trocken.

»Ich hole eins«, sagte jemand.

»Vielen. Dank.«

»Und ... Kamera ab.«

»Ich mag den Cider hier«, sagte Monty, und es klang eindeutig nach einem einstudierten Gesprächseinstieg. »Wussten Sie, dass Jacob ihn selbst macht?«

Cider. Sie sprachen über Cider. Dieser Typ kam nie hierher, um etwas zu trinken. Und doch wollte er ihm etwas über den Cider erzählen. Tom bemühte sich, seine Wut zu unterdrücken. *Überleg dir, welche Kämpfe du kämpfst.* »Ja«, sagte Tom, den Blick abwendend. »Ich weiß.«

»Darf ich Ihnen ein Glas ausgeben?«

»Ich hatte schon eins.«

»Ich hole ihnen noch eins.«

Tief Luft holen. »Das wäre sehr nett.«

Auf wundersame Weise standen plötzlich zwei Glas Cider auf der Theke.

»Cider«, sagte Tom, der das Gefühl hatte, etwas zu der Unterhaltung beitragen zu müssen. »Wussten Sie, dass Jacob ihn selbst macht?«

»Ich weiß.« Betretenes Schweigen. »Zehn Jahre«, sagte Monty, um gute Laune bemüht. »Wer hätte das gedacht, was? Zehn Jahre ist es her, dass wir uns in unserem Pub getroffen haben.« Er hob sein Glas.

»Na ja, Sie haben ja viel zu tun«, sagte Tom. *Tuntuntun*, hallte es in seinem Kopf. *Tuntuntun.*

»Sie aber auch, nach allem, was man so hört. Soweit ich weiß, arbeiten Sie in der Gletscherforschung. Das muss interessant sein. Darüber müssen Sie mir was erzählen.«

»Ja, also, sehr gerne.« Oh Gott. Das ist furchtbar, dachte Tom. Sein Gehirn hatte den Betrieb eingestellt. Und irgendwo hörte er Musik. Oder war das der Wind? Und wo war Benny? Und das Licht der Kamera war so unnatürlich grell. Und nichts von alledem fühlte sich gut an. Er konnte sich nicht vorstellen, dass jemand sich das im Netz ansehen würde. *Gletscher*, erinnerte er sich. Gletscher. Ich muss ihm von den Gletschern erzählen.

Und dann, als wollte er ihnen beiden diese Folter ersparen, flog die Tür auf, und Casey Limber stand da, hinter sich graue Regenschleier und umtost vom Wind. »Ich brauche Hilfe!«, rief er aufgeregt. »Alle, die sich mit Booten auskennen! Da kommt ein Trawler rein, mit kaputtem Ruder. Wir brauchen jeden Mann.«

»Benny!«, brüllte Tom. Er war von seinem Hocker gesprungen und hatte bereits einen klareren Kopf.

»Bleiben Sie, Tom«, rief Esperanza. »Es sind genug Leute da, die helfen können.«

»Ich komme nachher wieder.«

»Tom!«

»Es bringt nichts, ihn aufzuhalten.« Das war Lykke.

»Verdammt!«, entgegnete Esperanza. »Es lief so gut.«

»Wirklich?«

Tom war bereits durch die Tür und mit ihm die Robins, die Väter und die hochgewachsenen Söhne, Mark und Trevor Bartle, Joshua Penroth und mehrere der Magwiths, Charity Limber und Polly Hocking. Innerhalb weniger Sekunden hatte sich die Bar beinahe geleert, bis auf die Filmcrew, die Causleys und ein paar ältere Schaulustige.

»Na, das ging ja schnell«, sagte Demelza.

»Weiterfilmen«, wies Esperanza die Kameraleute an.

»Und folgt mir.« Sie beugte sich zu Monty, der noch immer auf seinem hohen Hocker saß. »Kommen Sie mit. Sie helfen.«

»Ich?«

»Ja, Sie.« Sie packte seinen Arm. »Wenn da draußen irgendwer gerettet wird, dann von Ihnen.«

Monty langte nach seinem Aktenkoffer.

»Hierlassen!«, befahl Esperanza.

»Ich kann ihn nicht hierlassen«, sagte Monty, den allein der Gedanke fassungslos machte. »Das ist mein Ministerkoffer. Wenn er verlorengeht oder gestohlen wird, bin ich geliefert.«

»Dann nehmen Sie ihn eben mit«, sagte Esperanza. »Aber schnell.«

Jetzt standen sie alle draußen im Sturm, eine ganze Schar Pubgäste auf einem rutschigen Kai, im strömenden Regen und im schneidenden Wind. Sie hielten sich am Geländer fest, um gegen den Sturm anzukommen.

Die Hälfte der Hafeneinfahrt hatte die *Piranesi* bewältigt, doch sie lag auf der falschen Seite der Hafenmauer, mitten in der Dünung. Die Wellen waren genauso hoch wie die Wellenbrecher, manchmal sogar noch höher, und krachten wie Artillerie über die Hafenmauer. Die Maschine des Trawlers ackerte wie ein Traktor, verquirlte die

Gischt und stieß sie als weißen Schaum am Heck wieder aus. Inmitten der gigantischen Wellen wirkte das Boot winzig. Unbedeutend. Treibgut, das vom erbarmungslosen Ozean hierhin und dorthin geworfen wurde.

»Er kann nicht in den Hafen einlaufen«, rief Casey den verstreuten Freiwilligen zu. »Der Wind ist zu stark, und er kann nicht steuern. Wir müssen ihm ein Seil zuwerfen, sonst kracht er gegen die Felsen.«

Die Felsen zwischen der hohen Mauer und dem Fischerboot waren riesig und verziehen nichts. An Deck des kleinen Trawlers kämpfte Peter mit der Maschine, und Benny wickelte ein Tau auf, um es ihnen zuzuwerfen. Doch es war deutlich zu sehen, welch große Mühe ihm das bereitete. Die auf Hochtouren laufende Maschine konnte das Boot gerade nur so von den Felsen fernhalten. Ein Stück weiter hörten die Felsen auf. Dort konnte man den Trawler vielleicht näher an die Mauer heran- und ihn dann zur Mündung des Hafenbeckens ziehen, falls es genug helfende Hände gab. Dann wäre der Trawler möglicherweise in Sicherheit. Doch wenn sie blieben, wo sie jetzt waren, würde die Maschine bestimmt bald aufgeben und das Boot an den Felsen zerschellen.

Mit der Anstrengung eines Speerwerfers schleuderte Benny das Tau. Es schoss durch die Luft, wand sich wie ein sterbendes Tier, trieb dann, vom Wind erfasst, zur Seite und fiel nutzlos ins Wasser, weit entfernt von seinem Ziel am Ufer. So würde es nicht funktionieren.

»Binde was dran!«, brüllte Tom. »Irgendwas Schweres.«

Danny Robins kam mit einem eigenen Seil angerannt. »Nimm das«, sagte er und gab Tom das Seil.

Es war ganz leicht. Ausgeschlossen, dass es bis zur *Piranesi* fliegen würde. »Ich brauche ein Gewicht dafür«, rief Tom. »Irgendwas.«

Um ihn herum begann die Schar von Freiwilligen, hastig zu suchen. Der Hafen war kein guter Ort, um Wurfgeschosse zu finden. Früher hätte es hier vielleicht Rettungsringe gegeben. Doch die waren schon vor langer Zeit entfernt worden. Was dann? Einen ausrangierten Hummerkäfig? Zu groß. Und zu unhandlich. Ein aufgerolltes Stück Plane. Unmöglich, es bei diesem Wind zu werfen.

»Nimm das.«

Jemand drückte Tom etwas in die Hand. Mit der salzigen Gischt in den Augen konnte er kaum etwas erkennen. Doch es war schwer. Und kompakt. Und es hatte einen Griff.

»Danke!«

Die Rettungsaktion ging so schnell vonstatten, dass viele von denen, die dabei waren, in den folgenden Monaten und Jahren das Gefühl hatten, sie weiter ausschmücken zu müssen. Innerhalb weniger Sekunden wurde das Seil an den Koffer geknotet, und der erste Wurf saß gleich. Wie ein von einem Leichtathleten geschleuderter Diskus stieg der braune Lederkoffer mit den ministerialen Unterlagen über den Wellen auf, das Seil hinter sich herziehend, und segelte, von einer kräftigen Böe gepackt, wie ein eleganter Flieger die letzten Meter direkt in die ausgestreckten Arme von Benny Shaunessy.

Am Ufer hielten zwanzig Leute, vielleicht sogar mehr, das Seil fest. Während Benny sein Ende an einer Klampe festmachte, brüllte Casey: »Da lang! Da lang!« Er lotste sie in Richtung der Hafenmündung, weg von den Felsen. Es war nicht einfach. Die Maschine des Trawlers kämpfte gegen den Wind an, und die Wellen schlugen noch immer mit Urgewalt gegen den Kai. »Zieht! Zieht!«

Es glich der übermenschlichen Anstrengung von damals, als die Männer und Frauen von St. Piran einen gestrandeten Wal gerettet hatten. Tom war noch ein kleiner Junge gewesen, doch er erinnerte sich gut daran.

»Zieht! Zieht!«

Der Trawler blieb für einen Moment stehen, und der Bug wurde von einer kolossalen Welle angehoben.

»*Zieht!*«

Jetzt hatten sie die Felsen hinter sich gelassen. Die Sicherheit war greifbar nah.

»Zieht!«

Und dann rollte eine gewaltige Welle heran. Ein riesengroßer Brecher. Sie kam wie aus dem Nichts, und die gewaltige Kraft, die sie mit sich brachte, würde verheerend sein. Im Ozean tat sich eine Kluft auf, um sie durchzulassen. Tom sah sie heranrollen wie ein großes Ungeheuer, das sich im Dunst abzeichnete, und er spürte, wie sein Griff um das Seil sich lockerte. Ihm schwirrte der Kopf. Es stellte kein Problem dar. Das war doch bloß Wasser. Nur Wasser. Was konnte Wasser schon ausrichten?

»Festhalten!«, schrie Casey. »Nicht loslassen!«

Es war eine titanische Welle. Kolossal. Sie schlug wie ein Panzerbataillon gegen die Hafenmauer, und die gesamte Konstruktion schien zu erbeben. Sie brach über den Köpfen der Männer und Frauen zusammen, die das Seil hielten, und kam wie eine Lawine über sie, ein Schwarm aus Wasser, wie einhundert Badewannen, die aus großer Höhe ausgekippt wurden, und die einen klammerten sich an dem Seil fest, einige an Geländern, die Knöchel weiß, so durchnässt, als hätten sie in ihren Kleidern gebadet.

Manche wurden wie Kegel umgeworfen und rutschten über das Pflaster der Hafenmauer, versuchten, sich irgendwo festzuhalten. Tom wurde in die Luft gehoben und in Richtung Hafenbecken geschwemmt. Es hatte etwas Schönes an sich, überlegte er, als die Welle ihn überwältigte. Da waren Muster in den Pflastersteinen. Farben in der Gischt. Das Wasser hüllte ihn so komplett ein, dass er vielleicht hätte schwimmen können. Und bei diesem Gedanken riss er wie ein Schwimmer die Arme hoch.

Musik. Er hörte Musik.

Doch nur einen Augenblick lang. Sein Kopf schlug hart gegen einen der schwarzen Eisenpoller, und dann war alles dunkel. Er fiel wie ein Sack voll Steine ins Hafenbecken.

Währenddessen waren das Tosen des Sturms und die Schreie der Dorfbewohner beinahe ohrenbetäubend. Doch wie durch ein Wunder hatte die Riesenwelle den Trawler gepackt, wie eine Stromschnelle einen Korken, und ihn in genau die richtige Richtung gestoßen, direkt in den Hafen, in die offenen Arme des Knocker-Dämonen, zwischen den versteinerten Überresten von John Brewster und Matthew Treverran hindurch, den knobelnden Fischern, und mit Hilfe eines Windstoßes und der durchnässten Menschen, die am Seil zerrten, schwang die *Piranesi* herum und landete auf der Leeseite der Mauer nicht weit von einem Ankerplatz.

Jubel brach aus. Benny warf sein Tau, und es wurde aufgefangen und an dem Poller festgemacht, an dem Tom sich den Kopf gestoßen hatte.

»Wir haben einen Mann verloren!«, brüllte jemand.

Einen Mann verloren? Wie denn? Wen denn?

»Einer ist ins Wasser gefallen!«

Auf einmal standen alle am Kai.

»Da! Da!« Eine Gestalt trieb komisch im Wasser, das Gesicht nach unten, wie eine kaputte Puppe.

»Das ist Tom!«, rief jemand. »Tom Horsmith!«

Und schon machte es platsch. Bevor irgendwer überlegen konnte, bevor der Name überhaupt ausgesprochen worden war, sprang jemand ins Wasser. Wahnsinn! Das Wasser im Hafenbecken war ruhiger als der offene Ozean, doch auch hier hob und senkte es sich wie eine große, gefährliche Maschine.

»Das ist Lykke«, sagte einer. Und tatsächlich, lange Glieder, dunkle Haare, sie warf sich, wild um sich schlagend, in die Dünung.

Wieder machte es platsch, diesmal vom Boot aus. Benny Shaunessy war in seiner leuchtend gelben Schwimmweste ins Wasser gesprungen. Und noch mal platsch. Casey Limber ebenfalls. Die Menge am Kai hielt die Luft an. Würde es noch jemand wagen?

»Können Sie schwimmen?«, fragte Esperanza Monty.

Monty sah sie erschrocken an. »Na ja, schon«, sagte er, »aber ich glaube wirklich nicht ...«

»Springen Sie einfach. Bei dieser Geschichte müssen Sie dabei sein. Warten Sie.« Sie blickte den Kai entlang, wo Kemal und die Filmcrew mit laufenden Kameras im Windschatten der Hafenmauer hockten. Sie nickte Kemal zu. »Okay«, gab sie das Signal. »Los!«

Der Ehrenwerte Montague Causley flüsterte leise etwas vor sich hin, nahm kurz Anlauf – drei unsichere Schritte – und hopste ungelenk von der Kaimauer. Während er mit im Regen und Wind rudernden Armen durch die Luft segelte, flammte ein Kamerablitz auf, und dann noch einer, es machte ein viertes Mal platsch, und jetzt waren vier Retter im Wasser, und eine neue Welle drängte vom Meer in den Hafen.

Auf dem Kai hatte Esperanza ihr Telefon gezückt. »Larry«, brüllte sie hinein. »Larry? Du musst mir den Redakteur von *News at Ten* ans Telefon holen.«

Und in all dem Gedränge und all dem Tumult, wäh-

rend sich vor aller Augen das reale Drama der Rettungsaktion abspielte und Wellen unablässig gegen die Hafenmauer schlugen, während die Leute an Seilen zogen
oder Anweisungen riefen, während Kameraleute sich
hinhockten, um die besten Bilder zu bekommen, und
während der Regen weiterhin auf sie niederprasselte wie
bei den großen Stürmen der Genesis, geschahen drei
Dinge. Eines war schrecklich und tragisch. Das zweite
heldenhaft und glorreich. Und das letzte geschah unbemerkt, nur einhundert Meter entfernt.

Über die ersten beiden Ereignisse würde die Presse
berichten, nicht aber über das dritte. *Mutige Doppelret-
tung durch Minister* lautete die Schlagzeile der *Times* am
nächsten Tag. Nur wenige Zeitungen konnten widerstehen, ein Foto von Monty Causley zu bringen, triefnass
im wütenden Sturm, Strähnen ins Gesicht hängend, wie
er den schlaffen Körper von Tom Horsmith die Bootsrampe hinaufschleppte. *Erstaunlich mutig – Minister rettet
den Mann, der ihn demütigte*, hieß es in *The Daily Mail*.

Die Zeitungen räumten auch der damit einhergehen-
den Tragödie Platz ein. *Klimaaktivistin stirbt bei Sturmret-
tung*, titelte der *Daily Mirror*.

Lykke Horsmith. Groß für eine Grönländerin. Es gab
nichts, was sie nicht konnte. Auf Skiern einen Gletscher
hinunterfahren. Mit einem Eisbären kämpfen. Doch
Grönländer schwimmen nicht. Das hätte sie selbst sicherlich so gesagt. Es gibt nicht viele Schwimmbäder
in den kleinen Städtchen an der Westküste, wo Lykke

aufgewachsen war. Lykke konnte, so würde Tom später bei der Untersuchung des Todesfalls zu Protokoll geben, ein paar verzweifelte, unkoordinierte Züge vollführen. Sie waren im Urlaub gemeinsam in flachen Hotelpools geschwommen, und Lykke ruderte mit den Armen und konnte sich für kurze Zeit über Wasser halten. Doch schnell überkam sie die Panik, und sie klammerte sich an Tom fest. Was war also in ihrem Kopf vorgegangen, als sie an diesem Tag in die Wogen des Hafenbeckens gesprungen war? »Das muss der Instinkt gewesen sein«, sagte Demelza später zu Tom. »Sie hat bestimmt nicht nachgedacht. Sie hat dich mit dem Gesicht nach unten im Wasser treiben gesehen und ist sofort reingesprungen, um dich zu retten.« All das, so wusste Tom, entsprach der Wahrheit. Lykke hätte in solch einem Augenblick nie gezögert. Und hatte es auch nicht getan.

Sie sprang ins Wasser, und als sie zu schwimmen versuchte, wurde sie erst von Benny, dann von Casey und schließlich von Monty überholt, allesamt kräftige Schwimmer, und alle Augen waren auf Tom gerichtet, die kaputte Puppe, und die Menge war den Rettern auf dem Kai gefolgt, als sie ihn die Hafenmauer entlangzogen, zwanzig Meter oder mehr, während das Wasser im Hafen sich wie ein gefährlicher Kolben hob und senkte, bis sie schließlich die Bootsrampe erreichten. Und irgendwie, irgendwo in diesem ganzen Tumult war Lykke ungesehen in den Wellen versunken. Vielleicht war sie hinter der *Piranesi* nicht mehr zu sehen gewesen. Vielleicht hatte die Strömung sie erwischt und nach unten gezogen. Wer weiß das schon? Doch es verging zu viel Zeit, bevor jemand ihre leblose Gestalt entdeckte, die wie ein schlafender Seehund unter der Oberfläche dahintrieb. Sofort sprangen die Retter zurück ins Wasser, auch Monty, diesmal jedoch ohne Erfolg.

Und während Tom Horsmith am nächsten Tag in einem Krankenhausbett aufwachte, die frische Naht an seinem Kopf bemerkte und von Lykke erfuhr, während die Presse und die Fernsehteams in das kleine Dörfchen St. Piran einfielen und am Kai filmten, wo die Tragödie sich ereignet hatte, und mit Dorfbewohnern und Besuchern sprachen, die alles mit angesehen hatten, erregte das dritte Ereignis keinerlei Aufmerksamkeit. Es war ein Ereignis, das unter normalen Umständen als unbedeutend betrachtet worden wäre, vor allem nach einem so wilden und gefährlichen Sturm wie Raheeba. Doch weil es unbemerkt und undokumentiert blieb, werden wir niemals wissen, ob es zu Aufregung geführt hätte. Es war folgendermaßen: Die Sturmwelle, die die *Piranesi* sicher in die Arme des Hafens von St. Piran schob und die Tom Horsmiths Kopf gegen den Poller krachen ließ, durchbrach den Hochwasserschutzwall rund um Marazion House. Das Wohnzimmer stand einen halben Meter unter Wasser.

Fünfundzwanzig Jahre
nach
der Wette

10

Manch einer sagt,
in Eis sei es still

Manche sagen, auf dem Eis sei es still. Doch wenn man mit dem Schlauchboot ein Stück aufs Meer hinausfuhr, machte der Gletscher meistens Geräusche. Er knarrte, als würde ein Riese über Dielen laufen. Er knackte. Er knallte. Er grollte. Und ab und an, begleitet vom Geräusch eines unheilvollen Trommelwirbels, brachen Eisblöcke ab und stürzten die Klippenwand hinab. Eisbrocken, so groß wie Häuser. Sie rutschten und fielen und krachten in den wartenden Ozean. Das Meer hob sich, und das Wasser bildete Ringe. Als hätte man ein Steinchen in einen eiskalten Teich geworfen. Zunächst versank der Eisbrocken durch die Wucht des Sturzes, doch kurz darauf tauchte er wieder auf, wie ein lebendiges Wesen, das aus dem Schlaf erwachte, drehte und wendete sich und suchte nach einer ruhigen Lage im Wasser. Dabei brachen einzelne Stücke ab, die ihrerseits kleinere Pirouetten im kalten Polarmeer vollführten.

Ilse Horsmith, neunzehn Jahre alt, schlank, pechschwarzes Haar und Augen wie ein Jaspis-Stein, lenkte das Schlauchboot geschickt durch einen Morast aus dahintreibendem Eis, indem sie nur manchmal den elektrischen Außenbordmotor betätigte und das Ruder ganz leicht mit der Hand antippte.

Ihr Passagier saß vorne im Boot, das Auge am Sucher einer mächtigen Nikon-Kamera, und fotografierte. *Klick. Klick.* »Sind wir so nah dran, wie wir können?«, fragte er Ilse.

»Wir sind so nah dran, wie mein Dad mich lässt.«

Klick.

»Wie hoch ist der?«

»Also, dieser Gletscher ist etwa einen Kilometer tief«, sagte Ilse. »Das ist die durchschnittliche Tiefe des Grönländischen Eisschildes. Er ist dreimal so hoch wie der Eiffelturm.« Sie betätigte den Motor, und das Boot pflügte weiter durchs Wasser. »Das ist Qeqertat, ein mittelgroßer Gletscher. Er kalbt jedes Jahr Eisberge in einer Größenordnung von fünf bis zehn Milliarden Tonnen. Er ist etwa ein Sechstel so groß wie der Jacobshavn-Gletscher in der Diskobucht. Das ist der, den sich alle Touristen ansehen.«

Klick. Der Passagier nahm die Kamera herunter.

»Wow!«, sagte er.

»Jacobshavn ist richtig groß. Von dem stammt der Eisberg, der die *Titanic* versenkt hat. Der kalbt durchschnittlich in einem Jahr um die dreißig bis fünfzig Milliarden Tonnen Eis.«

»So viel Eis kann ich mir gar nicht vorstellen«, sagte der Mann.

»Sie sehen wahrscheinlich sonst nicht viele Gletscher, oder?«, entgegnete Ilse.

»Nicht sehr viele.«

Es war eine Meereslandschaft von unvorstellbarer ätherischer Schönheit. Der flache Ozean war ein Flickenteppich aus wirbelnden Blautönen, mancherorts dunkel, mancherorts blass und manchmal beinahe grün oder türkis, als habe ein Künstler sämtliches Blau aus seinem Wasserfarbkasten auf eine weiße Leinwand gespritzt und die Oberfläche mit einer Eisschicht überzogen. Als Hintergrund diente der steile Hang des Gletschers, und dahinter ging ein Horizont aus weißen Bergen in einen klaren blauen Himmel über. Nur das Krachen und Bersten des Gletschers störten die perfekte Einsamkeit.

Keine dreißig Meter entfernt erhob sich lautlos und nur für einen Moment eine blauschwarze Form über die Kruste aus Eis, beschrieb mit seiner sanften Bewegung einen Bogen, löste nur eine sehr seichte Welle aus und glitzerte im blassen Sonnenschein. Ilse zeigte darauf.

»Sehen Sie das?«

»Was ist das?«

»Ein Finnwal.«

Klick. Klick.

»Das zweitgrößte Lebewesen der Welt.«

»Toll.«

So mühelos, wie er erschienen war, tauchte der Wal wieder ab und verschwand unter dem Eis. Ilses Gast betrachtete die Stelle, und eine Weile saßen die beiden da und blickten über die kalte Meereslandschaft – vielleicht kehrte er ja zurück.

Der Mann richtete seinen Blick wieder auf den Gletscher. »Sieht man manchmal Eisberge kalben?«, fragte er. »Einen der richtig großen?«

»Klar«, sagte Ilse. »Nicht die wirklich riesigen – aber ein paar ziemlich große schon. Andauernd. Wenn wir lange genug hierbleiben.« Sie wies auf einen bläulichen Eisberg links von ihnen – ein Hügel aus Eis, der langsam südwärts trieb. »Der da ist heute Morgen abgegangen.«

»Ist das ein großer?«

»Mittel, würde ich sagen. Vielleicht dreißig oder vierzig Meter hoch. Und denken Sie dran, man sieht nur ein Zehntel davon. Unter Wasser ragt er wahrscheinlich noch mal dreihundert Meter oder mehr in die Tiefe.«

»Das weiß ich noch aus der Grundschule«, sagte der Besucher. Er nickte vor sich hin. »Und das ist ein mittelgroßer?«

»Ja.« Ilse drehte am Gas, und das Schlauchboot fuhr durch das Eisfeld. »2010 ist ein Stück vom Petermann-Gletscher abgebrochen, gut vierhundert Kilometer nordöstlich von hier. Der war etwa zweihundertfünfzig Quadratkilometer groß. Ungefähr dreimal so groß wie Manhattan.«

»Und was ist dann passiert?«

»Der ist gegen eine Insel gekracht«, sagte Ilse. »Und zerbrochen.« Sie drehte den Motor hoch und wendete das Boot. »Wenn die Eisstücke kleiner sind als ein Boot, nennt man sie *Growler*«, sagte sie und zeigte darauf.

»Und wenn sie größer sind als ein Boot?«

»*Bergy bit*. Und wenn es so groß ist wie ein Kreuz-fahrtschiff, ist es ein Eisberg.«

Klick. Klick.

»Wenn es ein dicker Eisbrocken ist, stammt er von einem Gletscher. Das ist Süßwasser. Aber ein flaches Stück, das wie ein schwimmendes Stück Straße aussieht, ist meist Meereis. Dann war im Winter das Meer zuge-froren, und jetzt treiben die Stücke nach Süden in die Baffin Bay.«

In einiger Entfernung folgte ihnen ein schwarzes Boot, das an ein Marine-Schlauchboot erinnerte. Und etwa hundert Meter nördlich lag ein weiteres, viel grö-ßeres rot-weißes Stahlboot still im Sund. Ein Dutzend Menschen oder mehr standen an Deck und beobachte-ten sie durch Kameras oder Ferngläser. Jemand hob die Hand und winkte ihnen zu. *Alles okay?*

Der Mann hob die Hand. *Okay.*

»Es ist ganz normal, dass ein Gletscher zerbricht«, sagte Ilse. »Das soll auch passieren. Wir wollen, dass es passiert. Ein Gletscher ist ein Fluss aus Eis, und er fließt wie ein Fluss, nur langsamer. Wenn er das Meer erreicht, zerbricht er in Eisberge, die nach Süden treiben, und dort schmelzen sie langsam, und das kalte Wasser sinkt ab, und dadurch kommt warmes Wasser aus dem Süden, und das hält Europa warm. Das ist der Golfstrom.«

»Verstehe.«

»Das ist was Gutes. Das ist nicht das Problem.«

»Nein?«

»Nein. Es ist der spektakuläre Endpunkt des Gletschers, aber dort schmilzt der Gletscher nicht. Jedenfalls nicht nur. Er schmilzt überall. Auf ganzer Länge. Er
schmilzt oben und unten, und das höhlt das Eis von innen aus. Wie ein Eiswürfel, den man in die Sonne legt.«
Ilse hatte eindeutig die Leidenschaft ihres Vaters geerbt
und vielleicht auch ein wenig von seiner Wut. »Grönland
hat hundertfünfundzwanzig Gletscher«, sagte sie. »Und
bei allen ist es dasselbe. Alle schmelzen. Und nicht nur
die Gletscher. Der gesamte Eisschild schmilzt.« Ihr Tonfall klang jetzt nicht mehr ganz so neutral, sondern eher
kritisch.

Klick.

»Bring mich besser jetzt zurück«, sagte der Mann und
warf ihr einen Blick zu, als habe er ihren vorwurfsvollen
Ton durchaus wahrgenommen. »Die auf dem Schiff werden langsam schon nervös.«

»Okay.«

»Außerdem habe ich morgen früh das Vergnügen,
mit deinem Vater eine Wanderung auf dem Gletscher zu
machen. Und am Nachmittag will dein Bruder mit mir
Bäume pflanzen.«

»Das wird Ihnen alles gefallen.«

»Danke, Ilse«, sagte der Mann. »Dein Vater hatte
recht, in deinen Händen ist man wirklich gut aufgehoben.«

»Danke sehr, Herr Premierminister.«

Das Unternehmen *Touren ans Ende der Welt* hatte seinen Firmensitz in Nuuk, der Hauptstadt Grönlands. Das Büro war bloß ein kleiner Raum in einem unscheinbaren blau gestrichenen Holzhaus nicht weit vom Hafen. Aber es musste auch nicht groß sein. Dort passierte nicht viel. Meist war das Büro gar nicht besetzt, und die Tür blieb verschlossen. Trotzdem schien es angemessen, dass das Unternehmen eine Adresse in Nuuk hatte, ein Schild über der Tür und ein Logo am Fenster. Besitzer und Gründer von *Touren ans Ende der Welt* war Tom Horsmith. Die weiteren Anteilseigner und Geschäftsführer waren Ilse und Noah Horsmith. Ein Familienunternehmen also. Es bestand seit zehn Jahren. Das Geschäft lief gut. Die Reiseteilnehmer buchten ihre Touren online. Auf der Website wurde eine einwöchige CO_2-neutrale Abenteuertour durch Grönland angeboten. Eine Übernachtung in einem Hotel in Nuuk, mit der Gelegenheit, das Nachtleben der Inselhauptstadt kennenzulernen, dann eine Nacht in einer Luxus-Campinghütte am Eisschild und anschließend drei Nächte an Bord eines umgebauten Eisbrechers, der sich zwischen der Diskobucht und Qaanaaq seinen Weg bahnte. Die sechste Nacht verbrachte man in einem Hotel in Qaanaaq. Der letzte Tag sah einen Flug nach Nanortalik am südlichen Ende Grönlands sowie einen Ausflug ins Qinngua-Tal vor, wo die Reisegruppe haltmachte und eine Wanderung unternahm. Das Qinngua-Tal ist der grünste Fleck ganz Grönlands. Hier wurden den Touristen Spaten und

Setzlinge in die Hand gedrückt, damit sie vor ihrem Rückflug Bäume pflanzen konnten. Außerdem standen in dieser Woche Hundeschlitten- und Schneemobilfahrten auf dem Programm, Nordlichter, ein Besuch in einer Inuit-Siedlung mitsamt dem Bau eines traditionellen Iglus, Kajak fahren zwischen Eisbergen, eine Begegnung mit Robben, Wal- und Eisbärbeobachtung, ein Besuch bei Kolonien der Krabbentaucher und Lummen sowie eine Wanderung zu einem Gletscher.

»Das ist ja das volle Programm«, hatte Benny zu Tom gesagt, als Tom ihm den Reiseplan zum ersten Mal gezeigt hatte. »Viel mehr gibt's hier für Touristen gar nicht zu tun. Außer in den langen Winternächten ohne Ende Scrabble zu spielen oder Moschusochsen zu jagen, aber das will heute wohl keiner mehr machen.«

Die für Premierminister Causley organisierte Tour war eine auf zwei Tage verkürzte Version, eine speziell auf Monty Causley abgestimmte Reise, mit zwei Personenschützern, drei politischen Beratern, einem Sekretär, einer ganzen Seilschaft von Beamten und einem handverlesenen Pressekorps von etwa zwanzig Journalisten. Ein Eisbrecher der Royal Navy, Klasse 1A1, die *HMS Endurance*, diente dem Großteil der Reisegruppe als schwimmende Unterkunft.

»Schön, Sie wiederzusehen, Tom«, sagte Causley freundlich, als die beiden Männer sich an Bord des Marineschiffs vor versammelter Presse und Publikum die Hand reichten. Auf Fotos würden die beiden beim Handschlag zu sehen sein, unnatürlich lächelnd, vor dem perfekten Hintergrund der Bucht, der Wand aus Eis und dem strahlend blauen Himmel.

»Sie auch, Herr Premierminister«, sagte Tom.

»Ihre Tochter hat mich auf eine absolut großartige Tour zum Gletscher mitgenommen«, sagte Causley. »Sie macht Ihnen alle Ehre. Wirklich.«

»Danke sehr, Sir.«

Sie posierten für Fotos und umfassten länger ihre Hände, als ihnen lieb war.

»Sind Sie jetzt Freunde?«, rief jemand aus dem Pressepulk.

»Haben Sie die Wette aufgegeben, Herr Premierminister?«

»Planen Sie irgendwelche dramatischen Rettungsaktionen, Mr. Causley?«

»Ha, ha.« Causley bedachte die Presse mit einem breiten affektierten Grinsen. »Ich glaube, Sie wollten ein paar Worte sagen«, flüsterte er Tom zu, ohne ihn dabei anzusehen, noch immer seine Hand festhaltend und fast ohne die Lippen zu bewegen. Vielleicht ein Politikertrick. Eine Methode, heimlich eine Nebenbemerkung fallen zu lassen.

»Nur ein paar, Sir.«

»Freundliche Worte?«

»Ja, Sir.«

»Gut.«

Es war zu kalt, um länger an Deck zu stehen. Noch

nicht unter null, doch vom Norden blies ein kalter Wind in den Sund. Es war noch zu warm für arktische Schnee- anzüge, aber so kühl, dass man kalte Füße und Finger bekam. Trotzdem gab es für solche Anlässe unabhängig von der Außentemperatur ein diplomatisches Protokoll, das es zu befolgen galt. Bei diesem Termin hatte jemand entschieden, dass die Höflichkeiten an Deck ausge- tauscht werden sollten. Da wirkten die Fotos besser. Also wurde es so gemacht. Man trug Mäntel. Handschuhe la- gen bereit, falls jemand welche benötigte. Alle stießen Dampfwölkchen in die kalte Luft aus. Nach einem im Vorfeld festgelegten Plan kam es zu weiteren Handschlä- gen mit weiteren Würdenträgern, zu weiteren offiziellen Fotos mit aufgesetztem Lächeln. Vielleicht gab es wei- tere leise Kommentare. Falls dem so war, bekam Tom es nicht mit. Der Premierminister schüttelte einem ört- lichen Inuit-Oberhaupt die Hand, und sie wechselten ein paar Worte. Der Grönländer machte einen Witz, und Causley lachte an der richtigen Stelle. Darauf folgten eine kurze Willkommensrede vom dänischen Premier- minister und ein paar warme Worte von Causley, unter anderem ein überschwängliches Dankeschön an die grönländische Bevölkerung, und dann endlich ergriff Tom unter zustimmendem Gemurmel das Mikrophon. Mehrere Kamerablitze leuchteten auf.

»Vielen Dank, Herr Premierminister«, sagte er. »Und vielen Dank an unsere dänischen Gastgeber. Und vielen Dank an die Navy, dass wir das Schiff ausleihen durften. Nun, wie die meisten von Ihnen wissen, haben Premierminister Causley und ich ... eine gemeinsame Geschichte.«

Dieser kurze Hinweis auf die Vergangenheit sorgte für einige Lacher. Tom hob die Hand, um für Ruhe zu sorgen. »Ich werde es nie, niemals vergessen ... Als wir uns das letzte Mal begegnet sind, habe ich meine Frau Lykke verloren. Ihr Verlust schmerzt mich noch immer, heute und an jedem Tag. Ich vermisse sie. Werde sie immer vermissen. Wenn ich morgens aufwache, muss ich jeden Tag aufs Neue damit klarkommen, dass sie nicht da ist. Sie alle kennen die tragischen Ereignisse, von denen ich spreche. Sie werden auch wissen, dass einer von denen, die ihr Leben riskiert haben, um meines zu retten, Monty Causley war. Dafür danke ich ihm.«

Er machte eine Pause, um Raum für Applaus zu lassen.

»Man könnte ohne Übertreibung sagen, dass der Klimawandel Lykke umgebracht hat. Die Kombination aus einer Rekordhitzewelle und einem jahreszeitenuntypischen Hurrikan waren ein Teil der Umstände, die dazu geführt haben, dass wir an jenem Tag im Hafen von St. Piran waren. Wir wissen, dass diese Wetterextreme durch uns selbst ausgelöst werden. Durch Menschen. Durch unseren unstillbaren Durst nach billiger Energie. Es fiel uns nicht leicht, diese Lektion zu lernen. Aber wir werden alle älter, und die meisten von uns werden klüger, und heute glaube ich, dass Premierminister Causley und ich trotz aller früheren Differenzen im Grunde auf derselben Seite stehen. Zumindest, was unsere Antwort auf den Klimanotstand betrifft. Und da, wo wir nicht auf derselben Seite stehen ...« Er blickte den Premierminister, der neben ihm am Mikrophon stand, von der Seite an. »... habe ich hoffentlich die Gelegenheit, ihn zu überzeugen. Es freut mich sehr«, fuhr er fort, »dass Mr. Causley meine Einladung nach Grönland angenommen hat, um sich die Arbeit des Glacier Trust anzusehen und die Aufmerksamkeit der Welt auf die Bruchkante des Klimawandels zu lenken, die sich genau hier befindet.« Er tippte auf das hölzerne Pult. »Genau hier in der Arktis.«

Als Tom anschließend im kleinen Speisesaal des Schiffes stand und sich mit schwarzem Kaffee aufwärmte, trat eine Referentin an ihn heran. »Der Premierminister empfängt Sie jetzt«, informierte sie ihn und sah ihn dabei nicht an.

»Wo ist er denn?«

»Ich führe Sie hin.«

Die *HMS Endurance* fühlte sich an wie jedes andere Schiff auch, sie war nur besser lackiert. Kalter Stahl, karge Flure, steile Treppen und scheppernde Metalltüren. Es roch nach frischer Farbe und Schmieröl. Uniformierte Matrosen standen wie Spielzeugsoldaten stramm, als sie an ihnen vorbeigingen. Ein jugendlich aussehender Matrose salutierte sogar. Tom fragte sich, ob er den Gruß erwidern sollte. Er wurde in ein kleines Zimmer geführt, wo Monty Causley hinter einem Schreibtisch saß, selbstzufrieden und entspannt, als wäre es ein ganz normales Büro in Downing Street. Ein unverschämt jung aussehender Mitarbeiter – ein Praktikant vielleicht – hockte in der Ecke auf einem Stuhl. Er wurde nicht vorgestellt und schien nicht an der Unterhaltung teilzunehmen. Die Referentin nickte, um zu zeigen, dass ihre Arbeit erledigt war, und schloss die Tür hinter sich.

Causley stand nicht auf. »Horsmith! Endlich treffen wir uns richtig«, sagte er. Die Art, wie er sprach, erinnerte ein wenig an Churchill, als habe er sich den Premierminister der Weltkriegsjahre zum Vorbild genommen. »Ohne die Presse und all das. Es war überaus nett von Ihnen, uns hierher einzuladen.«

»Überhaupt nicht, Sir«, sagte Tom. Er wurde nicht aufgefordert, sich zu setzen, doch vor dem Schreibtisch stand ein Stuhl, und er nahm darauf Platz. »Es ist mir ein Vergnügen.«

Causley lehnte sich zurück und formte seine Finger zu einem Spitzdach. »Gut fürs Geschäft, nehme ich an? PR und so weiter?«

»Das ist nicht der Grund, warum ich Sie eingeladen habe.«

»Nein, nein, nein.« Der Premierminister wischte den Gedanken mit einer impulsiven Geste beiseite. »Das versteh ich. Aber trotzdem. Sie waren mal Wissenschaftler, und jetzt sind Sie Unternehmer und bieten Touren an.«

»Ich betreibe immer noch den Glacier Trust, Sir, und ich bin Treuhänder der 1820 Foundation. Aber inzwischen überlasse ich die Feldforschung jüngeren Leuten. Das Reisegeschäft läuft eher nebenher. Es hilft uns, auf unsere Arbeit aufmerksam zu machen.«

»Natürlich. Ganz bestimmt.« Causley lächelte ihn an, als kaufte er ihm diese Geschichte nicht im Geringsten ab, lasse sich aber gerne darauf ein. »Unsere Schicksale scheinen miteinander verknüpft zu sein, was, alter Junge? Erst diese elende Wette und dann dieser schreckliche Sturm ...«

»Was das betrifft, Sir. Ich hatte nie die Gelegenheit, Ihnen richtig zu danken.«

»Mein Bester, das ist fünfzehn Jahre her. Ich hatte das Glück, dass ich in meiner Jugend ein eifriger Schwimmer war. Heute könnte ich das vermutlich nicht mehr. Jedenfalls haben wir uns an diesem Tag meiner Meinung nach gegenseitig einen Gefallen getan. Die Presse war recht nett zu mir.«

»Zu mir weniger«, sagte Tom. »Sie dachte, ich sei betrunken gewesen.«

»Na ja«, sagte Causley, lehnte sich zurück und wippte auf seinem Stuhl wie ein gutmütiger Onkel, breiter grinsend, als vielleicht angebracht war. »Schnee von gestern, was?«

Tom blinzelte, als habe die Metapher ihm einen Stich versetzt. »Ja, Sir.«

»Jedenfalls, Horsmith. Deswegen sind wir nicht hier, richtig? Zwei Burschen aus St. Piran. Sie und ich. Zwei *Cornishmen.*«

»Sir?«

»Wir sind hier, um Gutes zu tun. Stimmt's? Um die Aufmerksamkeit der Wähler auf das zu lenken, was hier in der Arktis passiert. Wo stehen Sie übrigens politisch, alter Junge? Darf ich das fragen? Sie dürfen ruhig ehrlich sein. Wissen Sie, ich kann mit Gegnern genauso gut arbeiten wie mit Unterstützern.«

Tom nahm sich Zeit, um über die Frage nachzudenken. »Ich würde sagen, meine Einstellung zu politischen Parteien ist genauso wie zu Tätowierungen«, sagte er und lächelte Causley an. »Im Prinzip finde ich sie gut. Aber mir ist noch keine begegnet, die mir so gut gefallen hat, dass ich mich für sie entscheiden würde.«

»Ha!« Diese Antwort gefiel Causley. »Mir geht's genauso, wenn's um politische Journalisten und französische Präsidenten geht«, plauderte er aus dem Nähkästchen. »Aber nicht weitersagen. Ich will bloß hören, dass Sie nicht mein Feind sind, Tom. Ein bisschen Widerstand halte ich aus, aber wenn wir das hier machen ... gemeinsam ins Eis rausgehen ... uns Gletscher ansehen ... solche Sachen, na ja, dann muss ich wissen, dass Sie mir kein Bein stellen wollen. Oder versuchen wollen, was da draußen passiert, gegen mich zu verwenden. Politisch, meine ich.«

»Warum sollte ich das tun, Sir?«

Causley musterte ihn, dann nickte er langsam. »Ich weiß es nicht, alter Junge. Deshalb frage ich ja.«

Tom sah ihn nachdenklich an. »Mein einziges Ziel ist

es, Lykke zu ehren«, sagte er, »und die öffentliche Aufmerksamkeit auf die Katastrophe zu lenken, die die Eisfelder ereilt.«

»Na, das reicht mir doch schon«, sagte der Premierminister. Es folgte eine unangenehme Pause. Causley starrte Tom durchdringend an. »Wir sind weit gekommen seit unserem kleinen Streit in dem Pub, vor all den Jahren, nicht wahr, Horsmith?«

»Das kann man so sagen.«

»Es gab mal eine Zeit, da dachte ich, es würde uns beide für den Rest unseres Lebens verfolgen. Und jetzt sitzen wir hier, was? Fünfundzwanzig Jahre später. Sie haben ein erfolgreiches Reiseunternehmen und ich ein rebellisches Kabinett, eine abstürzende Währung, Preisinflation und die ständige Forderung an mich, grüner zu werden. Das ist zum Teil Ihre Schuld, was? Das mit dem Grünerwerden.«

»Ich hoffe schon«, sagte Tom.

»Na gut!« Causley schlug mit der Hand auf den Metallschreibtisch. »Es gibt noch einige Fototermine. Und übrigens: Die Presse liebt das alles hier. Sie können Ihrer charmanten Tochter sagen, dass sie es in die BBC-Mittagsnachrichten geschafft hat. Vermutlich wird sie morgen auf den Titelseiten zu sehen sein.«

»Ich werde sie vorwarnen.« Tom nickte ihm respektvoll zu.

»Jetzt liegen ein paar längere Meetings vor mir.« Causley warf dem schweigenden Referenten einen Blick zu.

»Oliver hat eine ganze Liste von Leuten, die ich treffen muss. Und wenn ich es richtig verstehe, werden Sie und ich morgen früh wieder unsere Winterkleider anziehen und den Gletscher besuchen.«

»Das machen wir, Sir.«

»Wunderbar. Ich freue mich darauf.«

»Ich auch, Sir.«

»Bis dahin bitte ich Oliver, Sie meiner Pressechefin vorzustellen.« Wieder warf Causley einen Blick in Richtung seines schweigenden Referenten. »Ich weiß, das ist vor allem eine Informationsreise für mich, aber ab und zu sollten wir den Medien ein bisschen rohes Fleisch vorwerfen, um sie bei Laune zu halten. Gute Presse hilft uns ja beiden, was?«

»Ja, Sir.«

»Sie ist eine sehr fähige Dame, meine Pressechefin. Ein wenig Respekt einflößend. Aber die Ergebnisse sprechen für sich. Ich möchte, dass Sie ein wenig Zeit mit ihr verbringen. Sie kennenlernen. Ihre Ansichten hören, wie wir beide morgen einen großen Erfolg erzielen können. Oliver, würden Sie bitte den jungen Herrn Horsmith mit zu Esperanza nehmen?«

»Esperanza Mulligan?« Tom hob die Augenbrauen.

»Ja, Sie kennen sie bereits.«

Ein Schatten schien sich über Toms Augen gelegt zu haben. »Ja, Sir. Wir sind uns schon begegnet.«

Er fand sie ein Stockwerk tiefer, wo sie das Verladen von Ausrüstung in ein Schlauchboot für die Abenteuertouren des nächsten Tages beaufsichtigte. Sie bemerkte ihn nicht. Nicht sofort. »Diese Sachen – in dieses Boot«, bellte sie und zeigte auf ihre Mitarbeiter. Dann drehte sie sich zu Tom um, der sich neben sie gestellt hatte. »Hallo?«

»Sie sind Esperanza Mulligan und arbeiten für den Premierminister«, sagte Tom. Er hielt ihr die Hand hin.

»Und Sie sind Tom Horsmith und arbeiten für den Planeten«, erwiderte sie.

»Dann hat sich ja nicht viel verändert«, sagte er.

Sie sah ihn direkt an. »Nur dass Ihr Leben komplett auf den Kopf gestellt wurde und ich neun Jahre mit unserer Truppe auf der Oppositionsbank gesessen habe.«

»Das war bestimmt kein Spaß.«

»Lassen Sie uns reden«, sagte sie und wandte sich an einen jungen Mann, der wie eine Wache mit einem Klemmbrett unter dem Arm dastand. »Robin!«

»Ja, Ma'am.«

»Sorgen Sie dafür, dass alles verladen wird. Wir werden morgen früh nicht viel Zeit haben, und ich will, dass die Presse und der Premierminister startklar sind.«

»Ja, Ma'am.«

Sie wandte sich wieder Tom zu. »Also, Mr. Horsmith.«

Tom verkniff sich den Impuls, mit *Ja, Ma'am* zu antworten. »Also, Miss Mulligan?«

»Ich habe Ihnen vermutlich nie gesagt, wie leid mir das mit Ihrer Frau tut.«

Tom schüttelte den Kopf. »Nein«, sagte er. »Haben Sie nicht.«

»Ja, es tut mir wirklich sehr leid.«

Betretenes Schweigen. »Monty hat gerade *Schnee von gestern* dazu gesagt«, sagte Tom.

»Eine unglückliche Wortwahl.«

»Ja.«

»Haben Sie je wieder geheiratet?«

Tom schüttelte den Kopf.

»Haben Sie eine Freundin?«

»Nein.«

»Schade. Aber ich werde Ihnen trotzdem nicht sagen, dass Sie darüber hinwegkommen müssen. Vermutlich haben das schon zu viele versucht.«

»Das stimmt.«

Sie fanden an Deck eine Stelle außer Reichweite neugieriger Ohren, wo sie stehen, sich an der Reling festhalten und über das sanfte blaugrüne Wasser der Bucht auf den großen Gletscher blicken konnten. Esperanza hatte sich nicht sehr verändert, fand Tom. Doch ein Mensch verändert sich zwischen dreißig und fünfundvierzig nicht so sehr. Oder zwischen Mitte dreißig und Mitte vierzig. Sie sah vielleicht ein wenig verhärmt aus. Hatte etwas zugelegt. Zu viele geheime Westminster-Abendessen, bei denen sie versucht hatte, Verschwörer im Parlament zu beschwichtigen, hatten Spuren hinterlassen. Ihr Haar war an manchen Stellen grau geworden. Oder sie hatte sich Strähnchen machen lassen, um ihr reifes

Alter zu betonen. Sie trug eine blaue Jeans, dunkle Wellington-Stiefel und eine graue Steppjacke, wie speziell für die wenigen Tage im Jahr geschneidert, an denen die Gutsherrin so tat, als miste sie die Ställe aus. Das gesamte Outfit schien nur für diese Reise entworfen und angepasst worden zu sein.

»Was ist Ihr Motiv, Tom?«, fragte sie ihn und sah sich noch einmal um, ob sie nicht doch jemand belauschte. Ihre ganze Art wirkte sehr schroff.

»Mein Motiv?«

»Jeder hat eins. Ich. Monty. Sie auch. Alle wissen, was sie sich von dieser kleinen Spritztour heute und morgen erwarten. Ich weiß, was ich will. Was ist mit Ihnen?«

Tom zuckte mit den Schultern. »Ich habe wirklich kein Motiv«, sagte er.

»Schwachsinn! Sie haben Monty hierher eingeladen. Sie haben ihm einen offenen Brief geschrieben und darüber getwittert. Das haben Sie ganz sicher nicht getan, weil Sie eine alte Freundschaft wieder aufleben lassen wollten.« Esperanza starrte ihn unnachgiebig an. »Das ist keine Kritik, Tom. Ich erwarte, dass Sie ein Motiv haben. Ich will bloß genau wissen, welches. Dadurch können wir am besten sicherstellen, dass wir alle von diesem Ausflug profitieren. Also, was steckt dahinter? Werbung für Ihre kleine Reisefirma? Hilfe bei der Rettung des Planeten? Was?«

Tom sah weg, blickte über das türkisfarbene Wasser des Sundes, dorthin, wo das grönländische Eis schlummerte. Eine feierliche Meereslandschaft von äußerster Einsamkeit und Schönheit. Vereinzelte Eisblöcke trieben auf sie zu. Er holte tief Luft. »Lykke war Grönländerin«, sagte er leise.

Esperanza biss sich auf die Lippe. »Ja.«

»Aber ich bin hier immer noch ein Neuankömmling. Ein Fremder. Auch nach zweiundzwanzig Jahren. Sie tolerieren mich hier, weil meine Kinder halbe Grönländer sind. Und weil Lykke so beliebt war.« Er drehte sich um und sah Esperanza in die Augen. »Sie wollen wissen, was ich für ein Motiv habe? Lykke ist mein Motiv«, sagte er.

»Versteh ich nicht.«

»Das habe ich auch nicht erwartet. Haben Sie Kinder?«

Esperanza schüttelte den Kopf. »Nein.«

»Dann kann ich Ihre Frage nicht beantworten. Es ist ein Vierteljahrhundert her, seit ich mich mit Monty in der Bar des *Stormy Petrel* gestritten habe. Ich war damals ein anderer Mensch. Es fühlt sich an, als wär's ein anderes Leben gewesen. Diesen Kampf kämpfe ich nicht mehr. Das ist ein Kampf, den wir längst verloren haben.«

Sie standen da und blickten aufs Meer hinaus, während ihre Hände in den Handschuhen das kalte Metallgeländer umklammerten. Ein Stück Eis von der Größe eines Autos trieb langsam auf sie zu.

»Welchen Kampf kämpfen Sie nicht mehr, Tom?«

»Den Klimakrisenkampf. Den Kampf gegen Dummköpfe, die denken, das alles wird von Vulkanen oder Sonnenflecken ausgelöst. Den Kampf, die Menschen zu überzeugen, dass wir etwas tun müssen. Heute leugnen nicht mehr viele Menschen den Klimawandel. Heute zucken sie nur noch mit den Schultern und sagen, *Ja, schade, da können wir jetzt nichts mehr machen.*«

»Das ist eine pessimistische Sicht.«

»Wirklich? Wir wissen seit Jahrzehnten von der globalen Erderwärmung. Verdammt, die erste Klimakonferenz fand 1995 statt! Lange bevor ich geboren wurde. Wir sitzen in einem Ruderboot, das auf einen gewaltigen Wasserfall zusteuert, und die Leute ganz vorne im Boot rufen uns zu, wir müssen anhalten, aber die Leute, die das Boot rudern, blicken nach hinten und können den Wasserfall nicht sehen. ›Was soll das Theater?‹, sagen sie. ›Vielleicht geht der Wasserfall ja wieder weg, wenn wir nicht daran denken.‹ Ich bin nicht mehr derselbe Mensch, Esperanza. Denn wissen Sie, was mir manchmal durch den Kopf geht? Scheiß drauf! Wir haben verloren. Und wenn alle Menschen, denen der Planet nicht scheißegal ist, überhaupt etwas ändern können, dann schaffen sie es vielleicht, den Klimakollaps um zehn Jahre oder so zu verzögern. Aber was bringt das? Wenn die Menschheit überhaupt überlebt, wird sie für die nächsten hunderttausend Generationen ein schrecklich beschissenes Dasein führen. Welchen Unterschied machen da zehn Jahre?«

»Verstehe«, sagte Esperanza.

»Aber andererseits sage ich NEIN!« Tom schlug sichtlich erbost mit der Faust auf die Reling. »NEIN! Das hätte Lykke gesagt. Deshalb muss ich ihre Arbeit weiterführen. Ihre Vision. Ihre Vision war es, zu einer unberührten Welt zurückzukehren. Einer Welt wie zu der Zeit, bevor wir angefangen haben, alles kaputt zu machen. Und das ist der Grund, warum es hier um Lykke geht. Sie wollen mein Motiv wissen? Wut. Die reine Wut.«

Esperanza blickte ihn amüsiert an. Ihre Mundwinkel gingen kaum merklich nach oben, als habe dieser kleine Ausbruch sie verblüfft. Unter ihnen kollidierte der Eisberg gerade in Zeitlupe mit dem Schiff. Fragmente von Eis flogen umher wie Juwelen bei einem Streit. Sie mussten für einen Moment von der Reling zurücktreten, damit sie keine Eisdusche abbekamen.

»Das ist wie auf der *Titanic*«, sagte Esperanza.

Sie beugten sich über das Geländer und beobachteten, wie das Eis vorbeitrieb.

»Also, was erwarten Sie von Monty?«, fragte Esperanza, als der Moment vorüber war.

Tom stieß einen tiefen Seufzer aus. »Das hätte er mich vor fünfundzwanzig Jahren fragen sollen.«

»Was hätten Sie ihm gesagt?«

»Was hätte ich ihm sagen *sollen*? Sie müssen Lykkes Buch lesen. Damals hatte sie es natürlich noch nicht geschrieben, aber alle Lösungen stehen drin, und es sind heute noch dieselben wie damals. Verbieten Sie den Verkauf von Kohle, Öl und Gas mit sofortiger Wirkung.

Finanzieren Sie ein Programm, das eine Billion Bäume auf der ganzen Welt pflanzt. Erhöhen Sie die Steuern auf den Verkauf von Fleisch und Milchprodukten um das Zehnfache, so dass ein Burger, der jetzt ein Pfund kostet, zehn Pfund kostet. Auf drei Vierteln des weltweiten Ackerlandes wird Futter für Vieh angebaut. Streichen Sie die Viehzucht und pflanzen Sie einheimische Baumsorten an. Schottland ist eine einzige Wüste. Füllen Sie sie mit Bäumen. Wir brauchen keine kitschigen Postkartenlandschaften. Wir brauchen Bäume, um Kohlendioxid zu speichern. Bezahlen Sie Landwirte dafür. Hören Sie auf, Zement zu verwenden, der nicht CO_2-neutral produziert wurde. Stoppen Sie insgesamt die Beschaffung von Produkten und Dienstleistungen, die nicht aus CO_2-neutraler Produktion stammen. Fördern Sie die Forschung von grünem Wasserstoff als Treibstoff. Nutzen Sie einen Teil des Landes, den wir für die Viehzucht verschwenden, für den Anbau von Biokraftstoffen. Stoppen Sie die Zerstörung der Ozeane durch riesige schwimmende Fischfangfabriken. Erklären Sie die Hälfte unserer Küstengewässer zu Schutzzonen und bewachen Sie sie. Holzen Sie unsere nachhaltig bewirtschafteten Wälder ab, verwandeln Sie sie in Kohle und vergraben Sie die Kohle in unseren leeren Minen. Und das jahrhundertelang, bis die Minen wieder voll sind.« Er stockte, als sei mit dieser Liste seine gesamte Energie aus ihm herausgeflossen, und schüttelte den Kopf. »Zwingen Sie jedes Unternehmen und zehn Prozent der reichsten Menschen auf

dieser Erde, eine exakte jährliche Bilanz ihres CO_2-Fuß-
abdrucks zu erstellen, und wenn dabei nicht null heraus-
kommt, lassen Sie sie dafür zahlen, dass CO_2 gebunden
wird, bis sie bei null stehen. Investieren Sie in ehrgeizige
Geoengineering-Projekte, um all den Schaden auszugleichen, den wir angerichtet haben. Renaturieren Sie den
Planeten. Und jetzt kommt das Wichtigste: Lassen Sie
die Welt wissen, dass wir *keinerlei* Geschäfte mit Ländern
tätigen werden, die es nicht genauso machen.«

Während Tom sprach, schüttelte Esperanza den Kopf
und konnte sich angesichts dieses Forderungskatalogs
kaum ein Lachen verkneifen. »Tom, Tom, Tom!« Sie
legte ihm die Hand auf den Arm. »Merken Sie nicht
selbst, wie irre das klingt?«

»Sie haben mich gefragt, was ich ihm hätte sagen sollen, als ich zwanzig war.«

»Sie waren ziemlich verrückt, als Sie zwanzig waren«,
sagte Esperanza. »Jede einzelne dieser Maßnahmen
hätte uns in den Bankrott getrieben, Tom. Wir hätten riskiert, ins finstere Mittelalter zurückversetzt zu werden.
Das wissen Sie genau.«

»Und Sie verstehen es immer noch nicht, oder?«,
sagte Tom, dem diese Antwort nicht gefiel. Er stieß sich
von der Reling ab und schickte sich an zu gehen, doch
Esperanza hielt ihn zurück. Er drehte sich zu ihr um.
»Wissen Sie, was uns wirklich ins finstere Mittelalter zu-
rückversetzen wird?«, sagte er. »All diese Dinge *nicht* zu
tun. Das ist das wirklich Riskante. Wenn das CO_2-Level

weiter ansteigt, büßt die Erde irgendwann die Fähigkeit ein, Wolken zu bilden. Das sollte uns eine Scheißangst einjagen. Zwei Drittel des Planeten sind von Wolken bedeckt. Wolken reflektieren eine Riesenmenge Sonnenlicht. Ohne sie sterben unsere Wälder, unsere Ernte vertrocknet, und es wird noch mal um acht Grad wärmer. Vielleicht sogar noch wärmer. *Game over.* Und die Wolkenbildung nimmt jetzt schon ab. Es geht schon los. Ich war nicht verrückt, Esperanza. Ich war ehrlich.«

»Okay.« Sie sah ihn an wie eine Krankenschwester einen nicht zurechnungsfähigen Patienten. »Ich habe verstanden. Monty hat verstanden.« Sie winkte ab. »Aber wir müssen pragmatisch sein. Leute zu erschießen, die Fleisch essen, ist keine praktikable Lösung. Das ist nicht hilfreich.«

»Das hab ich nie gesagt.«

»Im Grunde schon.« Sie sah ihn fragend an. »Kann ich es wagen, Monty mit Ihnen aufs Eis gehen zu lassen?«

Er zuckte mit den Schultern. »Sind diese Ideen wirklich so gefährlich? Vielleicht sollten Sie jemanden mit einer Waffe mitschicken. Wenn ich dann anfange, über das Pflanzen von Wäldern zu sprechen, kann er mich wegen Hochverrats erschießen, bevor Monty etwas davon mitbekommt.«

»Jetzt seien Sie nicht so schnippisch, Tom.«

»Wer ist hier schnippisch? Sie haben mir gerade vorgeworfen, ich wollte Leute erschießen, die Fleisch essen.«

»Na ja, es klang so.«

»Gut, dann sagen *Sie* mir doch, Esperanza – was ist Ihr Motiv? Ist das hier wirklich eine Informationsreise für Monty? Oder bloß eine Gelegenheit, schöne Fotos zu machen? Ist es nur das? Vielleicht geht es nur darum, die Wähler daran zu erinnern, wie heldenhaft er mich vor dem Sturm gerettet hat. Das ist schließlich schon lange her, und die meisten Menschen haben es längst vergessen. Vielleicht brauchen sie vor der nächsten Wahl eine kleine Erinnerung. Ist es das?«

Esperanza blickte ihn an. »Es kann all das gleichzeitig sein«, sagte sie, »und trotzdem eine Informationsreise.«

»Wenn das so ist«, sagte Tom, »stören Sie sich nicht daran, wenn Causley ein paar Wahrheiten kennenlernt. Sicher, da draußen auf dem Eis lauern Gefahren. Aber gute Ideen gehören nicht dazu.«

»Okay«, sagte Esperanza. Sie hielt Tom mit ausgestreckten Armen vor sich. »Ich muss Ihnen noch Ihren Anzug geben. Kommen Sie mit.«

Tom sah sie verdutzt an. »Meinen Anzug?«

»Ihren Schneeanzug. Den Sie morgen zum Gletscherausflug anziehen werden«, sagte Esperanza. Sie sah ihn streng an.

»Ich habe meine eigene Kälteschutzkleidung.«

»Aber nicht für morgen. Folgen Sie mir.« Esperanza führte ihn erst eine und dann noch eine steile Treppe hinunter. Sie öffnete die Tür einer Kabine, die zu einem Büro umfunktioniert worden war. Zwei schwarze Kleidersäcke hingen auf Kleiderbügeln an einem Wandhaken. »Der müsste Ihre Größe haben«, sagte sie, nahm einen der Säcke und warf ihn ihm zu.

»Das ist wirklich nicht nötig«, sagte er.

»Das ist absolut nötig«, sagte Esperanza. »Es darf morgen auf keinen Fall wie ein Ferienlager aussehen. Wir sind hier nicht bei den Amateuren. Das hier ist ein *State of the Art*-Überlebensanzug, sagt die Navy. Wasserdicht. Wirbelsturmsicher. Das volle Programm.«

Tom öffnete den Reißverschluss ein Stück. »Das ist ja Wintertarn«, stellte er lachend fest.

»Was ist daran lustig?«

»Sie werden uns auf den Fotos gar nicht sehen.«

»Doch, das werden wir, Tom, stellen Sie sich nicht blöd. Hinter Ihnen wird der Himmel sein. Das wird toll aussehen. Sie beide müssen gleich angezogen sein. Sie und Monty. Dann wirken sie wie ein Team. Wie zwei, die auf derselben Seite stehen. Und Sie müssen professionell aussehen. Man muss merken, dass Sie es ernst meinen.«

»Dann verlieren Sie uns bloß nicht«, sagte er.

»Werden wir nicht. Halten Sie sich bereit, um neun Uhr morgens brechen wir zum Gletscher auf.«

»Ich bin bereit.«

»Gut.«

II

Das habe ich schon
tausendmal gemacht

In Qaanaaq gibt es im Juni keinen Sonnenaufgang. Die Sonne steht den ganzen Tag am Himmel. Und die ganze Nacht. Keine Sommersonnenwende, hätte Lykke gesagt. Es war einfach ein Tag im Juni, hell und klar. Die Lufttemperatur betrug während der Morgendämmerung angenehme vier Grad. Der Himmel war blau. Kein Wind. Ein perfekter Tag.

»Die Schneeschuhe macht man an den Stiefeln fest«, sagte Tom. »Ich zeig's Ihnen.« Er ging auf ein Knie und befestigte das Hilfsmittel gekonnt an Monty Causleys Schuhen. »Eigentlich brauchen wir die hier nicht. Der Schnee ist nicht rutschig. Aber Esperanza will nicht riskieren, dass Sie stürzen.«

Die Wintertarnanzüge waren weiß mit einem Muster aus zufällig generierten Wirbeln in Dunkelblau, Hellblau und Grau. Monty Causley sah in seinem Anzug aus wie ein zu groß geratener Teddybär. »Mächtig aufregend«, sagte er, hob einen Fuß und betrachtete den Schneeschuh. »Die sind ganz anders, als ich dachte. Ich habe sie mir wie Tennisschläger vorgestellt, die man sich an die Schuhe schnallt. Aber diese hier sind ziemlich hightech.«

»Inuit-Schneeschuhe sehen immer noch aus wie Tennisschläger«, sagte Tom. »Sie machen sie aus Holz und Robbenfell. Aber diese hier lassen sich leichter anpassen.« Er zog an einem Gurt, um den Schuh an Montys Fuß festzuzurren. »Außerdem«, sagte er, »sind traditionelle Schneeschuhe für weichen Schnee gedacht, damit man nicht einsinkt. Unsere Schneeschuhe sind eher wie Spikes, um nicht auszurutschen.«

»Damit ich nicht herumschliddere und mich zum Affen mache?«, sagte Monty.

»Das kann ich nicht versprechen. Aber versuchen Sie, nicht zu schnell zu gehen«, riet Tom ihm. »Machen Sie große Schritte, damit sie nicht aneinanderschlagen. Sie haben zwei Wanderstöcke, also fallen Sie wahrscheinlich nicht hin.«

Sie posierten für Fotos in ihren Kälteschutzanzügen und Stiefeln, die Stöcke haltend wie Forscher des neunzehnten Jahrhunderts. Esperanza kontrollierte das Geschehen und gab Anweisungen wie eine Filmregisseurin. »Da rüber. Noch ein Stück. Noch weiter. Da.« Dann kniff sie die Augen zusammen und hielt sich einen Handschuh zum Schutz gegen die gleißende Sonne vor die Augen, als wäre sie mit keiner der Kameraeinstellungen wirklich zufrieden. »Folgendermaßen«, erklärte sie den im Schnee versammelten Presseleuten und Politikern, »der Premierminister und Mr. Horsmith gehen ein kurzes Stück auf den Gletscher hinaus, nur die beiden, während wir mit zwei Drohnen Fotos machen.« Sie zeigte in den perfekt blauen Himmel hinauf. »Und die Schneelandschaft soll nicht voller Fußabdrücke sein. Am besten würde es aussehen, wenn wir eine einzelne Spur mit Abdrücken hätten, die aufs Eis hinausführt. Jungfräulicher Schnee. Unberührt.«

»Genau«, sagte Tom. »Wir gehen etwa zehn Minuten, so dass Sie eine Totale von uns beiden aus einer gewissen Entfernung haben, vielleicht von einem halben Kilometer. Eine durchgehende Spur von Fußabdrücken und um uns herum Eis. Das ist die beste Methode, um die Weite der Landschaft zu vermitteln und die schiere Größe des Gletschers.«

»Sie müssen auf den zentralen Teil des Gletschers«, erklärte Esperanza, eher an den Pressepulk gewandt als an Causley direkt. »Sie dürfen nicht nur vorsichtig am Rand herumschleichen. Mr. Horsmith hat mir versichert, dass es ungefährlich ist. Wir sind mehr als zwei Kilometer von der Eiskante entfernt. Solange also kein besonders riesiges Stück Eis abbricht, sollten wir keine Probleme bekommen.«

»Wir wollen ja nicht auf einem Eisberg landen«, sagte Monty und winkte jovial mit seinem Handschuh.

Die Presse lachte. »Das würde aber tolle Bilder ergeben«, scherzte einer der Fotografen.

Die kleine Gruppe stand auf dem Eis, ein ganzer Wald aus Kameraobjektiven und genügend leuchtende Jacken und Wollmützen, um ein Outdoorgeschäft zu füllen. Jedes einzelne Outfit sah neu aus, fiel Tom auf. Jeder hier war shoppen gewesen, vielleicht noch in der Woche zuvor, und hatte Gore-Tex-Jacken in Primärfarben gekauft, dazu Markenfleece- oder dicke Strickpullover, Mützen jeder Art und fellgefütterte Stiefel. Das Stück Eis, das das Gefolge des Premierministers und ausgewählte Medienvertreter trug, ähnelte einem Laufsteg für Winterkleidung. Nur die Vertreter der Navy sorgten in ihren dunkelblauen Rollkragenpullovern und den vernünftigen grauen Öljacken für einen gesetzteren Akzent.

»Über den Großteil des Gletschers kann man nicht laufen«, erklärte Tom der versammelten Mannschaft. »Wie Sie sehen.« Er zeigte nach Norden und den Hang hinunter auf eine brutale Landschaft aus zerklüftetem Eis, steilen Klippen und unheilvollen Gletscherspalten. »Weil das Eis sich ständig bewegt. Wo wir gerade stehen ... hier, auf der Eiskappe ... hier bewegt sich das Eis nicht. Dieses Eis ist schon seit Jahrhunderten hier. Aber dahinten bewegt sich der Gletscher. Es ist ein Fluss aus Eis. Wenn er nicht gefroren wäre, wäre es einer der großen Flüsse der Welt – vergleichbar mit dem Rhein oder dem Ganges. Aber er ist gefroren, und deshalb sieht er aus wie ein fremdartiger Bergrücken, nichts als Gipfel und Spalten, die abbröckeln und instabil sind, und alles schiebt sich in Richtung Meer mit etwa einem Meter pro Stunde. Das ist halb so schnell wie der Jacobshavn-Gletscher, aber immer noch richtig gefährlich. Deshalb werden wir nicht auf den Gletscher selbst hinauslaufen. Wir dürfen auch den großen Ausläufern nicht zu nahe kommen, weil die in sich zusammenfallen können, und es wäre nicht schön, wenn wir uns darunter befinden würden, wenn das passiert. Wir gehen also auf Nummer sicher. Es gibt einen Abschnitt des Gletschers, da drüben«, er machte eine Handbewegung, »der sich nicht viel bewegt. Diese Stelle ist wie eine Biegung in einem schnellen Fluss, wo das Wasser langsam fließt. Da ist es eben, und es liegt Schnee. Man kann also gut darauf laufen, es ist sicher, und wir brauchen keine Angst zu haben, in eine Schlucht zu stürzen. Da laufen wir ein paar Meter auf dem Gletscher, damit Mr. Causley ihn sich mit eigenen Augen ansehen kann«, sagte Tom, »und bleiben dort ein paar Minuten. Ich will, dass Mr. Causley sieht, wie das Eis schmilzt, und wenn wir Glück haben, entdecken wir auch ein paar Schmelzlöcher.«

Kameras klickten.

»Gletscher schmelzen nicht so wie ein Eiswürfel auf dem Gehsteig«, fuhr Tom fort. »Durch die Sonne schmilzt der Gletscher von oben. Flüsse und der Ozean lassen ihn von unten schmelzen. Und das Schmelzwasser findet kleine Risse und läuft hinein, wodurch der gesamte Gletscher von innen heraus schmilzt. Manchmal findet man innen große Höhlen.« Er hielt die Hand hoch. »Der Grönländische Eisschild ist eine der größten natürlichen Besonderheiten unseres Planeten. Durch schieres Glück hat uns die Geographie diese massive Insel im Atlantik beschert, die zum Großteil nördlich des Polarkreises liegt, und im Laufe der Jahrtausende hat sich auf dieser Insel eine gewaltige Schicht aus Eis gebildet. Von hier aus nach Osten«, er zeigte in die entsprechende Richtung, »müsste man tausendfünfhundert Kilometer lang über das Eis laufen, bevor man die Küste erreicht. Nach Süden sind es mehr als zweitausend Kilometer bis zum südlichsten Punkt des Eises und achthundert Kilometer bis zum nördlichsten. Es ist gewaltig. An den meisten Stellen ist das Eis mehr als zwei Kilometer dick. Und dieser phantastische große Eisklotz dient als Klimaanlage für unseren ganzen Planeten. Er verhindert, dass uns zu heiß wird. Aber da er auch für den Golfstrom verantwortlich ist, verhindert er auch, dass wir frieren. Wir haben ein solches Glück, dass es diesen tollen Ort gibt. Aber seine Zukunft liegt jetzt in unserer Hand. Die wichtige Botschaft an Premierminister Causley und Ihre Zuschauer und Leser ist die: *Der Eisschild schmilzt.* Und ich fürchte, das ist eine sehr schlechte Nachricht. Durch gewaltige, weltweite Anstrengungen könnten wir das Schmelzen vielleicht verlangsamen. Irgendwann könnten wir es anhalten. Aber wir können es nicht rückgängig machen. Das wird Jahrtausende dauern. Über Tausende von Jahren waren der Schneefall im Winter und das Schmelzen im Sommer mehr oder weniger im Gleichgewicht. Jetzt nicht mehr. Jedes Jahr schmilzt mehr, als an Schnee fällt. Der Grönländische Eisschild wird schmelzen, und das wird Auswirkungen auf die gesamte Menschheit haben. Das müssen die Menschen begreifen.«

Gleich ging es los. Alles würde in weniger als einer halben Stunde vorüber sein. Ein Mann in einem Navymantel kam und überprüfte Montys Schneeschuhe, die Reißverschlüsse, Schnürsenkel, Druckknöpfe und Handschuhe. »Es ist gar nicht so kalt«, sagte Monty, als der Mann an seiner Kapuze herumfummelte und ein Funkgerät an seinen Gürtel steckte. »Ich schwitze sogar in diesen ganzen Sachen.«

»Wir wollen, dass es kalt *wirkt*«, sagte Esperanza.

»Und brauchen wir wirklich so viele Seile?«

»Die machen sich gut auf den Fotos.«

Der Mann im Navymantel überprüfte Toms Ausrüstung. Sein Gesicht war mit Aknenarben übersät, so dass er aussah, als hätte er ein schlimmes Feuer oder eine Schießerei in einer Glasfabrik überlebt. »Ich bin der Personenschützer des Premierministers«, sagte er trocken. »Mein Job ist es, jederzeit für seine Sicherheit zu sorgen.«

»Verstehe«, sagte Tom.

»Haben Sie irgendwelche Aufnahmegeräte bei sich?«, fragte der Beamte gelangweilt. »Eine Kamera? Ein Aufnahmegerät? Ein Handy?«

»Ein Telefon.« Tom zeigte es ihm. »Aber damit mache ich keine Aufnahmen.«

»Trotzdem werde ich es an mich nehmen, bis Sie zurückkommen.« Der Mann ergriff das Telefon.

»Was, wenn ich jemanden anrufen muss?«

»Müssen Sie nicht.« Der Personenschützer ließ das

Telefon in seine Tasche gleiten und tastete Tom mit großem Gewese ab, als wäre er ein Sicherheitsmann am Flughafen. Er zupfte prüfend an Toms aufgerollten Kletterseilen, fuhr mit der Hand darüber, als ob darunter eine Waffe versteckt sein könnte, und löste mit einem verzagten Lächeln den Verschluss seines Eispickels. »Wenn Sie nichts dagegen haben, nehme ich das an mich«, sagte er. »Reine Vorsichtsmaßnahme. Sie verstehen.«

»Den habe ich zur Sicherheit dabei«, sagte Tom. »Falls wir einbrechen.«

»Wenn Sie einbrechen«, sagte der Beamte, »sind wir da.«

»Es gefällt mir nicht, ohne den Pickel aufs Eis zu gehen.«

»Reine Vorsichtsmaßnahme, Sir«, wiederholte der Mann, diesmal mit ein wenig mehr Nachdruck, als hätte Tom ihn beim ersten Mal nicht gehört. Sein Ton machte deutlich, dass er nicht mit sich reden lassen würde.

Reine Vorsichtsmaßnahme. Vielleicht weil Tom womöglich plötzlich den Wunsch verspüren könnte, den Eispickel in Premierminister Causleys Schädel zu rammen. Vermutlich hatte dieser Sicherheitsbeamte, überlegte Tom, das virale Video ebenfalls gesehen. So wie alle.

Egal. Das alles würde in weniger als einer halben Stunde vorüber sein.

»Wir geben Ihnen einen leichten Rucksack mit«, informierte der Beamte Tom. »Da ist nichts drin, aber er rundet das Bild ab.«

Der Rucksack hatte dieselbe weiß-blaue Tarnfarbe wie die Anzüge. Tom setzte ihn auf.

»Noch eine letzte Sache, Sir«, sagte der Mann. »Sie brauchen ein Gewehr.«

»Ein Gewehr?«

»Die grönländische Polizei hat uns gewarnt, dass es auf dem Eis Eisbären geben könnte. Reine Vorsichtsmaßnahme.«

»Einen Eispickel darf ich nicht mitnehmen, aber ein Gewehr?«, fragte Tom, darum bemüht, nicht allzu sarkastisch zu klingen.

»Da ist keine Munition drin, Sir«, sagte der Beamte. Er konnte sich ein gequältes Lächeln nicht verkneifen. »Der Premierminister bekommt die Patronen.«

»Dann sollte er vielleicht auch das Gewehr nehmen«, erwiderte Tom.

»Das war mein Vorschlag«, sagte der Mann. Ganz kurz flatterten seine Augenbrauen. »Aber offenbar gibt es kein gutes Bild ab, wenn der Premierminister mit Waffe herumläuft. Also tragen Sie das Gewehr. Ich schnalle es Ihnen um. Falls Sie sich gegen einen Bären verteidigen müssen, lassen Sie sich vom Premierminister die Munition geben. Dann laden Sie das Gewehr und erschießen den Bären.«

»Ich werde keinen Bären erschießen«, sagte Tom. Er war sich bewusst, wie genervt er plötzlich klang.

»Das hoffe ich auch nicht, Sir. Haben Sie schon einmal ein Gewehr benutzt?«

»Ja«, sagte Tom müde. »Ich kann damit umgehen.«

»Gut.« Das schien den Mann zu freuen. »Ist eh eine reine Vorsichtsmaßnahme«, sagte er.

»Bei Ihrem Beruf scheint es viele Vorsichtsmaßnahmen zu geben«, meinte Tom.

»So bleiben wir am Leben.« Der Beamte schnallte Tom das Gewehr auf den Rücken.

Unter den Pressevertretern und den Politikern im abgesperrten Bereich machte sich eine gewisse Nervosität breit. »Wir sollten los«, sagte Tom.

Alle nickten. Niemand schien bereit, das Signal zu geben. Also trat Tom aus dem Pressebereich auf den unberührten Schnee.

»Haben wir die Freigabe?«, fragte Esperanza den Personenschützer. »Dann los.«

Und so gingen sie los. Zwei Männer. Zwei *Cornishmen*, wie Monty vermutlich gesagt hätte, für diesen milden Arktistag viel zu warm angezogen, stapften schwankend über den schmelzenden Schnee. Die Pressevertreter feuerten sie zaghaft an, und die Kameras klickten sofort los. Irgendwo ertönte das hochfrequente Surren einer Drohne. Die Fotos, das wusste Tom, würden spektakulär aussehen. Die *Location* war der Star. Diese pure, unberührte Schneelandschaft von einem Horizont zum anderen. Der pfauenbunte Ozean in der Ferne mit seinen prächtig wirbelnden Mustern. Die Furcht einflößenden Berge, die Stückchen ihrer eisigen Mäntel abgeworfen und die felsige Muskulatur darunter freigelegt hatten.

Und da, gar nicht weit entfernt, der chaotische, dreckige Fluss aus Eis und Schotter, der sich wie eine Mannschaft beim Tauziehen ächzend streckte.

Zu Fuß zu gehen, fühlte sich gut an. Zurück auf dem Eis zu sein, die Wanderstöcke in der Hand zu halten, die rhythmische Bewegung der Beine zu spüren, das Knirschen des Schnees unter den Füßen zu hören, die kalte Brise zu schmecken. Er war diese Strecke schon so oft gegangen, den mühseligen Weg von der holprigen Qaanaaq Road den Hang hinab zum Gletscher, dass sich die Landschaft wie ein alter Freund anfühlte.

»Früher bin ich jeden Tag hierhergekommen«, sagte er zu Monty, obwohl er nicht wusste, warum er ihm das erzählte, doch zugleich war er froh, etwas zu haben, mit dem er das Schweigen füllen konnte. »Sieben Tage die Woche. Sechs Jahre lang, als ich diesen Gletscher erforscht habe. Ich bin genau diesen Hang hinuntergegangen und dann«, er machte eine Handbewegung, »bis zu dieser Hütte dahinten. Das war mein Basislager. Ich hatte meine Instrumente draußen auf dem Gletscher aufgebaut, um die Eisgeschwindigkeit zu messen, die Masse und noch viele andere Dinge. Ich war besessen von der Messung dieser Werte.«

»Ein recht hartes Leben, stelle ich mir vor«, sagte Monty. Die Antwort eines Politikers. Auch er schien den Drang zu verspüren, etwas zu sagen. Weil so viele Augen auf sie gerichtet waren, schienen sie fast dazu verpflichtet, irgendein Gespräch zu führen.

»Hart? Ja, das kann man schon sagen«, erwiderte Tom. »Hier oben ist alles hart.« Doch jetzt, da er darüber nachdachte, erschien ihm auch diese Antwort nicht ganz ehrlich zu sein. Er konnte sich kaum an eine schönere Zeit in seinem Leben als diese sechs Jahre in Qaanaaq erinnern. War es wirklich so hart gewesen? Er hatte warme Kleider und immer genug zu essen gehabt. Ein Zuhause, eine Frau und zwei kleine Kinder. Er hatte Freunde gehabt. Ein Einkommen und eine Aufgabe. Er war jung gewesen und hatte Energie und Ehrgeiz besessen. Er war geliebt worden.

Und jetzt?

Jetzt blieb ihm nur noch Schmerz, Zynismus und Verlust. Das Leben war heute zweifellos härter. Doch auch das entsprach nicht der ganzen Wahrheit. Die Zeit hatte ihre wundersame Wirkung getan. Tom hatte getrauert, wie wir alle trauern müssen, doch nicht alles in seinem Leben war hart gewesen. Er hatte noch immer eine Familie. Während der harten Zeiten hatte es auch schöne Momente gegeben. Doch es hatte sich vieles verändert. Er und die Zwillinge waren nach Lykkes Tod zu einer Festung geworden, sie gaben sich gegenseitig Halt. Ilse und Noah waren zum Glück noch jung gewesen. Fünf Jahre erst. Jünger noch als Tom damals, als seine Mutter an einer Depression gestorben war. Und so wie die Abwesenheit seiner eigenen Mutter kaum seine Identität als Erwachsener beeinflusst hatte, Lykkes Fehlen sich bei Ilse und Noah nie in einen dunklen Schatten verwandelt, was man von ihm nicht sagen konnte. Zu dritt hatten sie sich ein neues Leben aufgebaut, ganz langsam, Tag für Tag. Sie waren von Qaanaaq in ein Haus in Nuuk umgezogen, in Grönlands Hauptstadt, und hatten dort feste Abläufe entwickelt. Nur wenige Dinge lindern die Trauer besser als feste Abläufe. Tom übernahm die Verwaltung des Glacier Trust und funktionierte das kleinste ihrer drei Schlafzimmer in ein Büro um. Die Zwillinge gingen auf die Internationale Schule. Sie kamen sehr gut zurecht. Sie waren ganz normale Nuuk-Kinder. Sie nahmen Schwimmunterricht im öffentlichen Schwimmbad. Noah lernte Klavier spielen und Ilse Cello. Sie spielten Eishockey und Fußball. Sprachen fielen ihnen beneidenswert leicht, sie wechselten übergangslos zwischen Dänisch, Englisch und Westgrönländisch, je nachdem, mit wem sie sprachen und welche Sprache für die jeweilige Unterhaltung am besten geeignet war. Ohne darüber nachzudenken, als wäre es ganz normal und als würden das alle anderen genauso tun. Sie waren groß wie ihre Mutter. Sahen gut aus, fand Tom. Wie stolz Lykke auf sie gewesen wäre, auf diese jungen Erwachsenen, zu denen sie sich entwickelt hatten. Sie waren nette Kinder. Ehrlich. Verlässlich. Normal. Sie hatten nette Freunde, glänzten in der Schule und sahen ihre dreiköpfige Familie als eine Einheit an, als unteilbare Primzahl, als gordischen Knoten aus Liebe und Abhängigkeit, der niemals gelöst werden konnte. »Wie kommt ihr ohne eine Mutter zurecht?«, wurden die Zwillinge manchmal gefragt, und darauf gab es keine einfache Antwort. Sie kamen zurecht, weil sie es konnten. Sie kamen zurecht, weil sie die Kraft hatten und ihren Bund. Sie kamen zurecht, weil in jedem Zimmer ihres Hauses ein Bild von Lykke hing, die ihnen zusah, und weil Tom sagte, »Eure Mutter ist da«, weil man es in Grönland so machte. »Eure Mutter lebt in euch weiter«, sagten die Grönländer den Zwillingen, und diesen Gedanken, so übernatürlich er auch erscheinen mochte, empfand auch Tom als tröstlich. Natürlich lebte ihre Mutter in ihnen weiter. Sie waren ihr Fleisch und Blut. Besaßen ihre Gene. Ihr komplexes Erbe aus Blutlinien, Sprachen und Kulturen. »Irgendwann werdet ihr sie wiedersehen«, erklärten wohlmeinende Freunde, genau wie man Tom versprochen hatte, er würde eines Tages seine Mutter wiedersehen, und wie die freundlichen Leute von St. Piran ihm versichert hatten, dass es mit Nan geschehen würde.

»Stimmt das?«, fragten die Kinder. »Werden wir sie wiedersehen?« Und was antwortet man einem vierjährigen Kind auf diese Frage, einem fünfjährigen Kind oder, Gott steh uns bei, einem neunzehnjährigen? »Ja«, lautet die einfache Antwort. »Nein«, die aufrichtigere. Oder stimmte es doch? In den langen Winternächten in Nuuk, wo der Himmel oft wolkenfrei und das tiefe Schwarz des Kosmos von Milliarden Sternen erleuchtet war, verspürte Tom denselben Schmerz des Unendlichen, mit dem alle Eltern angesichts der unvorstellbaren Aussicht auf Ewigkeit und der kleinen, aber sehr realen Herausforderungen des Elternseins konfrontiert sind. »Glaubst du an eine Seele?«, hatte Noah ihn einmal gefragt, in genau so einer schwarzen Nacht. Noah war fünfzehn und fing vielleicht gerade an, sich mit den großen Fragen zu beschäftigen.

Was antwortet man darauf?

»Nein«, hatte Tom gesagt. »Aber manchmal schon.« Das war keine logische Antwort. Er neigte nicht zum Religiösen. Niemand aus seiner Familie war gläubig. Nicht sonderlich jedenfalls. Nicht einmal Nan, obwohl sie jeden Sonntag zum Gottesdienst gegangen war und jetzt auf dem Friedhof neben der Kirche lag, bestattet mit Beschwörungsformeln aus dem christlichen Gesangbuch. Doch vielleicht war Tom seit Lykkes Tod spiritueller geworden, als er zugeben würde. »Guckt euch die Sterne an!«, wollte er manchmal in diesen tiefschwarzen Nächten von Nuuk ausrufen. »Da draußen sind Milliarden Galaxien und unzählige Sonnen, die wir nicht sehen und uns nicht vorstellen können.« Bei all dieser Unendlichkeit, dachte er, würde bestimmt irgendwer, irgendwo, irgendwann eine Möglichkeit entdecken, alles zurückzudrehen, so wie man eine alte Videokassette zurückspulte oder uralte Fossilien wieder zum Leben erweckte. Also ließ sich die Frage *Erwartet uns etwas nach dem Tod?* vielleicht im Hier und Jetzt ganz leicht beantworten: Nein. Es gibt keine Seele. Keinen Himmel. Kein Nirwana. Heute nicht. Aber in einer Billion Jahren – wer weiß? Vielleicht werden wir trotz all unserer Zweifel blinzelnd aufwachen und über ein neues und uns unbekanntes Universum staunen, genauso wie es im Bekenntnis von Nicäa vorausgesagt wurde. Die Wiederauferstehung der Toten und das Leben der kommenden Welt. Vielleicht stellt es sich am Ende doch als wahr heraus. Vielleicht kann dann jeder von uns sein Leben zurückspulen, damit wir unsere Fehler korrigieren, die unausgesprochenen Dinge zu den Leuten sagen können, denen wir sie hätten sagen sollen. »Vielleicht«, hätte Tom gerne gesagt, »wird eine Zeit kommen, in der Lykke nicht in den Hafen von St. Piran springt und der Sturm niemals kommt.«

Es war ganz normal, so zu denken, das wusste Tom. Wenn man jemanden verliert und der Schmerz so groß ist, dann ist jeder Funken Licht in der unablässigen Finsternis ein Trost. Doch er erzählte Noah oder Ilse nichts von diesen Gedanken. Sie brauchten diese umständliche Versicherung nicht. Noch nicht. Eines Tages vielleicht. Oder eines Nachts, wenn das Universum von Sternen erleuchtet war. Doch die Unschuld ist etwas Kostbares. Und so sagte Tom nichts zu Noah. Er legte ihm bloß einen Arm um die Schulter und spürte, wie gefährlich nah er selbst den Tränen war.

Nach der Tragödie, als sie jeden unerbittlichen Tag stoisch durchstehen mussten und er immer wieder aufs Neue an Lykke erinnert wurde, waren die langen arktischen Winter häufig ein Segen. Es schien Tom, als würde die immerwährende Dunkelheit seine Stimmung reflektieren. Außerhalb ihres Hauses lauerte die tödliche Kälte wie ein Mörder mit einem Messer. Als warte sie nur auf den richtigen Augenblick. Aber natürlich geht das Leben weiter. Auf jeden Tag folgt tatsächlich der nächste. Selbst in der Arktis. Man muss weiterhin aufstehen, sich anziehen und sich waschen, essen und sich unterhalten, und am nächsten Morgen muss man all das von neuem tun, und so kam es, dass Notwendigkeit und Routine wie heilende Kräfte wirkten. Tom und die Zwillinge begannen, die Winterferien in St. Piran zu verbringen. Niemand hatte Nans Haus in der Cliff Street verkaufen wollen – weder Morwenna noch Connor und Tom schon überhaupt nicht; und so hatten sie das Häuschen behalten, als Rückzugsort für die gesamte Familie. Vielleicht hätten sie es an Urlauber vermieten können. Doch allein schon der Gedanke an ein solches Eindringen in das Zuhause ihrer Kindheit erschien ihnen zu schmerzhaft, und so war es nie ein Thema, die Erinnerungen an Nan aus den Räumen zu entfernen, ihre Tapeten weiß zu streichen, ihren Krimskrams und das alte Geschirr wegzuwerfen und das Haus in ein seelenloses Bed&Breakfast zu verwandeln. Stattdessen konnten Tom und die Zwillinge dem Winter in Nuuk entfliehen und sich nach Cornwall zurückziehen. Dort lag Tom dann in dem Bett wach, das er in ihrer letzten Nacht auf Erden mit Lykke geteilt hatte, grübelte über die grausamen Rätsel des Lebens und des Jenseits nach und fragte sich, ob sie sich eines Tages, so unwahrscheinlich es auch sein mochte, vielleicht doch wiedersehen würden.

»Aber es ist nicht immer hart«, erklärte Tom Monty

jetzt. »Manchmal habe ich mich hier auf dem Gletscher gefragt, ob ich der nördlichste Mensch der Welt bin. Ich denke, das war ich nie. Aber es hat sich oft so angefühlt. Und manchmal bin ich an einem perfekten Tag, einem Tag wie heute, hergekommen, und die Aussicht war so schön, dass es weh tat. An solchen Tagen habe ich eine erhabene Form von Glück verspürt. Ich habe da unten Eisbären beobachtet, die im fließenden Eis Robben jagten. Ich habe Schulen von Narwalen im klaren Wasser gesehen, Glattwale und riesige Grönlandhaie. Ich habe Füchse und Hasen gesehen, und die Nordlichter hingen wie bunte Bänder am Himmel.«

Sie blieben stehen und genossen für einen Augenblick die Aussicht.

»Erinnern Sie sich an das erste Mal, als wir hier waren?«, fragte Monty.

»Natürlich.«

»Da haben wir da oben auf dem Kamm gestanden.«

»Stimmt. Aber es war ein verhangener Tag. Es hat geschneit.«

»Richtig.«

Sie gingen weiter. Eine Drohne flog dicht hinter ihnen, und Tom schlug vor, dass sie sich umdrehten und sich dem Fotografen im besten Licht und mitsamt der Landschaft präsentierten.

»Das macht Spaß«, sagte Monty, während sie posierten und versuchten, unerschrocken auszusehen. »Das hätte ich nicht gedacht. Aber es ist so.«

»Gut«, sagte Tom. Doch er dachte schon an das, was als Nächstes folgen würde. Er wusste, es gab bestimmte Dinge, die geschehen mussten, und Dinge, die er sagen musste. Worte, die aus den dunkelsten Schatten seiner Seele ans helle Tageslicht kommen mussten. Er hatte sie nicht geprobt. Er hatte versucht, nicht daran zu denken. Es war so oder so zu früh, diese Dinge jetzt schon zu sagen. Doch sie mussten vor dem Ende dieses Unterfangens ausgesprochen werden. Und jetzt, als sie auf dem Eis standen und der Moment näher rückte, kamen ihm Zweifel. Er hatte keinen konkreten Plan. Es war eher eine Art Phantasie. Eine Reihe imaginärer Szenarien. Was, wenn dies geschah? Was, wenn das geschah? Wie würde ich es dann sagen? Für die nächste halbe Stunde gab es keine feststehende Zukunft. Alles war möglich. Vielleicht würde er den Mut verlieren. Vielleicht verhielt sich das Eis nicht so wie erwartet. Die Uhr tickte. Noch nicht, ermahnte er sich. Noch nicht.

Nach weniger als einer Viertelstunde erreichten sie den Rand des Gletschers. Anders als ein Fluss, der notwendigerweise unterhalb seiner Ufer fließt, bewegte sich der Gletscher an diesem Punkt der Landschaft oberhalb der ihn umgebenden Eisfläche. Wie eine Abraumhalde aus Steinen und Schotter markierte eine steinige Moräne die Grenze zwischen Gletscher und Eiskappe. Sie mussten etwa einen Meter nach oben klettern. »Hier«, sagte Tom. »Benutzen Sie die Stöcke.«

»Sind Sie sicher, dass das ungefährlich ist?«

»Das habe ich schon tausendmal gemacht.«

»Okay.«

Tom streckte die Hand aus und half Monty hinauf, und schwankend standen die beiden Männer da. Unter sich hörten sie das Knacken und Ächzen des Eises. »Jetzt stehen Sie auf dem Gletscher«, sagte Tom. Sein Herz klopfte ungewöhnlich schnell.

»Wahnsinn.«

»All das könnte noch zu Lebzeiten meiner Kinder verschwunden sein.«

»Wirklich.« Sie sahen einander an. Vielleicht war keiner der beiden bereit, ihren uralten Streit wieder aufzugreifen.

Schon komisch, überlegte Tom, wie dieser simple Gang über dreihundert Meter Schnee Monty Causley vom Alphamännchen Premierminister, dem Kommandanten seiner Gruppe von Anhängern, in einen ganz gewöhnlichen fünfundsechzigjährigen Mann verwandelt hatte. Ein wenig übergewichtig. *Overdressed.* Untrainiert. In vielerlei Hinsicht nicht anders als die vielen Touristen, die Tom auf die Eisfelder geführt hatte. Autorität ist etwas Imaginäres, überlegte Tom. Sie existiert nur so lange, wie Menschen daran glauben.

Auch war es schwierig, begriff Tom jetzt, jemanden zu hassen, der neben einem ging. Über so etwas wussten die Inuktun-Hundeschlittenführer genau Bescheid. Wenn man zwei zankende Hunde vor denselben Schlitten spannt, sind sie augenblicklich auf derselben Seite.

Als sie Schritt für Schritt über das Eis marschierten, hatte sich Causley nicht wie ein Feind angefühlt. Und doch, überlegte Tom, war er genau das. Er war sein Feind.

Oder nicht?

War dies also der Moment?

Vielleicht. »Wir sollten für Fotos posieren«, sagte Tom.

»Sie haben recht. Wo wollen wir uns hinstellen?«

»Ich denke, da drüben.« Tom zeigte auf eine Stelle ganz in der Nähe. »Sehen Sie das Schmelzwasser? Den Bach aus Oberflächenwasser, der im Eis verschwindet? Das ist die perfekte Stelle, um zu zeigen, wie das Eis schmilzt.«

Sie traten an das Schmelzloch heran. In der Ferne konnten sie den Wald aus langen Teleobjektiven sehen, die auf sie gerichtet waren. Monty hob die Arme und winkte triumphierend mit seinen Wanderstöcken, wie ein Bergsteiger, der gerade einen Gipfel im Himalaja bezwungen hatte. Die Drohne flog näher an sie heran.

Sie grinsten für die fernen Kameras. Ein Bild, das um die Welt gehen würde. Ein Bild, das noch tagelang in sämtlichen Nachrichten verwendet werden würde. Eine menschliche Geste, Arm in Arm wie zwei wiedervereinte Kriegsveteranen. Monty Causleys selbstgefälliges Grinsen. Tom Horsmiths versöhnliche Miene – nur seine Augen ließen erkennen, dass er sich nicht ganz wohlfühlte. Arktische Kälteschutzausrüstung vom Militär, mit im Bild ihre Überlebensausrüstung – Seile, Wanderstöcke und der Kolben des Gewehrs; ein durch und durch maskulines Bild – fröhliche, wenn auch gestellte Kameraderie, versöhnte Rivalen –, möglicherweise genau das, was Esperanza Mulligan sich vorgestellt hatte, zwei Männer allein in dieser Wildnis aus Eis und Schnee und dahintreibendem Geröll, vereint durch die symbolträchtige Spur von Schneeschuhabdrücken, die bis zu ihnen führte.

»Herzlichen Glückwunsch«, sagte Tom.

»Ihnen auch.«

Und genau in diesem Moment brach um sie herum ein Krach los, als wären ein Dutzend Silvesterknaller gleichzeitig explodiert.

»Was um Himmels willen war das?«

»Ich denke ... vielleicht hat das Eis unter uns geknackt«, sagte Tom. Er schien nicht übermäßig überrascht von dem Geräusch und sah Monty mit gelassener Miene an.

Monty dagegen starrte ihn ungläubig an, sein Gesicht war aschfahl. Er löste seinen Arm von Toms Schulter und taumelte ein wenig. »Verdammt«, entfuhr es ihm.

Das eigentlich so massive Eis, auf dem sie standen, schien, genau wie Monty, seine Autorität eingebüßt zu haben. Es zerbröselte wie Zucker, fiel in großen Stücken in einen dunklen, verborgenen Hohlraum hinab, als hätten Tom und Monty auf der Glasüberdachung eines tiefen Brunnens gestanden, die nun plötzlich nachgab.

»Lieber Gott!«

Da war dieser Moment der Schwerelosigkeit, dieser

unbeschreibliche Augenblick, wenn die Welt einen fallen lässt; ein flaues Gefühl im Bauch, wie auf der Achterbahn, wenn es kein Zurück mehr gibt, wenn man sich der Schwerkraft und dem Absturz ergeben muss. Die letzte Einstellung, die die Kameras auf die beiden Männer hatte, war der Moment, als sie, wild mit Armen und Wanderstöcken rudernd, in einer Wolke aus Eiskristallen und Schnee verschwanden, verschluckt von der Spalte und dem Fluss aus Eis.

12

Bootstouren rund
um Piran Head

Am Kai von St. Piran wurde das Mittagessen serviert. Vegane Fischfilets waren in Kitty Kennets Bistro sehr beliebt.

»Das hätte ich nie gedacht«, sagte Benny Shaunessy manchmal, doch selbst er zog inzwischen die künstlich hergestellten Filets vor. »Die sind nicht ganz so fischig«, erklärte er Kitty.

»Sind keine Gräten drin«, sagte Kitty dann. »Und keine Haut dran.«

Im Hafen halfen Benny und Lacey Shaunessy den Passagieren, über die Rampe von der *Piranesi* auf den Kai zu gelangen. *Bucht-Touren* stand auf einem Schild an den Stufen. *60-minütige Bootstouren zur Schmugglerhöhle, zum Walstrand und zum Nationalen Meeresschutzgebiet* versprach das Schild. *Delfin- und Seehund-Spotting, Familien herzlich willkommen.*

Das Fischen war an diesem Abschnitt der Küste Cornwalls verboten, und das schon seit fast sieben Jahren, seit der Gründung des Meeresschutzgebietes. Es gab einige wenige Genehmigungen für Hummer und Krabben, doch die Fische waren geschützt. Um den Beständen die Chance zu geben, sich zu erholen, hatte man ihnen erklärt. Ein Refugium, in dem die Wildtiere sich vor den Plünderungen durch Riesentrawler und Stellnetze zurückziehen konnten. Doch als nach Jahren die Fische irgendwann in die Bucht zurückkehrten, hatten die ehemaligen Fischer – zur Überraschung aller – keine große Lust, den Beruf wiederaufzunehmen, den sie hatten aufgeben müssen. Die Fischer erhielten anständige Entschädigungszahlungen vom Staat. »Wir sind von Wilderern zu Wildhütern geworden«, sagte Benny gern. Inzwischen stellten er und andere Bootsbesitzer in St. Piran sich als Wächter in den Dienst der Nationalen Küstenbehörde. Manchmal trug Benny sogar den gelben Südwester mit dem Abzeichen. Durch eine Förderung der Umweltbehörde hatte er sein Boot mit einem Elektromotor ausstatten können. Jeden Tag, wenn die Sonne schien, patrouillierte er eine Stunde lang vor dem kurzen Stück Küste zwischen Piran Head und Porth Curney und hielt nach Leuten Ausschau, die im Nationalpark angelten, und wie viele ehemalige Fischer stockte er seinen Verdienst auf, indem er Bootstouren für Urlauber anbot. Er beschwerte sich selten. Er verdiente so viel wie früher, die Arbeitszeiten waren angenehmer, und im Winter konnte er zu Hause bleiben, wenn die Stürme wüteten. »Jetzt ist es familienfreundlicher«, sagte er zu Lacey, auch wenn die Jungs schon fast erwachsen waren und sich bereits nach eigenen Booten umsahen. Natürlich entdeckte er trotzdem manchmal Schwärme dicht unter der Oberfläche, Makrele, Hering, Wittling oder Sardinen, und von Zeit zu Zeit überfiel ihn die alte Sehnsucht.

»Juckt es dich nie?«, fragte Jacob Anderssen ihn. »Einfach eine Schnur ins Wasser werfen und das Abendessen rausholen?«

Natürlich juckte es ihn. Die Schwärme wurden immer größer. Doch mit jedem Jahr fiel es ihm leichter zu widerstehen. Er fühlte sich jetzt mit den Fischen verbunden, als sei er ganz persönlich für ihren Schutz verantwortlich, und er konnte persönlich stolz darauf sein, dass sich ihre Bestände erholten. »Guckt sie euch an«, rief er den Touristen auf seinem Boot zu, wenn ein lebhafter silberner Schwarm Fische an der Oberfläche zu sehen war. »Makrelen«, sagte er dann, und alle beugten sich über die Reling.

Es war ein warmer Tag. Nicht zu heiß. Angenehm. Benny schüttelte den Passagieren die Hand, als sie sein Boot verließen, und wünschte ihnen alles Gute, und sie bedankten sich für die schöne Tour. Lacey machte Fotos von ihnen, Schnappschüsse der ganzen Familie an Deck, schenkte jedem ein Stückchen Ginger Fudge, das sie mit Reissahne gemacht hatte, und lud sie ein, bald wiederzukommen.

Lacey Shaunessy. Die Tochter eines Fischers. Und jetzt die Frau eines Fischers, auch wenn Benny heutzutage keine Fische mehr fing. Und hätte es das Meeresschutzgebiet und das Fischverbot nicht gegeben, wäre sie auch die Mutter von Fischern gewesen. Helle Haut. Widerspenstiges Haar. Man sah sie nur selten in etwas anderem als Jeans und T-Shirt – sogar in der Kirche, sogar im Sommer. Sie trug nie Schmuck oder Make-up. Na ja, vielleicht ein bisschen. »Meine Seelenverwandte«, nannte Benny sie. »Mrs. Benny«, sagte Tom. Sie war eine Frau ohne Eitelkeiten, ohne großen Ehrgeiz, ohne größere Motivation. In ihren dreiundvierzig Jahren hatte sie das County Cornwall kaum je verlassen, und die meisten dieser Ausflüge endeten in Plymouth. Manchmal verging ein ganzes Jahr, von Weihnachten bis Weihnachten, ohne dass sie weiter als bis Treadangel kam. Sie war eine Frau, deren Horizont nie weit über den Klippenpfad von Piran Head hinausgegangen war, und damit war sie zufrieden. »Mir ist noch nie ein glücklicher Wanderer begegnet«, sagte sie zu Benny. »Die gucken sich immer nur seufzend Bilder ihrer letzten Reise an und wollen unbedingt zu ihrem nächsten Trip aufbrechen. Aber keiner kommt überallhin, oder? Also steigen sie in ihre Autos und fahren bis nach St. Piran, und sie sind nirgendwo glücklicher als hier. Warum also sollte ich irgendwo anders hinwollen?«

Einmal war sie mit Benny nach Frankreich gefahren, auf der *Piranesi*. Es war ihre Hochzeitsreise. Sie buchten kein Hotel. Sie schipperten in den Hafen von Brest und übernachteten in der kleinen Kabine des Schiffes, wo sie gemeinsam in dem schmalen Einzelbett schliefen. Sie aßen französische Meeresfrüchte, tranken französischen

Wein, streiften durch die französischen Straßen und bewunderten die Architektur, und nach zwei Tagen sagte Lacey zu Benny, sie wolle wieder nach Hause. Also fuhren sie nach Hause.

Inzwischen hatten sie es sich angewöhnt, sich nach einer Bootstour mit zahlenden Fahrgästen in Kittys Bistro zu setzen, etwas Kaltes zu trinken und vielleicht eine Kleinigkeit zu essen. Und das taten sie auch heute. Sie saßen an einem Tisch für zwei, tranken Eiskaffee und aßen ein veganes Fischbrötchen, als plötzlich ein junger Mann aufgeregt winkend auf sie zugerannt kam.

Der junge Mann war Joseph Hocking, der Sohn des Pastors. Vollkommen außer Atem blieb er vor Benny und Lacey stehen.

»Joe«, begrüßte ihn Benny. »Bist du den ganzen Weg vom Pfarrhaus hierhergerannt?«

»Es geht um Tom«, keuchte Joseph. »Tom Horsmith. Habt ihr die Nachrichten gesehen?«

»Wir sind gerade von der Mittagstour zurück«, sagte Benny. »Hab noch gar nichts mitbekommen. Was ist mit Tom?«

»Ihr müsst euch die Nachrichten angucken«, sagte Joseph.

»Ist alles in Ordnung bei ihm?«

»In Ordnung?!« Dem Jungen schien plötzlich ein Gedanke gekommen zu sein, als sei ihm die volle Bedeutung der Nachricht erst in diesem Augenblick klargeworden. »Nein«, sagte er. »Nein, nichts ist in Ordnung.«

Sie sahen es sich auf dem Fernseher im *Stormy Petrel* an. Von den Gerüchten angelockt, hatte sich eine kleine Menge in der Bar versammelt – Einheimische und Gäste. Viele hatten die Nachrichten auf ihrem Mobiltelefon gelesen und wussten bereits Bescheid. Betroffen sahen sie sich den Bericht an. *Eilmeldung*, stand auf dem Ticker. *Premierminister nach einem Sturz ins Eis vermisst.* Es folgten Aufnahmen von Tom und Premierminister Causley, wie sie voller Zuversicht durch eine Winterlandschaft marschierten. Dann, erst aus der einen, dann aus einer anderen Kameraperspektive und noch einmal aus der Luft, wurde derselbe Augenblick immer wieder gezeigt. Vielleicht wurden die verschiedenen Blickwinkel verwendet, damit es echter aussah. Die beiden Männer hatten einander den Arm um die Schulter gelegt. Es war eine befangene, nicht sehr natürlich wirkende Geste. Sie winkten mit ihren Wanderstöcken beinahe trotzig den fernen Beobachtern. Und dann waren sie verschwunden, einfach so, von einem Augenblick zum anderen, verschluckt von einer Wolke aus Eis und Schnee.

»Ach du Scheiße«, murmelte Benny.

»Die sind beide aus St. Piran«, sagte jemand überflüssigerweise.

»Das können sie unmöglich überlebt haben«, sagte ein anderer.

Es war mit Händen zu greifen, wie geschockt die Gäste der Bar waren.

»Tom schafft das schon«, sagte Demelza Trevarrik, die mit einem kalten Gin Tonic in der Hand an der Theke stand. »Wenn jemand weiß, wie man auf dem Eis überlebt, dann er.«

»Auf Monty Causley würde ich nicht viel geben«, sagte Jacob Anderssen. »Zu fett und zu unfit.«

Ganz hinten in der Menge sah Benny Lacey an. »Ich muss mit dir reden«, sagte er leise. »Draußen.«

»Was ist denn? Wir können hier reden.«

»Wie viele Akkus haben wir?«, flüsterte er.

»Akkus? Wofür denn?«

»Für die *Piranesi*.«

Lacey verzog das Gesicht, noch bevor sie antwortete. »O nein, das machst du nicht, Benny Shaunessy«, fuhr sie ihn an.

»Ich muss.«

»Wir haben nicht genug.«

»Dann leih ich mir welche von Dan. Und von Casey.« Benny eilte bereits aus der Bar.

»Ben!«

Er drehte sich um. »Tut mir leid, Lacey«, sagte er und fasste ihre Hand. »Ich habe keine Wahl.«

An der Theke rammte Demelza Jeremy ihren spitzen Ellbogen in die Seite. »Wir folgen ihnen«, sagte sie, in Richtung von Benny und Lacey nickend, die Hand in Hand den Pub verließen.

»Ich hab noch nicht ausgetrunken«, protestierte Jeremy.

»Dafür haben wir keine Zeit.« Demelza hatte ein Gespür für solche Dinge. »Wir müssen sie begleiten.«

»Wozu?«

»Da ist was im Gange.« Demelza trank ihren Gin Tonic mit einem großen Schluck aus. »Sie werden unseren Rat brauchen.« Sie knallte das Glas auf die Theke und stürmte auf den Kai hinaus, widerwillig gefolgt von Jeremy.

Am Hafen standen sie zu viert zusammen, ein kleines Quadrat. Ben und Lacey standen sich gegenüber, an genau den Stufen, wo Tom Horsmith einst bewusstlos aus dem Meer gezogen worden war. »Worum geht's hier?«, fragte Demelza.

»Du musst mir helfen, Demelza«, sagte Lacey. Sie sah ihren Ehemann an. »Ich weiß, was du denkst, Ben. Aber lass es sein. Atme tief durch. Das ist Wahnsinn, Ben. Kompletter Wahnsinn.«

»Wirklich? Aber ich muss was tun, Lacey. Wenn nicht das, was soll ich dann machen?«

Eine Gruppe von Menschen schob sich vom Hafen auf sie zu. Demelza nahm Bennys Arm und führte ihn den Kai entlang, weg von der *Piranesi* und der Verlockung und weg vom *Petrel*. Die vier bewegten sich wie eine Einheit. »Was hast du vor, Ben?«, fragte sie, und es klang, als sei sie selbst voller Tatendrang.

»Ihn suchen, natürlich«, sagte Benny. »Ich will Tom finden.«

»Benny, ich liebe dich von Herzen, aber das ist

Quatsch«, seufzte Demelza. »Bis zum Nachmittag haben sie ihn längst gefunden.«

»Und wenn nicht?«

»Dann ist er tot. Und du kannst nichts daran ändern. Ich weiß, das ist ein Schock, Ben, aber da draußen sind die gesamte britische Navy und die grönländische Marine und, weiß Gott, wer noch, und alle suchen ihn.«

»Genau«, stimmte Lacey ihr zu. »Und erzähl mir nicht, dass die Amerikaner nicht schon da oben sind, mit ihren Satelliten und was weiß ich, und das Letzte, was die brauchen können, ist ein miserabel ausgestatteter Typ aus Cornwall, der in seinem Miniboot auftaucht und rumnervt.«

»Die haben sie in einer Stunde gefunden«, prophezeite Jeremy.

»Wahrscheinlich noch schneller«, sagte Lacey.

»Das weiß ich, Lace.« Benny nahm die Hand seiner Frau und drückte sie fester, als er es normalerweise tat. In seinen Augen brannte ein Feuer. »Ich weiß. Aber was, wenn ...? Was, wenn ich *doch* was tun könnte, und ich tue es nicht?«

»Du kannst nichts ausrichten, Ben«, sagte Jeremy. »Du musst realistisch bleiben.«

Tränen sammelten sich in den Augen des Fischers. »Er würde dasselbe für mich tun.«

»Er wäre vernünftig«, sagte Demelza. »Er würde es den Profis überlassen.«

»Das würde er nicht.« Benny wischte sich mit dem

Handrücken über die Augen. »Er weiß, dass ich komme. Das ist ein Teil seines Plans.«

»Seines Plans?« Lacey klang verwirrt. »Wovon redest du da, Ben? Der hat keinen Plan! Das war ein Unfall.«

Benny sah sie an. »Ihr erzählt es nicht weiter?«, sagte er.

Lacey schüttelte den Kopf.

»Das bleibt unter uns, Ben«, sagte Demelza. Und Jeremy nickte. »Du kannst es uns verraten.«

Eine Familie, Urlauber, spazierte vorbei, um den Hafen zu erkunden, ausgestattet mit Eimern und Garnelennetzen. Benny senkte die Stimme, bis er nur noch flüsterte. »Tom bricht nicht im Eis ein.«

Er blickte sich um, als müsse er diese geheime Information vor fremden Ohren schützen. »Ich weiß nicht, wie ich es anders ausdrücken soll. Er bricht einfach nicht im Eis ein. Ich war Hunderte Male mit ihm auf diesem Gletscher. Genau an dieser Stelle. Niemand ist vorsichtiger als er. Niemand. Er weiß ganz genau, wie dick das Eis dort überall ist und wie viel Gewicht diese Stelle tragen kann. Das war sein Job. Das Eis zu vermessen. Es gibt viele Stellen auf dem Gletscher, an denen man einbrechen könnte, vor allem bei dem Tempo, mit dem das Eis schmilzt. Aber Tom passiert das nicht. Niemals.«

Die vier wechselten nervöse Blicke.

»Also, wenn er doch einbricht«, sagte Demelza, »und Monty Causley ist bei ihm, dann denkst du ... war es vielleicht gar kein Unfall? Willst du uns das damit sagen?«

»Ich will gar nichts damit sagen«, sagte Ben. »Bloß dass Tom das bestimmt genau durchdacht hat. Er geht ein verdammt dummes Risiko ein. Aber ihr kennt ja Tom.«

»Ich dachte immer, wir kennen Tom«, sagte Lacey. »Aber jetzt bin ich mir nicht mehr so sicher.«

»Er hasst Causley. Hasst ihn wirklich. Er hasst alles, wofür er steht. Ich weiß, was ihr denkt – der nette Tom Horsmith, der kommt mit jedem klar. Aber nicht mit Monty Causley. Ich versteh's auch nicht. Es gibt da Sachen, die er mir nicht erzählt. Irgendwas ist zwischen ihnen passiert. Keine Ahnung. Ich weiß nur, dass Tom sich nicht auf dünnes Eis stellt und den Arm um einen Mann legt, den er hasst. Das würde er nicht tun. Er muss einen Plan haben, Lace. Das ist alles, was ich sage. Und wer weiß, vielleicht bin ich mit der *Piranesi* ein Teil dieses Plans. Könnte doch sein. Könnte auch nicht sein.«

»Das hätte er dir erzählt«, sagte Lacey.

»Nein.« Benny schüttelte entschieden den Kopf. »Das hätte er mir niemals erzählt. Er hätte mich da nie mit reingezogen. Was auch immer passiert.«

»Na also.« Lacey hatte die Hände in die Hüften gestemmt und sah ihn verbissen an. »Er will nicht, dass du da reingezogen wirst. Also halt dich raus.«

»Aber er *weiß* es, Lace. Er weiß, dass ich komme. Wir sind beste Freunde seit mehr als vierzig Jahren. Er muss mir nichts davon erzählen. Er weiß es einfach.«

Die vier standen am Hafenbecken, ein ängstliches Quartett, verschwörerisch zusammengedrängt.

»Kannst du mit deinem Boot so weit fahren?«, fragte Demelza.

Lacey starrte sie finster an.

»Klar«, antwortete Benny. »Ich müsste die Akkus zwischendurch aufladen, aber es schafft es bis dahin. Kein Problem.«

»Du brauchst einen Monat«, sagte Lacey. Ihre anfängliche Wut hatte sich ein wenig gelegt.

»Sechs Tage«, sagte Benny. »Wenn ich einen Schnitt von zwölf Knoten schaffe, kann ich fünfhundert Kilometer am Tag zurücklegen. Ich brauche zwei Sätze Akkus. Jeder reicht einen Tag. Ein Tag bis Waterville in Irland. Da lade ich die Akkus auf. Durch den Golfstrom bin ich Richtung Norden ein paar Knoten schneller. Zwei Tage von Waterville bis Nanortalik auf Grönland. Da kennen sie mich. Drei Tage, um die Westküste Grönlands bis Qaanaaq hochzufahren. Dort gibt's jede Menge kleine Häfen zum Aufladen. Vielleicht schaff ich's in fünf Tagen, wenn das Wetter mitspielt und bei gleich bleibendem Wind.«

Lacey blickte ihn an. Sie sah frustriert aus.

»Ich hab das schon mal gemacht, Lace. Das weißt du.«

»Aber nur bis Nuuk.«

»Vielleicht muss ich gar nicht so weit fahren. Vielleicht ruft ihr mich vorher an und sagt, dass er gerettet wurde.«

Über ihnen erklangen die ungeduldigen Schreie der Möwen. *Haak, haak.* Das war die Klanglandschaft von St. Piran. »Bitte sagt nicht, dass ich nicht fahren soll«, flehte Benny. »Bitte.«

»Du darfst nicht alleine fahren. In der Hauptsaison wird keiner der Fischer mitkommen. Und dein Dad ist nicht fit genug. Und ich muss auf die Jungs aufpassen.«

Einen Augenblick lang sagte niemand etwas. Dann durchbrach Jeremy das Schweigen. »Ich komme mit«, sagte er.

Alle Augen richteten sich auf ihn.

»Bist du sicher?«, fragte Demelza.

»Ich kenn mich mit Booten aus«, sagte Jeremy. »Wenn Benny was passieren sollte, bin ich da. Und mit einem zweiten Mann am Steuer können wir mit voller Geschwindigkeit weiterfahren, während einer von uns schläft.«

Lacey seufzte lautstark, und Benny wusste, dass sie damit eingewilligt hatte. »Was meinst du?«, fragte sie Demelza.

»Was Jeremy macht, ist nicht meine Sache«, sagte Demelza. Doch in ihren Augen war ein Funkeln zu erkennen.

»Packt warme Klamotten ein«, sagte Lacey.

»Okay.«

»Und lass den Peilsender an.«

Benny nickte.

»Jetzt geh und rede mit Casey«, sagte Lacey zu Benny. »Sag ihm ganz genau, wo ihr hinfahrt. Und was ihr vorhabt.« Sie sah Demelza an. »Wir sollten besser los und diesen Doofmännern die Taschen packen.«

13

Ich weiß vom Hass genug

Es ging nicht vertikal nach unten, und der Spalt war nicht sehr tief. Sie fielen nur ein kurzes Stückchen, bevor sie – erstaunlicherweise – in dem Bach aus Schmelzwasser landeten und es nach und nach weniger steil wurde, bis ihr Absturz sich eher wie eine Wasserrutsche in einem Freizeitpark anfühlte: Sie rutschten Hals über Kopf über nasses Eis, glitten fast horizontal auf einem flachen Rinnsal eiskalten Wassers ins verborgene Herz des Gletschers hinein. Es gab nichts, woran sie sich festhalten konnten. Das Schmelzwasser hatte eine absolut reibungsfreie Rutsche in die Gletscherspalte gegraben, und es war furchterregend, atemberaubend und unglaublich schnell. Von Zeit zu Zeit fiel der Tunnel dramatisch ab, und dann wurde es ein wenig dunkler, und die beiden abstürzenden *Cornishmen* wurden in der kalten, nassen Düsternis herumgeschleudert und drehten sich wie Treibholzstämme in einem Wasserfall.

»Scheiße, Herrgott nochmal!« Das war die Reaktion des Ehrenwerten Montague Causley, Premierminister des Vereinigten Königreichs und Nordirlands. Sein Schrei hallte durch den schmalen Eistunnel wie das Kreischen eines Teenagers auf der Kirmes.

Hinter ihnen ertönte ein unheilvolles Geräusch, lauter noch als Monty Causleys Geschrei, auch wenn sie es vielleicht auf ihrem ungebremsten Abstieg in den Gletscher hinein nicht vernahmen. Es war das Tosen von mehreren Tonnen Schnee und Eis, die ihnen in den Spalt hineinfolgten. Die oberste Schicht des Gletschers stürzte hinter ihnen in das Schmelzloch. Eis brach in schaufelblattgroßen Stücken von den Wänden ab und krachte die Rutsche hinab. Wie eine Lawine schossen Stücke an ihnen vorbei.

Mit atemberaubender Geschwindigkeit rasten sie durch die Röhre, zwei ziellose Körper, die ins Eis hinabfielen. Eine gefühlte Ewigkeit lang ging es so weiter, eine lange, gerade Rinne, ein (manchmal) fast schon gutmütiger Bach aus Schmelzwasser, der sie immer weiter von dem Schmelzloch wegführte, bis sie im Dunkeln an einer Schneewehe anlangten, die tief unter der Erdoberfläche vergraben lag. Ein sanftes Ende ihres langen, jähen Abstiegs.

»Gütiger Gott!«, rief Monty. Seine Stimme klang an diesem höhlenartigen Ort fremd.

»Sind Sie unverletzt?«, vernahm er Toms Stimme neben sich.

»Ich weiß es nicht.«

»Irgendwelche Knochen gebrochen?«

»Ich glaube nicht.«

Vielleicht standen sie beide unter Schock, vielleicht war es die Euphorie, überlebt zu haben. Sie testeten ihre Gliedmaßen, überrascht über ihre Unversehrtheit.

Es war nicht komplett dunkel. Ihre Augen gewöhnten sich schon daran. Von oben drang ein sanftes, schillerndes Leuchten zu ihnen, kaum hell genug, um etwas zu sehen, aber genug, um ein wenig Trost zu spenden.

»Wo in Gottes Namen sind wir hier?«

»Wir sind in einem Schmelzloch«, sagte Tom, setzte sich auf und strich sich den Schnee von der Jacke. »Dieser kleine Bach aus Schmelzwasser hat es erschaffen. Was ganz Besonderes!«

»Wie tief sind wir gestürzt?«

»Wer weiß? Wahrscheinlich nicht so tief, wie es sich angefühlt hat. Sonst wäre es hier dunkler. Dem Licht nach zu urteilen, würde ich sagen, etwa zwanzig Meter. Das würde einem sechsgeschossigen Gebäude entsprechen. Aber das ist nicht unser größtes Problem. Was viel schlimmer ist ... Wir sind sehr weit weg von der Stelle, an der wir eingebrochen sind. Es ist ein richtig langer Tunnel. Es hat sich angefühlt, als wären wir einen guten Kilometer weit gerutscht. Wir haben Glück gehabt. Wir hätten noch viel tiefer fallen können.«

»Glück!« Aus Monty Causleys Mund klang das nicht sonderlich verheißungsvoll. »Wir hätten *tot* sein können.«

»Das meine ich ja mit Glück.« Tom stand auf. »Vorsicht«, sagte er. »Es ist sehr rutschig. Aber die Decke ist hoch genug, um zu stehen.«

Die Düsternis ließ nach, weil ihre Augen sich an das wenige Licht gewöhnten. Sie befanden sich in einer Art Höhle. Tom griff in seine Tasche und holte eine Stiftlampe hervor. Er leuchtete um sich.

»Wow!«

Es glich einer Kathedrale aus Eis. Ein gewaltiger Hohlraum, der im schwachen Licht blassblau leuchtete. Das von unzähligen Stellen herabtropfende Schmelzwasser fühlte sich wie Regen an. Unter ihnen hatte sich ein klarer, flacher See gebildet, gespeist durch den Bach und das Tropfwasser. Die beiden Männer standen auf der offenbar einzigen ebenen Fläche, die nicht unter Wasser stand. Erst schien es, dass ihr Sturz von einer Art Schneewehe gebremst worden war, doch bei genauerer Betrachtung handelte es sich eher um Eismatsch.

Tom leuchtete mit seiner Taschenlampe hierhin und dorthin.

»Wir sind also in ein Schmelzloch gefallen.« Montys Tonfall ließ erkennen, dass er mit dieser Erklärung nicht wirklich zufrieden war. Der Sturz hatte ihn vom fünfundsechzigjährigen Touristen mit Kindheitserinnerungen an Schnee in den reizbaren Premierminister zurückverwandelt, der seine Autorität behaupten musste. »Und wie wollen Sie uns hier wieder rausbringen?«

»Ich glaube nicht, dass wir das können«, sagte Tom. »Wir müssen wohl auf Rettung warten.« Er vermied es, die Lampe auf Monty zu richten. Stattdessen löschte er das Licht. »Wir sollten Batterie sparen.«

Sie standen nebeneinander in der blassblauen Düsternis und versuchten, nach dem Sturz wieder zu Atem zu
kommen. Die Stille war beinahe perfekt. Der Gletscher
ächzte auch hier. Das Eis knackte. Wasser tropfte. Und
doch schien es vollkommen zu sein. Eine himmlische
Stille. Fließendes Wasser, aber kein einziger Windhauch.

»Was meinen Sie, wie lange dauert es, bis ein Rettungsteam hier ist?«, fragte Monty. In seiner Stimme
schwang ein wenig Angst mit.

»Wenn sie schnell sind«, sagte Tom, »könnten sie ziemlich bald hier sein. Sagen wir, fünf Minuten, um über das
Eis zu laufen bis zu der Stelle, wo wir eingebrochen sind.
Wenn sie mutig sind, springen sie uns nach. Wie lange
sind wir gerutscht? Drei Minuten? Vielleicht vier. Dann
würden sie da rauskommen.« Er zeigte auf den Punkt in
der Finsternis, an dem sie in die Höhle gelangt waren.

»Und wenn sie nicht springen?«

»Zu springen wäre Wahnsinn. Sie wissen nicht, was
hier unten ist. Könnte ja sein, dass sie in den Tod springen. Also kann es eine Weile dauern. Wenn sie sich ab-
seilen müssen, dauert es eine Stunde. Es sei denn ...«

»Es sei denn *was*?«

»Es sei denn, der Lärm, den wir gehört haben, war der
Tunnel, der hinter uns eingestürzt ist.«

Beide standen schweigend da und hingen ihren Gedanken nach.

»Eine Eishöhle ist keine Steinhöhle«, sagte Tom. »Sie
sind nicht wirklich von Dauer. Manche halten Jahre,

Jahrzehnte sogar. Andere nur ein paar Wochen. Vor allem bei einem Gletscher, der in Bewegung ist. Sie sind nicht besonders stabil.«

»Danke für die beruhigenden Worte.«

»Ich sag's ja nur. Wenn der Tunnel hinter uns eingestürzt ist, könnte unsere Lage ein bisschen ernster sein. Haben Sie mal das Funkgerät ausprobiert?«

Das Gerät rauschte bloß. Nicht sehr vielversprechend.

»Ich glaube, sie können uns nicht hören.«

»Über uns ist eine dicke Schicht Eis.«

Monty Causley streckte die Arme aus. »Ich fürchte, ich habe meine Wanderstöcke verloren.«

»Keine Sorge. Wir haben noch meine.«

Es wurde ein wenig heller. Das kalte Blau der Höhle war umso besser zu erkennen, je mehr sich ihre Augen an die Dunkelheit gewöhnten. »Wenn Sie hierbleiben«, sagte Tom, »sehe ich mich mal um.«

»Wonach wollen Sie sich umsehen?«

»Vielleicht nach einem Weg nach draußen.«

Sich in der Höhle zu bewegen, war nicht einfach. Das Eis war tückisch, und alles war nass. Nicht einmal die Spikes sorgten für festen Halt. Tom trat von der Eisfläche ins flache Wasser. Er hielt sich die Taschenlampe über den Kopf. Der Ort, an dem sie sich jetzt befanden, sah weniger wie ein Monumentalbau aus, sondern eher wie eine organische Erweiterung des Tunnels, wie eine unnatürlich große U-Bahn-Station. Dann war der Bahnsteig der Station die Eisfläche, auf der ihr Sturz geendet hatte; die Gleise (wäre es eine U-Bahn gewesen) lagen unter der Wasseroberfläche, und die Tunnelröhren an den beiden Enden enthielten das Wasser, das hindurchfloss. Durch das knöchelhohe Wasser watend, kämpfte sich Tom bis zu der Stelle nach oben, an der der Tunnel in die Höhle mündete. Er leuchtete mit der Lampe in die Öffnung hinein. »Ich glaube nicht, dass wir auf diesem Weg rauskommen«, rief er nach unten. »Durch uns ist jede Menge Eis abgebrochen. Ohne Eispickel können wir nicht hochklettern.«

Er kehrte zu Causley zurück. »Haben Sie einen Eispickel?«

»Nicht dass ich wüsste.«

»Wir könnten es flussabwärts versuchen.« Tom leuchtete mit der Lampe in die Düsternis. »Dann gelangen wir womöglich noch tiefer in den Gletscher und näher an die Eiskante. Aber es könnte ein Weg nach draußen sein.«

»Wenn Sie Eiskante sagen«, sagte Monty, »meinen Sie damit ...?«

»Ich meine die äußere Kante des Gletschers. Da, wo Sie gestern mit Ilse im Schlauchboot waren. Wo die Eisberge abbrechen und ins Meer stürzen.«

»Richtig ...« Monty klang verunsichert. »Und Sie glauben, wir sind nicht weit von dieser Eiskante?«

»Keine Ahnung. Aber wir haben eine weite Strecke zurückgelegt, und sehen Sie mal ...« Tom schaltete die Lampe aus und zeigte mit dem Finger. »In dieser Richtung scheint es ein bisschen heller zu sein.«

Tatsächlich war das Leuchten flussabwärts deutlicher zu erkennen als flussaufwärts.

»Wenn das der Endpunkt des Gletschers ist, dann brauchen wir nur einen Tag oder so zu warten, und wir stürzen in die Baffin Bay«, sagte Tom.

»Wäre das gut?«

»Den Absturz würden wir wahrscheinlich nicht überleben.« Wieder schaltete Tom die Taschenlampe ein und leuchtete umher. »Und in neun von zehn Fällen würden wir in dem Teil des Eisbergs landen, der unter Wasser liegt, und dann würden die Tunnel geflutet, und wir würden ertrinken. Gucken Sie mal.« Im Lichtstrahl nicht weit entfernt von der Stelle, wo Monty stand, ragte ein großer, flacher Fels aus dem Eis hervor. »Da können wir uns hinsetzen.«

Sie wischten mit ihren Handschuhen das Eis von dem Felsen und ließen sich darauf nieder. Es war nicht sehr bequem und ein wenig niedrig. Doch es würde als Sitzplatz genügen. Zumindest eine Zeitlang.

»Ich wette, da oben gibt's gerade den reinsten Medienzirkus«, sagte Monty.

Tom grinste fast. Er stellte sich die allgemeine Panik vor, als der Premierminister in einem Loch im Eis verschwand. Bestimmt hatten alle kollektiv nach Luft geschnappt, und dann war die Hölle losgebrochen. »Esperanza wird durchdrehen«, sagte er.

»Da wär ich mir nicht so sicher«, sagte Monty. Er zog seine Handschuhe aus und rieb seine Hände aneinander. »Esperanza liebt nichts mehr als eine Krisensituation.«

»Wirklich?«

»Ja. *Inmitten der Schwierigkeiten liegt die Möglichkeit.* Hat anscheinend Einstein mal gesagt. Oder so ähnlich. Das ist Esperanzas Erfolgsgeheimnis. Sie benutzt das Zitat sehr oft. Genau so was wollen diese Medientypen. Große Geschichten. Krisengeschichten.«

»Krisengeschichten«, wiederholte Tom, und mit seinen Gedanken war er wieder in St. Piran und bei dem Sturm.

»O ja. Denken Sie an die Schlagzeilen, die es jetzt geben wird. *Premierminister besucht Gletscher.* Das ist keine Geschichte und schwer zu verkaufen. Jeder weiß, das ist alles gestellt für die Presse. So was interessiert die Redakteure nicht. Normalerweise würde das bei den Nachrichten irgendwo ganz hinten landen. Vielleicht als vierter oder fünfter Beitrag der Sechs-Uhr-Nachrichten, wenn sonst nicht viel passiert ist. Deshalb wird so viel Wert auf spektakuläre Bilder gelegt. Die Zeitungen mögen große, dramatische Fotos. Das kann die Story ein bisschen weiter nach vorne bringen. Aber *Premierminister im Gletscher verschollen?* Da wird's interessant. Das ist die Topstory. Das ist genau das, was Esperanza will.«

Tom dachte darüber nach. »Ich dachte, Esperanzas Job sei es, Sie gut aussehen zu lassen.«

»Es ist viel einfacher, in einer Krisensituation gut auszusehen. Wenn man es richtig angeht, ist man der Held.

Und wenn nicht – na ja, dann ist die Krise schuld. Ob kleine Krise oder globale, spielt keine Rolle. Die Wirkung zählt. Darauf kommt es Esperanza an.«

Jetzt schwiegen die beiden Männer.

»Haben wir nicht schon eine globale Krise?«, fragte Tom nach einer Weile. Er sah Causley an. »Oder glauben Sie immer noch, dass das alles nicht real ist?« Er gestikulierte in Richtung Höhlendecke und des stetig herabtropfenden Schmelzwassers. »Vielleicht schmilzt das alles gar nicht wirklich. Vielleicht ist es eine erfundene Krise. Vielleicht liegt das bloß an den Vulkanen.«

Das schien Causley zu ärgern. »Diesmal werden wir nicht gefilmt, Tom. Verschonen Sie mich mit der Öko-Gutmenschen-Nummer.«

»Also ist es keine Krise?«, fragte Tom.

»Um Himmels willen, Horsmith! Geben Sie denn nie Ruhe? Unser Streit liegt fünfundzwanzig Jahre zurück. Gucken Sie doch mal, was in dieser Zeit alles passiert ist. Wir haben jetzt Elektroautos. Überall. Windräder. Überall. In Piran Head steht ein Windrad. Sieht absolut schrecklich aus. Aber es steht da. Wir verbrennen kaum noch ein Stück Kohle. Nirgendwo. Es gibt sogar Flugzeuge, die mit Wasserstoff fliegen. Wir renaturieren große Teile des Landes. Pflanzen überall Bäume. In Cornwall und Devon gibt es Meeresschutzgebiete. Ich weiß nicht, was ich sonst noch machen könnte.«

»Und trotzdem jagt die Welt jedes Jahr fünfzig Milliarden Tonnen CO_2 in die Atmosphäre.«

»Das ist die Welt, Tom. Wir nicht.«

»Wir nicht.« Tom wandte den Blick ab. »Aber wir treiben Handel. Wir kaufen uns alles, was das Leben einfach macht, aus Ländern, die noch immer Kohle und Öl verbrennen. Sind deren Emissionen nicht auch *unsere* Emissionen? Sind wir nicht mitverantwortlich?«

Jetzt sah Monty Causley ihn entnervt an. »Um Gottes willen, Horsmith. Wir haben gerade einen Absturz in einen Gletscher überlebt. Es gibt genug andere Dinge, über die wir reden müssen. Wir befinden uns wahrscheinlich in Lebensgefahr, und Sie wollen über den Welthandel reden? Reißen Sie sich mal zusammen, Mann!«

»Wie wär's mit *Premierminister stirbt bei Gletschersturz*?«, schlug Tom leise vor. »Wie würde das als Schlagzeile ankommen?«

Beide Männer schnauften. Die Atmosphäre war nun spürbar gereizt.

»Lassen Sie uns nicht streiten, Tom. Nicht hier.«

»Ich frage mich, welches Ergebnis Esperanza am liebsten wäre«, sagte Tom. »Vielleicht wäre es für die Medien besser, wenn wir sterben.«

Voneinander abgewandt saßen sie auf dem Felsen. Es war zwar kalt, aber ihre Schneeanzüge hielten sie warm und trocken. Es ging kein Wind. Zeit verstrich.

»Kein Handyempfang«, sagte Monty irgendwann.

»Gerade jetzt, wo man so gerne wissen würde, wie die Schlagzeilen aussehen«, sagte Tom. In seiner Stimme lag noch immer eine gewisse Schärfe.

Wieder schwiegen sie. Diesmal länger. Monty wurde langsam unruhig. »Die sollten inzwischen hier sein. Wenn Ihre Fünf-Minuten-Schätzung stimmt, hätten sie schon lange hier sein müssen.«

»Also sind sie uns nicht hinterhergesprungen.«

»Und wie lange, meinen Sie, brauchen sie dann?«

»Ich weiß es nicht. Dem Eisbruch nach zu urteilen, könnte es Tage dauern.«

»Tage?« Monty sah erschrocken aus. »Vielleicht sollten wir uns bemerkbar machen. Lärm machen. Damit sie wissen, dass wir hier sind.«

»Ich bezweifle, dass das helfen würde. Aber ich habe irgendwo eine Pfeife.« Tom wühlte in seinen Taschen. »Hier.« Er reichte sie Causley.

Zaghaft blies Causley hinein. Dann noch einmal, diesmal lauter. Die Wände schienen das Geräusch zu verschlucken. »Sie haben recht«, sagte er. »Das können sie vermutlich nicht hören.«

»Genau.«

»Und wie sollen sie uns dann finden?«

»Die denken sich was aus«, sagte Tom. »An der CEN-PERM-Basis in Qaaqaaq haben sie Bodenradar. Vielleicht benutzen sie das, um uns zu finden. Oder Hunde.«

»Hunde?«

»In Qaanaaq gibt es jede Menge Hunde. Einige könnten uns bestimmt hier unten aufspüren.«

Dieser Gedanke schien Monty zu gefallen. Er wurde wieder ein wenig munterer. »Das ist gut«, sagte er. »Also, wenn wir von zehn Minuten ausgehen, bis jemand auf die Idee kommt, dann noch einmal zehn Minuten Fahrt nach Qaanaaq, zehn Minuten, um geeignete Hunde und ihre Halter aufzutreiben, zehn Minuten zurück und noch mal zehn Minuten durch die Tunnel. Das macht weniger als eine Stunde.«

»Aber die Hunde werden uns nicht retten«, erinnerte Tom ihn. »Sie finden uns vielleicht. Aber dann brauchen sie immer noch Leute mit Seilen, die uns dann rausziehen müssen. Das könnte eine Weile dauern.«

»Stimmt.«

»Und sehen Sie es mal aus Esperanzas Perspektive. Sie wird nicht wollen, dass Sie zu schnell gerettet werden.«

So wie die Aussicht auf Hunde Monty Hoffnung gemacht hatte, so machte dieser Gedanke sie wieder zunichte. »Ja, das ist vermutlich so«, sagte er, nachdem er den Gedanken hatte sacken lassen. »Sie wartet bestimmt noch ab. Denn sie will sicher nicht, dass wir im Mittagsmagazin als vermisst gemeldet werden, aber schon zu den Sechs-Uhr-Nachrichten wieder gerettet worden sind.«

»Und was will sie dann?«

»So wie ich Esperanza kenne, will sie, dass wir hier unten bleiben, bis die Zehn-Uhr-Nachrichten heute Abend durch sind, damit die Leute beim Schlafengehen denken, dass wir immer noch vermisst werden – wahrscheinlich sogar tot sind –, und erst beim Frühstück von unserer Rettung erfahren. So wird das Ganze zu einer größeren Geschichte.«

»Wenn das so ist«, sagte Tom, »würde ich an Ihrer Stelle damit aufhören, ständig auf die Uhr zu gucken.«

Monty sah auf seine Uhr. »Dreißig Minuten«, verkündete er. »Wir sind jetzt seit einer halben Stunde hier unten. Ich mag mir gar nicht ausmalen, was da oben gerade los ist.«

»Die reine Panik, würde ich denken«, sagte Tom. »Und Schuldzuweisungen. Jeder legt sich schon seine Ausreden zurecht. Ich meine, wie kann denn bitte der Premierminister eines G7-Staates direkt vor den Augen der Weltpresse verlorengehen? Wie schafft man das? Da werden bestimmt ein paar Köpfe rollen, meinen Sie nicht? Sie müssen Esperanza Mulligan wohl feuern.«

»Sie feuern? Ich kann sie unmöglich feuern. Außerdem war es nicht ihre Schuld.«

»Ach, ich denke schon, dass Sie sie feuern werden«, sagte Tom.

Es war eine komische Bemerkung. Die beiden Männer sahen sich an. Causley schien die Bemerkung Unbehagen zu verursachen. In jeder anderen Situation hätte er bei einer solchen Frechheit vielleicht zurückgeschossen. Hier, unter dem Eis, sahen die Dinge allerdings ein wenig anders aus. Er entschied sich für eine neutrale Antwort. »Wir könnten hier unten erfrieren«, sagte er, um das Gespräch wieder auf das eigene Überleben zu lenken.

»Aber heute noch nicht«, sagte Tom. »Die Temperatur hier liegt ziemlich gleichbleibend bei null Grad – oder sogar ein bisschen höher, und wir sind gut isoliert.«

»Ich bin nass«, bemerkte Causley.

»Nein, sind Sie nicht. Ihre Sachen sind wasserfest. Nur die oberste Schicht ist feucht. Ist Ihnen kalt?«

»Eigentlich nicht. Ziemlich warm sogar.«

»Na also.«

Monty rutschte auf dem Felsen herum.

»Aber irgendwie haben Sie schon recht«, meinte Tom. »Wir könnten sterben, wenn wir zu lange hierbleiben. Wir könnten verhungern. Oder die Decke könnte einstürzen und uns unter einer Million Tonnen Eis begraben. Das ist genauso wahrscheinlich.«

»Wollen Sie mir die Stimmung vermiesen?«

»Ich versuche bloß, realistisch zu sein. Die Wahrscheinlichkeit einer Rettung hier unten ist womöglich verschwindend gering.« Er sah Monty an. »Vielleicht müssen wir uns an diesen Gedanken gewöhnen. Wenn der Tunnel hinter uns eingestürzt ist, wird die Rettung zu einer großen Herausforderung. Selbst wenn sie unseren Standort herausfinden. Ich würde sagen, sie gehen eher nicht davon aus, dass wir so weit hinuntergerutscht sind. Vermutlich suchen sie das Gebiet rund um das Schmelzloch ab. Dann werden sie die Suche ausweiten.«

»Und was machen wir jetzt?«

Tom stieß einen langen Seufzer aus. »Wir sollten noch ein wenig warten. Wenn wir nichts hören, schlage ich vor, wir versuchen unser Glück und folgen dem Schmelzwasser nach unten.«

Causley schwieg eine Weile. Dann fragte er: »Haben Sie nicht gesagt, dass dieser Weg uns zur Kante des Gletschers führt?«

»Das hoffe ich.«

»Und da ist es gefährlich?«

»Sehr.«

»Sicher taucht schon bald ein Rettungsteam auf«, sagte Monty.

Sie saßen eine Weile lang da und schwiegen. Monty sah wieder einmal auf seine Uhr.

»Es gibt vielleicht etwas, über das wir sprechen könnten«, sagte Tom nach ein paar Minuten.

»Ich will keinen Vortrag über die globale Erderwärmung hören.«

»Nicht das.« Wieder eine unangenehme Pause. »Ich dachte, wir könnten vielleicht über das letzte Mal sprechen, als wir uns begegnet sind«, sagte Tom. »In St. Piran. Vor fünfzehn Jahren.«

»Ach du meine Güte«, sagte Causley, und seiner Stimme war anzuhören, dass ihm das Thema nicht gefiel. »Das wollen wir doch bitte nicht wieder ausgraben. Ich versuche, nicht an diesen Tag zu denken. Es war eine schreckliche Tragödie, ich weiß. Aber wir müssen nach vorne blicken, alter Junge. Wir können nicht in der Vergangenheit leben.«

»Es ist nur so«, sagte Tom, »dass wir nie wieder eine

so gute Gelegenheit haben werden, uns zu unterhalten, oder?«

»Wir brauchen uns nicht darüber zu unterhalten, Horsmith. Es gibt nichts dazu zu sagen.«

»Das denke ich schon«, meinte Tom. Merkwürdigerweise hatte er keine Angst davor. »Sehen Sie, ich bin die Ereignisse dieses Abends tausendmal im Kopf durchgegangen. Jede Minute dieses Tages. Aufstehen. Anziehen. Den Sonnenaufgang ansehen. Wo ich war. Was ich getan habe. Was ich gesagt habe. Es fühlt sich nicht so an, als würde ich versuchen, mich an einen Tag vor fünfzehn Jahren zu erinnern, weil ich schon so oft darüber nachgedacht habe, dass ich die meisten Dinge ziemlich genau erinnere. Vieles an dem Tag verwirrt mich auch. Warum bin ich so früh aufgestanden? Warum war ich so schlecht vorbereitet? Warum habe ich so wenig geschlafen? Was war an diesem Tag mit mir los?«

Monty rutschte auf seinem Sitz herum. »Ich glaube wirklich nicht, dass irgendwem geholfen ist, wenn wir es noch mal durchgehen, Tom. Wir standen an diesem Tag alle unter Stress.«

»Wirklich?«, fragte Tom. »Waren Sie gestresst?«

»Wieso? Natürlich war ich gestresst. Als wir uns zum ersten Mal im *Petrel* begegnet sind, war das beinahe das Ende meiner Karriere.«

»Ach ja«, unterbrach ihn Tom. »War das so, ja? Ich glaube, darüber habe ich damals nicht viel nachgedacht. Ich war ja fast noch ein Kind.«

»Sie waren zwanzig.«

»Ich weiß. Aber ich habe nie viel darüber nachgedacht, welchen Schaden ich Ihnen zugefügt habe. Ich habe die Aufmerksamkeit von Bennys Video genossen. Ich war zwanzig. Wer hätte das in diesem Alter nicht getan? Für mich war das bloß ein gewonnener Kneipenstreit gegen einen Klimaleugner. Aber für Sie muss es ... verheerend gewesen sein.«

Monty blickte zu Boden. »Irgendwie ... schon.«

»Und wissen Sie, wer mir geholfen hat, das so zu sehen? Wissen Sie, wer mich dazu gebracht hat, erwachsen zu werden und zum ersten Mal zu erkennen, dass an diesem Streit zwei Menschen beteiligt waren? Das war ein Mädchen, das ich am Hafen getroffen habe. Zwei Jahre später. Sie hat mich darauf aufmerksam gemacht, als wir uns zum ersten Mal getroffen haben. Das war eines der ersten Dinge, die sie überhaupt zu mir gesagt hat. Bis zu diesem Moment hatte ich keinerlei Schuldgefühle gehabt. Ich hatte überhaupt nicht daran gedacht, wie es Ihnen gehen könnte. Aber sie hat dafür gesorgt, dass ich mich verantwortlich fühlte. Dass ich einen Schritt zurückgetreten bin und begriffen habe, wie es für Sie ausgesehen haben muss. Wissen Sie, von wem ich spreche, Mr. Causley? Von Lykke. Das Mädchen, das ich geheiratet habe. Die Frau, die bei dem Sturm ertrunken ist.«

»Tom, wir müssen diese Unterhaltung wirklich nicht führen.«

»Ich glaube doch.« Toms Stimme wurde lauter. »Ich

glaube, Sie *wissen*, dass wir das müssen. Ich glaube, dass Sie irgendwo tief drin darauf warten, dass wir diese Unterhaltung führen, schon genauso lange wie ich.«

»Vielleicht stimmt das, Tom, aber es ist nicht der richtige Ort dafür!« Monty gestikulierte. »Mein Gott, alter Junge, wir sollten darüber reden, wie wir hier herauskommen!«

»Oh, das werden wir. Das verspreche ich. Aber erst müssen Sie etwas für mich tun. Denken Sie an diesen Tag zurück, Mr. Causley. Vor fünfzehn Jahren. Als wir uns das zweite Mal im *Petrel* getroffen haben. Das war was ganz anderes, was? Als wir uns zum ersten Mal begegnet sind, habe ich Sie auf dem falschen Fuß erwischt. Sie haben nicht mit einem Hinterhalt gerechnet. Aber es war einer. Und beim zweiten Mal war dann alles unter Kontrolle. Unter Ihrer Kontrolle. Es waren Ihre Kameras. Ihre Strahler. Sie hatten Ihre Leute da. Sie hatten Sicherheitsleute, die die Telefone konfisziert und entschieden haben, wer reindurfte. Sie hatten Zeit zur Vorbereitung. Eigentlich hätten Sie einen Sieg einfahren müssen.«

Monty hüstelte. »Ich habe viel geprobt«, räumte er ein.

»Ja.« Toms Stimme schien von weiter weg zu kommen. »Das kann ich mir vorstellen. Aber das hat Ihnen nicht gereicht, oder?«

»Was meinen Sie damit?«

Die Stille in der Höhle war beinahe überwältigend. Das Eis knackte und ächzte nicht. Nur das Tropfen von Wasser in den Bach war zu hören.

Tom stand auf und wandte sich ab. »Ich bin in meinem Kopf jede einzelne Minute dieses Abends durchgegangen«, sagte er. »Immer wieder. Und wollen Sie wissen, was das Verstörendste daran ist?«

Monty schüttelte ganz langsam den Kopf.

»Das Verstörendste ist«, sagte Tom, »dass ich mich nicht daran erinnere. An gar nichts. Ich habe Videos davon gesehen. Aber es ist, als würde ich einen Fremden vor mir sehen. Ich erinnere mich an nichts, nachdem ich im Pub angekommen bin.«

»Sie haben sich ziemlich heftig den Kopf gestoßen«, sagte Monty.

»Ich hatte einen Schädelbruch.«

»Ja eben.«

»Aber das erklärt es nicht. Nicht ganz. Ich erinnere mich, wie ich zum *Petrel* gegangen bin. Wie ich durch den Sturm gelaufen bin. Dass ich Jacob gesehen habe. Ich erinnere mich, wie er mir ein Getränk hingestellt hat. Aber an sonst nichts. Warum?«

»Kopfverletzungen sind manchmal eine komische Sache.«

»Ist das so? Jahrelang habe ich mir die Schuld für Lykkes Tod gegeben. Warum habe ich das Seil losgelassen? Warum habe ich mich gegen diese Poller schwemmen lassen? Ich war zu müde. Ich war zu schlecht vorbereitet. Vielleicht hatte ich zu viel getrunken. Ich hätte mich niemals auf dieses blöde Wiedersehen einlassen dürfen. Und deswegen war alles meine Schuld, dass Lykke ertrunken ist. Viele haben das Seil festgehalten. Und die anderen haben es wenigstens geschafft, nicht ins Hafenbecken geschwemmt zu werden. Nur ich nicht. Ich war schuld. Das war die einzige Erklärung, die ich finden konnte. Vierzehn Jahre lang.«

Montys Mund öffnete sich, als wolle er etwas sagen, doch Tom hob die Hand. »Ich muss Ihnen eine Geschichte erzählen«, sagte er. »Ich denke, die Zeit haben wir.« Er sah sich in der Höhle um, als lauschte er auf Geräusche, die ihre Rettung andeuteten. Dann zuckte er mit den Schultern und holte tief Luft. »Etwa vor einem Jahr«, sagte er, »brachte mein Sohn Noah seine Zwillingsschwester von einer Party in Nuuk nach Hause. Ein Mädchen aus ihrer Klasse war sechzehn geworden. Nichts Besonderes. Ziemlich viele Jugendliche. Mehr Alkohol, als gut war. In Grönland gibt es kein Mindestalter für Alkohol, aber die meisten Eltern setzen ihren Kindern trotzdem feste Grenzen. Wahrscheinlich waren auf der Party auch ein paar Drogen im Spiel, und es waren Leute da, die sie nicht gut kannten. Vielleicht Leute, die sie überhaupt nicht kannten. Das macht einem als Vater Angst. Man hat keine Ruhe, wenn die Kinder auf einer Party sind. Vor allem, wenn sie sechzehn sind. Man will, dass sie Spaß haben. Dass sie Teenager sind. Insgeheim will man sogar, dass sie sich danebenbenehmen. Jedenfalls ein bisschen. Sie sollen ja erwachsen werden. Und trotzdem macht man sich die ganze Zeit Sorgen, von dem Augenblick an, an dem man sie dort absetzt, bis sie sicher wieder zu Hause sind.« Tom seufzte leise, während er an die Einzelheiten jenes Abends dachte. »Jedenfalls«, fuhr er fort, »schienen an diesem Tag all meine Ängste wahr zu werden. Es war im Mai und nicht sehr kalt. Es war noch früh am Abend. Gegen zehn, halb elf. Noah und einer seiner Freunde trugen Ilse zwischen sich. Ich hab sie schon auf der Straße gesehen. Sie hatte die Arme über die Schultern der Jungs gelegt. Sie selbst konnte nicht gehen. Ihr Kopf hing schlaff herunter. Ich konnte ihr Gesicht nicht sehen. Sie schleiften ihre Füße über den Boden. Ich dachte erst, sie muss betrunken sein. Aber Noah bestand darauf, dass sie nur ein Glas getrunken hatte. Also habe ich sie panisch ins Auto verfrachtet und bin mit ihr ins Dronning Ingrids Hospital gefahren.« Tom holte Luft. »Jedenfalls, kurz gesagt, es ging ihr gut. Sie war gesund. Und den Arzt kannte ich sogar. Ein Kanadier. Er sagte mir, man hätte sie wahrscheinlich unter Drogen gesetzt. K.-o.-Tropfen. Das war eine sehr beängstigende Vorstellung. Wenn wir es genau wissen wollten, müsse er sofort eine Blutprobe nehmen, weil dieses Zeug offenbar nicht lang in der Blutbahn bleibt. Ich war einverstanden, sie machten den Test, und der Arzt hatte richtig getippt. Rohypnol. Das war es. Eine richtig fiese Droge. Typen schütten den Mädchen ein Pulver ins Glas und ... na ja ...« Er sprach den Gedanken nicht aus. »Zum Glück war Ilse mit ihrem Bruder da. Er hat gesehen, wie sie ohnmächtig wurde, und sie nach Hause gebracht. Wir haben nie herausgefunden, wer es war.« Wieder hielt Tom inne. Er drehte sich halb zu Causley, den Blick auf einen unbestimmten Punkt gerichtet. »Aber das Merkwürdige war«, sagte er, »dass Ilse sich am nächsten Tag an überhaupt nichts erinnern konnte. Nur daran, wie sie zu der Party gegangen war. Dass sie etwas getrunken hatte. An mehr nicht. Und als sie mir das erzählte, dachte ich sofort, *so was ist mir auch schon mal passiert.*«

Tom redete nicht weiter. Er stand da und schien in die düstere Höhle zu starren.

»Was wollen Sie mir damit sagen, Tom?«, erwiderte Causley. »Wollen Sie andeuten, dass man Sie unter Drogen gesetzt hat?«

Der jüngere Mann war in Gedanken versunken. »Wir sind hier in einer schwierigen Lage, hab ich recht, Mr. Causley?«, sagte er, aus der Träumerei auftauchend wie ein Taucher, der an die Oberfläche kam. »Die Sache ist die: Ich mag Sie nicht, und ich denke mal, dass Sie mich auch nicht mögen. Wir brauchen uns hier unten nicht zu verstellen. Aber wir müssen zusammenarbeiten. Ob es Ihnen gefällt oder nicht, unsere Chancen zu überleben sind besser, wenn wir kooperieren. Also lassen Sie uns darüber reden, wie wir hier rauskommen. Ich denke, wir wissen beide, dass der Tunnel hinter uns eingestürzt ist. Ich glaube nicht, dass wir damit rechnen können, dass schon bald jemand kommt. Das heißt, dass wir in den nächsten Stunden zusammenhalten müssen. Sie und ich. Wir müssen ein Team sein, stimmt's?« Er wandte sich Monty zu und hob die Augenbrauen, als warte er auf seine Zustimmung. »Wir können uns hassen, aber wir müssen uns vertrauen. Voll und ganz. Sonst werden wir sterben. Wir gehen da runter.« Er zeigte auf die Stelle, wo der Bach die Höhle verließ. »Wir folgen dem Schmelzwasser bis zur Abbruchkante des Gletschers, und wenn wir da ankommen, benutzen wir Ihr Funkgerät, um Hilfe zu rufen. Und wenn das Funkgerät nicht funktioniert, müssen wir einen sicheren Weg finden, um herauszuklettern. So oder so müssen Sie mir vertrauen, und ich muss Ihnen vertrauen.«

»Okay.« Monty sah blass aus.

»Also lügen Sie mich nicht an, Mr. Causley. Bitte lügen Sie mich nicht an. Ersparen Sie mir die reflexhafte Politikerlüge, mit der Sie bloß Ihre Haut retten wollen. Niemand filmt uns. Das hier ist nur etwas zwischen uns beiden. Es bleibt hier unten, unter uns.« Er sah dem Politiker in die Augen. »Es sei denn, Sie lügen. Verstehen wir uns?«

Montys Mund hing schlaff nach unten wie bei einem Fisch.

»Also fragen Sie mich nicht, ob ich glaube, unter Drogen gesetzt worden zu sein. Damit beleidigen Sie mich. Das hilft uns nicht, Vertrauen aufzubauen. Sagen Sie mir einfach die Wahrheit.«

Jetzt herrschte Schweigen in der Höhle. Das Eis knackte. Causley atmete schwer.

»Wessen Idee war es?«, fragte Tom. Die Zeit in der Höhle verlangsamte sich. Das Tropfen hörte auf. Die Luft bewegte sich nicht.

Eine Weile lang sprach keiner der beiden Männer. Dann gab Monty etwas von sich, das wie ein leises Stöhnen klang. »Es war ihre Idee. Esperanzas.« Monty sprach so leise, dass er kaum zu verstehen war. »Es war ihre Idee. Sie hat das Pulver in Ihr Getränk getan.« Er schloss die Augen. Das nächste Geständnis fiel ihm schwer. »Aber ich hab's abgesegnet.«

Tom schien anzuschwellen. Sein Arm zitterte unkontrolliert, als sei er an einem Motor festgemacht. »Sie haben es abgesegnet? Sie haben es verdammt nochmal abgesegnet?«

»Indirekt ... ja«, sagte Monty. »Ich habe sie nach einer Möglichkeit gefragt, Sie in die Schranken zu weisen. Sie sprach davon, Ihnen Drogen zu verabreichen.«

»Verdammt, was haben Sie sich dabei gedacht?«

»Es tut mir leid. Es tut mir wirklich leid. Ich wollte Ihnen nicht weh tun«, verteidigte sich Monty. »Ich wollte Sie nur verwirren. Das ist alles. Ich wusste nicht mal, ob es funktionieren würde. Ehrlich.«

Toms Augen waren rot. »Aber es hat funktioniert.«

»Fast«, flüsterte Causley.

»Esperanza hat ihre Krisensituation bekommen.«

»Ja.«

»Und Lykke ist gestorben.«

Eine lange Pause. »Ja.«

274

Die Luft in der Höhle war schwer und das Atmen anstrengend. Lange Zeit sagten sie nichts.

»Und wenn wir hier rauskommen ...?«, fragte Tom schließlich.

»Dann feuere ich sie«, sagte Monty. Er ließ den Gedanken in dem schwindenden Licht davontreiben. »Und ich trete zurück.«

»Gut.«

Wieder passierte lange Zeit nichts.

»Vertrauen wir einander jetzt?«, fragte Monty.

»Ich denke schon.«

»Dann sollten wir vielleicht los.«

Tom stand schweigend da. Dann schaltete er die Taschenlampe ein. »Hier entlang«, sagte er.

14

Den Partner niemals
fallen lassen

Sie banden ein Seil zwischen sich und ein zweites, längeres Seil an einen der Wanderstöcke, dann klemmten sie den Stock als Fixpunkt quer zwischen die Wände des Tunnels. Es schien ein leichter Hauch kalter Luft zu wehen. »Sind Sie schon mal mit Seilen geklettert?«, fragte Tom.

»Nein.«

»Es gibt eine Regel: Den Partner niemals fallen lassen. Wenn Sie merken, dass ich falle, stemmen Sie die Beine so fest wie möglich in den Boden und packen das Seil mit beiden Händen. Halten Sie die Arme gebeugt und benutzen Sie sie als Stoßdämpfer.«

»Verstanden«, sagte Causley.

»Ich tue dasselbe für Sie.«

»Okay.«

Tom schob die Taschenlampe in seine Brusttasche, so dass ihr Strahl nach oben zeigte. »Wir haben rund dreißig Meter Seil«, sagte er. »Nicht sehr viel, leider. Und wir müssen das Seil doppelt nehmen, damit wir es hinter uns herziehen können. Sonst verlieren wir es. Das heißt, wir können etwa fünfzehn Meter weit nach unten steigen. Danach müssen wir uns einen neuen Fixpunkt suchen, wir ziehen das Seil runter, und dann noch mal das Gleiche. Wieder fünfzehn Meter.«

»Ich verstehe«, sagte Monty.

»Es gibt keinen Weg zurück.«

»Nein.«

»Wenn das Rettungsteam es in die Höhle schafft, sehen sie unsere Fußabdrücke«, sagte Tom. »Dann wissen sie, wohin wir gegangen sind. Aber falls sie es nicht schaffen, na ja, dann schaffen wir es vielleicht selbst.«

»Also dann«, sagte Monty. Er klang beinahe wieder wie ein Premierminister. »*Audaces fortuna iuvat!*«

Tom ertappte sich dabei, wie er nickte. Vielleicht war der Premierminister ein zäherer Kerl, als er vermutet hatte. Diese Erkenntnis kam überraschend. »Ich denke mal, Sie machen so was nicht sehr oft.«

»Es ist bedeutend einfacher, als Fragen im Unterhaus zu beantworten«, sagte Monty und sah Tom in die Augen. »Und viel weniger gefährlich.«

»Ich geh voran«, sagte Tom.

Die Höhle verengte sich zu einem schmalen Schlitz, durch den ein dünner Bach in einen steilen Tunnel hinabfloss. Würden sie überhaupt hindurchpassen?

»Wir sollten mit den Füßen voran«, sagte Tom. Er setzte sich hin und hinter ihm ließ Monty sich schwerfällig zu Boden fallen.

»Ich bin nicht so beweglich wie Sie«, erinnerte ihn Monty.

»Ich bemühe mich, daran zu denken. Versuchen Sie, diesmal nicht zu rutschen. Suchen Sie sich Halt mit den Schuhen, wo Sie nur können. Wir gehen ganz langsam.«

Das Schmelzwasser hatte auch hier einen tückischen Spalt geschaffen, und wieder einmal waren sie in einem Tunnel, ohne zu wissen, was vor ihnen lag. Sie schoben sich Stück für Stück weiter, mit den Füßen voran und den Gesichtern nach oben gewandt. Hier und dort fanden sie auf Steinen und Schotter Halt. Sie kamen nur langsam voran, und nach fünfzehn Metern zogen sie das Seil nach. Der Wanderstock blieb zurück. Ein geeigneter Stein diente als zweiter Fixpunkt, und schon kletterten sie weiter.

»Was glauben Sie, wie weit ist es noch?« Causley wurde allmählich müde.

»Ich weiß es wirklich nicht.«

Der Tunnel öffnete sich zu einer weiteren Höhle, und dort ruhten sie sich aus. Das Funkgerät funktionierte noch immer nicht, und es war noch dunkler als zuvor.

Der zweite Wanderstock wurde als Fixpunkt eingeklemmt. Diesmal ging es weniger steil bergab, und nach fünfzehn Metern gelang es Tom, den Stock zu lösen, indem er an dem Seil rüttelte. Eine Weile kletterten sie ohne das Seil weiter. Der Tunnel wurde nun breiter und höher. Sie erreichten einen Punkt, an dem sie aufstehen und zu Fuß weitergehen konnten, jetzt knöcheltief im eiskalten Wasser. Das hob die Laune der beiden. Es fühlte sich an wie ein Fortschritt. Tom leuchtete mit der Lampe voraus, und sie sahen, wie sich der Tunnel breit und hoch vor ihnen erstreckte.

»Ich glaube, es wird heller«, sagte Tom nach einer Weile. »Kann sein, dass wir bald an der Kante sind.«

»An der Kante, aber weiter weg vom Rettungsteam«, erwiderte Monty.

Kurze Zeit später war vor ihnen ein Lichtstrahl zu sehen. »Tageslicht!«, rief Tom. Sie waren noch immer aneinandergeseilt, doch jetzt gingen sie nebeneinander, aufrecht im fließenden Wasser. Nach einer Biegung entdeckten sie tatsächlich zwanzig Meter vor ihnen den Ausgang der Höhle und dahinter das strahlende, vielversprechende Tageslicht.

»Hier ist es am gefährlichsten«, warnte Tom. »Wir sollten haltmachen und nach Hilfe rufen.«

Monty löste das Funkgerät von seinem Gürtel, hielt es sich an den Mund und hätte, ganz bestimmt, im nächsten Augenblick den Sprechknopf gedrückt, um etwas hineinzusprechen. Doch genau in diesem Moment ertönte ein lautes Geräusch – ein Donnern wie von schwerer Artillerie auf einem Schlachtfeld. Aus einiger Entfernung. Doch ein Geräusch, das das Eis zu erschüttern schien, auf dem sie standen.

»Was verdammt nochmal war das denn?«, rief Monty aus.

»Keine Ahnung«, sagte Tom. Er hatte ein solches Geräusch auf dem Eis noch nie gehört. »Sprengen die da oben vielleicht irgendwas?« Unwahrscheinlich, doch eine andere Erklärung fiel ihm nicht ein.

BUMM, BUMM

»Die versuchen, uns freizusprengen!«, schrie Monty.

BAAAMM!

Ein gewaltiger Knall. Er erschütterte das Eis so heftig, dass Tom und Monty von den Füßen gerissen wurden.

»Was haben die da oben bloß vor?«, brüllte der Premierminister, sich mühsam aufrappelnd.

BAAAAAAMM!

Diesmal schien die gesamte Höhle zur Seite zu kippen. Monty stürzte nach vorn, die Hände ausgestreckt, um sich abzufangen. Es gibt keine elegante Methode, auf nassem Eis in einer Gletscherhöhle hinzufallen. Er stürzte ungelenk und rutschte in dem Bach nach vorn, bis er ruckartig zum Halten kam, weil Tom an dem Seil zog, das sich jetzt wie eine straffe Nabelschnur zwischen ihnen spannte. Dabei fiel ihm das Funkgerät aus der Hand. Es landete in dem Bach aus Schmelzwasser.

»Scheiße, mein Funkgerät!«, rief er.

Das Funkgerät war offensichtlich so gebaut, dass es nicht unterging, doch diese Eigenschaft, die für jemanden, der es im Meer verlor, lebensrettend hätte sein können, wurde in einem schnell fließenden Bach zum Nachteil. Die Strömung erfasste es und trug es davon.

»Kann man nichts machen«, sagte Tom.

Kurz darauf war es verschwunden.

»Und jetzt?«

Wie zur Antwort auf seine Frage begann das Eis, unter ihren Füßen zu ächzen, als würde ein gigantischer Riese mit dem Fingernagel über eine Kreidetafel kratzen.

»Das klingt nicht gut.«

»Stimmt.«

Der Lärm wurde lauter. Und jetzt war es mehr als nur Lärm. Die gesamte Höhle erbebte und zitterte.

»Wir müssen zum Ausgang. JETZT!«

Eisbrocken stürzten von der Decke. Es regnete Eis. Die Wände zerbrachen.

»LOS!«

Noch immer aneinandergeseilt kletterten und krochen sie, so schnell sie konnten, während sie von oben von einem Trommelfeuer aus herabstürzendem Eis bombardiert wurden. Die Welt schien sich zu bewegen. Wie beim Stapellauf eines riesigen Schiffs rutschte der Gletscher und nahm immer mehr Fahrt auf. Der Lärm war jetzt ohrenbetäubend. Das Eis barst, und es klang, als würde ein ganzes Artilleriebataillon auf einmal feuern.

»Festhalten!«, brüllte Tom.

»Woran denn?« Es gab nichts zum Festhalten, also hielt sich Monty Causley an Tom fest. Der Gletscher fiel schneller als sie. Sie schwebten wie lose Objekte in einem abstürzenden Fahrstuhl, wurden von den Füßen und in die Luft gehoben, und während sie fielen, drehte sich das Eis, und das Sonnenlicht strahlte durch den Ausgang der Höhle von oben auf sie herab. KRACH! Hinter ihnen stürzte das Dach ein.

Ein Moment der Hoffnung. Eine große Fläche blauer Himmel. Sie waren draußen. Tom rammte seinen Wanderstock in einen Eisspalt und brüllte Monty zu: »FESTHALTEN!«

Und dann war die Hoffnung dahin. Der Gletscher kalbte in den Ozean und schlug mit der Masse von einer Million Tonnen im Wasser auf. Ein gigantisches Kalben. Das Eis krachte ins Wasser der Qaanaaq Bay wie ein Supertanker mit Höchstgeschwindigkeit und sandte eine riesige Welle in alle Richtungen aus. Der Aufprall war so gewaltig, dass der gesamte Eisberg sekundenlang unter Wasser verschwand. Für die beiden Männer aus Cornwall war dies eindeutig der gefährlichste Moment überhaupt. Eiskaltes Meerwasser flutete die Höhle, und als sie gerade begriffen, was geschah, wurden sie schon erbarmungslos unter Wasser gezogen und von der eisigen Dunkelheit erfasst. Sie hatten kaum genug Zeit, um noch einmal Luft zu holen. Und sie ertranken, während sich unter ihnen das Eis drehte.

15

Da gab's eine Art Eisbruch

Wer hätte geahnt, dass die kleine Gemeinde Qaanaaq, die vielleicht entlegendste Siedlung auf Erden, einmal im Mittelpunkt einer Nachricht von globaler Bedeutung stehen würde? Ein routinemäßiger Fototermin für einen unter Druck stehenden Politiker hatte sich zu einer Story von gewaltigem Ausmaß entwickelt, die die Aufmerksamkeit sämtlicher Medien auf sich zog, so dass alles andere auf der Strecke blieb. Redakteure von New York bis Sidney rollten hektisch Landkarten auf ihren Tischen aus. Wo verdammt nochmal lag Qaanaaq? Wie bekomme ich eine Crew dahin? Welcher unserer Reporter ist am nächsten dran?

Etwa zwei Kilometer von der Kante des Gletschers entfernt klingelten nur Augenblicke nach dem Verschwinden des Premierministers die Telefone der versammelten Pressevertreter. Journalisten, Fotografen und Kameraleute, die bis gerade nicht im Traum an eine globale Geschichte gedacht hatten, fanden sich auf einmal im Zentrum des Medienstrudels wieder. Redakteure brüllten über das Telefon Reporter an, die sie möglicherweise noch nie getroffen hatten. »Geh da runter!« »Folgt ihnen!« »Findet sie!« Als ein Rettungsteam der Navy zu Fuß zu dem Ort aufbrach, wo die beiden Männer verschwunden waren, folgten ihnen ein Inuit-Suchtrupp, Schaulustige aus Qaanaaq, verschiedene Hunde und eine schlecht vorbereitete, aber nicht minder entschlossene Gruppe von Reportern. Die beiden Spuren von Fußabdrücken im jungfräulichen Schnee verschwanden, als die Menge den Hang hinab zum Gletscher stürmte. Was sie dort vorfand, nachdem sie das Schelfeis erklommen hatte, war eine flache Kuhle, ähnlich einem Meteoritenkrater, und ein Sumpf aus Eis, der ihnen den Weg versperrte.

»Da gab's eine Art Eisbruch«, rief einer von den Navy-Männern unnötigerweise.

Die Menge stand staunend um den Eisbruch herum, und der Schrecken breitete sich immer weiter aus. Zwei oder drei versuchten sogleich, das Kommando zu übernehmen. Ein Grönländer, der wichtig aussah, rief den Schaulustigen aus der Gegend in seiner eigenen Sprache Anweisungen zu. Ein Referent von Premierminister Causley brüllte seinem Team Befehle zu, und der Mann von der Navy war am Funkgerät und sprach nur noch in Akronymen. Die Presse stand wie betäubt da. Ein Mann fing an, aus Ehrgeiz oder Dummheit, mit den Händen im Schnee zu graben. Vielleicht hoffte er, eine verborgene Spalte zu entdecken. Am Rande des Kraters stand Esperanza Mulligan und blickte auf die chaotische Szene hinab, ein merkwürdiges Lächeln auf den Lippen.

»Thomas Horsmith«, sagte sie leise. »Du hast uns aus-
getrickst.« Sie nahm ihr Telefon ans Ohr. »Halten Sie die
Drohnen in der Luft«, sagte sie zu demjenigen, der den
Anruf annahm. »Und holen Sie mir bitte den Vizepre-
mierminister ans Telefon.«

16

Dass die Zerstörung Eis genauso tut

Große Eisberge kalben in der Regel wie widerspenstige Scheiben Brot, die sich vom Brotlaib lösen. Die Scheibe reißt ab und stürzt kopfüber ins Meer. Kleinere Eisberge fallen in großen Brocken aus großer Höhe, als würden Balkone von einem Hochhaus abbrechen. Wäre so etwas mit dem Eisberg geschehen, der mit Tom und Monty darin kalbte, dann wäre es – zumindest für die beiden – anders ausgegangen. Doch es gibt auch sanftere Arten zu kalben. Diese sind seltener, aber überraschenderweise kalben oft die größten Eisberge so. Wenn das passiert, erinnert es weniger an das Abwerfen einzelner Brotscheiben, sondern eher an das Davonschwimmen eines ganzen ungeschnittenen Laibes, weil ein Teil des Gletschers den Halt auf dem Felsen verliert und die nasse Bahn hinunterrutscht wie beim Stapellauf eines Kreuzfahrtschiffs, und auch wenn der Aufprall im Ozean dramatisch aussieht, sind die Auswirkungen auf den abgebrochenen Eisberg selbst oft weniger extrem. Er treibt in fast derselben Lage davon, in der er ins Wasser fällt, weil er zu breit und zu schwer ist, um zu kippen. Durch großes Glück war genau das mit dem Eisberg geschehen, in dem Monty und Tom steckten. Nachdem er wie eine gewaltige Platte ins Meer gestürzt war, tauchte er wieder auf und drehte sich so, dass die schwerere Masse unter Wasser lag, vielleicht so wie ein Doppeldeckerbus mit der Front im Wasser treiben würde.

Wie durch ein Wunder fanden sich Tom und Monty oberhalb der Meeresoberfläche wieder.

Die Krise war vorbei. Fürs Erste. Der Lärm hatte aufgehört. Über ihnen schien erstaunlicherweise die Sonne. Sie waren nur so kurz unter Wasser gewesen, dass zwar ihre Gesichter nass, sie jedoch durch die Arktisanzüge nicht komplett durchnässt waren. Die beiden sahen aus wie schmutziges Treibgut von einem Wrack und lagen wie gestrandete Wale auf einer Fläche aus Eis, zu erschüttert, um sich zu regen.

»Leben wir noch?«

»Ich hoffe.«

Keiner machte Anstalten aufzustehen. Sie warteten auf die nächste Katastrophe. Den nächsten Absturz. Die nächste Eislawine.

Nichts davon trat ein.

Monty setzte sich als Erster auf. »Daraus müssen sie einen verdammten Film machen«, sagte er.

»Und wer würde Sie spielen?«

»Irgendein Hollywood-Megastar. Jemand mit kantigem Kinn und viel Erfahrung in Actionfilmen. Jemand, der mindestens einen Oscar im Schrank stehen hat.«

Tom setzte sich ebenfalls auf und stützte sich auf seinen Händen ab. »Sie stecken das gut weg.«

»Gut? Ich bin gerade von einem Gletscher verschluckt, durch einen Tunnel geschossen, mit Eis bombardiert, eine Klippe in den arktischen Ozean runtergeworfen und in eiskaltes Wasser getaucht worden, und jetzt sitze ich auf einem Eisberg. Es ist ein Wunder, dass es uns noch gibt. So was stecke ich gut weg, schönen Dank.«

Tom hätte fast gelacht. »Sie müssen immer noch zurücktreten«, sagte er.

»Ich will den Job gar nicht mehr. Ich suche mir einen neuen Job, als Berater der Drehbuchautoren«, sagte Monty. »Können wir aufstehen? Wir sind immer noch zusammengebunden.«

Vorsichtig erhoben sie sich. Sie befanden sich auf einer ebenen Fläche aus Eis, einem Plateau, das zu einem steilen, vielleicht einhundert Meter hohen Hang anstieg.

»Haben Sie hier Netz?«, fragte Tom.

Monty klopfte seine Taschen ab und zog sein Telefon hervor. Er verzog das Gesicht. Das Meerwasser hatte sein Werk getan, das Telefon war tot. »Macht nichts«, sagte er. »Jetzt werden sie uns finden.«

»Hoffentlich.«

»Können wir das Seil losmachen?«

Tom blickte auf die Masse aus Eis, die sich über ihnen auftürmte. »Besser nicht«, sagte er. »Noch nicht. Wir müssen noch ein bisschen klettern.«

»Klettern?« Auch Monty blickte den riesigen Eisberg

hinauf. »Wir brauchen nicht zu klettern. Hier sind wir sicher.«

»Aber nicht lange«, sagte Tom. »Der Eisberg fängt an zu schmelzen. Nur langsam, aber eine solche Plattform wird als Erstes abbrechen. Wir sind sicherer, wenn wir so weit wie möglich raufklettern.« Er zeigte auf einen Vorsprung über ihnen. »Da müssen wir hin.«

»Und ich hatte schon gehofft, es sei Schluss mit den Heldentaten.«

»Nicht ganz.«

Noch immer aneinandergeseilt, stiegen sie vorsichtig den Hang hinauf. Es war rutschig, aber nicht sehr anspruchsvoll. Nach einer Weile wurde es zu steil, um weiterzugehen, und sie mussten anhalten. »Hier sollte es sicher sein«, sagte Tom, und Monty sackte auf dem Eis in sich zusammen.

Es war ein heller, klarer Tag. Der Himmel war blau wie ein Gänseei. Das Meer im Sund lag absolut still und schmerzhaft schön da bis zum fernen blassen Horizont, der klare Blick auf einen mit Eisfragmenten überzogenen Ozean – manche groß, manche klein –, Nebenprodukte ihres eigenen kalbenden Eisbergs. Von ihrem Aussichtspunkt aus, dem breiten Vorsprung gut zwanzig Meter oberhalb des Wassers, konnten Tom und Monty eine ganze Flotte von Eisbergen auf dem türkisfarbenen Meer erkennen, von denen ihrer zweifellos der größte war. Nachdem die beiden es sich auf dem Vorsprung bequem gemacht hatten, hielten sie inne, um ganz einfach nur die Aussicht zu bewundern. Sie blickten nach Westen, in Richtung offener Ozean und Kanada, auch wenn sie nicht bis zu den Eisfeldern von Ellesmere Island sehen konnten.

»Was machen wir jetzt?«, fragte Monty, als sie den Ausblick eine Weile genossen hatten.

»Wir sparen uns unsere Kräfte auf und warten, bis wir gerettet werden«, sagte Tom. »Die sollten uns bald finden.«

»Vielleicht waren die Tarnanzüge ein Fehler«, meinte Monty.

»Mit meinem leuchtend orangefarbenen Überlebensanzug wäre ich jetzt auch glücklicher. Aber es spielt keine Rolle. Sie werden uns finden. Achten Sie auf Helikopter, Drohnen oder Schiffe. Und dann winken Sie, was das Zeug hält.«

So erstaunlich es auch klingen mag, das Kalben von Millionen von Tonnen Eis in die Baffin Bay erregte keine größere Aufmerksamkeit unter den Rettern und Schaulustigen, die sich rund zwei Kilometer entfernt um das eingestürzte Schmelzloch herum versammelt hatten. Der Gletscher kalbte schließlich andauernd. Dieses Kalben war nichts Besonderes, abgesehen von seinem ungewöhnlichen Ausmaß. Der Fluss aus Eis bewegte sich mit einer Geschwindigkeit von etwa einem Meter pro Stunde nach Westen. Immer wieder brach etwas ab. Das war unvermeidlich. Es gab dringendere Dinge, mit denen es sich zu befassen galt. Eines dieser Dinge war der kurz zuvor begonnene Versuch, einen Gletscherspalt aufzusprengen, etwa einhundert Meter flussabwärts des Schmelzloches. BUUUMM! Die Explosion hatte tonnenweise Eis und Schnee in die Luft gejagt, und tatsächlich hatte sich der Spalt verbreitert. Eine zweite Sprengladung, tiefer im Spalt, schien das gewünschte Ergebnis geliefert zu haben. Ein tiefes Loch klaffte auf. »Wir bringen einen Mann da runter«, rief der Kommandeur von der Navy, und ein Freiwilliger trat vor. Kurze Zeit später sicherte er sich bereits in dem Spalt. Fast alle Journalisten dort waren zu sehr damit beschäftigt, diese wichtige Rettungsaktion aufzunehmen, um sich mit dem fernen Grollen eines Eisbergs zu befassen, der ins Meer stürzte. »Sie wollen«, sagte eine BBC-Reporterin in eine Kamera, kurz bevor der Eisberg kalbte, »ein Team flussabwärts schicken, um nach einem anderen Zugang zu der Höhle zu suchen, in die allem Anschein nach der Premierminister und Mr. Horsmith gestürzt sind. Die Retter hoffen, einen Weg zu finden, um sich auf der Suche nach den beiden Männern flussaufwärts vorzuarbeiten.«

An der Oberfläche verfolgte ein Team aus Grönländern einen eigenen Plan. Sie würden graben. Mit allen zur Verfügung stehenden Werkzeugen, Eispickeln, Spaten und Schaufeln begannen sie, das lockere Eis wegzuräumen. Jedes Fahrzeug, das am Rande des Tales parkte, war mit solchen Werkzeugen ausgestattet, und schon bald schlossen sich weitere Helfer an. Weil sich die Nachricht vom Unfall in Qaanaaq herumgesprochen hatte, kamen weitere Autos mit Hunden und Werkzeug. Ein Team dänischer Forscher traf mit einem Bodenradar ein, der wie ein knallgelber Rasenmäher aussah, mit Kinderwagenrädern und einem am Griff festgemachten Laptop. Dies stieß auf große Begeisterung. Und einige Leute stolperten über das Eis hinter dem Gerät her.

»Wird es sie finden?«, wollte der Navy-Kommandeur wissen.

»Kommt darauf an, in welcher Tiefe sie sich befinden. Das Ding findet alle Unregelmäßigen unter dem Eis bis zu einer Tiefe von etwa zehn Metern«, erklärte ihm ein Däne mit einem eindrucksvollen Bart.

Zehn Meter. Das klang nicht besonders tief. »Könnten sie noch tiefer abgerutscht sein als zehn Meter?« Diese Frage kam von Esperanza Mulligan.

»Falls ja, sind sie wahrscheinlich tot«, sagte der Däne. »Aber wenn sie Glück hatten, sind sie vielleicht in einem Tunnel gelandet und ein Stück flussabwärts gerutscht. Wir sollten in dieser Richtung suchen.« Er zeigte auf den Ozean.

»Und wenn Sie sie finden?«, fragte Esperanza. »Was dann?«

»Mein Fachgebiet ist, Objekte zu finden, die unter dem Eis begraben sind. Nicht, sie auszugraben«, sagte der Däne. »Aber falls Sie meine Einschätzung interessiert, ich würde einen großen Bagger empfehlen.«

»Gibt es so was in Qaanaaq?«

»Wir sind auf dem Weg hierher an einem vorbeigekommen.«

»Dann fangen Sie an zu suchen«, erwiderte der Mann von der Navy.

»Und informieren Sie uns sofort«, sagte Esperanza. »Wenn Sie sie finden, will ich es vor den anderen wissen.« Sie deutete mit einem Kopfnicken auf die Pressevertreter.

Vom Ozean war ein Grollen zu hören wie das Knurren eines unsichtbaren Bären. Beinahe schien der Boden zu beben. Einige Leute blickten auf, manche mit verängstigter Miene, als habe es sich um ein Erdbeben gehandelt.

»Sieht so aus, als wäre durch Ihre Sprengungen ein Eisberg weggebrochen«, sagte der Däne.

»Müssen wir uns deswegen Sorgen machen?«

»Nein.«

17

Ich war nie bei den Pfadfindern

Auf dem Eisberg schlossen Monty und Tom widerwillig Frieden. Keiner der beiden hatte sich viel bewegt, seit sie sich auf dem Vorsprung niedergelassen hatten. Sie saßen am Fuße eines Eisbruchs, auf einem mit Eisbrocken übersäten Vorsprung, die vermutlich beim Kalben des Eisbergs heruntergefallen waren. Sich überhaupt zu rühren, fühlte sich riskant an. Besser schien es, ruhig sitzen zu bleiben und auf ein Rettungsschiff zu warten. Und so saßen sie da, wenig komfortabel, etwa einen Meter voneinander entfernt, auf der einzigen ebenen Fläche, die sie hatten finden können.

»Darf ich einen Vorschlag machen?«, fragte Monty irgendwann.

»Nur zu.«

»Kennen Sie das noch von den Pfadfindern? Wenn man sich nirgendwo anlehnen kann, lehnt man sich mit dem Rücken aneinander.«

»Ich war nie bei den Pfadfindern«, sagte Tom.

»Trotzdem könnten wir es versuchen. Mein Rücken tut weh.«

»Ich sollte erst mal das Gewehr abnehmen«, sagte Tom.

»Das werden wir jetzt wohl nicht mehr brauchen.«

»Wir könnten es benutzen, um auf uns aufmerksam zu machen. Können Sie es mir abnehmen?«

Monty löste das Gewehr von Toms Schulter und reichte es ihm. Vorsichtig rückten die beiden Männer in Position und lehnten sich zurück. Die Methode funktionierte erstaunlich gut. Unangenehm war nur das soziale Unbehagen, das aus der unwahrscheinlichen Nähe entstand. Tom stellte die Knie auf und legte das Gewehr in seinen Schoß.

»Wie schnell bewegen wir uns?«, fragte Monty.

»Wir treiben mit etwa zwei Stundenkilometern Richtung Süden«, sagte Tom. Er fühlte sich merkwürdig benommen. »Bis zur Diskobucht sind es tausend Kilometer. Bis dorthin würde es etwa zwanzig Tagen dauern.«

»Und was machen wir jetzt?«

»So lange müssen wir nicht warten. Früher oder später werden sie nach uns suchen.«

»Hoffentlich.«

Die Zeit verging nur langsam. Die Welt war still. Sie saßen da und sahen Eisblöcken von der Größe von Bürogebäuden zu, die mit ihnen über das flache Meer trieben. Sie sprachen nicht viel. Das Adrenalin und all die damit verbundenen biochemischen Stoffe, die in der Krisensituation am Morgen ihren Blutkreislauf geflutet hatten, lösten sich langsam auf. Der Puls kehrte auf ein normales Niveau zurück. Das Stresslevel sank.

»Würde es Ihnen etwas ausmachen«, fragte Monty

nach einer Weile, »wenn ich ein Schläfchen machen würde? Nur ganz kurz?«

Das klang wie eine ziemlich gute Idee. Doch Monty hatte zuerst gefragt, und so antwortete Tom: »Legen Sie sich hin. Ich halte Wache.«

»Wecken Sie mich, wenn ein Rettungsteam auftaucht.«

»Mache ich.«

Der ältere Mann zog seine Kapuze eng um seinen Kopf und legte sich mit dem Rücken aufs Eis. »Die Kapuze ist immer noch nass«, beklagte er sich.

»Die trocknet schon wieder.«

»Hoffentlich.«

Tom beugte sich vor und umklammerte seine Knie. Causley lag direkt vor seinen Füßen. Ein Tritt, ging Tom durch den Kopf, und der Premierminister würde von dem Vorsprung fallen, den eisigen Hang hinab und ins kalte Meer.

Ein einziger Tritt.

Warum hasst du ihn so?, hatte Lykke ihn gefragt. An einem Mittsommertag. Vor langer Zeit.

Ich hasse ihn?

Ich glaube schon.

Hasse ich ihn? Er sog die klare, kalte Luft ein. Spielte das überhaupt noch eine Rolle? Sie würden bald hier sein. Die Schlauchboote der Navy würden kommen, und dann wäre alles vorbei. Causley würde zurücktreten. Esperanza wäre erledigt. Toms fünfzehnjähriger Kampf

beendet. Fast. Nur Lykke wäre nicht da, um es mitzu-
kriegen.

Warum hasst du ihn so?

Ich hasse seine Politik, überlegte Tom. Ich hasse ihn,
weil er sich St. Piran als seine Heimatstadt zu eigen
macht, um sich als Mann vom Land darzustellen. Ich
hasse sein Grinsen. Seine Überheblichkeit. Wie er die
Menschen manipuliert. Seine ständige Heuchelei. Ich
hasse ihn, weil er mich einfach so unter Drogen gesetzt
hat, um seine eigene strauchelnde Karriere zu retten. Ich
hasse ihn, weil er in das stürmische Hafenbecken von
St. Piran gesprungen ist, um mich vor dem Ertrinken
zu retten, obwohl ich schon genug Retter hatte, weil er
sie um den Ruhm gebracht und Lykke dem Ertrinken
überlassen hat. Ich hasse ihn, weil er nicht zugibt, dass
er den Klimawandel leugnet, denn das wäre politischer
Selbstmord, und ich hasse seine zynische Umweltpolitik
(mit der er so angibt), die nur minimale Auswirkungen
auf die große Krise hat. Ich hasse ihn, weil er nicht einmal *wahrnimmt*, dass es eine Krise gibt.

Ein Tritt würde reichen.

Er öffnete den Reißverschluss seiner Kapuze und ließ
sie auf seine Schultern fallen. Es war ein warmer Tag,
nach arktischen Maßstäben. Er saß auf einem Eisberg,
einem ziemlich gewaltigen, und trieb im Schritttempo
einen eiskalten Sund in Richtung offenes Meer hinab.
Jede Minute brachte sie weiter von Qaanaaq fort, weiter vom Land, weiter von der Rettung. Sie waren allein.

Von seinem Aussichtspunkt aus war nichts zu erkennen, was auf Menschen hindeutete. Nicht ein einziges Boot störte das stille Wasser. Wo war die *HMS Endurance*? Wahrscheinlich außer Sicht auf der anderen Seite des Eisbergs. Sie hatten vielleicht die Flutwelle, verursacht durch das Kalben, gespürt. Wenn er den Eisberg erklimmen könnte, könnte er vielleicht einen Inuit-Fischer ausmachen und versuchen, seine Aufmerksamkeit auf sich zu lenken. Doch die Wand aus Eis war unbezwingbar.

Wo also waren ihre Retter? Sicher hatte inzwischen jemand vorgeschlagen, flussabwärts nach ihnen zu suchen.

Vor seinen Füßen schien Monty bereits eingeschlafen zu sein. Was für eine Gabe! So schnell einschlafen zu können. Tom versuchte, es sich bequem zu machen. Das war nicht leicht. Jetzt ärgerte er sich, dass sich Monty hingelegt hatte und er sich nirgendwo anlehnen konnte.

Pass auf, dass der Hass dich nicht auffrisst, Tom.

Eine Bewegung in seinem Sichtfeld, weit weg. Was war das? Er schirmte seine Augen mit dem Handschuh gegen die Sonne ab und blickte auf das treibende Eis. Da war es wieder. Kein Retter. Es war eine weiche weiße Form auf einem schwimmenden Brocken Eis. Ein Bär. Tom hatte sie oft hier in der Bucht gesehen. Dieser war weit entfernt. Er stand auf allen vieren, blickte nicht in ihre Richtung, suchte das Wasser nach Fischen oder Robben ab. Ein weiteres Problem. Aber kein dringliches. Tom entspannte sich. Gut möglich, dass sie lange warten mussten.

18

Das könnte peinlich werden

»Das könnte peinlich werden«, sagte Monty Causley. Er war wach, und sie saßen wieder Rücken an Rücken, wie Pfadfinder. »Ich muss mal pinkeln.«

»Der Anzug hat einen Reißverschluss«, sagte Tom. »Ich gucke weg.«

»Könnte sein, dass ich nicht nur pinkeln muss.«

»In dem Fall«, sagte Tom, »schlage ich vor, Sie machen es jetzt, bevor es zu kalt wird.«

Monty kletterte zwischen den Blöcken des Eisbruchs hindurch und fand eine nicht einsehbare Stelle. Einige Minuten später kam er zurück. »Fertig«, sagte er.

Tom nutzte die Gelegenheit und brach zur selben Mission auf. Nach dieser Erleichterung ging Tom vorsichtig den Vorsprung ab, auf der Suche nach einem besseren Rastplatz inmitten der abgestürzten Eisbrocken. Die Oberfläche des Eisbergs schmolz in der Sommersonne, und alles war nass. »Haben Sie Lust auf ein bisschen körperliche Betätigung?«, fragte er Monty, als er zurück war.

»Nicht besonders«, antwortete Monty. »Woran haben Sie gedacht?«

»Hier gibt es eine Menge brüchiges Eis. Ich dachte, wir könnten versuchen, einen provisorischen Iglu zu bauen.«

Der Vorschlag schien Causley nicht zu überzeugen, doch er folgte Tom, und sie sahen sich gemeinsam das Rohmaterial an.

»Vielleicht brauchen wir einen Unterschlupf für die Nacht«, sagte Tom. »Vor allem, falls das Wetter kippt.«

Weil sie weder Messer noch Axt hatten, benutzten sie den Kolben des Gewehrs, um Blöcke aus dem Eis zu lösen, und den Lauf des Gewehrs, um sie zu formen. »Besonders elegant wird es nicht«, entschuldigte sich Tom. »Aber es muss ja nicht lange halten.«

Es war keine leichte Aufgabe. Das nasse Eis rutschte ihnen immer wieder aus den Händen. Eine beinahe fertige Wand fiel in sich zusammen, und sie mussten noch einmal von vorn anfangen. Dann benutzten sie das Gewehr und den Wanderstock als Stützen und zurrten die Wand mit den Seilen fest. Glücklicherweise waren viele der Eisbrocken sehr gleichmäßig abgebrochen und rechteckig. Sie bildeten das Fundament für die Wände.

»Das ist wie eine dieser Team-Building-Übungen an der Uni«, sagte Monty. Ihm schien es beinahe Spaß zu machen.

Das Dach war ein Wunderwerk aus Konstruktionskunst und schierem Glück. Ein perfekter Eisklotz bildete den zentralen Schlussstein. Tom ging auf alle viere und balancierte den großen Eisklotz auf dem Rücken, während Monty kleinere Eisstücke suchte und darum herumbaute. »Das funktioniert niemals«, sagte Monty immer wieder. »Das fällt alles in sich zusammen.«

»Los, weiter«, sagte Tom. »Bevor meine Arme schlappmachen.«

Schließlich war Monty trotz aller Bedenken zufrieden mit der Konstruktion. »Jetzt oder nie«, sagte er. Tom machte sich ganz klein, und das Dach hielt. Es war ein Moment des Triumphs, mit dem sie fast nicht gerechnet hätten. Tom wand sich unter dem neuen Dach hervor, und die beiden Männer rissen jubelnd die Arme hoch.

»Ich hoffe, wir brauchen ihn nicht«, sagte Monty, »aber wenn doch, ist das hier der beste Iglu, den ich je gebaut habe.«

Es wurde bereits kälter.

»Sie haben vermutlich nicht irgendwo einen Schokoriegel in Ihren Taschen versteckt?«, fragte Monty.

»Tut mir leid.«

Sie saugten an Eisstückchen, um ihren Durst zu stillen. »Meine Uhr funktioniert nicht. Was glauben Sie, wie spät es ist?«

»Vielleicht sechs oder sieben Uhr abends.«

Der Eisberg hatte sich auf seiner ruhigen Fahrt langsam gedreht, so dass sie jetzt einen Teil der Landmasse sehen konnten, die sie hinter sich gelassen hatten, eine geisterhafte Silhouette aus weißen Hügeln, die mehrere Kilometer entfernt im Zwielicht des arktischen Sommerabends zu erkennen war. Doch der Anblick hob ihre

Laune nicht, sondern erinnerte sie nur noch deutlicher daran, wie isoliert sie waren. Die Westküste Grönlands ist karg und größtenteils unbewohnt. Die Aussicht auf Rettung schien mit jeder Stunde, die verging, weiter zu schwinden.

»Die werden unter dem Eis nach uns suchen«, sagte Tom. »Früher oder später werden sie merken, dass wir dort nicht sind. Wir müssen einfach nur Geduld haben.«

Es blieb ihnen ja auch gar nichts anderes übrig. Nachdem der Iglu gebaut war, gab es nichts mehr zu tun, außer auf den Horizont zu starren und zu hoffen, dass sie ein Rettungsschiff entdeckten. »Wie viele Patronen haben wir für das Gewehr?«, fragte Tom. »Wir könnten versuchen, mit einem Schuss ein Boot auf uns aufmerksam zu machen, wenn wir eins sehen.«

Monty suchte in seinen Taschen. »Drei.« Er gab sie Tom.

»Ihr Mann wollte mir die nicht anvertrauen«, erklärte Tom. »Er dachte, ich könnte Sie erschießen.«

»Er denkt, jeder will mich erschießen«, sagte Monty. »Keine sehr schmeichelhafte Charaktereinschätzung, aber doch irgendwie beruhigend, da sie von dem Mann stammt, der mich beschützen soll. Jedenfalls brauchen Sie mich gar nicht zu erschießen. Sie könnten mich einfach ins Wasser schubsen. Das würde natürlicher wirken.«

Tom blickte zu Boden, aus Angst, er könnte seine Gedanken preisgeben.

»Das mit Lykke tut mir leid«, sagte Monty.

»Ich weiß.«

»Ich meine es ernst. Es tut mir wirklich leid.«

»Das bringt sie auch nicht zurück.«

»Nein.« Monty schwieg eine Weile. »Ich habe einmal einen Vortrag von ihr gesehen«, sagte er, als die Stille unangenehm zu werden drohte. »Einen Online-Vortrag. Eine dieser Zehn-Minuten-Präsentationen. Ein TED-Talk. Ich hab ihn mir angesehen, als ich mir so viel wie möglich über meine Aufgaben als Umweltminister anzueignen versuchte. Ich hatte keine Ahnung, dass Sie beide ... zusammen sind. Damals.«

Tom seufzte tief. »Den seh ich mir oft an.«

»Ja. Kann ich mir vorstellen. Ich meine ... das würde ich auch.«

»*Wann wird das Eis weg sein?*«, sagte Tom. »Das war der Titel.«

»Ja.«

Die Männer saßen da und blickten auf den Horizont.

»Sie trug ihre Grönland-Tracht«, sagte Monty. »Sie sah toll aus.«

»Inuit-Kleider«, sagte Tom. »Hosen aus Rentierleder und einen Moschusochsenparka. Und Mokassins.«

»Sie sah umwerfend aus.«

»Wie eine Göttin«, sagte Tom.

»Wie eine Göttin.«

In der Nacht fielen die Temperaturen deutlich, obwohl die Sonne hartnäckig oberhalb des südlichen Horizonts blieb. Der Frost war gut für den Iglu, weil dadurch die Blöcke zusammenfroren und das brüchige Eis in stabile Wände verwandelt wurde. Tom und Monty krochen abwechselnd hinein, um zu schlafen, während der andere Wache hielt. Es war eine anstrengende Nacht. Sie waren hungrig, es war unbequem, und sie wurden zunehmend nervös.

Der neue Tag brachte einen Wetterwechsel mit sich. Eine graue Wolke hing tief über ihnen, und es ging ein wenig Wind. Das Meer war unruhiger. »Ich fange uns einen Fisch«, sagte Tom. Er zeigte Monty den Wanderstock. Er hatte ihn zu einem Speer umfunktioniert, indem er den runden Teller abgerissen und stattdessen ein Seil am anderen Ende befestigt hatte.

»Ich bin vielleicht hungrig«, sagte Monty. »Aber nicht hungrig genug für rohen Fisch.«

»Das kommt noch«, sagte Tom. »Warten Sie hier.«

Er kletterte den Hang hinab bis zu der Kante. Es war nicht gerade einfach. Er versuchte, sich vorzustellen, wie der Eisbär es machen würde: still wie eine Statue dastehend, den Blick auf einen kleinen Fleck auf dem Meer fixiert, unendlich geduldig. Das Wasser war klar, doch ein Fisch war nicht zu sehen. Er hielt den Speer über dem Kopf und wartete.

Nach einer Weile tat ihm der Arm weh. Er wechselte die Position. Stand still da. Er hatte Inuit-Fischer in dieser Pose gesehen, wie sie eine Ewigkeit regungslos auf dem Eis ausharrten. Er musste ebenfalls so diszipliniert, genauso fokussiert sein. Er versuchte, eine entspanntere Haltung zu finden, damit sein Arm nicht so schmerzte, winkelte ihn auf Hüfthöhe an. Das war einfacher. Lange Zeit stand er so da. Kein Fisch.

»Und?«, rief Monty von dem Eisvorsprung über ihm.

»Noch nichts.«

In der Ferne wurde sein Blick wieder von der Eisscholle angezogen, auf der der Eisbär gestanden hatte. Er meinte, eine Bewegung gesehen zu haben, doch Tom konnte den Bären nirgendwo ausfindig machen. Gut. Er entspannte sich ein wenig und entdeckte zu seiner Überraschung einen Fisch. Reflexhaft warf er den Speer. Er verfehlte sein Ziel um fast eine Armeslänge. Egal. Es würde ein weiterer Fisch kommen.

Es kam kein weiterer Fisch. Nicht nach einer und auch nicht nach zwei Stunden. Allmählich begann Tom, sogar in seinem Schneeanzug zu frieren. Er entschied, den Versuch abzubrechen. »Kein Glück gehabt«, erklärte er Monty, als die beiden wieder auf ihrem Vorsprung saßen. Monty war nicht untätig gewesen. Er hatte aus Eisklumpen zwei Sitze geformt – mit Lehnen für den Rücken und sogar für die Arme. Einer zeigte Richtung Nordwesten, der andere nach Südosten.

»So können wir beide Ausschau halten und gleichzeitig bequem sitzen«, sagte Monty.

»Danke.« Das schien Tom die richtige Antwort zu sein.

»Ich sag Ihnen was«, erwiderte Monty. »Ich bin so hungrig, dass ich jetzt sogar rohen Fisch essen könnte.«

Beide lachten. Tom ließ sich auf seinem frisch gebauten Sessel nieder. »Sehr bequem«, erklärte er.

Irgendwo außerhalb ihres Sichtfeldes, östlich des Eisbergs, in weiter Ferne, hörten sie das unverwechselbare Geräusch eines Helikopters. Mehrerer Helikopter.

»Die müssen aus Nuuk hergeflogen sein«, sagte Tom, »um bei der Suche zu helfen.«

»Wissen Sie, was wir brauchen?«, fragte Monty. »Farbe«, sagte er. »Wenn wir Farbe hätten, könnten wir ein riesiges SOS aufs Eis malen.«

»Ich lauf kurz zum Baumarkt«, sagte Tom. »Welcher Farbton soll's sein?«

Die Sonne stand noch immer am Himmel, doch es war Abend. Eine schwere Müdigkeit hatte eingesetzt. Tom ging als Erster in den Iglu. Er schlief nicht. Zu viele ängstliche Gedanken gingen ihm durch den Kopf. Er schloss die Augen und zwang seinen Körper, sich zu entspannen, und für kurze Zeit befolgten seine müden Glieder seine Anweisung. Doch dann war er wieder wach. Er kroch durch den Tunnel und sah, dass Monty nicht in seinem Sessel saß.

»Mr. Causley?«

»Hier bin ich!« Monty winkte von dem tiefer gelegenen Plateau. Er hatte ein Stück Seil genommen und ein

H daraus geformt. »Für die Hubschrauber«, rief er. »Was sagen Sie?«

»Gute Idee.«

Es war *tatsächlich* eine gute Idee.

»Brauchen Sie Hilfe?«

»Nein. Ich denke, ich bin fertig.«

Jetzt legte sich Monty in den Iglu, und Tom war wieder allein. Die Sonne stand tief am Horizont. Der Wind wurde kräftiger. Tom zog sich die Kapuze ins Gesicht. Er musste Wache halten. Er würde nicht einschlafen.

Und dann war es plötzlich Morgen. Er wurde geweckt, weil Monty Causley mit knirschenden Schritten über das Eis auf ihn zukam.

»Sind Sie eingenickt, alter Junge?«, fragte Monty ihn.

»Sieht ganz so aus.«

»Schön. Das hat uns beiden gutgetan. Ich war gerade pinkeln. Ich habe inzwischen so eine schwache Blase. Einer der vielen Nachteile des Älterwerdens, fürchte ich.«

»Stimmt«, sagte Tom.

»In der Nacht muss es mächtig kalt gewesen sein«, meinte Monty. »Der Iglu ist zu einem massiven Klumpen Eis gefroren. Wollen Sie jetzt mal rein?«

»Nein danke. Ich komme zurecht«, sagte Tom. Er hatte ein schlechtes Gewissen, weil er eingeschlafen war.

»Darf ich Ihnen Frühstück anbieten? Pochierte Eier mit Muffins, eine krosse Scheibe Toast mit einer dicken Schicht Orangenmarmelade und eine Tasse kräftigen English Breakfast Tea?«

»Für mich bitte Kaffee«, sagte Tom und erhob sich. »Und dazu Haferflocken mit Honig.«

»Eine sehr gute Wahl, Sir, wenn ich das sagen darf.«

Tom konnte sich ein Lachen nicht verkneifen. Er nahm den Speer. »Ich versuch's noch mal mit Angeln«, verkündete er.

»Wohlan«, sagte Monty. »Ich verbleibe im Büro und regiere derweil das Land. Ihr Einverständnis vorausgesetzt.«

»Nur zu.«

Plötzlich hatten sie sich ganz zwanglos unterhalten. Die Angespanntheit, die ihre Gespräche seit Montys Geständnis am Vortag geprägt hatte, schien sich wie der Morgennebel aufgelöst zu haben. Tom kam diese neue Leichtigkeit sehr gelegen. Er machte sich auf den Weg den Hang hinunter, und durch unerwartetes Glück fing er nach etwa zwanzig Minuten einen Dorsch. Ein riesiges Exemplar. Mit viel Mühe zog er ihn an Land. Durch den Erfolg ermutigt und weil noch viele weitere Fische zu sehen waren, erwischte er einen zweiten, doch dies schien den Schwarm alarmiert zu haben, und die anderen verzogen sich, bevor er einen dritten fangen konnte. Doch die beiden Fische hatten eine beachtliche Größe. Monty lobte Tom überschwänglich.

»Mein Gott, die sind ja riesig«, sagte er. »Der da sieht aus wie eine Robbe. Ein Koloss ist das. Ich wusste gar nicht, dass Dorsche so groß werden. Was die wohl wiegen?«

»Wahrscheinlich fünfundzwanzig Kilo oder so«, sagte Tom. »Jeweils.«

»Du meine Güte! Das ist so schwer wie ein ausgewachsener Spaniel«, erklärte Monty. »Davon können wir uns einen Monat lang ernähren.«

Sie zerbrachen das nutzlose Mobiltelefon und verwendeten ein Stück des Gehäuses als Messer, um den Fisch zu zerlegen. Es war eine blutige und mühsame Angelegenheit, doch sie hatten alle Zeit der Welt. »Wir sollten nur den einen zerteilen«, sagte Tom. »Und uns den zweiten für den Notfall aufsparen.«

Als sie fertig waren, lag ein großer Haufen weißer Fleischstreifen vor ihnen.

»Die leg ich besser ins Gefrierfach, oder?«, sagte Monty. Er breitete die Streifen auf dem Eis aus und bedeckte sie mit einer Handvoll Eisstückchen. »Morgen gibt es verharschten Dorsch mit Zitrone und Knoblauch und dazu angeschwitzte Kartoffeln an Erbsenpüree. Und heute Dorsch-Tatar ohne die Tatarsauce.« Er ließ ein Stückchen Fisch über seinem Mund baumeln. »Wollen wir, mein junger Freund Horsmith?«

»Ich denke schon.« Tom nahm sich ein Stück.

»Auf ex.«

»Prost.«

Sie saßen auf ihren Eissesseln und blickten aufs Meer hinaus. Der Himmel war grau. »Wie weit sind wir wohl schon getrieben?«

»Vielleicht fünfzig Kilometer.«

Beide nahmen sich ein zweites Stück Dorsch. »Nicht annähernd so übel, wie man denken würde«, meinte Monty. »Eine weitere Lebenserfahrung für die Autobiographie, was?«

»Die Autobiographie?«, wiederholte Tom.

»Jeder Premierminister schreibt eine. Das wird so erwartet.«

»Und was wird darin stehen? Werden all Ihre großen Leistungen aufgelistet? Wird erklärt, warum Sie sich zum Rücktritt entschieden haben?«

Jetzt folgte eine kurze Denkpause. »Ich hoffe schon«, sagte Monty. »Ich will, dass es ehrlich ist. Aber – und ich weiß, das ist nicht einfach für Sie, Tom – ich würde nicht wollen, dass irgendwelche blöden Fehler das Ganze überschatten.«

»Für Lykke hat es alles überschattet«, sagte Tom.

»Und ich erwarte auch nicht, dass Sie das vergessen. Bloß dass Sie eine andere Perspektive zulassen. Das ist alles. Ich habe versucht, mein Bestes für unser Land zu geben, Tom. Wirklich. Das habe ich. Ich weiß, wie die Opposition mich darstellt, und ich weiß, was man im Netz über mich sagt. Aber ich habe mich bemüht, ein guter Premierminister zu sein. Ich bin stolz auf die Dinge, die wir erreicht haben.«

»Sie müssen keinen Wahlkampf machen, Mr. Causley«, sagte Tom. »Meine Stimme bekommen Sie nie.«

»Nein. Vermutlich nicht.« Wieder schwiegen sie.

»Was ist mit der Border Force? Das war meine Initiative. Kam sehr gut an. Grundeinkommen für alle über fünfzig? Das hat mir viele Stimmen eingebracht. Eine Obergrenze für Parkgebühren in Höhe von fünfzig Pence die Stunde?« Diese Liste zählte Monty sicherlich nicht zum ersten Mal auf. »Kostenlose Notversorgung für Kinder und Rentner.«

»Stopp!« Tom hob die Hand und schüttelte entschieden den Kopf. »Sie verstehen es nicht, oder, Sir? Das alles ... ist nutzlos. Nichts von diesen Sachen macht einen Unterschied.«

»Gut.« Jetzt hob Monty die Hand. Er war noch nicht fertig. »Meeresschutzgebiete. Die müssen Sie doch gutheißen.«

»Das tue ich«, sagte Tom. »Aber die Meeresschutzgebiete haben Sie von Ihrem Vorgänger übernommen. Sie haben sie nur erweitert. Und auch das nur ein bisschen. Und Sie verstehen es *immer* noch nicht, Herr Premierminister. Die Geschichte wird Sie nicht danach beurteilen, wie Sie mit einer Gruppe von Geflüchteten zurechtgekommen sind. Niemand wird am Parliament Square eine Statue für Sie aufstellen, weil Sie das Parken billiger gemacht haben. Mein Gott, Monty, wenn das die Dinge sind, mit denen Sie in Ihrer Autobiographie angeben wollen, dann werden sich die Leute in zweihundert Jahren fragen: *Wie kann er das bloß so falsch eingeschätzt haben? Wie kann ihm eine so große Krise entgangen sein, die jedem einzelnen Menschen auf diesem Planeten die nächsten hunderttausend Jahre Leid und Elend bereiten wird?* Die Geschichte wird auf diese Zeit zurückblicken, und es wird nur ein einziges politisches, ein alles überschattendes Narrativ geben – ein Monsterthema, das eine Milliarde Mal größer und verheerender ist als jede der nichtigen Krisen, mit denen Ihre Regierung sich befasst hat. Und das eigentliche Versagen besteht darin, dass Sie ganz genau wissen, worin diese Krise besteht. Sie haben bloß zu viel Angst, es zuzugeben. Und wissen Sie, was? Die Geschichte wird Sie deswegen verurteilen, Mr. Causley. Sie werden als ein großer Schurke in die Geschichte eingehen.«

»Und welches besondere Verhältnis zur Geschichte pflegen Sie, dass Sie schon jetzt wissen, wie man mich einmal beurteilen wird?«, zischte Causley ihn an. »Ich habe Geschichte studiert. Sie Vulkane. Wissen Sie, was? Sie sollten sich nicht auf eine Diskussion einlassen, wenn Sie die Geschichte nicht kennen.«

Tom lachte sarkastisch. »Sie haben recht. Ich bin kein großer Historiker. Ich könnte die Abfolge der Plantagenet-Könige nicht aufzählen oder sagen, wer Erzherzog Ferdinand erschossen hat. Aber ich will Ihnen eine Geschichte erzählen, mit der ich mich auskenne. Haben Sie ein wenig Zeit?«

Monty seufzte. »Wenn's sein muss.«

»Es muss sein. Ich nenne sie *Die äußerst seltsame Geschichte von den fehlenden Tierchen.* Unterbrechen Sie mich, wenn Sie sie schon einmal gehört haben.«

»Ich glaube nicht.«

»Okay«, sagte Tom. Er stand aus seinem Sessel auf und sah den älteren Mann an. »Also, es ist eine Geschichte von zwei extrem merkwürdigen Dingen, die vor langer Zeit passiert sind – und einer noch merkwürdigeren Sache, die *nicht* passiert ist. Die erste merkwürdige Sache ist vor etwa dreihundertsechzig Millionen Jahren geschehen.«

»Okay, ich steige jetzt schon aus«, unterbrach ihn Monty. »Sie können eine Geschichte nicht vor dreihundert Millionen Jahren anfangen lassen.«

»Vor dreihundert*undsechzig* Millionen Jahren«, korrigierte ihn Tom.

»Egal. Das hat mit Geschichte nichts zu tun. Das ist nicht die Geschichte der Menschheit.«

»Hören Sie mir ein paar Minuten zu, dann werden Sie sehen«, insistierte Tom. »Vor dreihundertundsechzig Millionen Jahren war die Welt viel heißer als heute. Wir haben Angst, die Welt könnte sich um drei Grad erwärmen. Vielleicht sogar um vier. Aber damals lag die globale Durchschnittstemperatur um fünfzehn Grad höher als heute. Der Planet war also heiß. Richtig heiß. Sie haben recht, das ist keine Geschichte über Menschen. Sie hätten damals nicht überleben können. Zwischen, sagen wir mal, Nordeuropa und Südafrika. Die Hitze hätte uns umgebracht. Die Erde war kein angenehmer Ort. Und außerdem gab es nirgendwo Eis. Nicht einmal an den Polen.« Tom deutete auf das Eis um sie herum.

»Der Pegel der Ozeane war viel, viel höher als heute, möglicherweise siebzig Meter, und jetzt kommt der entscheidende Punkt – damals war achtmal so viel Kohlendioxid in der Atmosphäre, und das war der Killer.« Er hielt einen Moment inne. »Die Erde war das perfekte Treibhaus«, sagte er. »Na ja, jedenfalls war das die Situation, als die erste merkwürdige Sache passierte.« Tom wandte sich Monty zu. »Die Pflanzen entwickelten ein neues Material«, sagte er. »Wir nennen es ... Holz.« Er blickte sich um und tippte zur Veranschaulichung auf den Kolben des Gewehrs. »Holz«, wiederholte er, lauter diesmal. »Eine erstaunliche Sache. Wir sind so vertraut damit, dass wir gar nicht sehen, wie verblüffend es ist. Es hat zwei komplexe neue Polymere in die Welt eingeführt, Zellulose und Lignin. Und es war absolut revolutionär. Zum einen war es unglaublich stabil. Zum ersten Mal überhaupt konnten Pflanzen in die Höhe wachsen. Und das taten sie auch. Riesige Baumfarne wurden bis zu fünfzig Meter hoch, so hoch wie ein fünfzehnstöckiges Gebäude. Und bevor man es sich versah, war alles mit Wäldern bedeckt. Sogar hier.« Er deutete auf die Hügel in der Ferne. »Die ganze Welt. Es gab Milliarden von Bäumen. Billionen. Riesige Bäume. Die Erde wurde zu einem einzigen gewaltigen Wald, von der Arktis bis zur Antarktis. Das hätte ich wirklich gerne gesehen.«

Tom wandte den Blick ab, als wolle er Monty dazu einladen, sich diese seltsame Welt von vor dreihundertundsechzig Millionen Jahren auszumalen. »Die nächste merkwürdige Sache«, fuhr er fort, »war die, dass nichts weiter passierte. Und zwar gab es nichts, was dieses Holz hätte fressen können. Bakterien konnten es nicht verdauen. Nichts konnte das. Aus Sicht der Mikroben hätte dieses neue Material genauso gut Stahl sein können. Sie konnten nichts damit anfangen. Und deshalb verrottete kein einziger Baum. Stellen Sie sich das vor. Billionen Bäume weltweit, und wenn sie starben, fielen sie einfach um und blieben liegen. Jahr um Jahr, jahrhundertelang, jahrtausendelang stapelten sich diese Bäume.« Tom demonstrierte es mit seinen Händen. »Millionen von Jahren vergingen. Stellen Sie sich vor, die Pflanzen heute würden Plastik statt Holz bilden. Dann würde dasselbe noch einmal passieren. Es würde durch nichts verrotten, und sie würden sich endlos anhäufen. Genau das geschah im Karbonzeitalter. Es war kein Platz da für die toten Bäume. Es war der reine planetarische Wahnsinn. Man würde denken, dass die Bakterien schon eine Möglichkeit finden würden, das ganze Holz zu verarbeiten. Oder vielleicht ein Pilz. Oder eine Termite. Oder etwas Ähnliches. Irgendwas! Doch offenbar war das eine unvorstellbar schwierige Aufgabe, denn nicht ein einziges Lebewesen schaffte es.« Wieder hielt Tom inne. »Das war das Rätsel der fehlenden Tierchen. Wo blieben sie bloß?

Jedenfalls wurde es nach ein paar Millionen Jahre langsam ernst. Verstehen Sie, all diese Bäume brauchten Kohlendioxid, und das wurde allmählich knapp. Der

Großteil des CO_2 war in gewaltigen, monumentalen Bergen nicht zersetzter Baumstämme gebunden. Nach sechzig Millionen Jahren schien es sogar, als gehe es mit dem Planeten Erde zu Ende – und so hätte es auch ganz leicht kommen können. Nicht nur herrschte überall eine gefährliche CO_2-Knappheit, durch den Wegfall des Treibhausgases wurde es auch sehr viel kälter. Das Klima wurde erträglicher. An den Polen bildeten sich Eiskappen. Und Eis reflektiert Wärme wie ein Spiegel. Das kühlte alles noch weiter ab. Allmählich bildete sich ein halbwegs angenehmer Planet, auf dem man leben konnte. Und dann geschah irgendwann etwas völlig Neues. Stratocumulus-Wolken bildeten sich. Die hatte es vorher nicht gegeben. Und die Wolken machten die Welt noch ein wenig kühler.

Aber überlegen Sie mal. *Sechzig Millionen Jahre!* Das ist langsam für die Evolution. Es hat nur sechzig Millionen Jahre gedauert, bis aus den allerersten Säugetieren die ersten Menschen wurden. Und doch fand sechzig Millionen Jahre lang nichts einen Weg, Zellulose zu zersetzen. Nichts! Wie seltsam das ist, oder?

Und dann, auf einmal, hey presto ...«, Tom wedelte mit der Hand, als halte er einen Zauberstab, »geschah die dritte merkwürdige Sache. Vor dreihundert Millionen Jahren tauchte eine Mikrobe auf, die die Lösung für das Problem hatte. Wir haben keinen Namen für sie, was eine Schande ist, weil wir ihr wirklich Statuen bauen und Straßen nach ihr benennen sollten. Denn dieses kleine

Lebewesen hat die Welt gerettet. Wortwörtlich. Und von diesem Augenblick an verrottete oder verbrannte jeder sterbende Baum, und das CO_2 gelangte zurück in die Atmosphäre, in einem wunderbar ausgewogenen Zyklus. Und das geschieht noch heute, wenn ein Baum stirbt. Wenn das Holz nicht zufällig der Rahmen der *Mona Lisa* ist oder man es in Kohle verwandelt und vergräbt, wird Holz irgendwann gefressen oder verbrennt, und jedes Kohlenstoffatom, das darin gebunden ist, gelangt zurück in die Atmosphäre, bereit, neue Bäume zu ernähren. Das ist ein wunderbares Gleichgewicht. Doch wir verdanken unser gemäßigtes Klima nicht nur diesem kleinen Lebewesen, das *gerade noch rechtzeitig* herausgefunden hat, wie sich Holz verdauen lässt, sondern auch den sechzig Millionen Jahren, in denen nichts dazu in der Lage war. Denn in all dieser Zeit wurden Bäume unter dem Gewicht umstürzender Wälder begraben, trockneten aus und wurden zu Kohle, und dieses ganze CO_2 wurde aus der Atmosphäre genommen, und nichts isst Kohle. Und während all das passierte, wurden winzige Meereslebewesen in Öl und Gas verwandelt, und auch diese Dinge konnte nichts verdauen, und auch das half, Kohlenstoff aus der Luft zu binden. Es war ein unglaubliches Geschenk an das Universum. Obwohl Sie Historiker sind, kennen Sie diesen Teil der Geschichte nicht, der das Außergewöhnlichste in der gesamten Geschichte darstellt. Von all den unfassbar unwahrscheinlichen Dingen, die diesem Planeten widerfahren sind, ist das vermutlich das

Erstaunlichste. Wenn Sie mal einen Film sehen, in dem Astronauten auf einem Planeten mit perfektem Klima landen, fragen Sie sich, wo all der Kohlenstoff steckt. Denn das ist nirgendwo sonst passiert. Uns wurde ein perfektes Klima geschenkt. Nicht zu heiß. Nicht zu kalt. Und das verdanken wir alles unserem guten Freund, dem Karbonzeitalter.«

»Sehr interessant«, sagte Monty.

Tom nickte. »Aber die Sache ist die«, sagte er. »Nachdem die Mikroben erst einmal gelernt hatten, wie man Holz verdaut, konnten sie es nicht mehr verlernen. Also, als Gott Adam im Garten Eden die Herrschaft über die Welt anvertraute, muss das der Deal gewesen sein: *Wenn dir das Klima so gefällt, wie es ist, verbrenn keine Kohle und kein Öl. Denn wenn du das tust, gibt es kein Zurück mehr.* Und das, Herr Premierminister Causley, ist der Vertrag, den wir seit zweihundert Jahren fleißig brechen. Und deshalb wird die Geschichte sagen, Sie haben gar nichts getan. Wir sind Frösche in einem Kochtopf. Wir alle. Wir haben nie gemerkt, dass das Wasser immer wärmer wird. Und jetzt ist es fast zu spät, um noch rauszuhüpfen. In diesem Jahr verlieren wir ein Prozent unserer Korallenriffe. Kein Problem. Damit können wir leben. Nächstes Jahr verlieren wir ein weiteres Prozent. Hey. Kein Ding. Und dann noch eins. Und noch eins. Und in hundert Jahren sind sie weg, und wir haben nichts getan. Nicht nur Korallenriffe. Die Polkappen. Wälder, Wiesen. Sie sind der Fahrer eines Busses, Mr. Causley, eines Busses

voller Menschen, und der Bus steht auf einem Bahnüber-
gang, und ein riesiger Güterzug kommt auf Sie zugerast,
und Sie haben kostbare Sekunden damit vergeudet, den
Rückspiegel einzustellen.«

19

Zum Frühstück gab
es gefrorenen Fisch

Es war der dritte Tag auf dem Eisberg; zum Frühstück gab es gefrorenen Fisch.

»Ich bekomme Magenschmerzen«, sagte Monty ängstlich, als er die kalten Filets herunterschluckte. Er sah blass aus. »Ich habe nicht viel geschlafen. Und Sie?«

»Wir brauchen einen neuen Plan«, sagte Tom. Er war unten auf dem Plateau gewesen und mit besorgter Miene zurückgekehrt. »Wir schmelzen schneller, als ich gehofft habe. Wir können nicht höher klettern, und in ein oder zwei Tagen könnten wir im Wasser sein.«

»Wirklich? Ich fand es ziemlich kalt letzte Nacht.«

»Aber das Meer ist warm«, sagte Tom. »Es hat wahrscheinlich zwei oder drei Grad. Das Eis unter dem Wasser schmilzt.«

»Vielleicht werden wir ja heute gerettet.«

»Wenn wir Glück haben.«

Monty wechselte in den Tonfall des Premierministers. »Ich habe mich gefragt, ob wir nicht vielleicht etwas anderes ausprobieren sollten«, sagte er. »Bisher ist noch niemand gekommen. Die sprengen sich wahrscheinlich immer noch blind einen Weg in den Gletscher, und

währenddessen sind wir schon hundert Kilometer entfernt.«

»Was schlagen Sie vor?«

»Gucken Sie.« Monty zeigte auf den Ozean. »Sehen Sie sich das schwimmende Eis an. Wir sollten uns
ein Stück suchen, ein flaches Stück Meereis, ungefähr
so groß wie ein kleines Boot. Ein Stück, das uns beide
trägt. Wir finden schon einen Weg, es heranzuholen. Wir
springen drauf, und dann paddeln wir zurück an Land,
mit dem Gewehr als Paddel.«

Tom quittierte den Vorschlag mit einem Stöhnen.
»Diese Idee bringt so viele Probleme mit sich, dass ich
gar nicht weiß, wo ich anfangen soll«, sagte er.

»Nämlich?«

»Na ja, erstens: Wie kommen wir an ein schwimmendes Eisboot heran? Das wird nicht einfach. Wir können
nicht einfach eins mit dem Lasso einfangen. Zweitens:
Wir sollen draufspringen? Im Ernst? Wir würden mit
großer Wahrscheinlichkeit kentern und im Meer landen.
Es sei denn, es ist riesig, aber wie sollen wir dann paddeln? Außerdem reichen diese Platten tief ins Wasser.
Drittens: Selbst wenn es funktionieren sollte, wie weit
sind wir inzwischen von der Küste Grönlands entfernt?
Wir wissen es nicht. Aber es könnten zwanzig Kilometer
oder mehr sein, und ich glaube nicht, dass man auf einem großen Eisblock mit einem Gewehr so weit paddeln
kann. Und wenn wir die Küste doch erreichen sollten,
was würden wir dann machen? Wir wären Hunderte Ki-

lometer von jeder Siedlung entfernt. Ich glaube, Sie haben das nicht ganz zu Ende gedacht, Monty.«

Der Premierminister reagierte ernüchtert. »Ich weiß, es wird nicht einfach«, sagte er. »Aber wenigstens würden wir etwas tun, statt nur rumzusitzen und auf eine Rettung zu warten, die vielleicht nie kommt.«

Nachdenklich erwiderte Tom: »Etwas Gutes steckt in Ihrer Idee.«

»Und zwar?«

»Ein Rettungsboot wäre schon nützlich. Falls wir an einer Insel vorbeitreiben, zum Beispiel, oder dieser große Eisberg zerbrechen sollte.«

»Na also«, sagte Monty. »Ich wusste, es ist eine gute Idee.«

»Okay«, sagte Tom, »versuchen wir, uns ein Eisboot zu angeln.«

Sie kletterten den Hang bis zum Plateau hinunter. Monty rollte das Seil zusammen, mit dem er den Helikopterlandeplatz markiert hatte. Dann machte Tom es an einem Brocken Eis von der Größe eines Basketballs fest, und die beiden Männer stellten sich an den äußersten Rand des Plateaus, um nach potenziellen Rettungsflößen zu suchen. Es gab genügend Eisstücke, doch die meisten Brocken des Gletschers waren von der Größe oder der Form her ungeeignet, und das Meereis schien nie in Wurfreichweite zu sein. »Nur um die Technik zu testen«, rief Tom. Er schwang den Klotz aus Eis über seinen Kopf und warf ihn in Richtung einer schwimmenden Eisplatte ungefähr zwanzig Meter entfernt. Er hatte gut gezielt, doch das Eis zerschellte beim Aufprall.

Monty lachte auf. Und auch Tom lachte.

Sie holten das Seil wieder ein und suchten sich ein neues Stück Eis. Diesmal warf Tom das Seil nicht so hoch, doch das Ziel war zu weit davongetrieben, und er traf nicht. Eine ganze Weile lang trieben keine geeigneten Kandidaten mehr vorbei.

Monty verlor das Interesse an dem Unterfangen. »Vielleicht war es doch keine so gute Idee«, sagte er. Er kletterte wieder auf ihren Vorsprung und setzte sich in seinen Sessel.

Gegen Mittag legte Tom eine Pause ein. Sie schluckten ein paar Fischstreifen und saugten an Eisstücken.

»Wissen Sie, was?«, sagte Tom. »Wir haben unsere Wette halb hinter uns. Wussten Sie das? Fünfundzwanzig Jahre sind um. Fünfundzwanzig bleiben noch.«

»Früher dachte ich, es wäre gut, es abzublasen«, sagte Monty. Er lag jetzt flach da, auf einer Matratze aus zerstoßenem Eis, und blickte in den grauen Himmel hinauf. »Heute bin ich mir nicht mehr so sicher.«

»Warum?«

»Ich glaube, die Welt hat es vergessen. Ich weiß nicht, ob wir sie daran erinnern sollten. Heute werde ich nie mehr danach gefragt. Nicht mehr seit ... na ja, seit dem Sturm.«

»Und doch war es einmal so wichtig für Sie, dass Sie

mich unter Drogen gesetzt haben und Lykke haben sterben lassen.«

»So war das nicht, Tom. Das wissen Sie.«

Sie stießen mit frischem Packeis zusammen. Es krachte, als der Eisberg mit einem Block Eis von der Größe eines Einfamilienhauses kollidierte. Eisklumpen brachen ab und fielen ins Meer. Monty setzte sich auf und zeigte nach unten. »Neue Eisboote für uns«, sagte er.

»Wie wäre es«, schlug Tom unvermittelt vor, »wenn wir uns jetzt die Hand geben und die Wette beenden?«

»Ich weiß nicht«, sagte Monty. »Stellen Sie sich vor, wir überleben all das hier. Na ja, das würde die Story noch ein bisschen aufpeppen, meinen Sie nicht?«

»Das ist das Ganze hier für Sie? Eine Story?«

»Alles ist eine Story, Tom. Irgendwann wird es ein historisches Ereignis in den Geschichtsbüchern sein. Vielleicht entsteht sogar ein Film. Sie und ich auf diesem Klotz aus Eis. Egal, ob wir überleben oder nicht. Und wenn wir überleben … na ja, dann braucht es ein bisschen Pep, meinen Sie nicht?« Monty starrte auf den Horizont, als plötzlich etwas seine Aufmerksamkeit erregte. »Was zum Teufel ist das?«

»Was?« Tom folgte seinem Blick. »Ach. Das ist unser Freund, der Eisbär. Er folgt uns schon seit zwei Tagen.«

»Sie haben ihn schon gesehen?«

»Er jagt von der Eisscholle aus nach Robben. Ich habe gesehen, wie er nach Nahrung gesucht hat.«

»Ich dachte, Eisbären seien so gut wie ausgestorben«, sagte Monty.

»Sie sind vom Aussterben bedroht«, erwiderte Tom. »Das Packeis ist ihr Lebensraum, und es schmilzt. Die Meere sind extrem überfischt, deshalb sind die Robbenbestände dramatisch geschrumpft, und die Eisbären müssen hungern. Zum Glück gibt es noch ein paar wie unseren Freund hier.«

»Ist er gefährlich?«, fragte Monty.

»Gefährlich?« Tom hob die Augenbrauen und grinste. »Wenn Sie meinen, ob er hierherkommt und und auffrisst, würde ich sagen, eher nicht. Er hat uns längst bemerkt. Er wittert seine Beute aus mehr als fünfzehn Kilometern Entfernung, und er hat kein Interesse an uns gezeigt. Noch nicht. Aber wenn Sie meinen, ob er ein gefährliches Tier ist, na ja, viel gefährlicher geht's nicht. Er ist ein Spitzenprädator. Sehr groß. Unglaublich stark. Absolut tödlich. Falls er beschließen sollte, uns zu fressen, hätten wir keine Chance.«

Monty schüttelte den Kopf. »Doch, hätten wir«, sagte er. Er zeigte auf Toms Hand. »Wir haben das Gewehr.«

Das brachte Tom zum Lachen. »*Ich* habe das Gewehr«, stellte er klar. Er hielt es hoch. »Damit werden wir ein Schiff auf uns aufmerksam machen und *nicht* einen gefährdeten Bären erschießen.«

Monty sah ihn mit offenem Mund an. »Es sei denn, er greift uns an. Dann müssen wir es tun.«

»Nein, müssen wir nicht.«

»Wenn ich Sie jetzt ernst nehmen würde ...«

»Ich meine es ernst.« Tom zog das Gewehr weg. »Das habe ich schon Ihrem Personenschützer gesagt, als er mir die Waffe gegeben hat. Dass ich damit niemals auf einen Bären schießen würde.«

»Aber warum haben wir es dann?«

»Keine Ahnung. Wahrscheinlich weil das Gewehr auf meinem Rücken uns beide machomäßiger hat aussehen lassen.« Tom hob die Stimme. »Ich würde zögern, bevor ich eine Robbe erschieße. Aber ich würde es tun, wenn wir unbedingt etwas zu essen bräuchten und die Robbe unsere letzte Hoffnung wäre. Aber sehen Sie sich ihn an.« Tom gestikulierte in Richtung des Bären. »Er ist prachtvoll. Der Höhepunkt der Evolution. Fühlt sich im Meer und an Land gleichermaßen wohl. Er kann eine Woche lang im eisigen Wasser schwimmen, das uns schon nach zehn Minuten umbringen würde. Ein außergewöhnliches Tier. Ich habe schon fast hundert Kilometer vom Land entfernt Bären gesehen. Das scheint ihnen gar nichts auszumachen. Er könnte in null Komma nichts herüberschwimmen und auf die Spitze des Eisbergs klettern, das wäre gar kein Problem für ihn.«

»Dann hoffe ich, dass er es nicht versucht.«

»Hoffen Sie mal«, sagte Tom. »Denn ich habe nicht vor, auf ihn zu schießen.«

Es wurde wärmer. Die Wolken lösten sich auf, als die Sonne höher stieg, und am Nachmittag hatte Monty den

Reißverschluss seines Schneeanzugs geöffnet und saß wie ein Urlauber da, der sich sonnte. Tom stieg zum Plateau hinab, weil er noch einmal versuchen wollte, ein Eisfloß zu erwischen. Der Sund war voller Eis, doch es schwamm nicht nah genug heran.

Bis zum späten Nachmittag hatte die Sonne den Eisberg in einen tückischen Klumpen aus nassem Eis verwandelt. Winzige Rinnsale aus Schmelzwasser liefen zu einem Netz aus kleinen Bächen zusammen. »Ach, verdammt!«, rief Monty, als sie sich es für den Abend bequem machten. »Jetzt sitze ich in der Pfütze.«

»Das friert heute Nacht wieder«, sagte Tom.

Der Bär zeigte sich nicht noch einmal. Von weit her hörten sie das Geräusch von Helikoptern. In der Ferne meinte Monty, ein Boot auszumachen, doch er verlor es wieder aus den Augen. Sie suchten den Horizont ab, doch das Boot war nicht mehr zu sehen. Vielleicht war es bloß ein weiterer Eisberg gewesen.

20

In der vierten Nacht

In der vierten Nacht hatten sie eine Routine entwickelt. Monty übernahm die erste Wache, und Tom versuchte zu schlafen. Irgendwann in der nichtdunklen Nacht tauschten sie die Plätze, und Tom blickte im niedrig stehenden Sonnenlicht auf diese Wildnis aus Ozean und schwimmendem Eis. Nachdem er einige Stunden Wache gehalten hatte, fiel ihm etwas Merkwürdiges auf. Es fühlte sich an, als neigten sie sich – als wäre ihr Zufluchtsort auf dem Eisvorsprung nicht länger eben, sondern als kippte er in Richtung Meer. Es war eine sehr langsame Veränderung und doch verunsichernd. Sie befanden sich nun nicht mehr auf einer sicheren horizontalen Fläche, sondern auf einem Hang. Aus dem Inneren des Eisbergs drangen beunruhigende Geräusche. Tom fühlte sich unwohl. Wenn ein Eisberg entzweibricht, kann das dramatische Auswirkungen haben. Beide Hälften versuchen, ein neues Gleichgewicht im Wasser zu finden, und oft drehen sie sich dabei um hundertachtzig Grad. Jeder größere Bruch oder Riss kann die empfindliche Balance des Eisbergs zunichtemachen. Wenn ein Stück oberhalb der Meeresoberfläche abbricht, steht der verbleibende

Eisberg höher im Wasser. Doch bei einem Bruch unterhalb der Oberfläche sinkt er tiefer ins Meer. Tom stand auf. Seine Beine zitterten.

Unter ihm war die Plattform aus Eis, drei Tage lang das Ufer ihrer kleinen Bucht und für kurze Zeit möglicher Hubschrauberlandeplatz, im Meer verschwunden. Der Eisberg war tiefer gesunken und hatte sich geneigt. Ihr Eisvorsprung befand sich nun keine zwei Meter mehr über den Wellen. »Monty!«, rief Tom in den Iglu hinein.

Der Premierminister schlief. Tom holte tief Luft. Ein Ruck ging durch den Eisberg. Fast wäre Tom den Hang hinuntergestürzt. »Monty! Aufwachen!«

Der ältere Mann grunzte.

»Wachen Sie auf! Es fühlt sich an, als würde der Eisberg umkippen!«

Monty kämpfte sich aus dem Iglu wie eine Motte aus ihrer Puppe. Er ächzte. Tom musste ihm die Notlage nicht erläutern. Der Iglu neigte sich nun stark zur Seite. »Was machen wir jetzt?«

Nach oben zu klettern, war keine Option. Die Klippen zum Gipfel des Eisbergs zu erklimmen, wäre schon vor dem Kippen riskant gewesen, doch jetzt bildeten sie einen gefährlichen Überhang, und weiter nach oben zu gelangen, erschien absolut undenkbar. Den Hang hinunterzugehen, war jedoch nicht viel verlockender. Der Weg zum Ufer führte jetzt direkt ins Wasser. Es war, als säßen sie auf einer Insel fest, und die Flut setzte ein.

»Ich denke, wir müssen Ihren Plan umsetzen«, sagte Tom. »Wir brauchen ein Rettungsboot.« Halb kletterte, halb rutschte er den Hang hinab. »Nehmen Sie den Fisch mit«, rief er.

Es war keine Meereisscholle in Sicht, doch nicht weit von ihnen schwamm ein kleiner Eisberg von der Größe und Form eines halb versunkenen Containers gerade in Reichweite des Seiles. Er gab kein sonderlich einladendes Rettungsboot ab und lag ein wenig schräg im Wasser, doch es war das einzige Stück Eis, das sie hatten. Tom warf sein Seil und zog das Eisboot mit äußerster Vorsicht zu sich.

Wieder durchfuhr ein Ruck den großen Eisberg.

»Jetzt oder nie«, sagte Tom. »Haben wir alles? Wir müssen springen.«

»Tom, ich bin fünfundsechzig«, protestierte Monty. »Ich kann nicht springen.«

Die Lücke war etwa zwei Meter breit. Sie mussten irgendwie hinüberkommen. »Haben Sie in der Schule nie Weitsprung gemacht?«, fragte Tom.

»Doch«, sagte Monty, »in vernünftigen Laufschuhen und auf einer schönen flachen Bahn.«

»Wir sollten die Schneeschuhe abnehmen«, schlug Tom vor. Er beugte sich vor und löste die Aufsätze erst von Montys und dann von seinen Schuhen. »Halten Sie einen Schneeschuh in jeder Hand, die Spikes nach unten«, sagte er, »und wenn Sie landen, rammen Sie sie als Anker ins Eis, damit Sie nicht abrutschen.« Er schätzte den Anlauf ab. »Fünf Schritte, dann springen Sie«, wies er Monty an. »So schnell, wie Sie verdammt nochmal können.«

Monty Causley atmete zweimal tief durch.

»Wieder was für die Autobiographie«, sagte Tom.

»Das wird eine richtige Schwarte«, sagte Monty. Er atmete ein drittes Mal tief durch. »*Audaces fortuna iuvat!*«, brüllte er und riss die Arme hoch wie ein Preisboxer.

Der Premierminister war nicht zum Sprinten gemacht, doch wie er nach seinem letzten Schritt mit all seiner Masse die Schwerkraft überwand, hatte etwas von einem rasenden Ochsen – allerdings nur für einen Augenblick. Sein Kopf und seine Arme erreichten das Floß, doch seine Beine schafften es nicht. Er grub die Schneeschuhe mit den Händen ins Eis und hing da, halb auf der Platte und halb mit den Füßen über dem Wasser. »Ich hänge fest!«, rief er.

»Warten Sie!« Tom schnappte sich die restlichen Dorschfilets und den noch unangetasteten Fisch und schob alles in seinen leeren Rucksack. Er warf ihn voraus, und er landete sicher auf dem Eis. Toms Sprung sah auch nicht besonders elegant aus, doch er befand sich weit genug auf dem Eis und konnte sich hinaufziehen. Er stand schwankend da und zerrte Monty aufs Eis.

»Ich schwöre, das war meine allerletzte todesmutige Aktion«, erklärte Monty.

Sie banden sich aneinander und krochen auf allen vieren zur höchsten Erhebung. Dort angekommen, setzten sie sich hin. »Nur so fühle ich mich hier sicher«, sagte Monty. Sie saßen sich gegenüber. Es war unbequem und wacklig. »Ich weiß nicht, wie wir mit diesem Ding paddeln sollen.«

»Ich glaube, das wird nicht gehen.« Tom seufzte.

»Das ist überhaupt nicht sicher«, sagte Monty. »Ich bereue meine Idee ganz gewaltig. Sollen wir versuchen, auf den Eisberg zurückzukehren? Der ist wenigstens stabil.«

Jetzt, als sie von ihrem großen Eisberg langsam davontrieben, nahmen sie zum ersten Mal die volle Größe ihres ehemaligen Zufluchtsortes wahr. Er ragte über ihnen auf wie ein gewaltiger weißer Hügel, wie eine Insel in einem unendlichen Ozean.

»Das war ein Fehler«, sagte Monty. »Wir hätten dortbleiben sollen.«

Doch der Wind und die Strömung trieben sie immer weiter fort, schneller, als sie erwartet hätten. Sie sahen zu, wie der Abstand immer größer wurde. »Wir müssen uns ein besseres Floß suchen«, sagte Tom, und es klang beinahe ein wenig reumütig. »Ich hatte Angst, wir könnten umkippen.«

Monty antwortete nicht. Der große Eisberg allerdings schon. Er gab ein Ächzen von sich, als würde eine riesige Eiche bersten, und dann senkte sich, behäbig und langsam, der Gipfel des Hügels herab, und die gesamte Insel aus Eis drehte und überschlug sich. Eine Welle schwappte auf die Männer zu, und ihr eigener Eisblock geriet ins

Wanken. Der Eisvorsprung, auf dem sie drei kräftezeh-
rende Nächte verbracht hatten, und der Iglu, auf den sie
so stolz gewesen waren, versanken auf Nimmerwiederse-
hen im Meer. Nachdem er sich gedreht hatte, schien der
große Eisberg mit seiner neuen Lage zufrieden zu sein.
Er hob sich aus dem Wasser – noch immer ein Hügel aus
Eis, aber nun ein Hügel mit einer neuen Form. Meerwasser strömte die neu entstandenen Täler hinab.

»Ein Glück, dass wir nicht geblieben sind«, sagte Tom.

»Wir könnten es noch einmal versuchen«, sagte
Monty.

Doch sie waren bereits zu weit entfernt.

»Wir müssen nach Meereis Ausschau halten«, sagte
Tom. Er zeigte auf eine dicke schwimmende Eisplatte
etwa zweihundert Meter entfernt. »Wie so was da.«

»Wie kommen wir dahin? Wir können nicht rudern.«

»Wir segeln.« Tom grinste. »Ganz langsam.« Er öffnete den Reißverschluss seines Schneeanzugs und zog
seinen Pullover aus. »Wir sind die Masten, und das hier
ist unser Segel.«

»Das ist ein sehr kleines Segel.«

»Ich hab ja gesagt, wir segeln ganz langsam.«

Sie setzten sich ein Stück voneinander entfernt hin
und hielten den Pullover wie ein Segel zwischen sich in
den Wind. Es ging eine leichte Brise, die jedoch das Klei-
dungsstück bloß zum Flattern brachte, als hinge es zum
Trocknen auf der Leine. »Halten Sie ihn fester. Er soll
sich mit Wind füllen.«

»Ich glaube nicht, dass wir so vorankommen.«

»Doch, passen Sie auf.«

Und tatsächlich: Nach etwa einer halben Stunde schien das Meereis näher gerückt zu sein. »Vielleicht könnten wir so bis nach Grönland segeln«, schlug Monty vor.

»Vielleicht müssen wir das.«

Nach rund einer Stunde hatten sie die Platte erreicht. Diesmal würden keine Heldentaten vonnöten sein. Ihr kleiner Eisberg stieß dagegen, und sie rutschten rüber.

Das neue Eisschiff hatte etwas äußerst Beruhigendes an sich. Es war beinahe perfekt flach, hatte eine asymmetrische Form, die an eine schwimmende Landkarte Afrikas erinnerte, und ungefähr die Größe eines Tennisplatzes oder eines kleinen Vorstadtgärtchens. Es schwamm etwa einen Meter über dem Meer. Und es war mit Schnee bedeckt, so dass sie entspannt und sicher darauf laufen konnten. Etwa in der Mitte der Scholle errichteten sie ein Lager, fegten ein wenig Schnee für Trinkwasser zusammen und bauten ein Biwak, das sie vor dem Wind schützen würde. Tom zog seinen Pullover wieder an. Er betrachtete ihr Lager. »Hervorragend«, sagte er. »Gott sei Dank haben wir noch Fisch.«

Es war ein denkwürdiger Tag. Beide hatten sie das unerwartete Gefühl, etwas geleistet zu haben. Sie waren von einem umkippenden Eisberg geflüchtet, hatten sich mit einem Segel beholfen und sich eine angenehmere Unterkunft gesucht. Und zum ersten Mal seit sie den Gletscher verlassen hatten, sahen sie in Gänze die Landschaft, die sie umgab, und wie eine Schimäre am östlichen Horizont die fernen Hügel Grönlands. Sie hatten vier Tage lang überlebt. Sicher hielten sie noch ein paar Tage durch. Anders als der Eisberg fühlte sich das Meereis stabil und dauerhaft an. Es war eine Illusion. Mit der Zeit würde es ebenfalls schmelzen. In einigen Tagen oder Wochen würde es verschwunden sein. Doch bis dahin hatte man sie gerettet. Das redeten sie sich jedenfalls ein.

»Heute Nachmittag gehe ich fischen«, erklärte Tom. »Und morgen sollten wir an Land segeln.«

Das war eine mutige Aussage, doch sie hob ihre Laune. Monty besserte den Schutzwall aus. Der Schnee war zu weich, um ein Dach zu tragen, doch sie waren sich einig, dass am besten der, der Wache hielt, den anderen mit Schnee bedeckte, um den Wind abzuhalten. Tom machte sich auf die Suche nach Fischen. Seine Bemühungen blieben ohne Erfolg, aber davon ließen sie sich nicht entmutigen. Morgen würden sie segeln.

21

Die Schwierigkeit beim Segeln

Die erste Schwierigkeit beim Segeln war der Wind. Er blies beständig aus Nordosten und trug sie Richtung Südwesten, obwohl sie doch nach Osten mussten. Die zweite Schwierigkeit war das fehlende Ruder. Sie gaben den Plan auf, ein Stück Kleidung als Segel zu benutzen, und versuchten stattdessen, einen Wall aus Schnee zu errichten, der den Wind einfangen sollte. Nach einigen Stunden war klar, dass es nicht funktionieren würde. Das Meereis hatte sich für eine Richtung entschieden und ließ sich nicht in eine andere bewegen.

Tom und Monty saßen in ihrem Lager und lutschten an gefrorenem Fisch.

Am Nachmittag verschwendeten sie keinen Gedanken mehr daran, ihre Eisplatte per Segel zu bewegen. Tom stand mit seiner Harpune am Wasser. Monty schlief. Der Himmel war grau. Und auch die Stimmung war gekippt. Sie hatten schon eine Weile nicht mehr miteinander gesprochen. An diesem kalten Nachmittag verfestigte sich ein Gedanke, der bei beiden immerzu im Hinterkopf geschlummert hatte. Was, wenn sie nicht gerettet wurden? Was, wenn sie immer weiter vom Land fortgetrieben wurden, während ihr Zufluchtsort Tropfen für Tropfen im immer wärmeren Wasser des Nordatlantiks wegschmolz? Tom kehrte von einer weiteren erfolglosen Fischjagd zurück und ließ sich in den Schnee sinken. Vielleicht mussten sie schon bald um den verbleibenden Platz auf einem dahinschwindenden Stückchen Eis kämpfen. Wer würde als Erster ins Wasser fallen?

In der fünften Nacht legte Monty sich früh schlafen. Er fühlte sich krank. Tom blieb wach und betrachtete die Schatten im Zwielicht. Es war eine kalte Nacht. Eine sternenlose Nacht. Eine Nacht mit einem schneidenden Wind. Monty schlief durch. Auch Tom schlief, halb aufrecht auf einem Haufen Schnee sitzend. Seine Füße und Finger waren kalt.

Dann brach der nächste Tag an. Wer wusste schon, wie spät es war? War vielleicht Frühstückszeit? Monty ging es noch immer nicht gut. Er musste aufstehen, um seine Blase zu entleeren. Dann legte er sich wieder hin.

Tom öffnete seinen Rucksack. »Wir haben noch zwei Dorschfilets«, sagte er. »Dann müssen wir uns an den zweiten Fisch machen.« Er legte den riesigen Fisch aufs Eis wie ein Fischverkäufer ein Prachtexemplar in seine Auslage.

Keiner der beiden hatte noch Lust auf gefrorenen Fisch.

»So sterben wir«, sagte Monty. Sie hatten keine Kraft mehr.

»Wir sterben nicht«, sagte Tom.

Doch der ältere Mann hatte recht, und das wussten sie beide. Diese letzte Tortur würden sie vielleicht nicht überleben.

»Wir sollten in etwa fünfzehn Tagen die Diskobucht erreichen«, sagte Tom. »Da gibt es viele Boote. Fischerboote. Freizeitboote. Versorgungsschiffe. Irgendwer wird uns sehen.«

Aber fünfzehn Tage? Würde ihre Scholle so lange überleben? Und sie auch?

Gegen Mittag waren beiden eingeschlafen. Die Sonne fiel blass auf ihre Gesichter. Plötzlich spürte Tom, wie das Eis unter ihnen schwankte, und öffnete die Augen. Er hielt das Gewehr in den Händen. »Waren Sie das?«, fragte er Monty. Er stand auf und blickte sich um.

Monty gab ein Geräusch von sich. Er war aufgewacht und sah nun auch, was Tom sah. Am anderen Ende ihrer schwimmenden Eisplatte stand der Bär. Er hatte sich aus dem Wasser hochgezogen, stand auf allen vieren da und beobachtete die beiden Männer vorsichtig, als sei er noch unsicher, ob sie eher eine Bedrohung oder eine Mahlzeit darstellten, als wäge er die möglichen Konsequenzen ab.

»Oh Scheiße!«, sagte Monty und rappelte sich auf. »Was sollen wir tun?«

»Machen Sie Lärm«, sagte Tom. Er klemmte sich das Gewehr unter den Arm, zog seine Handschuhe aus und begann, mit seinen kalten Händen zu klatschen. »Stellen

Sie sich neben mich. So sehen wir größer und furchterregender aus.«

Klatsch. Klatsch. Ein verstörendes Geräusch. *Klatsch. Klatsch.*

Monty trat näher an Tom heran.

»Aaaaaaarh!«, brüllte Tom in Richtung des Bären. »AAAARH!«

»Aaaaaarrr«, rief Monty.

Diese Maßnahme zeigte keinerlei Wirkung, außer dass die kleinen weißen Ohren des Bären zuckten. Er schaukelte auf seinen Tatzen vor und zurück und starrte die beiden Männer mit ungebrochener Konzentration an.

Der Eisbär sah nicht sonderlich groß aus. Er war ein mageres Tier, noch immer nass und glänzend vom Meer, sein Fell mehr cremefarben als weiß, die Schnauze grau, die Augen wie tief sitzende Kohlen, die Nase glänzend schwarz. Als er den Hals reckte, schien er zu wachsen. Dann hob er die Tatzen, die aussahen wie mit Messern besetzte Paddel. Er war gleichzeitig bedrohlich und schön, ein Widerspruch in jeglicher Hinsicht, ein wie durch ein Wunder in dieser trostlosen und leblosen Wildnis Überlebender, eine weiche weiße Kreatur aus der Tiefe, ein furchtbares Gespenst mit Klauen, die einen Mann in Stücke reißen konnten.

»Erschießen Sie ihn!«, verlangte Monty im Flüsterton. »ERSCHIESSEN SIE IHN!«

Tom schüttelte den Kopf. Eine seltsam normal wirkende Stille legte sich über das dahintreibende Eis, als verdienten es die Ereignisse, die jetzt folgten, sich zu entwickeln, ohne dass auch nur das leiseste Geräusch die arktische Einsamkeit störte.

»Sie müssen den verdammten Bären erschießen«, sagte Monty.

»Warum? Unsere Leben sind nicht wertvoller als seines.«

»Um Gottes willen, Horsmith. Ich bin der Premierminister!«

»Nein, sind Sie nicht«, zischte Tom ihn an. »Sie sind Ex-Premierminister und bald ein toter. Wenn der Bär uns nicht umbringt, sterben wir in den nächsten Tagen. Warum sollen wir ihm sein Leben nehmen, wenn wir so oder so sterben? Er hat zumindest noch eine Chance zu überleben. Und Sie sind ein Mensch von acht Milliarden Menschen. Ein alter Mann. Er ist ein Eisbär von zehntausend Bären. Ein junges Männchen. Wir haben seinen Lebensraum zerstört. Wir haben seine Welt zerstört. Er hat uns nie etwas getan. Aber wir haben ihm Schaden zugefügt.«

»Erschießen Sie den verdammten Bären, Horsmith!«

»Gucken Sie mal, wie dünn er ist. Er ist unterernährt. Er ist so hungrig wie wir. Wir haben die Ozeane überfischt und zu wenig für die Robben übrig gelassen. Und jetzt gibt es zu wenige Robben für die Bären. Haben Sie Enkel, Monty?«

»Nein.«

»Ich auch nicht. Noch nicht. Aber sollte ich welche haben, dann wird der Planet, wenn sie Ihr Alter erreichen, die Fähigkeit verlieren, hohe Wolken zu bilden. Das nennt man den Stratocumulus-Kipppunkt. Bei unserem derzeitigen Tempo erreichen wir ihn in etwa achtzig Jahren. Plus minus. Wenn das geschieht, wird es keine hohen Wolken mehr geben, die die Hitze der Sonne zurückwerfen. Es wird weniger Regen geben. Keine Polkappen. Keine Wälder, die die Welt kühlen. *Game over.* Wir werden verschwinden. Und die Polarbären werden verschwinden. Und die Pandas, Pinguine, Pangoline und Panther. Und die Zebras, Lemuren, Flamingos, Baumfrösche und die Pelikane, Elefanten und Giraffen. Uns alle wird es nicht mehr geben. Was spielt es also für eine Rolle? Wären Sie ein Politiker, der auch nur einen Funken Mut oder Führungsstärke oder eine Vision hätte, die Dinge in Ordnung bringen zu wollen, würde ich Sie retten und nicht den Bären. Aber das haben Sie nicht, oder, Monty?«

Monty sah ihn an, als wolle er darauf antworten. Sein Mund öffnete sich, doch es kamen keine Worte heraus.

»Außerdem«, sagte Tom, »will ich gar nicht in einer Welt ohne Polarbären, Pandas, Pinguine oder Pangoline leben. Und Sie?«

Monty schien zu schlucken. Er zitterte.

Tom entsicherte das Gewehr und zielte in die Luft. »Wenn der Sinn meines Lebens darin besteht, diesen einen Bären zu schützen«, sagte er, »dann war mein Leben nicht umsonst.«

Am anderen Ende der Eisplatte knurrte der Eisbär. Es war kein lautes Brüllen. Eher eine Art Warnung. Er zog die Lippen hoch und zeigte seine Zähne, die wie krumme Säbel aussahen. Doch er bewegte sich nicht auf sie zu.

»Wir werden diesen Bären nicht töten, Monty. Ich habe in zwanzig Jahren keinen Bären erschossen. Lykke hat oft gesagt, dass mich irgendwann ein Bär erwischen würde. Sieht so aus, als hätte sie recht behalten.« Tom drückte ab. Ein Knall, so laut und so fremd in dieser Landschaft der Stille. Er ließ die Ohren klingeln.

Dreißig Meter von ihnen entfernt erschrak der Bär. Er machte einen Satz nach hinten, sprang beinahe mit allen vieren vom Eis und zog sich dann an den Rand zurück, bereit, ins Meer zurückzukehren.

Tom klappte das Gewehr auf und steckte eine weitere Patrone hinein. Zielte wieder in die Luft.

BAMM!

Diesmal reagierte der Bär gelassener. Er drehte ganz langsam den Kopf und suchte die Welt um sich herum nach der Bedrohung ab. Dann warf er den Kopf in den Nacken und brüllte. Ein überwältigendes Brüllen. Ein mächtiges, donnerndes Brüllen. Seine Kiefer öffneten sich so weit, dass es aussah, als könnten sie aus den Gelenken springen.

»Die letzte Patrone«, sagte Monty. »Schießen Sie. Schießen Sie. SCHIESSEN SIE!«

Tom lud das Gewehr.

»Wenn Sie die in die Luft schießen, bringe ich Sie eigenhändig um«, sagte Monty.

Jetzt beschloss der Bär, sich zu bewegen. Er senkte den Kopf und lief brüllend in einer Art Galopp auf sie zu.

Monty drehte sich um und wollte fliehen. Es gab keinen Ort, an den man entkommen konnte, er konnte nur versuchen, dem Bären auszuweichen. Tom behielt seine Stellung bei. Er drehte das Gewehr um, und als der Bär in seine Reichweite kam, schwang Tom die Waffe, als handele es sich um eine Keule. Er traf den Bären nicht. Eine große Tatze schlug Tom das Gewehr aus den Händen, so dass es im Schnee stecken blieb. Tom fiel nach hinten, und noch während er fiel, war der Bär über ihm, eine gewaltige Masse aus Fell, Muskeln und Wut. Das Maul des Bären, mit seinen schrecklichen Zähnen, zielte auf seinen Kopf. Instinktiv schützte Tom sein Gesicht mit seiner bloßen Hand, und die Kiefer des Tieres schlossen sich darum.

Es war ein entsetzlicher Augenblick. Ein Augenblick, in dem das Leben womöglich zu Ende ging. Ein blutiger Augenblick reinen Schmerzes, in dem das Herz Gefahr lief, stehen zu bleiben.

Der Biss wurde durch den Ärmel des Schneeanzugs abgedämpft, doch das hielt den Bären nicht auf. Diese Zähne konnten ohne große Mühe die Lederhaut und den Speck einer Robbe durchdringen. Ein zartes menschliches Handgelenk konnte sie nicht bremsen. Der Bär zog den Kopf zurück, und Tom wurde durch seine Kraft in die Luft gehoben, um gleich wieder im Schnee zu landen. Seine Hand war komplett durchtrennt, und das Blut spritzte in seinen Schneeanzug hinein und auf den Schnee.

BAAAM!

Ein ohrenbetäubender Knall. Der Bär wich mit einem Sprung zurück.

Monty hatte geschossen. Doch der Bär schien unverletzt.

»Das ist für dich«, rief Monty. In seiner Hand hielt er den Dorsch. Den unangetasteten ganzen Dorsch, eine Fünfundzwanzig-Kilo-Mahlzeit. Selbst für einen Bären eine ordentliche Portion.

Der Bär drehte den Kopf.

»Komm und hol's dir«, brüllte Monty. Er wedelte mit dem Fisch wie mit einem Köder.

Der Bär ließ sich darauf ein. Er hatte Tom bereits vergessen. Erstaunlich behände sprang er auf Monty und den Dorsch zu.

»Fang!«, rief Monty, und der Fisch flog im hohen Bogen davon – eine Rakete von der Größe und dem Gewicht eines Koffers, und der Bär galoppierte hinterher. Fisch und Bär tauchten gleichzeitig ins Wasser ein. Ein gewaltiger Platscher.

»Mein Gott, Tom!« Monty kniete über ihm.

Der Schnee um sie herum war rot wie der Boden eines Schlachthofs.

Wir brauchten Farbe, ging Tom durch den Kopf. Wir

wollten ein SOS aufmalen. Und dabei sind wir selbst voller Farbe. Leuchtend hell. Und rot.

Der Schmerz war unwirklich. Er war wie ein Geräusch, das so laut ist, dass man es nicht mehr hören kann. Und alles drehte sich. Kreiste. In Zeitlupe mit nur einer Farbe: Rot.

»Tom!«

Einmal, in Nans Haus, hatte er sich den Fuß an einem Nagel aufgerissen und war blutend die Treppe hochgestiegen, bis jede einzelne Stufe voller Blut war, und Nan hatte ihn auf ihrer Schulter zu Dr. Books getragen, um die Wunde nähen zu lassen. Einmal hatte Peter Shaunessy ihn und Benny von seinem Boot ins Meer geworfen und gesagt, wenn sie nicht ans Ufer schwimmen konnten, würden sie ertrinken. Und so schwammen sie, während Peter jeden ihrer Armzüge beobachtete. Ein anderes Mal hatten sie einen gestrandeten Wal gerettet. Alle aus dem Dorf waren dabei gewesen, hatten geschoben und gezogen, als wären sie ein und dasselbe Wesen. Er hatte am Kai ein Mädchen getroffen und sich verliebt. Und er hatte Zwillinge in den Armen gehalten.

Wie dunkel es jetzt war.

»Ruhig bleiben, Tom. Wach bleiben. Nicht einschlafen.«

Jemand wickelte etwas um seinen Arm. Aus irgendeinem Grund tat der Arm weh.

Einmal hatte er sich auf dem Eis verirrt, und sie hatte ihn gefunden. Damals war Winter in Qaanaaq, und es war überall dunkel gewesen. Sein Orientierungssinn hatte ihn im Stich gelassen. Sie fand ihn, als er in eine völlig falsche Richtung marschierte, und lief einen Kilometer weit über Schnee, um ihn einzuholen. Ein anderes Mal war er von einem Sturm überrascht worden und hatte sich in die kleine Forscherhütte gerettet, während gewaltige Winde und eine mörderische Kälte die Wände durchrüttelten, und sogar damals, bei diesem ungeheuren Sturm, als die Kälte seine Glieder erstarren ließ, war die Tür aufgesprungen, und sie war da gewesen, in panischer Angst um sein Leben.

Wo war sie jetzt? Jetzt, da er im Sterben lag?

»Ich habe den Bären nicht erschossen«, sagte eine Stimme. »Ich hätte es tun sollen. Aber ich hab's nicht getan.«

Wo war sie?

Etwas zog sich um seinen Arm zusammen. Der Schmerz war entsetzlich.

»Lykke!« Er rief ihren Namen. »Lykke!«

»Was wollen Sie ihr sagen, Tom?«

Was wollte er sagen? Er wollte sie sehen. Ihr Gesicht sehen. Ihre Stimme hören. Sie halten. Sie riechen. »Lykke?«

»Sie ist hier, Tom. Sagen Sie, was Sie sagen wollen.«

Und da war sie. Wieder da. Auf dem Kai. Lächelnd. Er hatte es gewusst. »Tom. Gib nicht auf, Tom«, sagte sie.

»Aber ich schaff das nicht ohne dich.« In seinen Augen standen Tränen. Salzige Tränen. Tränen, die brannten.

»Du musst es nicht ohne mich schaffen. Ich bin immer da.«

Immer da.

Es wurde heller. Er blinzelte. Wo war sie?

»Bleiben Sie bei mir, Tom. Wach bleiben. Wach bleiben.«

Wo war er jetzt? Er lag in Blut und Schnee. Einem Ozean aus Blut und Schnee. Und Schmerz.

Er kannte diesen Mann, der sich über ihn beugte. Er betrachtete seinen Arm. Jemand hatte Schnürsenkel um seinen Unterarm gebunden – so fest, dass es schmerzte. »Das tut weh«, sagte er.

»Ich habe den Bären nicht erschossen, Tom.«

»Wir sterben«, hörte er sich selbst sagen. »Wir sterben alle. Wir sind Frösche im Kochtopf.«

»Ich weiß. Bleiben Sie ruhig, wenn Sie können. Sie haben viel Blut verloren.«

»Wir springen nicht raus, auch wenn das Wasser kocht. So ist es bei Fröschen. Man erwärmt das Wasser, und sie können sich nicht entscheiden, wann sie raushüpfen sollen. Und irgendwann kochen sie.«

»Bleiben Sie bei mir, Tom. Wir bringen Sie schnell zurück«, sagte der Mann. Monty war sein Name. Daran erinnerte sich Tom jetzt. Sein Kopf wurde allmählich klarer.

»Sie haben den Bären nicht erschossen?«

»Nein, Tom.«

»Warum nicht?«

»Ich weiß es nicht. Vielleicht hatten Sie recht. Vielleicht verdient er es mehr als wir, hier zu sein. So oder so. In meiner Familie gibt es ein Sprichwort. *Das Glück ist mit dem Mutigen.* Das hat mich noch nicht oft im Stich gelassen.«

Tom verzog die Mundwinkel zu einem angedeuteten Lächeln. »Das gefällt mir.« Es gab Dinge, die er sagen musste. Er spürte sie in seinem Hinterkopf, spürte, wie sie sich nach vorne schoben. »Es gibt da etwas, das ich Ihnen sagen muss.« Aber was war es? Tom schloss die Augen.

»Was denn, Tom?«

»Ich hab's vergessen«, antwortete er. »Irgendwas.« Gedanken fügten sich wie Stücke Eis zu einem Fluss aus Treibeis zusammen. Wie viel davon war real? »Es war kein Unfall«, hörte er sich selbst sagen. Diese Worte fühlten sich gut an. Sie schienen seinem Bewusstsein einen Schritt voraus zu sein. Er hörte die Worte und wusste, was als Nächstes kommen würde. »Es war kein Unfall«, sagte er noch einmal. »Das Schmelzloch.«

»Ich weiß«, sagte der Mann.

»Wirklich?«

»Natürlich. Ich hab's mir gedacht.«

»Ich wollte, dass Sie durchs Eis brechen. Ich wollte, dass wir beide abstürzen.«

»Ich weiß.«

»Es war mir egal, ob wir leben oder sterben.«

»Ist es Ihnen immer noch egal?«

War es ihm egal?

Einmal war er an der Landzunge von St. Piran die Stufen zum Strand hinuntergestiegen, an einem frühen Wintermorgen, kurz nach der Morgendämmerung, weil das eine gute Zeit war, um über Lykke nachzudenken, und auch ein guter Ort. Er lief zwischen den Felsen hindurch und sah einen Delfin in der Bucht, nicht weit vom Ufer. Es schien ein Zeichen zu sein. »Bist du das?«, flüsterte er dem Wesen zu. »Bist du das?«

Warum kam nie eine Antwort? Warum erwiderte sie nie etwas? Nur ein Wort hätte gereicht. Ein einziges.

Und dann hörte er Stimmen oben auf dem Weg, und Ilse und Noah tauchten auf. Sie waren damals dreizehn. Sie hatten sich aus dem Häuschen in der Cliff Street geschlichen und waren ihm bis zum Strand gefolgt.

»Bist du hier, um Mum zu sehen?«, fragte Ilse ihn, und sie nahm seine Hand, wie sie es als kleines Kind immer getan hatte, wenn sie eine Straße überqueren wollten.

Noah setzte sich neben ihn und schlang einen Arm um ihn.

»Da ist ein Delfin in der Bucht«, sagte Tom. Doch als er nach ihm Ausschau hielt, war das Tier verschwunden.

»Ich glaube, es ist mir doch nicht egal«, sagte er jetzt zu dem Mann, der seinen Arm abband.

Der Mann ließ Toms Arm behutsam los. »Ich denke, damit sind wir quitt«, sagte er.

»Quitt?«

»Ich schulde Ihnen nichts mehr.«

Allmählich kam er zu Bewusstsein. Alles wurde zunehmend klarer. Vielleicht war etwas im Blut in seinen Kopf gelangt, in diese seltsamen Windungen und Falten seines Gehirns, wie ein starker Kaffee oder ein Zaubertrank. Formen traten aus einem dichten Nebel hervor. Und dann war er wach. Und alles war deutlich zu erkennen.

»Lassen Sie mich mal sehen.«

Tom versuchte, den Arm anzuheben.

»Vorsichtig«, sagte Monty.

Seine Hand war weg. Nicht sauber abgetrennt wie von einer Säge, sondern grob und ungleichmäßig, wie durch den Biss eines Bären. »Ach du Scheiße.«

»Sie kommen durch«, sagte Monty. Er hielt einen zweiten Schnürsenkel in der Hand. »Gucken Sie besser nicht hin. Gucken Sie in den Himmel. Ich muss noch einen zweiten Druckverband anlegen.«

Er blickte in den Himmel. Hohe Wolken. Stratocumulus-Wolken.

»Hier.« Monty steckte ihm ein Stück Eis in den Mund. »Lutschen Sie daran.«

Auf dem flachen blauen Meer trieben unzählige Eisstücke dahin. Niemand würde sie je hier finden.

»Ich habe mich in Ihnen getäuscht, Monty«, sagte er.

»Ich weiß«, erwiderte Monty.

»Ach ja?«

»Ja.« Monty zog das Band immer enger um seinen

Arm. Bald würde es ihn durchschneiden und der Arm wie ein Luftballon in den Himmel aufsteigen.

»Ich habe mich auch geirrt«, sagte Monty.

»Ja?«

»Ich habe mich in vielen Dingen geirrt.«

Ein letzter Ruck. Ein Paukenschlag aus Schmerz.

»Erzählen Sie mir was, Tom!«

»Worin haben Sie sich geirrt?«

»Ach Gott. In so ziemlich allem.« Monty ließ Toms Arm wieder los. »Ich bedecke Ihre Wunde mit Schnee. In Ordnung? Nicht bewegen.«

»Okay.« Stillzuliegen war einfach. »Sagen Sie's. Sagen Sie, worin Sie sich geirrt haben.«

»Ich habe mich geirrt, was die Statuen auf dem Parliament Square angeht. Die stellen sie nicht für einen Typen auf, der das Parken billiger macht.«

Tom brachte ein etwas gequältes Lächeln zustande. »Sag ich doch.«

»Ja. Es war ein Fehler, nicht auf Sie zu hören, Tom. Nicht nur auf Sie. Es war ein Fehler, all denen nicht zuzuhören, die mir dieselbe Geschichte erzählt haben. Ich lag falsch, weil ich das Ganze als eine Auseinandersetzung gesehen habe, die es zu gewinnen galt. Als Entweder-oder. Wie bei einem Tennismatch. Bei jedem Ballwechsel gibt es einen Sieger. Jeder Punkt geht an einen der Spieler. Und ich wollte immer dieser Spieler sein. Smash. Smash. Das ist Politik. Das ist wie bei verfeindeten Stämmen. Irgendwann spielt es keine Rolle mehr, was richtig und was falsch ist. Wichtig ist nur, dass man auf der richtigen Seite steht. Recht oder Unrecht, es ist meine Partei. Die Politik lässt keinen Raum für Kompromisse, für die Zusammenarbeit mit der anderen Seite oder dafür, seine Meinung zu ändern. Ich war zwanzig, als ich zum Klimaleugner wurde, Tom. Zwanzig. Keine Ahnung, wie ich zu diesen Ansichten gekommen bin. Es war einfach so, und ich ließ mich von niemandem überzeugen. Weiß Gott, ich sollte meine Meinungen überdenken dürfen. Sollte eine Art Erleuchtungsmoment haben dürfen. Aber nein. Das lässt man in der Politik nicht zu. Ich habe es selbst nicht zugelassen. Ich hatte mir meinen Stamm und mein Programm ausgesucht und zur Hölle mit allem anderen. Und deshalb lag ich falsch. Und wissen Sie, was das eigentlich Ironische daran ist? Es war nicht die fehlende intellektuelle Schärfe, die mich zurückhielt. Mir fehlte der Mut. *Das Pech ist mit den Feiglingen. Ignavus malafortuna iuvat.* So hätte unser Motto lauten müssen. Ich war ein Feigling, Tom.«

»Aber heute nicht«, sagte Tom.

»Das Lustige ist«, meinte Monty, »es war gar nicht das hier, was mich zu dieser Einsicht gebracht hat.« Er gestikulierte zu dem mit Eis übersäten Ozean. »Es geschah nicht so, wie Sie es sich erhofft haben. Sie dachten, der Anblick der schmelzenden Gletscher würde an mein Gewissen appellieren. Aber Sie wussten nicht, wer ich war, Tom. Ich sah nur nasses Eis. Als ich mit Ihnen auf diesen Gletscher rausgegangen bin, Tom, vor weiß Gott wie vielen Tagen ...«

»Es kommt mir vor wie ein Jahr.«

»Mindestens ein Jahr. Als ich auf diesen Gletscher gelaufen bin, hatte ich nicht vor, meine Meinung zu ändern. Ich hatte im Kopf meine Rede schon halb fertig, um das Problem weiter aufzuschieben. Ich wollte sagen, wie wertvoll diese Erfahrung für mich ist. Wie wichtig es sei, dass jeder Einzelne von uns Verantwortung für die Klimakrise übernimmt. Mit anderen Worten, ich wollte den Leuten sagen, dass es alles ihre Schuld ist. Nicht die Schuld der Regierungen. Ich wollte über die großen Initiativen reden, die wir schon angeschoben haben. Elektroautos, Windparks, solche Dinge. Aber an einen Politikwechsel habe ich nicht gedacht. ›Wir steuern hier ein großes Schiff‹, wollte ich sagen. ›Da kann man nicht einfach das Ruder herumreißen. Man muss kleine Korrekturen vornehmen, und dann dreht sich das Schiff.‹ Das war eine Ausrede. Aber in den letzten paar Tagen hat etwas *doch* meine Meinung geändert. Ich weiß nicht genau, was. Vielleicht die Einsamkeit. Die Möglichkeit nachzudenken. Keine klingelnden Telefone. Keine Berater, die kurz mal vorbeischauen. Keine Fernsehkameras, die man mir vors Gesicht hält. Keine Oppositionspolitiker, die mich auf die Palme bringen.

Und vielleicht war es einfach diese Perspektive. Der Blick aufs große Ganze. Hier treiben wir die Küste Grönlands entlang, und es sind immer noch fünfzehn Tage, bis wir die Diskobucht erreichen, und selbst dann haben wir erst die halbe Strecke geschafft. Normalerweise ist meine Welt viel kleiner. Wenn ich für ein Meeting nach New York muss, steige ich ins Flugzeug und bin in ein paar Stunden da.« Monty hielt inne. »Und vielleicht«, fuhr er fort, »weil ich mit unserer eigenen Sterblichkeit konfrontiert bin. Wir sind so zerbrechliche Wesen. Ich glaube, das habe ich vorher noch nie so wahrgenommen. Wenn man kurz vor seinem eigenen Tod steht, fängt man vielleicht an, die Dinge anders zu sehen. Und vielleicht«, fuhr er fort, »weil ich den Mut hatte, den Bären nicht zu töten.«

Tom legte sich wieder hin. »Danke.«

»Wofür?«

»Dafür, dass Sie den Bären nicht getötet haben.«

»Selbst nach dem, was er Ihnen angetan hat?«

»Er hat das getan, was Bären eben tun.«

»Ich frage mich, ob er nicht einfach nur den Fisch wollte.«

»Vermutlich.« Tom schloss die Augen und ließ zu, dass der Schmerz seinen Kopf flutete. »Wenn wir es schaffen sollten ...«, setzte er an.

»Wir schaffen es.«

»Wenn wir hier wirklich lebend rauskommen, gibt es da das Projekt von Lykke, über das ich mit Ihnen reden wollte.«

»Welches Projekt, Tom?«

»Lykke hat es das Projekt 1820 genannt.«

»Ach ja, stimmt, das Jahr 1820.«

»Ja.« Auf Toms Augen schien ein roter Schleier zu liegen. Er versuchte, ihn wegzublinzeln.

»Erzählen Sie mir davon, Tom«, sagte Monty. »Erzählen Sie mir vom Projekt 1820.« Er sprach in dem freundlichen, dringlichen Tonfall eines Sanitäters, der seinen Patienten am Einschlafen hindern wollte.

»Lykke hat gesagt«, erwiderte Tom, »dass 1820 etwa das letzte Jahr war, in dem die Erde noch unberührt war. Vor der Industriellen Revolution. Bevor wir den Planeten geplündert und die Pole zum Schmelzen gebracht und die Atmosphäre zerstört haben. Lykke zufolge sollte jedes Land – jeder Landkreis sogar – ein paar entscheidende Maßnahmen festlegen und eine Möglichkeit finden, diese umzusetzen, damit sie den Stand von 1820 wieder erreichen. Also zum Beispiel dieselbe Anzahl Bäume pflanzen, dieselbe Fläche Wildnis renaturieren, denselben Bestand an Orang-Utans oder Wildvögeln wiederherstellen. Alles CO_2 binden, was sie seit 1820 verbraucht haben. Alles wieder auf das Niveau von 1820 zurückbringen. Das wäre ein langfristiges Projekt. Vielleicht dauert es hundert Jahre, tausend Jahre. Aber man würde die Menschen lokal einbinden. Für einen ganzen Planeten ist das Projekt fast zu groß, um es sich vorzustellen. Aber für einen Landkreis? Wer weiß? Es könnte machbar sein. Für Cornwall könnten wir es schaffen.«

»Und wie viele Orang-Utans haben 1820 in Cornwall gelebt?«, fragte Monty.

Tom musste fast lachen, und durch die Anstrengung fuhr ihm ein brutaler Schmerz in den Arm. Er verzog das Gesicht. »Ich will Sie nur darum bitten«, sagte er, »wenn Sie das hier überstehen und ich nicht, würden Sie sich für Lykkes Projekt einsetzen?«

»Wir überstehen das beide«, versicherte ihm Monty.

»Aber falls wir es nicht schaffen. Falls ich es nicht schaffe. Versprechen Sie mir ...?«

»Wenn wir das hier überstehen, ernenne ich Sie zu meinem obersten Klimaberater. Dann können Sie Lykkes Projekt umsetzen.«

»Klimaberater?«

»Wir brauchen einen neuen Ansatz, Tom. Eine weniger auf Konfrontation setzende Art von Politik. Wir müssen zusammenarbeiten ...«

Montys Stimme wurde leiser. Seine Worte verloren sich irgendwo weit über dem dunklen Meer, flatterten wie frisch geschlüpfte Schmetterlinge davon, erstarben in der Kälte. Für Tom verdunkelte sich die Welt nun wieder. Die Kälte war zurückgekehrt wie ein Einbrecher, der still und leise abgewartet hatte. Wie kalt es jetzt war. Die Kälte zog in seine Füße. Die Kälte drang ihm direkt in die Knochen.

Es war so kalt.

Wie in Nans Häuschen in der Cliff Street in jenem kalten Winter, als sie kein Öl zum Heizen gehabt hatten. In jenem Jahr konnte niemand heizen. Das war das Jahr des Wales gewesen. Oder wie beim Sturm in Qaanaaq, als Lykke ihn gefunden hatte, fast erfroren, die Augenlider von der Kälte fast miteinander verschweißt. Oder dieser bitterkalte Tag, als eine sterbende Robbe vor ihrer Haustür Zuflucht gesucht hatte, sie sie ins Haus, ins Warme, mitgenommen und sie wie durch Zauberei ins Leben zurückgeholt hatten.

Doch wie seltsam kalt es war. So bitterkalt.

An Weihnachten stiegen sie in St. Piran den Hang zur Kirche hinauf, die Kinder trugen Kerzen und sangen vor der Kirche Weihnachtslieder, allesamt dick eingepackt gegen die Kälte. *God Rest you Merry Gentlemen*, sangen Sie. Und *Stille Nacht*.

Wie merkwürdig es war, an einem so kalten Tag zurück in St. Piran zu sein. Ein Seevogel kreiste hoch oben am Himmel. Was für ein Vogel? Er zeichnete Muster in den Himmel. Keine Silbermöwe. Dafür waren die Flügel zu lang. Es fiel ihm schwer, sich an die Namen von Vögeln zu erinnern. Eine Lumme? Nein. Lummen waren klein und plump. Keine Klippenmöwe. Kein Papageientaucher. Also ein Albatros. Doch wer hatte je von einem Albatros in St. Piran gehört?

»St. Piran«, sagte er, und er spürte die Worte, als sie ihren Weg an seiner Zunge und seinen Zähnen vorbei fanden. »Wir müssen nach St. Piran.«

»Das stimmt«, sagte Monty. Er nickte. »Wir fahren nach Hause.«

Nach Hause. Eine Sekunde lang fühlte sich das Wort unvertraut an. Und dann nicht mehr. »Ja«, sagte Tom.

Natürlich würden sie nach Hause fahren. In St. Piran war gerade Sommer. Die Hecken wären voller Schmetterlinge. Die Wiesen voller Wildblumen. Die Landzunge voller Möwen. Der Strand voller Urlauber. Es gäbe Pasteten, Eiscreme und Cider. Sie würden Shantys im *Stormy Petrel* anstimmen. »Wir können mit der *Piranesi* hinfahren«, sagte er.

»*Piranesi*?« Der Mann namens Monty klang skeptisch. »Was ist die *Piranesi*?«

Was für eine komische Frage. »Sie kennen doch die *Piranesi*? Die liegt direkt vor Ihrem Haus vor Anker.«

Irgendwo, weit weg, hörte er eine Stimme rufen, und er wusste, wer es war. Es war der Naturforscher. Der Mann, der Gezeitentümpel malte.

»Wovon reden Sie da, Tom?«

»Bennys Boot«, sagte Tom. Er blinzelte und zeigte auf einen Umriss, der auf sie zuzusteuern schien. »Das beste Boot auf dem Meer«, sagte er.

Fünfzig **Jahre**
nach
der **Wette**

22

Und alles fällt

Nur wenige Dinge im Leben sind so verlässlich wie die Gezeiten. Das Wasser steigt, wenn der Mond und die Erde es ihm gebieten. Und wenn seine Zeit um ist, zieht es sich wieder zurück. Bei Tag und bei Nacht. Im Sommer genauso wie im Winter. Die Gezeiten sind einfach da. Billionen Tonnen Wasser werden immer wieder aufs Neue angehoben und abgelassen.

Tom Horsmith sitzt auf einer Bank auf Höhe der Hochwassermarke von Piran Sands und denkt über die Flut nach. Sie steht schon jetzt sehr hoch. Zu hoch, findet er. Es sind noch zwei Stunden, bis das Wasser seinen höchsten Stand erreicht, und doch leckt es bereits an seinen Füßen.

Als Tom ein Junge war, saß oft ein alter Mann auf dieser Bank. Ein alter Seemann. Er saß fast jeden Tag dort. Tom erinnert sich mit einer Klarheit an ihn, wie sie Kindheitserinnerungen oft auszeichnet. Der alte Mann steckte sich eine Pfeife an und schob sie sich in den Mundwinkel, so dass sein Schnurrbart sich darüber wölbte. Dann lehnte er sich zurück und blickte aufs Meer hinaus. Den ganzen Tag konnte er dort sitzen, friedlich in Gedanken versunken. »Wo gucken Sie hin, Mr. Garrow?«, fragte Tom ihn einmal, und der alte Mann nahm die Pfeife aus dem Mund und schien über diese Frage nachzusinnen.

»Ich sehe mir das Meer an«, lautete seine Antwort.

Heute sieht Tom sich das Meer an. Das Meer atmet. Auf. Und ab. Auf. Ab. Wie ein schlafender Organismus.

Siebzig. Kaum zu glauben.

Manchmal sitzt er mit Benny hier. Sie sind nicht alt, sagen sie sich immer. »Das Leben fängt mit siebzig erst an«, sagt Benny dann gut gelaunt. Doch sie können jetzt länger hier sitzen, als sie es mit fünfzig gekonnt hätten. Oder mit zwanzig.

Tom hat Connor und Morwenna ihre Anteile an dem Häuschen in der Cliff Street abgekauft und es ein wenig renovieren lassen. »Wird Zeit, Nans Fingerabdrücke wegzuwischen«, sagte er. Die Handwerker kamen und erneuerten die Strom- und Wasserleitungen, bauten neue Fenster und eine Küche ein, reparierten das Dach und dämmten die Wände.

Ellie Magwith war vor dreiundzwanzig Jahren dort eingezogen. Zunächst in das Gästezimmer. Es sollte nur vorübergehend sein, weil Tom eh die meiste Zeit in London verbrachte. Sie war eine Freundin von Benny. Sie hatte ein Dach über dem Kopf gebraucht, weil sie sich von ihrem Partner getrennt hatte und weil ein ausgewachsener Schmugglersturm das Dach von dem Häuschen gerissen hatte, in dem sie auf Tyler Magwiths Farm zur Miete wohnte. Tom war damals selten mehr als zwei oder drei Nächte pro Woche in St. Piran, und so erklärte er sich gerne bereit, Ellie das Gästezimmer zu überlassen, und dann, na ja, führte eins zum anderen, wie es unweigerlich geschieht. Man kann nicht gemeinsam in einem so kleinen Häuschen wie dem in der Cliff Street wohnen, ohne dass eine gewisse Nähe entsteht. Ursache und Wirkung. Biologie und Endokrinologie. So etwas passiert ganz einfach, und die langen Abende in dem kleinen Häuschen erwiesen sich als mächtiges Aphrodisiakum. Ellie war rundlich und rosig mit einem Schopf unbändiger Locken, einem Lächeln so groß wie die Prahlereien eines Fischers und einem herzlichen Lachen, das den ganzen Marktplatz erfüllte. Tom hatte sich sehr schnell in sie verliebt. Für die beiden kam das überraschend. Für alle anderen nicht. Orte wie St. Piran kennen sich in solchen Dingen aus. Sie wissen, was passieren wird, wenn eine Frau bei einem Mann einzieht. Solche Dinge halten die Welt in Schwung.

Als sie heirateten, erzählten sie niemandem davon außer Benny und Lacey, die sie als Trauzeugen zum Standesamt in Treadangel begleiteten. Ihre Flitterwochen verbrachten sie in St. Ives. Nicht sehr weit von St. Piran. Wie Lacey Shaunessy sagen würde: Wenn doch die ganze Welt in Cornwall Urlaub macht, warum sollen wir dann woandershin?

Ilse und Noah halten noch immer die Mehrheit am Unternehmen *Touren ans Ende der Welt* in Nuuk, doch mit dem Tagesgeschäft haben sie nicht mehr viel zu tun.

In Nuuk kümmert sich eine Geschäftsführerin um alles, und zwar sehr professionell. Inzwischen ist daraus ein großer Konzern mit mehr als sechzig Angestellten geworden. Ilse hat Emil geheiratet, einen dänischen Gymnasiallehrer mit breitem rötlichem Bart, und sie leben in Kopenhagen, wo Emil unterrichtet. Ilse ist die Direktorin des dänischen 1820-Programms. Sie ist ein bekanntes Gesicht im dänischen Fernsehen. Dänemark, das einmal so stolz auf die heimische Zucht von Schweinen, Rindern, Geflügel und Nerzen war, bezahlt jetzt seine Landwirte dafür, Wälder anzupflanzen. Es war kein einfacher Übergang. Doch die Zeiten ändern sich. Die jungen Leute essen nicht mehr so viel Fleisch wie ihre Eltern. Ilse fliegt ein paarmal pro Jahr nach Nuuk, um ein Auge auf den Betrieb zu haben, und wenn sie kann, fährt sie noch immer mit Gästen zu den Eisbergen vor Qeqertarsuaq in der Diskobucht. Doch sie hat ihren Platz gefunden. Ist dänische Staatsbürgerin. Noah hat seinen Freund geheiratet und ist in Nuuk geblieben. Er ist Klimawissenschaftler und arbeitet in der Gletscherforschung. Sein Ehemann, Carl, ist ein Künstler, der arktische Meereslandschaften auf große Leinwände malt. Alles ist gut. Zu Weihnachten trifft sich der ganze Horsmith-Clan in St. Piran. Das ist inzwischen zu einer Tradition geworden. Tom mietet ein großes Ferienhaus, das sich mit Menschen füllt. Er hat jetzt Enkel. Axel und Torben. Ilses Kinder. Schon bald hat er vielleicht Urenkel. Was für eine Vorstellung!

Wir sehen nicht, wie sich die Welt verändert. Das sagt Tom den Leuten oft. Manche Veränderungen geschehen von einem Moment zum nächsten. Ein knobelnder Fischer wird zu Stein verwandelt. Ein Eisbär beißt einem Mann die Hand ab. Solche Dinge passieren in einem einzigen Augenblick. Wenn man kurz nicht hinsieht, hat man es vielleicht schon verpasst. Doch die wahren Veränderungen, die gefährlichen Veränderungen sind die, die sich still und leise vollziehen. Der Vogelschwarm, der jedes Jahr fast unmerklich kleiner wird. Die Waldlandschaft, die sich in eine Monokultur verwandelt. Der Rauch eines fernen Feuers. Die Luft, die ein bisschen schlechter ist. Der Sommertag, der einen Hauch heißer ist.

»Wir sind Frösche im Kochtopf«, sagte er den Leuten, als er einer der obersten Berater des Premierministers war. »Wir verdrängen die Hitze.«

Ellie machte vorzügliche Pasteten. Früher einmal hätte er *vegane* Pasteten dazu gesagt. Heutzutage waren es ganz einfach Pasteten. Sie brauchten das Adjektiv nicht mehr. Tom hatte sich das Fleisch- und Fischessen schon vor langer Zeit abgewöhnt. »Das letzte Mal, als ich Fisch gegessen habe«, erzählt er den Leuten, »war es roher Dorsch, eisgekühlt.«

Sie kauften sich ein größeres Bett. In ihren mittleren Jahren passten sie nicht mehr richtig in das schmale Doppelbett, das sich Tom und Lykke geteilt hatten. Das neue Bett war so breit, dass im Zimmer kaum noch Platz war. Tom lag rechts, damit er seinen Armstumpf über die Kante hängen lassen konnte.

Ellie brachte eine eigene Tochter in die Beziehung mit, Meadow. Meadow war fünfzehn, als Ellie und Tom heirateten, doch sie nahm Toms Nachnamen an und zog schon bald aus dem Haus ihrer Großeltern in Tom und Ellies kleines Häuschen. Sie waren eine kleine Familie. Nur ein paar Jahre lang. Es waren gute Jahre.

Sein Leben ist ereignisreich gewesen. Wenn man siebzig wird, fängt man an, so zu denken. Man fängt an, all die Dinge aufzulisten, die man getan hat. Es können sehr viele Erinnerungen zusammenkommen, die es zu ordnen gilt.

Die Welt war damals eine andere. Da ist er sich sicher. Wenn man den zwanzigjährigen Tom Horsmith – den wütenden jungen Mann, der aus lauter Leidenschaft einen Politiker in einer Kneipe zu einer Wette herausgefordert hat – in die Welt des siebzigjährigen Tom versetzen würde, würde er diesen Ort wiedererkennen? Würde er die Veränderungen überhaupt akzeptieren? Wäre er mit dem Erreichten zufrieden? Tom kann diese Frage nicht mit Sicherheit beantworten. Doch jetzt ist er nicht mehr so wütend. Die Zeit hat ihn geheilt. *Pass auf, dass der Hass dich nicht auffrisst*, hat Lykke ihn vor vielen Jahren gewarnt. Das ist nicht geschehen. Darüber ist er froh.

Siebzig. Der Verstand ist mit siebzig noch immer scharf. Doch der Körper baut langsam ab. Es zwickt und schmerzt an unmöglichen Stellen. Seine Füße sind nicht mehr das, was sie einmal waren. Seine Verdauung funktioniert nicht immer. Vor einem Jahr hat er gesundheitliche Probleme gehabt. »Eine transitorische ischämische Attacke«, sagte die Ärztin. Das hat ihm Angst gemacht. Kein Herzinfarkt – eher eine Art Minischlaganfall. »Aber Sie müssen aufpassen«, sagte die Ärztin. »Es könnte mit Ihrem Trauma zusammenhängen.« Sie meinte den Verlust seiner Hand.

Er tut sein Bestes, um fit zu bleiben. An den meisten Tagen wandert er die Klippenpfade entlang. Er steht früh auf und marschiert los bis zu den versteinerten Überresten von John Brewster, wo er sich, wenn er rechtzeitig kommt, den Sonnenaufgang ansehen kann.

Zweimal ist er zum Witwer geworden. Ellie ist eines Nachts im Schlaf verstorben. Fünfzehn Monate ist das her. Er war auf einer Klimakonferenz in Berlin. Sie schickten einen Boten in das Seminar, in dem er einen Vortrag hielt, um ihm die Nachricht ins Ohr zu flüstern. Eine Embolie, hieß es. Ein Blutgerinnsel, das sich mit bösen Absichten irgendwo in ihrem System versteckt hatte, nur darauf wartend, eines Nachts in ihr Gehirn zu wandern. Der ärztlichen Beschreibung nach nicht unähnlich dem, was ihm widerfahren war, nur hatte Ellie es nicht überlebt. Eine angenehme Art zu sterben, sagten die Leute. Doch ihr Tod war ein schwerer Schlag, und er vermisst sie sehr. Er schläft allein in dem übergroßen Bett, und seine Träume sind nur selten schön.

Er hat viele Freunde verloren. St. Piran ist ein anderer

Ort als der, den er als Kind kannte. Die meisten der vertrauten Gesichter seiner Kindheit sind nicht mehr da. Jeremy Melon starb an Prostatakrebs, nicht lange nach ihrer Rettung in der Baffin Bay. Die Presse und das Fernsehen hatten ihn wie einen Helden gefeiert, und er hatte seine kurze Berühmtheit genossen. Jeremy war es gewesen, mit seinem aufmerksamen Auge für die Natur, der, am Ruder wachend, das ferne Geräusch des Gewehrs gehört, einen roten Streifen auf einem fernen Stück Treibeis entdeckt und den Kurs der *Piranesi* geändert hatte, um nachzusehen. Nach Jeremys Tod war Demelza Trevarrick aus St. Piran fortgezogen. Eines Nachts war sie einfach verschwunden, und ihr Haus stand zum Verkauf. Sie hatte einen Bestseller geschrieben und mit dem Erlös, so erzählt man im Dorf, irgendwo in Frankreich eine Villa gekauft. Wer weiß schon, wo sie heute ist und ob sie überhaupt noch lebt?

Benny und Lacey sind geblieben. Sie würden St. Piran niemals verlassen. Sie überdauern alles, so wie die Felsen, die die Hafenmauern bewachen. Ihre Söhne haben einige Jahre lang auf Booten gearbeitet, doch irgendwann kamen weniger Touristen, und die Einnahmen blieben aus. Eines traurigen Tages wurde die *Piranesi* an einen Börsenhändler mit einem Haus in St. Mawes verkauft. »Sie hat kein Geld mehr eingebracht«, erklärte Benny Tom, doch er hatte Tränen in den Augen. Der Börsenhändler wünschte sich ein Freizeitboot fürs Wochenende. Benny fuhr die *Piranesi* in den Hafen von

St. Mawes und machte sie dort fest, und er hat seitdem nicht den Mut aufgebracht, noch einmal hinzufahren und nachzusehen, ob sie noch da ist. Heute sind die Shaunessy-Jungs verheiratet und haben selbst Kinder. Sie leben irgendwo weit im Landesinneren, wo sie nichts an das Meer erinnert außer ein paar Möwen.

Wir machen weiter. Wir alle. Wie das Meer atmen wir weiter. Auf. Ab.

Tom hat als Klimaberater für die DEAC gearbeitet, sechzehn Jahre lang, noch weit über Monty Causleys Amtszeit als Premierminister hinaus. Er übernahm die Leitung von Lykkes weltweit agierender 1820 Foundation. Durch seine Bekanntheit als Der-Mann-der-seine-Hand-an-den-Bären-Verlor erreichte er ein noch größeres Publikum, und die Unterstützung durch Monty Causley war der Funken, der das Feuer entfachte. Die Idee nahm nach und nach Fahrt auf. »Wir müssen nicht alles auf einmal schaffen«, erklärte Tom den Zuschauern eines Online-TED-Talks. »Wenn es hundert Jahre dauert, dann ist das eben so. Aber nichts ist so wichtig für die gesamte Menschheit wie ein intakter Planet, und wenn wir diesen Zustand wiederherstellen können, dann müssen wir das tun.«

Während der sechzehn Jahre bei der DEAC wohnte er teils in dem Häuschen in der Cliff Street, aber hauptsächlich in einer Kellerwohnung in Bloomsbury – nicht weit von der Studenten-WG, in der er mit neunzehn gelebt hatte. Sein Fußweg ähnelte dem, den er gegangen war, als er in Covent Garden gekellnert hatte – über den Bedford Square, die Oxford Street und dann die Charing Cross Road entlang. Doch jetzt war der Weg länger, über den Trafalgar Square, dann durch Whitehall, an der Downing Street und den großen Regierungsgebäuden vorbei und durch Parliament Square Gardens. Hier blickten die Statuen der Berühmtheiten auf ihn herab. Gandhi. Disraeli. Mandela. Churchill. Er hat Monty damit aufgezogen. Daran muss er oft denken. *Niemand wird eine Statue für Sie aufstellen, weil Sie das Parken billiger gemacht haben.* Er hofft, dass dies noch immer gilt.

Er hat Monty Causley seit fünfzehn Jahren nicht gesehen. Es gab eine Zeit, in der sie sich zweimal wöchentlich in der Downing Street getroffen haben, und manchmal gingen sie in einem von Montys Stammlokalen in Chelsea essen, immer unter den wachsamen Augen der Personenschützer des Premierministers. Doch Causley hat nach sieben Jahren sein Amt verloren durch einen von einem ehrgeizigen jungen Schatzkanzler initiierten Putsch, auf der Stelle seine Koffer gepackt und sich mit Carys in ihre Villa in Taormina zurückgezogen. Seitdem haben sich ihre Wege nur noch bei seltenen Regierungsempfängen oder Konferenzen im Ausland gekreuzt. Monty und Carys sind, soweit Tom weiß, nie wieder in St. Piran gewesen.

Einige Jahre nach Montys Auszug aus der Downing Street beschädigte ein Schmugglersturm Marazion House. Das Meer durchschlug die Fenster und Türen im untersten Stockwerk, alles lief voller Salzwasser und Abwasser, und die Mieter (denn das Haus war gerade an Urlauber vermietet) forderten eine überzogene Summe an Schadensersatz. Es war nicht die erste Flut, die das Haus traf, doch ganz sicher die schlimmste. Die Anwälte und Gutachter rieten Monty, er solle das Haus nicht weiter vermieten. Das Risiko einer Überflutung sei zu groß. Es bestehe Lebensgefahr. Und so steht Marazion House seitdem leer. Es kann nicht verkauft werden. Stattdessen wurden Türen und Fenster mit Brettern vernagelt, die mit den Jahren grau geworden sind. Schindeln fallen vom Dach. Moos wächst in den Fugen. Marazion House, einst das prächtigste Haus von ganz St. Piran, ist zu einem öffentlichen Schandfleck geworden. Das Meer und die Klippen holen es sich zurück. Eine Gruppe von Bürgern sammelte Geld für eine blaue Plakette, die sie am Haus befestigten. Darauf steht: *Dies ist das Haus des ehemaligen Premierministers Monty Causley, der es zur Verschandelung von St. Piran dem Verfall überlässt.* Ein Maschendrahtzaun und ein Tor mit schwerem Vorhängeschloss wurden aufgestellt, um das Gebäude vor Vandalen zu schützen und (vielleicht noch wichtiger) die Vandalen vor dem Gebäude. Das in vielen Jahrhunderten Erbaute wurde durch diesen und andere Stürme unterhöhlt, und selbst die Klippen, in die das Haus gebaut worden ist, sind so erodiert, dass das Gebäude selbst bedroht zu sein scheint.

»Die sollten das Ding abreißen«, sagte Benny einmal zu Tom.

»Das würde Geld kosten.«

»Die Familie hat Geld.«

Nun, das stimmt. Doch Monate vergingen, dann Jahre, und niemand kam, um Marazion House abzureißen, und irgendwann wurde es zu einer der vielen Sehenswürdigkeiten von St. Piran, eine zerfallende Ruine am Rande des Hafens, die man den Tagesausflüglern als Fotomotiv präsentierte.

Tom hat eine Armprothese. Sie lässt sich an den Stumpf seines Unterarmes schnallen, zwischen seinem Ellbogen und der Stelle, wo einmal sein Handgelenk war. Sie ähnelt einer Hand, und er kann durch Gedankenkraft mit dem Mechanismus kommunizieren, der die Finger öffnet und schließt. Doch es ist ein ziemlicher Aufwand, allein nur eine Tasse Kaffee damit zu halten oder jemandem die Hand zu geben. Er hat eine gesunde linke Hand, die er für all das benutzen kann. Und so trägt er die Prothese nur noch zu wichtigen Meetings. Er hat sich angewöhnt, kurzärmelige Hemden anzuziehen. Das geht einfacher. Und jetzt, da er im Ruhestand ist – na ja, beinahe im Ruhestand –, vergeht manchmal ein ganzer Monat, ohne dass er den Arm aus seiner Kiste holt.

Beinahe im Ruhestand. Nun ja. Er ist fast siebzig. Er hätte alles Recht der Welt, sich zur Ruhe zu setzen. Doch er hält immer noch Vorträge auf Konferenzen, auch wenn er inzwischen seltener eingeladen wird. Und er berät noch immer den internationalen Ausschuss der 1820

Foundation, auch wenn er dafür kein Honorar mehr erhält. Etwa einmal im Monat fährt er mit der Bahn nach London, um an irgendeiner Veranstaltung teilzunehmen. Er wurde für *Desert Island Discs* interviewt, eine Radiosendung, in der ein prominenter Gast die Höhepunkte seines Lebens Revue passieren lässt und dazu acht Schallplatten auswählen darf. Tom entschied sich unter anderem für Vaughan Williams' *Sinfonia Antarctica*. Die erinnere ihn, erklärte er dem Moderator, an die einsamen Meereslandschaften des Baffinmeeres. Er wählte ein Shanty aus, *Cornwall my Home (for this is my Cornwall, and I'll tell you why, Because I was born here, and here I shall die)*. Und *Strawberry Fields* von den Beatles, weil sie eine Band aus dem letzten Jahrhundert waren, weil Nan sie gemocht hatte und, ganz einfach, weil er es konnte.

Er ist also beschäftigt. Er arbeitet an einem Buch über das Projekt 1820 mit. Er war Podiumsgast in einer im Fernsehen ausgestrahlten Fragestunde. Bald wird er ein Video aufnehmen, in dem er frisch Amputierten den Verlauf des Genesungsprozesses erklärt. Doch die Zeit ist ein seltsames Gut, wenn man siebzig ist. Man hat zu viel davon und zugleich zu wenig. Manchmal sprechen ihn Besucher in St. Piran an, vor allem junge Leute, die zögerlich an seinen Tisch im *Petrel* treten oder (wenn sie mutig genug sind) an die Tür des Häuschens in der Cliff Street klopfen. Sie alle wollen über die Polkappen reden. Über die Erwärmung. Über CO_2. Über Stratocu-

muli. Über Plastik in den Ozeanen. Über Antibiotika-
resistenzen. Über das Artensterben. Sie sind jung und
voller Leidenschaft, genau wie er damals. Vor gar nicht
so langer Zeit, so kommt es ihm vor. Obwohl es schon
fünfzig Jahre her ist. Er hat Geduld mit ihnen. Immer.
Er lässt sich von ihnen eine Limo ausgeben, setzt sich
auf seinen Platz am ungenutzten Kamin und erzählt. Er
kennt viele Geschichten.

»Sind Sie ein Pessimist oder ein Optimist?«, hat ihn
eine junge Frau einmal gefragt. Sie erinnerte ihn an
Lykke. Sie war groß, hatte geflochtene Zöpfe. Und einen
leichten Akzent wie Lykke. Sie besaß Lykkes Ernsthaftigkeit. »Welcher Tag ist heute?«, fragte er. »Dienstag?
Dann bin ich heute ein Optimist. Dienstags bin ich Optimist, mittwochs Pessimist, und den Rest der Woche über
bin ich mir nicht sicher.« Als sie ihn nur amüsiert ansah, sagte er: »Ich bin optimistisch, was die Fähigkeit der
Menschheit angeht, Lösungen für diese Krise zu finden.
Aber ich bin pessimistisch, was die Bereitschaft angeht,
sie auch umzusetzen.« Er beugte sich vor, und es schien,
als kenne er ein Geheimnis, das er gleich flüsternd preisgeben würde. »Was ihr braucht«, sagte er dann, »ist,
dass meine Generation mit all ihrer Gier stirbt und die
Zukunft euch überlassen wird. Ihr seid die Lösung. Ihr
stimmt mich optimistisch. Zumindest dienstags.«

St. Piran hat sich verändert. In den fünfundzwanzig
Jahren, seit Benny Shaunessy und Jeremy Melon mit der
Piranesi zu ihrer Rettungsmission nach Grönland auf-

374

gebrochen sind, hat das kleine Nest am Zipfel Englands ganz langsam eine fundamental ruhigere Daseinsform angenommen. Die Urlauber kommen nicht mehr hierher. Wer weiß, woran das liegt. Das Reisen ist teuer geworden. Vielleicht ist das der Grund. Cornwall ist nicht mehr ganz so angesagt. Strände haben nach und nach ihren Reiz verloren. Vielleicht liegt es daran.

Es war eine allmähliche Veränderung. So wie die Erderwärmung. In jeder Saison war ein bisschen weniger los als im Jahr zuvor. Die Straße, die nach Treadangel führt, ist mit Schlaglöchern übersät, die Ausweichstellen sind voller Schlamm und die Hecken in die Höhe gewachsen. Eine Aura des Verfalls hat sich über das Dorf gelegt. Die weiß getünchten Mauern sind nun grau. Es gibt seit Alvin Hockings Tod vor über zwanzig Jahren keinen Pastor mehr. Eine Zeitlang kam manchmal der Pastor von Treadangel, um den Gottesdienst abzuhalten, doch auch das ist lange her, und die Kirche steht jetzt leer, wirkt wie ein Gespenst auf der Hügelkuppe – ein hohler Schatten, der über dem Dorf hängt. Viele der Geschäfte im Ort haben geschlossen. Die Boote und ihre Bootsführer sind fast alle verschwunden. Die einzigen Schiffe, die noch im Hafen liegen, sind Freizeitboote, die nur selten aufs Meer hinausfahren. Das Bistro am Kai und die Eisdiele gibt es nicht mehr. Das Pastetengeschäft ist weiterhin geöffnet, aber nur zwei Stunden pro Tag. Auch das *Fin Whale Hotel* existiert noch, doch es stellt keine Tische mehr an den Kai. Es ist jetzt ein vornehmeres Etablissement. Mit älterer Kundschaft. Das *Stormy Petrel* hat sich zum Glück nicht verändert – zumindest in mancherlei Hinsicht. Die Anderssens haben St. Piran vor etwa zehn Jahren verlassen, und der Pub wurde von einem ukrainischen Ehepaar gekauft, die das *Zu Verkaufen*-Schild bei einem Besuch im Dorf entdeckt hatten. Sie haben sich gut in St. Piran eingelebt. Sie machen keinen eigenen Cider. Sie verkaufen eine Art perlenden Cider aus Deutschland, den sie *Apfelwein* nennen. Der kommt bei den jungen Leuten besser an, sagen sie. Aber es ist nicht dasselbe.

Tom sitzt auf der Bank, von der aus man den Strand überblicken kann, und denkt über all diese Dinge nach. In seinem Kopf gehen die Gedanken heute durcheinander. Er braucht das Atmen des Meeres, um sich zu beruhigen. Doch mit der Flut kommt auch ein heftiger Wind auf. Das ist nicht bloß eine Brise. Da steckt richtig Kraft dahinter. Solch ein Wind kann einen Mann von den Füßen heben und den Strand hinauftragen.

Er hat einen Gang vor sich. Er erhebt sich von der Bank und läuft über den Fußweg, steigt die lange Treppe hinauf, die sich bis zur Landzunge windet. Der Aufstieg kostet Kraft. Oben angekommen, ist er außer Atem.

Der Friedhof ist mit hohen Gräsern und Unkraut überwuchert, doch die Dorfbewohner haben die neueren Gräber gepflegt. Ellie hat keinen Grabstein. Das bereut er. Die Kirche hat lange vor ihrem Tod dichtgemacht. Ellie wurde in Treadangel eingeäschert, und Tom verteilte ihre Asche mit Meadow und Mitgliedern der Magwith-Familie auf den Feldern, auf denen sie aufgewachsen war. Aber bestimmte Gräber auf dem Friedhof besucht Tom noch immer. Seine Mutter Kelly liegt hier zusammen mit Nan. Alte Freunde. Und in einer Ecke im Schatten der Hainbuche befindet sich ein bescheidenes Grab mit einem niedrigen Grabstein aus weißem Marmor.

Lykke Horsmith – im Alter von 34 Jahren im Sturm umgekommen – sie hat sich für eine bessere Welt eingesetzt – sie wird uns immer fehlen.

Jemand ist am Grab gewesen, hat das Gras geschnitten – vielleicht mit einer Schere – und Blumen in die Vase gesteckt. Tom beugt sich vor. Vierzig Jahre. Er besucht dieses Grab seit vierzig Jahren. »Was würdest du mir heute sagen?«, flüstert er dem Stein zu. »Was würdest du mir raten?«

Er kennt die Antwort. *Mach nichts Dummes.* Er weiß es, ohne es zu hören. Doch vielleicht ist es nicht die Antwort, die er hören will.

Da ist noch jemand auf dem Friedhof. Er sieht sie hinter einer Reihe von Gräbern mit einem Korb in der Hand. Charity Limber. Sie ist sieben Jahre älter als er, aber hat noch immer einen frischen Teint und ihr freundliches Lächeln. Sie ist hier, um Blumen auf Caseys Grab zu legen – einen frischen Hügel aus dunkler Erde. Sie kommt zu Tom und legt ihre Hand auf seine Schulter. »Wie geht's dir, alter Freund?«, fragt sie.

»Wie immer«, sagte Tom. »Und dir?«

»Wie immer.«

So sind sie in St. Piran. Und das ist es, was man antwortet, wenn das Alter einem die Beweglichkeit nimmt. *Wie immer.* Sie unterhalten sich kurz. Sie tauschen ein paar alte Erinnerungen aus. Dann verabschiedet sich Tom von Charity und geht seines Weges. Den Hang hinunter, über das Kopfsteinpflaster und dann ins Dorf. Es ist ein recht warmer Tag, trotz des Windes, und die Leute gehen ihren Geschäften nach. Die meisten von ihnen sagen »Hallo, wie geht's«, und Tom kennt die meisten, die ihm begegnen.

Der Wind wird stärker. Er fühlt sich jetzt schon an wie ein Sturm. Es pfeift zwischen den Häusern am Wasser hindurch. Der neue Wirt des *Petrel* bringt die frühen Gäste, die draußen sitzen, ins Lokal. Beunruhigt geht Tom den Kai entlang bis zu den Steinstufen, die erst zu einer felsigen Plattform hinab- und dann zum Marazion House hinaufführen. Die Stufen und die Felsen stehen bereits unter Wasser. Die Flut steigt immer weiter. Der Zugang zum Haus ist tückisch. Trotzdem tritt er in das knöcheltiefe Wasser hinein und spürt, wie das Meer seine Socken durchnässt.

Marazion House ist von einem Maschendrahtzaun umgeben, der an in Beton eingelassenen Stahlpfosten festgemacht ist. Bevor man die Eingangstür erreicht, muss man durch ein Tor, das normalerweise mit einem Vorhängeschloss gesichert ist. Heute fehlt das Schloss. Jemand hat es abgenommen. Jemand, der einen Schlüssel besitzt. Tom hebt den Riegel, und das Tor geht auf. Er steht fast bis zu den Waden im Wasser.

Heute trägt er seine Prothese nicht. Einen Augenblick lang bereut er das. Doch jetzt ist es zu spät, um noch einmal umzukehren.

Er steht vor der Eingangstür. Das Wasser steigt immer weiter; in einer Stunde ist Flut. Die Tür ist unverschlossen und schwingt, als er danach greift, wie ein Segel im Wind auf. Sie ist schwer, und die Scharniere sind rostig. Sie quiekt wie ein verwundetes Tier. Tom muss sich mit seinem ganzen Gewicht dagegen stemmen, um sie zuzumachen. Er geht durch den Flur, das Wasser ist knöcheltief, und zieht die Tür zum Wohnzimmer auf.

Durch die vernagelten Fenster ist es im Haus düster. Junilicht fällt durch die Lücken zwischen den Brettern und erhellt den Raum ein wenig. Keine Möbel. Keine Bilder. Keine Teppiche. Keine Vorhänge. Es gibt nichts, was erkennen ließe, dass dies einmal das Zuhause einer Familie war. Vielleicht war es das nie.

»Hallo, Tom.«

»Hallo, Monty.«

Der alte Mann ist bereits da. Er sitzt auf dem Fußboden, in der Mitte des Raumes, unbequem, vornübergebeugt wie ein uralter Embryo, als könne er jeden Moment umkippen. Er ist zu warm angezogen und recht förmlich gekleidet, trägt Mantel, Tweedjackett und Weste, Hemd und sogar eine Krawatte. Es hat beinahe etwas Komisch-Tragisches an sich, wie er so fein herausgeputzt und einsam zwischen den verfallenen Resten seines einst prächtigen Hauses dasitzt. Alte Männer sollten nicht auf dem Fußboden sitzen. Vor allem nicht alte Männer, die einmal ein Land regiert haben. Es hat etwas Würdeloses, aufgewertet nur durch die Würde seiner Kleidung. Er sitzt in dem mehrere Zentimeter tiefen Wasser, und seine Arme und Beine sind durchnässt.

»Ist heute kein Personenschützer bei Ihnen?«, fragt Tom und hebt die Augenbrauen.

»Ich habe schon seit Jahren keinen mehr«, sagte Monty. »Eine sinnlose Art, öffentliche Gelder auszugeben.« Er zuckt mit der Schulter. »Und wer würde mich schon bedrohen wollen?«

»Sie sehen gut aus«, sagt Tom.

»Das kann täuschen.«

Sie betrachten einander. Ein alter Mann und ein sehr alter Mann.

»Schön, Sie zu sehen, Tom«, sagt Monty.

»Sie auch.«

»Ich wusste, Sie würden kommen.«

»Wirklich?« Tom sieht ihn erstaunt an. »Fast wäre ich nicht gekommen. Ich hab darüber nachgedacht. Ich dachte, Sie sind vielleicht in Spanien – oder wo auch immer Sie inzwischen leben.«

»Sizilien. Da habe ich mal gelebt. Aber jetzt schon seit fünfzehn Jahren nicht mehr.«

»Ach.« Tom ist überrascht. »Und wo dann?«

»Der Familiensitz der Causleys ist in Bodmin.« Monty

stützt sich mit den Händen ab, die im Wasser verschwinden. »Oben in den Mooren. Der alte Sitz meiner Vorfahren. Irgendwann landen wir alle da, wir Causleys.«

»Verstehe.«

»Ich bin in einem selbstfahrenden Taxi hergekommen. Die gefallen mir recht gut. Ihnen auch?«

»Ich benutze sie, wenn es sein muss.«

Sie lernen sich von neuem kennen, durch ein Gespräch über Taxis. »Wie lang dauerte die Fahrt?«

»Etwa anderthalb Stunden, glaube ich.«

»Darf ich mich zu Ihnen setzen?«

»Natürlich.« Monty nimmt seinen Gehstock von seinem Schoß und tippt damit auf eine Stelle neben sich. »Wenn es Sie nicht stört, nass zu werden«, sagt er. »Es gibt da einen Trick, den ich bei den Pfadfindern gelernt habe. Hat man Ihnen das bei den Pfadfindern auch beigebracht? Wenn man sich nirgendwo anlehnen kann, setzt man sich Rücken an Rücken und lehnt sich aneinander an.«

»Ich war nie bei den Pfadfindern«, sagt Tom. Er lässt sich nieder. »Haben wir das nicht schon mal gemacht?«

»Könnte sein.«

Sie suchen die am wenigsten unbequeme Position und lehnen sich vorsichtig zurück.

Monty wiegt nichts mehr, stellt Tom fest. Er ist geschrumpft. Und zerbrechlich. Ein Windstoß könnte ihn umpusten.

Das Wasser ist kalt, doch er friert nicht. Toms Hosen

saugen sich voll. Er fühlt sich wie damals als Kind, als er und Connor durch die Gezeitentümpel gepaddelt sind und Krabben gekeschert haben. Dann ging es mit durchnässten Kleidern nach Hause.

»Denken Sie manchmal an diese Zeit zurück?«, fragt Monty ihn. »Die Zeit, die wir auf dem Treibeis verbracht haben, Sie und ich?«

»Daran denke ich jeden Tag«, sagt Tom. Er hält den Stumpf seines rechten Armes hoch. »Ich werde immer daran erinnert.«

»Ah, richtig«, sagt Monty. »Natürlich. Wie unsensibel von mir.«

»Überhaupt nicht«, sagte Tom. »Wie ist es bei Ihnen? Denken Sie manchmal daran?«

In dem leeren Raum wird es still. Montys Atmung klingt schwerfällig und wässrig. »Das hat mich nie losgelassen«, sagt er. »Erinnern Sie sich an den Iglu?«

»Natürlich.«

»Wenn ich darüber nachdenke, was ich in meinem Leben geleistet habe, muss ich immer an den Iglu denken.«

»Er war toll.«

»Stimmt.«

Sie sitzen Rücken an Rücken im ansteigenden Wasser. Der Wind quetscht sich zwischen den Brettern hindurch, es säuselt und klappert.

»Wann ist Flut?«, fragt Monty.

»In etwa einer Stunde.«

»Dann müssen wir wohl warten.«

Tom antwortet mit einem Grunzen. Seine Beine fühlen sich schon jetzt so an, als würde das Blut nicht mehr hindurchfließen. Er kann keine Stunde so sitzen. »Wir müssen überhaupt nicht hier sitzen«, sagt er.

»Na ja, *Sie* nicht«, sagt Monty. »Aber ich schon. Wenn ich mich richtig erinnere, ging es in der Wette darum, dass ich eine Stunde lang in meinem Wohnzimmer sitzen muss.«

Tom erwidert nichts. Er verspürt eine unbeschreibliche Müdigkeit. Er hat viel zu lange auf diesen Tag gewartet. Jetzt ist er da, und es fühlt sich irgendwie unwirklich an.

»Schon lustig, oder?«, sagt Monty. »Wie die ganze Welt unsere Wette vergessen hat. Außer Ihnen und mir.«

»Die Welt denkt, wir hätten sie abgeblasen«, sagt Tom. »Sie haben der Presse erzählt ...«

»Ich habe der Presse erzählt, unsere Wette sei Geschichte«, sagt Monty. »Die haben mich gefragt, und ich sagte, Sie und ich hätten die Sache geklärt, und es sei nun Geschichte. Sie haben ihre eigenen Schlüsse daraus gezogen. Ich habe sie nicht daran erinnert, dass sich die Geschichte ausnahmslos nicht nachträglich ändern lässt.«

»Ich dachte, wir hätten uns geeinigt, dass wir quitt sind«, sagt Tom. »Dass die Ehre auf beiden Seiten wiederhergestellt ist.«

»Nur, was unsere gegenseitigen Indiskretionen angeht«, erwidert Monty. »Nicht die Wette an sich.«

»Na ja, wir könnten sie jetzt abblasen«, sagt Tom.

»Wir sind jetzt älter und klüger. Wir könnten uns die Hand reichen. Wir könnten losgehen und uns ein Glas sprudelnden Cider im *Petrel* bestellen.«

»Leider darf ich nichts mehr trinken«, sagt Monty. »Mein Arzt hat's verboten.«

»Wir könnten auch eine Tasse Tee trinken.«

»Wie Sie das sagen, klingt es fast nett.«

»Das könnte es auch sein.«

Das Wasser schlägt gegen ihre Beine. In der Luft hängt der salzige Geruch des Meeres.

»Um wie viel ist das Wasser angestiegen?«, fragt Monty. »Seit unserer Wette?«

»Viel mehr, als wir erwartet haben«, sagt Tom. »Die Antarktisschmelze war katastrophal.«

»Um wie viel?«

»Fast einen Meter. Aber das heute ist eine Springtide. Eine besonders hohe. Und es weht ein starker Südwind. Ich denke, es ist eine Tide, die etwa zwei Meter höher ist als vor fünfzig Jahren.«

»Und wie hoch wird sie hier drin sein?«, fragt Monty. »In diesem Raum?«

»Nicht mehr als kniehoch«, sagt Tom. Er demonstriert die Höhe mit seiner gesunden Hand. »Sie werden es überleben.«

Klapper, klapper. Die Bretter vor den Fenstern klappern im Wind, der sich allmählich zu einem Sturm auswächst. Im Haus strudelt und wirbelt das Wasser, weil immer mehr Wellen gegen die Eingangstür schlagen.

»Und jetzt?«, fragt Monty. Seine Stimme klingt schwach.

»Was jetzt?«, wiederholt Tom. *Ja, was jetzt?* »Einer von uns ertrinkt. Oder wir schütteln uns die Hand und vergessen das Ganze.«

»Das meinte ich nicht«, sagt Monty. »Ich meinte, was passiert jetzt mit der Welt?«

»Jedes Jahr wird es ein klein wenig heißer«, sagt Tom. »Jedes Jahr steigt das Meer weiter. Jedes Jahr wird mehr CO_2 freigesetzt. Jedes Jahr gibt es weniger Eis, um das Sonnenlicht zu reflektieren. Jedes Jahr entstehen weniger Wolken. Wir erreichen den Stratocumulus-Kipppunkt in etwa fünfzig bis sechzig Jahren. Der Planet wird dann nicht mehr in der Lage sein, hohe Wolken zu bilden. Wir werden kochen. Die Welt wird kochen.«

»Und die Polarbären werden verschwunden sein.«

»Und die Pandas. Und die Pinguine. Und die Pangoline.«

»Sie alle.«

Sie sitzen da, Rücken an Rücken, und denken darüber nach.

»Letzten Endes«, sagt Tom, »ist es bloß eine blöde Wette. Kein rechtsgültiger Vertrag. Wir müssen nicht hierbleiben. Wir sind Erwachsene. Keiner von uns muss sterben. Wir können aufstehen und gehen.«

»Ich gebe zu«, sagt Monty, »mir ist recht kalt. Ich dachte, ich hätte mich an Kälte gewöhnt, als wir auf dem Eisberg waren, aber im Wasser friere ich.«

»Ich auch«, sagt Tom. »Sollen wir es abblasen?«

Doch keiner der beiden Männer macht Anstalten aufzustehen. Draußen, vom Tosen des Windes fast übertönt, hören sie Kinder, die am Kai entlanglaufen und einen Unterschlupf vor dem Sturm suchen. Laute Stimmen. Gelächter.

»Haben Sie Enkelkinder?«, fragt Monty.

»Zwei. Zwei Jungs. Axel und Torben.«

»Ich meine, die habe ich mal getroffen.«

»Ja.«

»Sie sind ein glücklicher Mann.«

»Ja, sehr.«

»Haben Sie je wieder geheiratet?«

»Ja.« Tom seufzt. »Aber ich bin schon wieder Witwer.«

»Das ist traurig. Carys ist letztes Jahr gestorben. Wussten Sie das?«

»Ich hab's in der Zeitung gelesen. Das tut mir leid.«

»Das muss es nicht. Sie war sechsundachtzig. Ein ganz schönes Alter, oder? Sie war bereit«, sagt Monty. Er sieht Tom an. »Weiß jemand, dass Sie hier sind? Gibt es jemanden, der weiß, dass unsere Wette noch gilt?«

Tom schüttelt den Kopf. »Nur Ben«, sagt er.

Monty sieht ihn nervös an. »Benny? Wird er kommen und versuchen, uns davon abzuhalten?«

»Er liegt im Krankenhaus in Truro«, sagt Tom. »Er bekommt ein neues Knie. Außerdem habe ich ihn schwören lassen, dass er nicht herkommt. Ich hab ihm gesagt, dass ich schon zurechtkomme.«

»Gut.«

»Es war nicht einfach, ihn zu überzeugen«, sagt Tom. »Aber er wird sein Wort nicht brechen. Selbst wenn er könnte.«

»Gut.«

»Und was jetzt?«, fragt Tom. »Wie lange wollen Sie, dass wir so hier sitzen?«

»Nicht so hastig, Tom. Ich denke seit fünfzig Jahren fast jeden Tag über diesen Moment nach. Sie nicht auch? Ich habe keine Lust, es zu schnell anzugehen. Ich habe diese Szene in meinem Kopf durchgespielt. Ich weiß, wie es weitergeht«, sagt Monty.

»Das habe ich auch«, sagt Tom. »Ich habe jede Möglichkeit durchdacht. Und ich weiß auch, wie es laufen wird.«

»Wirklich?«, fragt Monty. Er klingt ein wenig überrascht. »Warum sagen Sie mir dann nicht ... was glauben Sie, wie es abläuft?«

»Ich komme zum Marazion House und entdecke Sie hier«, sagt Tom. »Genau so, wie es ja auch war. Ich wusste, Sie würden hier sein. Schon aus Prinzip. Weil Sie stur sind. Damit Sie recht hatten. Die ganze *Welt* soll wissen, dass Sie recht hatten. Weil ich eine Lektion verdiene. Das alles ist verständlich. Sie *hatten* recht. Ich verdiene wirklich eine Lektion. Also, wie geht es weiter? Wir sitzen zusammen im Wasser und führen ein Gespräch, bis Sie es sich schließlich von mir ausreden lassen. So läuft es ab. Ich muss derjenige sein, der aufgibt. Ich habe die Wette verloren. Aber wir sind Gentlemen. Das hier ist kein altmodisches Duell auf Leben und Tod. Also geben wir uns die Hand und gehen Tee trinken. Das ist der einzige sinnvolle Ausgang. Wenn Sie darauf bestehen, dass ich ertrinke, dann wird die Geschichtsschreibung nicht sehr wohlwollend auf Ihr Erbe blicken, und die Geschichte ist Ihnen wichtig, oder nicht? Mein Tod wäre ein Fleck auf ihrer Karriere. Es würde fast wie ein Mord aussehen. Man wird nie eine Statue von Ihnen auf dem Parliament Square aufstellen, wenn Sie Blut an den Händen haben. Also, was machen Sie? Sie müssen großherzig wirken. Sie wollen, dass ich Sie anflehe. Aber das ist kein Problem. Denn egal, was ich sage, und egal, wie ich es sage, Sie werden nachsichtig sein, und wir geben unsere Wette auf. So endet diese Szene, Monty. Es ist die einzige Möglichkeit. Die Frage ist bloß, wie kalt und verspannt und nass wir werden müssen, bevor Sie diesen Drehbuchentwurf akzeptieren.«

Ein langes Schweigen folgt auf diese Äußerung. Schließlich beugt Tom sich vor und steht auf, und Monty sitzt allein auf dem Boden. Das Wasser reicht ihm fast bis zu den Waden. »Sollen wir uns darauf einigen«, fragt er, »und uns die Hand reichen?« Er hält ihm seinen gesunden Arm hin. »Ich kann Ihnen aufhelfen.«

Doch Monty macht keine Anstalten aufzustehen. Stattdessen lässt er seinen Kopf noch ein Stück tiefer sinken. »Sie haben mich nicht gefragt«, sagt er. »Fragen Sie mich, wie ich die Szene vor mir sehe.«

Tom reagiert mit einem nervösen Seufzer. »Also gut. Wenn es sein muss. Erzählen Sie mir Ihre Version.«

»Einer von uns muss ertrinken, Tom. So sehe ich das. So ist das. Sie irren sich, was die Geschichte angeht. Ich habe Geschichte studiert. Sie nicht. Sie haben Vulkane studiert. Sie haben mir einmal gesagt, Sie könnten nicht die Abfolge der Plantagenet-Könige aufzählen oder sagen, wer Erzherzog Ferdinand erschossen hat, und das ist in Ordnung so. Sie müssen so etwas nicht wissen. Aber versuchen Sie nicht, die Geschichte als Alibi zu benutzen, wenn Sie sie nicht verstehen.« Causleys Atmung klingt angestrengt. Zu sprechen scheint ihn all seine Energie zu kosten. Er schnappt nach Luft – atmet tief und rasselnd ein. »Lassen Sie mich Ihnen etwas erklären«, sagt er. »Geschichte lebt von *Geschichten*. Das macht sie aus – mehr als alles andere. Sie hat herzlich wenig mit der Abfolge von Königen zu tun, mit Daten oder Verträgen. Es geht um Geschichten. Geschichten, die wir erzählen. Geschichten, an die wir uns erinnern. Geschichten mit einer Botschaft. Wir erinnern uns an Jeanne d'Arc, weil sie verbrannt wurde. Wäre sie friedlich in ihrem Bett eingeschlafen, wer würde dann heute noch ihren Namen kennen? Die Geschichte muss ein Ende haben, das die geweckten Erwartungen erfüllt. Sonst ist es keine Geschichte. Und so wird es auch bei uns sein. Wenn wir jetzt gehen und im *Petrel* Tee trinken, wird sich niemand an unsere Geschichte erinnern. Sie erinnern sich vielleicht, dass wir auf einem Eisberg

verschollen sind. Dass einer von uns von einem Polarbären verletzt wurde. Aber wollen Sie, dass unsere Geschichte so erzählt wird? Wo ist da die Botschaft? Ich
dachte immer, Sie wären der Leidenschaftliche von uns
beiden, Tom. Sie wären der, der will, dass die Botschaft
von den Dächern gerufen wird. Erzählen Sie mir nicht,
dass es Sie nicht maßlos enttäuschen würde, wenn wir
diese Geschichte, nach all dieser Zeit, einfach so aufgeben würden. Denn dann gibt es kein Zurück mehr. Das
wissen Sie, oder? Wir können das hier nicht auf nächste
Woche verschieben oder nächstes Jahr. Heute ist der Tag.
Jetzt. Das ist so vereinbart. Hier muss die Geschichte zu
Ende gehen, Tom. Nicht sang- und klanglos mit einer
Tasse Tee.«

Tom steht leicht schwankend da. Seine Brust fühlt
sich eng an.

»Das wird eine Legende von St. Piran sein«, sagt
Monty. »Eine weltweite Legende. Die Leute werden zu allen Zeiten darüber reden. Aber nur, wenn einer von uns
ertrinkt.«

»Und was, wenn ich mich weigere zu ertrinken?«,
fragt Tom. »Ich weiß nicht mal, ob ich das kann. Ich
glaube nicht, dass ich den Mut hätte, Wasser einzu-
atmen.« Er hat jetzt Angst. Er hat gewusst, dass Monty
stur sein würde. Er hat sogar mit ein wenig Widerstand
gerechnet. Doch die ruhige Gewissheit des alten Mannes
verunsichert ihn.

»Aber Sie müssen doch gar nicht ertrinken, Tom«,

sagt Monty. »Ich dachte, Sie hätten gesagt, Sie haben alles durchgespielt. Jedes mögliche Szenario.«

»Das hab ich.«

»Na, dann sagen Sie mir eins. Wer hat diese Wette wirklich verloren?«

»Uns bleibt noch fast eine Stunde, um es rauszufinden.«

»Unsinn. Wir kennen die Antwort schon jetzt. Sehen Sie sich um, Tom.« Monty zeigt mit seinem Stock auf den baufälligen Raum und die schimmelnden Wände. »Sehen Sie sich das Haus an. Es ist unbewohnbar. Eine Ruine. Ich sitze in Wasser. Hätte ich vor fünfzig Jahren in die Zukunft schauen können, hätte ich das dann als Sieg für meine Position gewertet? Ich denke nicht. Der Meeresspiegel ist gestiegen. Genau, wie Sie es gesagt haben.«

»Nicht so viel wie ...«, setzt Tom an.

Doch Monty unterbricht ihn. »Pah!«, macht er. »Bei unserem Streit ging's nicht um Zentimeter. Es ging ums Prinzip. Haben wir unsere Welt leichtsinnig aufs Spiel gesetzt mit einer Politik, die die Polkappen hat schmelzen und den Meeresspiegel hat steigen lassen? Ja, das haben wir. Ich lag falsch, Tom. Sie lagen richtig. Sie stehen auf der richtigen Seite der Geschichte.«

»Aber darum haben wir nicht gewettet. Sie können sich nicht selbst ertränken. Es gilt nur, wenn das Wasser so hoch steigt, dass Sie ertrinken.«

»Und das wird es auch. Aber wenn wir uns schon wie Anwälte aufführen, die die Definition von Wörtern sezieren, möchte ich Sie daran erinnern, was wir damals gesagt haben. *Ich werde mich an meinem neunzigsten Geburtstag eine Stunde lang in mein Wohnzimmer im Marazion House setzen. Wenn es unter Wasser steht, ertrinke ich.* Steht mein Wohnzimmer unter Wasser, Tom?«

Tom kneift für einen Moment die Augen zu und holt tief Luft. »Ja«, sagt er.

»Dann muss ich ertrinken. Dazu habe ich mich verpflichtet. Und ich bin ein Ehrenmann, Mr. Horsmith. Und somit ist mir nicht zu helfen. Sie können mir nicht helfen und auch sonst niemand. Das würde die Wette ungültig machen. Ich kann hier keine Stunde so auf meinen Händen sitzen, Tom. Meine Schultern sind nicht stark genug. Meine Bauchmuskeln schaffen das nicht.« Er lässt sich zurücksinken und liegt jetzt im Wasser, auf die Ellbogen gestützt, schwimmt schon fast.

»Das lass ich nicht zu«, sagt Tom. »Das ist sinnlos. Ich lasse Sie nicht wegen einer fünfzig Jahre alten Wette ertrinken.«

»Doch, das werden Sie. Keine Sorge, Tom. Ich habe bei meinem Anwalt einen Brief hinterlegt, der erklärt, was ich vorhabe. Es wird nicht auf Sie zurückfallen. Aber versuchen Sie nicht, mich daran zu hindern, Tom. Retten Sie mich, *werde* ich verlangen, dass Sie ertrinken. Ich werde darauf bestehen. Wie Shylock. Ich werde meinen Gewinn einfordern. Denken Sie an Lykke. Denken Sie an Ihr dreiundzwanzigjähriges Ich. Denken Sie an die Leidenschaft, die Sie damals hatten.«

Tom steht über ihm. »Und Sie sollten an Ihr Vermächtnis denken«, sagt Tom. »Sie waren ein guter Premierminister. Sie haben mehr gegen die Klimakrise getan als jeder andere Regierungschef vor oder nach Ihnen. Wenn Sie wollen, dass die Leute Statuen von Ihnen aufstellen, sollten Sie das nicht aufs Spiel setzen. Einem Selbstmörder errichtet niemand eine Statue.«

»Ich will keine Statue, Tom. Ich will eine Geschichte. Eine Geschichte überdauert viel länger als eine Statue. Außerdem«, sagt Monty, »will ich nicht in einer Welt ohne Polarbären leben. Ohne Pinguine. Wie hießen die anderen Viecher noch?«

»Pangoline«, sagt Tom.

»Oder Pelikane.«

Eine Welle spült über Montys Gesicht.

»Noch vierzig Minuten bis zur Flut«, sagt Monty. Er schließt die Augen.

Tom lässt sich auf die Knie fallen. »Es tut mir leid, alter Freund«, sagt er. »Aber ich kann das nicht zulassen.«

»Wie wollen Sie mich denn davon abhalten? Sie haben ja nur eine Hand.«

»In fünfundzwanzig Jahren mit nur einer Hand lernt man, damit umzugehen«, sagt Tom. Er schlingt seinen linken Arm um Monty. »Ich hebe Sie jetzt hoch«, sagt er. »Ich würde es zu schätzen wissen, wenn Sie mir helfen würden und aufstehen.«

»Nein!« Montys Mantel und Kleider sind schwer durch

das Wasser. Er kooperiert nicht, sondern presst seine Arme fest an seine Brust.

Tom müht sich ab. Mit dem einen Arm bekommt er ihn nicht zu fassen. Er versucht aufzustehen, doch Monty lehnt sich zurück, und jetzt sind beide fast unter Wasser. »Ich bringe Sie hier raus«, brüllt Tom. »Seien Sie kein Idiot! Ich lasse Sie nicht ertrinken.«

Sie kämpfen. Ein Kampf zwischen zwei sturen alten Männern, durchnässt und kalt. Monty wehrt sich mit der wenigen Kraft, die er noch besitzt. Tom hält dagegen, und ein Siebzigjähriger hat einen unendlich großen Vorteil gegenüber einem Neunzigjährigen, auch wenn ihm ein Arm fehlt. Sie rutschen über den Boden, und die Wellen spritzen, und Tom bekommt Monty endlich zu fassen. Von hinten, mit einem Arm um seine Brust und der Hand am Kragen des Mantels. Es kostet Mühe aufzustehen, doch er lässt nicht los, und jetzt steht der ältere Mann auf den Füßen wie eine nasse, wollene Schaufensterpuppe. Doch dann stürzen sie, liegen wieder auf dem Boden, wieder im Wasser, und das Ganze geht wieder von vorne los. Wem werden als Erstem die Kräfte schwinden?

»Lassen Sie mich sterben«, fleht Monty ihn an. »Ich will hier sterben. So muss es enden.«

»Nein!« Tom hat ihn wieder zu fassen bekommen. Diesmal steht nur er auf, während er Monty noch immer fest umklammert. Beide sind erschöpft. Tom spürt, wie sehr die Anstrengung sein Herz belastet. »Sie kommen mit mir«, sagt er.

Monty Causley scheint den Widerstand aufgegeben zu haben. Er lässt sich von Tom wie ein Sack Fisch aus dem Wohnzimmer zerren. Sein Gesicht ist gräulich. »Tun Sie das nicht, Tom.«

»Ich muss!«

In der Diele ist es dunkler. »Halten Sie sich an mir fest«, befielt Tom. Er braucht seine gesunde Hand, um die Haustür zu öffnen.

Draußen heult der Wind wie ein cornischer Dämon.

»Festhalten!« Tom lässt Monty los, und der alte Mann sinkt ins Wasser. Tom reckt sich, um die Tür aufzuziehen, doch noch bevor er den Griff erreicht, geht sie auf, und ein Schwall Wasser strömt herein wie eine Gezeitenwelle. Die Männer werden nach hinten geworfen.

Jemand hat die Tür geöffnet. Im Rechteck aus Licht, umrahmt von Gischt und Sonnenlicht, ist der Umriss einer Frau in Jeans und mit langem weißem Haar zu erkennen, das in alle Richtungen weht.

»Lacey!«, ruft Tom. Seine Stimme kommt kaum gegen den gewaltigen Wind an. »Hilf mir!« Er stolpert nach vorn und hält sich an ihrem Arm fest.

»Was ist hier los, Tom?« Sie sieht ihn grimmig an.

»Hilf mir.« Er blickt auf Monty, der jetzt mit dem Gesicht nach unten im Wasser liegt. »Wir müssen verhindern, dass er ertrinkt.«

Noch während er das sagt, rollt eine Welle durch die Tür, und Tom verliert das Gleichgewicht und fällt um. »Oh Gott!«

Es ist noch nicht vorbei. Der Sog der zurückströmenden Welle zerrt an seinen Beinen, und er wird durch die Tür bis zur obersten rutschigen Stufe der Treppe gezogen. Sie ist voller Algen. Er denkt, dies könnte das Letzte sein, was er in diesem Leben sieht, wenn die großen unbesiegbaren Mächte von Wind und Meer, der brutale und böswillige Schmugglersturm ihn von der Treppe in die überschäumende Gischt und auf die furchtbaren Felsen der Piran Bay zerren, Felsen, die wie eine Reihe Messer dastehen und Marazion House beschützen.

Doch Lacey hat ihn gepackt, und sie stürzen die Stufen hinunter. Schwerelos, da das Wasser unter ihnen zurückfließt. Tom landet als Erster. Lacey direkt oberhalb von ihm. Er schlägt mit einem üblen Knirschen auf die harten, scharfkantigen Felsen und weiß sofort, dass seine rechte Schulter gebrochen ist. Er kennt dieses Gefühl. Blut rinnt in den Schaum.

Aber wen interessiert das? Es ist sein versehrter Arm. Sie kämpfen sich gemeinsam auf die Beine, als wären sie ein und dasselbe Wesen.

»Komm.« Sie führt ihn weg von der Gefahr, hin zur schützenden Hafenmauer. Es knirscht unter ihren Füßen, schwankend kämpfen sie sich über die glatten Kiesel, bis sie schließlich die Stufen zum Hafen hinaufsteigen. Dort sinken sie auf dem nassen Kai zusammen. Das Blut aus seiner Schulter fühlt sich auf seiner Haut warm an.

»Ich hab mir was gebrochen, Lacey«, sagt er.

»Du hast Ben fest versprochen«, sagt sie, setzt sich auf und blickt ihn an, »dass du dich nicht in Gefahr bringst.«

»Und er hat mir versprochen, dass er nicht versuchen wird, mich heute aufzuhalten.«

»Hat er auch nicht.« Lacey steht da, die Hände in die Hüften gestemmt. »Aber er wusste, dass du einen Plan verfolgst, Tom. Und einer von uns musste dabei sein.«

»Ich hatte keinen Plan«, keucht Tom. Er nickt ungeduldig in Richtung des Hauses. »Geh und hol Monty.«

Sie dreht sich zu den Stufen um. »Du bleibst hier. Mach nichts Dummes.«

Mach nichts Dummes. Das hat Lykke einmal zu ihm gesagt. Er versinkt in Schmerzen. Vielleicht schneiden sie ihm jetzt den ganzen verdammten Arm ab. Er braucht ihn nicht mehr.

Er sieht zu, wie Lacey die Stufen zum Marazion House hinaufgeht, das Geländer fest umklammernd. Die Eingangstür steht offen und wird vom Sturm hin und her geworfen. Damit hat Tom nicht gerechnet. Er hat sich nicht ausgemalt, dass Monty ertrinken will.

Es dauert lange, bis Lacey wieder auftaucht. Als sie schließlich zurückkommt, ist sie allein.

Achtzig Jahre
nach
der Wette

23

Torben

»Meine Großmutter Lykke Horsmith habe ich nie getroffen«, erzählt Torben der Menge. Er steht auf einem
hölzernen Podest, auf dem Platz vor ihm sind mehrere
tausend Menschen versammelt. Er stützt sich auf ein
Pult. Seine Stimme aus den Lautsprechern in den Bäumen wird zu ihm zurückgeworfen. »Aber mein Großvater hat immer über sie geredet. Ich hatte immer ein
wenig Angst vor meinem Großvater. Er hat mir seinen
Armstumpf gezeigt. ›Ich hab meine Hand verloren‹, hat
er gesagt, ›weil ein Bär sie mir abgebissen hat.‹ Wenn
man acht Jahre alt ist, jagt einem so eine Geschichte
mächtig Angst ein.«

Die Menge ist guter Stimmung. Sie ermuntert ihn
weiterzureden. Seine Geschichte belohnen sie mit groß-
zügigem Gelächter.

»Man hat mir erzählt, dass ich Montague Causley einmal getroffen habe, aber damals war ich drei, also habe
ich leider keine Erinnerung an diesen großen Mann.
Stattdessen möchte ich Ihnen ein paar Zahlen des Projekts 1820 nennen – eine Idee meiner Großmutter, für
die sich mein Großvater Tom Horsmith eingesetzt hat

und die von Premierminister Montague Causley weltweit in die politische Realität umgesetzt wurde. Ein Projekt, das zu führen ich die Ehre habe.« Torben entfaltet ein Blatt Papier. »Einhundertundsechs Staaten haben inzwischen das 1820er-Versprechen unterzeichnet.«

Dafür gibt es Applaus.

»Diese Staaten haben gemeinsam neunhundertundzehn Milliarden Bäume gepflanzt, womit wir jetzt fünfundsiebzig Prozent unseres Ziels erreicht haben. Mehr als fünfzehn Millionen Quadratkilometer Land wurden renaturiert. Fast zehntausend Pflanzen- und Tierarten stehen nun nicht mehr auf der Roten Liste.«

Lauterer Applaus.

»Mit großem Vergnügen möchte ich den Mann auf dieser Bühne begrüßen, der diese Statue enthüllen wird ... meinen Großvater, Thomas Horsmith.«

Tom wird die Stufen hinaufbegleitet. Er ist ein kleiner Mann und sehr alt. Sein Bart ist weiß.

Er begrüßt Torben mit einer Umarmung. Er geht ein wenig gebückt, doch am Pult richtet er sich auf, um die Wertschätzung der Menge entgegenzunehmen. »Ich möchte Ihnen etwas vorlesen«, sagt er. Er holt eine Lesebrille aus seiner Tasche und setzt sie vorsichtig auf. »Das hier hat Lykke für eine Rede geschrieben, die sie auf einer Klimakonferenz in Göttingen gehalten hat«, sagt er. »Das ist siebzig Jahre her, stellen Sie sich das vor.« Seine Stimme ist brüchig und flach. Die Stimme eines sehr alten Mannes.

Er liest aus einem schmalen Buch vor. »Stellen Sie sich eine wilde Sommerwiese vor. Sie stoßen bei einem Spaziergang auf dem Land darauf, und ihre Schönheit verschlägt Ihnen augenblicklich den Atem. Es ist eine Waldlichtung – nicht sehr groß, ein guter Hektar vielleicht – voller Wildblumen und Gräser, viel besucht von Bienen und Schmetterlingen, ein Zuhause für Feld- und Wühlmäuse, Spinnen und Frösche, Eidechsen, Wiesel, Dachse und Igel, Motten und Ameisen und Asseln, Marienkäfer, Eichhörnchen und Molche. Und noch für andere Tiere. So viele Wesen leben hier. Viel zu viele, um sie alle aufzuzählen. Stellen Sie sich den Gesang der Vögel vor, die hier ihr Futter finden, und das Rauschen der Flügel von Fledermäusen und Eulen, die in der Nacht darüber hinweggleiten.« Er nimmt das Buch für einen Augenblick herunter. »Vielleicht ist es hilfreich, wenn man sich daran erinnert«, sagt er, »dass diese Worte von einer Frau geschrieben wurden, die an der Nordwestküste Grönlands aufgewachsen ist, wo nur sehr wenige von diesen Dingen zu finden sind. Vielleicht«, sagt er, »ist das der Grund, warum sie für sie so kostbar waren.« Er blickt wieder in das Buch und liest weiter. »Ein Rothirsch kommt vorbei und frisst das süße, süße Gras. Eine Füchsin zieht in einen Bau unter einer Eiche ein, wo sie ihren Wurf Welpen großzieht. Stellen Sie sich die Bäume vor, die rund um die Lichtung Wurzeln schlagen, die Maulwürfe und Regenwürmer, die die Erde durchwühlen, die Käfer, Termiten, Wespen und Mücken, die Nacktschnecken. Hier gibt es essbare und giftige und verschiedenste Arten mikroskopisch kleiner Pilze und Hefen und Lebewesen, für die diese kleine Oase der Wildnis das ganze Universum darstellt. Stellen Sie sich die hohen, im Wind wehenden Gräser vor und die Moose, die Setzlinge, die Brombeeren und Nesseln und den Löwenzahn. Riechen Sie den wilden Knoblauch? Vielleicht nehmen Sie den Duft von Maiglöckchen und Geißblatt wahr? Finden Sie Wiesenkerbel, Orchideen und Butterblumen und Primeln? Ein so kleines Stück Land. Ein winziges Fleckchen. Und doch existiert auf dieser kleinen Wiese ein größerer Reichtum, mehr Schönheit und Erfüllung als in jeder Kunstgalerie und jedem Museum der Welt. Ich würde unseren Kindern lieber diese eine Wiese übergeben als sämtliche Kunstwerke in Paris. Und die Welt wird unendlich ärmer sein, wenn es diese eine Wiese nicht mehr gibt. Ärmer, als wenn sämtliche Werke der Menschheit zu Staub verwandelt würden. Wir sind es unseren Kindern schuldig. Unseren Enkelkindern. Dass wir die Wiesen bewahren, die Wälder, die Dschungel, die Savannen, die Ozeane und die Polkappen. Wir sind unseren Kindern die unberührte Welt schuldig, die uns Menschen geschenkt wurde. Das ist unsere Pflicht. Es sollte ganz oben auf jeder Maßnahmenliste stehen. Es sollte uns außerdem eine Freude sein.«

Tom nimmt das Buch herunter und sieht in die auf dem Platz versammelten Gesichter. »Ich bin jetzt zehn

Jahre älter«, sagt er, »als Montague Causley es war, als er in dem Sturm in St. Piran umkam. In der letzten Woche habe ich meinen einhundertsten Geburtstag gefeiert. Wenn man hundert wird, denkt man über die Veränderungen nach, die man in seinem Leben gesehen hat. Nicht alle davon sind gut. Doch so ist es seit einem Dutzend Generationen. Seit den Anfangsjahren der Industriellen Revolution hat jede Generation der nächsten eine Welt hinterlassen, die ärmer war als die, die sie selbst übernommen hat. Nicht ärmer, was materiellen Besitz angeht oder Wissen. Doch unendlich ärmer, wie Lykke schreibt, durch den Verlust jeder einzelnen Wiese und jedes einzelnen Baumes. Ich hoffe, meine wird die letzte Generation sein, für die das gilt.«

Tom hält inne. Er blickt sich um. Nickt bedächtig. »Dies wird die erste Statue sein, die auf dem New Parliament Square neu aufgestellt wird«, sagt er, »seit das Parlament und sämtliche Statuen hierher nach Birmingham gebracht wurden, zum Schutz vor den Überflutungen.« Er dreht sich um. Nicht weit von ihm steht Nelson Mandela, in Bronze gegossen. Daneben Millicent Garrett Fawcett mit ihrem Suffragetten-Banner, MUT RUFT ÜBERALL MUT HERVOR. Und da ist Mahatma Gandhi. Und eine Reihe ehemaliger Premierminister. Churchill. Palmerston. Disraeli.

Hinter Tom steht ein Denkmal, das mit einem weißen Tuch verhüllt ist. »Vielleicht hätten wir eine Wiese anlegen sollen«, sagt er, »aber stattdessen soll dies uns eine ständige Erinnerung sein.« Er zieht an einem Seil, und das Tuch fällt von der Statue wie eine Regenwolke.

Da steht sie, in ihrer Inuit-Rentier-Hose und dem Kalaalisut-Moschusochsenparka, mit Fransen und Streifenmuster und Perlen dekoriert, die Kapuze nach hinten geschlagen. Eine stolze und zuversichtliche Inuit. Sie ist groß. Sie hat schmale Augen und langes geflochtenes Haar. Ihre Miene ist entschlossen. Sie ist schön, und sie ist selbstbewusst. Das sanfte Leuchten der Sommersonne verwandelt sie fast in das Abbild einer Göttin.

Feuer und Eis

Dieser Roman ist ein Werk der Phantasie. Keine der Figuren basiert auf einer realen Person und keine der Szenen auf einem realen Ereignis.

Die usprüngliche Idee für die Geschichte stammt von meinem brillanten Agenten, Mark Stanton. Ich erzählte ihm, dass ich einen Klimawandel-Roman schreiben wolle, und er schickte mir im Februar 2021 eine E-Mail, in der er ein Szenario beschrieb, das er als Kreuzung zwischen *Der Wal und das Ende der Welt* und dem Film *Local Hero* beschrieb. Er nannte es *Not forgetting the Iceberg*, in Anlehnung an den englischen Titel *Not forgetting the Whale*. Von dieser Geschichte ist jedoch nicht viel übrig geblieben, abgesehen vom Eisberg. Dafür jedoch und für all seine Hilfe und seine außergewöhnliche Unterstützung in all den Jahren danke ich Stan.

Etwa zehn Prozent der Landfläche der Erde sind mit Eis bedeckt. Der Großteil davon in Form des antarktischen Eisschildes, doch etwa zehn Prozent machen die Polkappe in Grönland und andere Gletscher der Welt aus. Würde all dieses Eis schmelzen, stiege der Meeresspiegel um etwa siebzig Meter an. Nach aktuellem Stand wird alles schmelzen. Mit der Zeit. Eine 2021 vom Potsdam-Institut für Klimafolgenforschung veröffentlichte Studie erklärt es als gesichert und unumkehrbar, dass allein in Grönland genug Eis schmelzen wird, um den Meeresspiegel um mindestens einen Meter ansteigen zu lassen.

Die Bedrohung für Wolken, die Tom gegenüber Esperanza beschreibt, stellt ein tatsächliches Problem dar. Wenn der CO_2-Gehalt der Atmosphäre über 1200 ppm steigen sollte, könnte das einen Kipppunkt für das Weltklima bedeuten. Dann würden sich die Wolken auflösen, und das könnte, einer in der Zeitschrift *Nature Geoscience* veröffentlichten Studie zufolge, eine Steigerung der globalen Durchschnittstemperatur von weiteren acht Grad Celsius nach sich ziehen. Der 2019 erschienene Aufsatz trägt den Titel »Possible Climate Transitions from Breakup of Stratocumulus Decks under Greenhouse Warming« und ist von Tapio Schneider, Colleen M. Kaul und Kyle G. Pressel.

Das Konzept des gekochten Frosches ist eine recht unschöne Metapher. Al Gore benutzte sie in seinem Film zum Thema Klimawandel, *An Inconvenient Truth*. Der Gedanke dahinter ist, dass ein Frosch, der in heißes Wasser geworfen wird, sofort hinausspringt, während ein Frosch in Wasser, das langsam erhitzt wird, es nicht bemerken und irgendwann gekocht wird. Zum Glück scheint diese Geschichte weitgehend falsch zu sein. Frösche sind klüger, als wir denken, und sie fliehen, wenn sie die Möglichkeit dazu haben. Doch die Metapher ist trotzdem nützlich, um die offensichtliche Trägheit zu beschreiben, mit der die Menschen auf unsere sich erwärmende Erde reagieren.

Trotz des überwältigenden wissenschaftlichen Konsenses, dass die Erde sich erwärmt, ist das Leugnen des Klimawandels eine Position, die oftmals toleriert oder sogar respektiert wird. Donald Trump twitterte 2012, dass der Klimawandel eine chinesische Verschwörung sei, um die USA weniger wettbewerbsfähig zu machen, und bei einer Wahlkampfveranstaltung 2015 nannte er es »einen großen Schwindel, um Geld zu verdienen«. Der ehemalige britische Finanzminister, Lord Lawson, gab der BBC 2018 ein Interview, in dem er behauptete, die durchschnittliche Temperatur der Welt sei leicht zurückgegangen. 2016 stellte jeder einzelne Präsidentschaftskandidat der Republikaner den Klimawandel in Frage oder leugnete ihn. Der britische Botaniker und Moderator David Bellamy sagte: »Die menschengemachte globale Erderwärmung ist ein Märchen«.

Ich danke Esben Lyager, einem Fluglotsen vom Qaanaaq Airport, der mein Kapitel über Qaanaaq gelesen und mir Hinweise gegeben hat, wie ich es verbessern könnte. Danke, Esben.

Manche Leser erkennen vielleicht, dass *Piranesi* der Titel eines brillanten Romans von Susanna Clarke ist. Ich liebe dieses Buch und habe mir den Namen geborgt, weil er mir für ein Boot aus St. Piran perfekt erschien. Dafür habe ich Susannas Erlaubnis. Danke dir, Susanna.

Immer wenn ich medizinische Fragen bezüglich einer Geschichte habe, gehe ich zu Dr. Jon Bloor. Es ist eine so große Hilfe, einen Arzt zu kennen, der ans Telefon geht. Danke, Jon. Danke auch an Graham Ibbotson, der mir bei der Terminologie und den Einzelheiten der Seefahrt geholfen hat.

Das 1820-Programm ist erfunden. Ich wünschte, es wäre real. Die Idee geht auf eine Initiative zurück – *30x30* –, die, wenn sie umgesetzt würde, die Staaten verpflichten würde, dreißig Prozent ihrer Land- und Meeresfläche bis zum Jahr 2030 der Natur zu überlassen. Der vom Internationalen Abkommen für biologische Vielfalt entwickelte Plan wurde im Anschluss an die Konferenz der Vereinten Nationen für Umwelt und Entwicklung in Rio de Janeiro 1992 ins Leben gerufen. Bisher wurde er von jedem einzelnen UN-Mitgliedsstaat unterzeichnet mit Ausnahme der USA. Trotzdem wurden, wie *New Scientist* im April 2022 berichtete, sämtliche der zwanzig Ziele für das vergangene Jahrzehnt verfehlt. Das ist deprimierend.

Kohlenstoffbindung ist eine Idee, die immer mehr in den Fokus rückt. Kohle aus erneuerbaren Quellen (als *Pflanzenkohle* bekannt) zu vergraben oder sie mit der Erde zu vermischen, könnte die einzige Methode sein, CO_2 dauerhaft aus der Umwelt zu entfernen. Die Internationale Biochar Initiative hat sich zum Ziel gesetzt, eine Milliarde Tonnen Pflanzenkohle pro Jahr zu produzieren.

Mein Sohn Jon, ein Journalist, reiste mit mir zur Westküste Grönlands (CO_2-neutral), um mir bei der Recherche für dieses Buch zu helfen. Jon ist zugleich eine riesige Hilfe als Leser. Danke dir, Jon. Und danke an Daniel Jonssen, einen Grönländer, der uns beide zur Polkappe und zu den Gletschern gebracht hat. Es war großartig.

Und schließlich, wie immer, danke dir, Sue. Für alles.

John Ironmonger
Der Wal und das Ende der Welt
Roman

Erst wird ein junger Mann angespült, und dann strandet der
Wal. Die dreihundertsieben Bewohner des Fischerdorfs St.
Piran spüren sofort: Hier beginnt etwas Sonderbares. Doch
keiner ahnt, wie existentiell ihre Gemeinschaft bedroht ist.
So wie das ganze Land. Und vielleicht die ganze Welt. Weil
alles mit allem zusammenhängt.
John Ironmonger erzählt eine mitreißende Geschichte über
das, was uns als Menschheit zusammenhält. Und stellt die
wichtigen Fragen: Wissen wir genug über die Welt, in der
wir leben? Was brauchen wir, um uns aufgehoben zu fühlen? Und was würdest du tun, wenn alles auf dem Spiel
steht?

Aus dem Englischen
von Maria Poets und
Tobias Schnettler
480 Seiten, broschiert

Weitere Informationen finden Sie auf
www.fischerverlage.de

AZ 596-70419/1

John Ironmonger
Das Jahr des Dugong – Eine Geschichte für unsere Zeit

Eine Welt, die nicht wiederzuerkennen ist. Ein Mensch, der sich verteidigen muss. Und ein Dugong – diese freundliche Seekuh, die wie so viele andere bedrohte Tiere auf Rettung hofft. Spannend, abenteuerlich und berührend erzählt John Ironmonger in seiner neuen Geschichte von der Schönheit unserer Erde. Und stellt uns die Frage, wer die Verantwortung für sie trägt. Eine ergreifende Erzählung über Tiere und Klima vom Autor des Platz-1-Bestsellers »Der Wal und das Ende der Welt«.

»Eine erstaunliche Vorwegnahme. Was sagt uns John Ironmonger noch voraus?« *Frankfurter Neue Presse*

Novelle
Aus dem Englischen
von Tobias Schnettler
144 Seiten, broschiert

Weitere Informationen finden Sie auf
www.fischerverlage.de

Greta Thunberg
Das Klima-Buch von Greta Thunberg
Der aktuellste Stand der Wissenschaft unter Mitarbeit der
weltweit führenden Expert:innen

Greta Thunberg sammelt für ihr einzigartiges Projekt eines
umfassenden Klima-Buches alles relevante Wissen, um die
Klimakrise verstehen zu können. Sie hat die wichtigsten
Wissenschaftler:innen der Welt gebeten, den Stand ihrer je-
weiligen Forschung klar und verständlich darzulegen.
Es geht um alle wichtigen Themen: von schmelzenden
Eisbergen und Artenschwund über Fast Fashion und Mi-
gration bis hin zu erneuerbaren Energien, Müll und Utopi-
en – und was wir jetzt tun müssen.
Greta Thunberg selbst zeigt die großen Zusammenhänge,
ordnet ein, kommentiert und gibt Ausblicke. Alles, was man
wissen muss zum wichtigsten Thema unserer Zeit.

Aus dem Englischen von
Michael Bischoff und Ulrike Bischoff
512 Seiten, gebunden

Weitere Informationen finden Sie auf
www.fischerverlage.de

Charlotte McConaghy
Zugvögel

Franny hat ihr ganzes Leben am Meer verbracht, die wilden
Strömungen und gefiederten Gefährten den Menschen
vorgezogen. Als die Vögel zu verschwinden beginnen, be-
schließt die Ornithologin den letzten Küstenseeschwalben
zu folgen. Auf einem der letzten Fischerboote macht sie
sich auf den Weg in die Antarktis. Schutzlos ist die junge
Frau den Naturgewalten des Atlantiks ausgeliefert, allein
die Vögel sind ihr Kompass. Doch wohin die Tiere sie auch
führen, ihrer Vergangenheit kann Franny nicht entfliehen.
Schon bald wird die Reise zu einem lebensbedrohlichen
Abenteuer.

Aus dem Englischen von Tanja Handels
400 Seiten, broschiert

Weitere Informationen finden Sie auf
www.fischerverlage.de

AZ 596-70520/1

Charlotte McConaghy
Wo die Wölfe sind

Inti Flynn kommt nach Schottland, um Wölfe in den High-
lands wiederanzusiedeln. Als Wissenschaftlerin weiß sie,
dass die wilden Tiere die einzige Rettung für die zerstörte
Landschaft sind. Als Frau hofft sie auf einen Neuanfang.
Sie hat sich von den Menschen zurückgezogen. Denn die
Wolfsbiologin besitzt die seltene Fähigkeit, Gefühle von
anderen Lebewesen körperlich nachzuempfinden. Als ein
Farmer tot aufgefunden wird und eine Hetzjagd auf ihre
Tiere beginnt, muss sie sich ihren Ängsten stellen: Ist der
Wolf oder der Mensch die Bestie in den Wäldern? Und wird
sie je wieder menschliche Nähe zulassen können – oder von
der Wildnis verschlungen werden, die sie retten will?

Roman
Aus dem Englischen von Tanja Handels
432 Seiten, broschiert

Weitere Informationen finden Sie auf
www.fischerverlage.de